中国古典小说丛书

石点头

[明]天然痴叟 著

江西美术出版社
全国百佳出版单位

图书在版编目（CIP）数据

石点头/（明）天然痴叟著.--南昌:江西美术出版社,2018.10（2020.5重印）
 ISBN 978-7-5480-6181-6

Ⅰ.①石…Ⅱ.①天…Ⅲ.①话本小说—小说集—中国—明代Ⅳ.①I242.3

中国版本图书馆CIP数据核字（2018）第139084号

出 品 人：周建森
企　　划：北京江美长风文化传播有限公司
责任编辑：楚天顺　朱鲁巍　康紫苏
责任印制：谭　勋

石点头
SHIDIANTOU
（明）天然痴叟　著

出　　版：江西美术出版社
地　　址：江西省南昌市子安路66号
网　　址：www.jxfinearts.com
电子信箱：jxms163@163.com
电　　话：010-82093808　0791-86566274
邮　　编：330025
经　　销：全国新华书店
印　　刷：河北盛世彩捷印刷有限公司
版　　次：2018年10月第1版
印　　次：2020年5月第2次印刷
开　　本：690mm×960mm　1/16
印　　张：18.75
ISBN 978-7-5480-6181-6
定　　价：44.00元

本书由江西美术出版社出版，未经出版者书面许可，不得以任何方式抄袭、复制或节录本书的任何部分。
版权所有，侵权必究
本书法律顾问：江西豫章律师事务所　晏辉律师

"中国古典小说丛书"出版说明

所谓"古典小说"云者，其义有二焉：一曰，但凡古代之小说，皆可谓之"古典小说"；一曰，但凡技法未受泰西影响之小说，亦可谓之"古典小说"。然此特就今人之观念言之耳。

揆诸坟典，"小说"一词，出自《庄子·外物篇》，其言曰："饰小说以干县令，其于大达亦远矣。"由此观之，庄子所谓"小说"，不过琐屑之言，以其无关道术，故以小说名之耳。

炎汉成、哀之世，刘向、刘歆父子典校秘书，检讨百家学说，取桓谭《新论》"小说家合丛残小语，近取譬论，以作短书，治身治家，有可观之辞"之意，把《伊尹说》《鬻子说》诸书，归为"小说家"之书，而《汉书·艺文志》（以下简称《汉志》）继之。夷考其说，"小说家者流，盖出于稗官，街谈巷语，道听途说者之所造也"（语出《汉志》），此亦非后世之小说也。

唐修《隋书》，其《经籍志》立论本诸《汉志》，以小说为"街谈巷语之说"（《隋书·经籍志》语）。当此之时，小说之名虽同，而其类目稍广，举凡《燕丹子》《世说》《迩说》之属，皆可入诸小说名下。

后晋修《唐书》，其《经籍志》立论与《隋志》无异，以《博物志》隶小说，此为"神异志怪之书"入小说之始。

天水一朝，欧阳文忠公撰《新唐书·艺文志》（以下简称《新唐志》），以《列异传》《甄异传》《续齐谐记》《感应传》《旌异记》等"史部·杂传类"之书移于"小说类"。至是，小说之部类日棼。

及元脱脱修《宋史》，《艺文志·小说类》承《新唐志》之旧而增广之。

明胡应麟以小说繁夥，派别滋多，于是综核大凡，分小说为六类：一曰"志怪"，一曰"传奇"，一曰"杂录"，一曰"丛谈"，一曰"辩订"，一曰"箴规"。至此，小说一类已蔚为大观，脱《汉志》"街谈巷语"之成规。

清修"四库"，《总目提要》（以下简称《提要》）别小说为三派，"其一叙述杂事……其一记录异闻……其一缀辑琐语"，而又损益之。考诸《提要》，则损益可知：一曰，进"丛谈""辩订""箴规"为"杂家"；一曰，隶《山海经》《穆天子传》诸书于小说。小说范围，至是乃稍整洁矣。其分目虽殊，而论述则袭诸旧志。

曩者宋元明清之史志，难觅"平话""演义"之书，此特士夫习气，鄙其为末流所使然也。史家成见，一至于斯。今人刻书，自当脱古人窠臼。

说部诸书，以文体分，有"白话""文言"之别；以体裁分，有"话本""传奇""演义"之别；以内容分，有"佳话""世情""侠义""家将""神魔"之别。细玩其文，既有劝世之良言，亦有"诲淫诲盗"之糟粕，而抉择去取，转成读说部书之第一要务。以此之故，编者特于说部诸书择其精者，辑之而为"中国古典小说丛书"，凡百余种。

然说部之书浩如烟海，其精者又何限于区区百十之数？此次出版，难免遗珠之憾。然能俾读者因之而省择取之劳，进而得窥说部精要，示人以津梁，则尚不违出版"中国古典小说丛书"之初心。

说部之书，多出自书坊，脱误错乱，在所难免，故于"取其精华，去其糟粕"外，尚需广施校雠，始得成其为可读之书。以此之故，编者多方搜罗以定底本，精排其版以美其观，躬自校雠以正讹误，然后付诸枣梨，装订成书，以飨读者。

限于编者学力有限，书中疏漏之处，在所难免，尚祈广大方家、读者诸君不吝批评斧正。凡能指出书中一二谬误者，皆为吾师，吾人不胜感激之至。

戊戌仲夏上浣，邵鹏军序于丰台晓月里

目 录

第一回
郭挺之榜前认子……………………………………… 001

第二回
卢梦仙江上寻妻……………………………………… 019

第三回
王本立天涯求父……………………………………… 043

第四回
瞿凤奴情愆死盖……………………………………… 069

第五回
莽书生强图鸳侣……………………………………… 090

第六回
乞丐妇重配鸾俦……………………………………… 110

第七回
感恩鬼三古传题旨…………………………………… 127

第八回
贪婪汉六院卖风流…………………………………… 139

第九回
玉箫女再世玉环缘…………………………………… 163

第十回
王孺人离合团鱼梦…………………………………… 190

第十一回
江都市孝妇屠身……………………………………… 214

第十二回
侯官县烈女歼仇……………………………………… 235

第十三回
唐玄宗恩赐纩衣缘……………………………………………… 261

第十四回
潘文子契合鸳鸯冢……………………………………………… 276

第一回
郭挺之榜前认子

> 阴阳界赋了无私，李不成桃兰不芝。
> 是虎方能生虎子，非麟安得产麟儿。
> 肉身纵使暌千里，气血何曾隔一丝。
> 试看根根还本本，岂容人类有差池。

从来父之生子，未有不知者。莫说夫妻交媾，有征有验，就是婢妾外遇，私己瞒人，然自家心里，亦未尝不明明白白。但恐忙中忽略，醉后糊涂，遂有已经生子，而竟茫然莫识的。昔日有一人，年过六十，自叹无子，忽遇着一个相士，相他已经生子，想是忘记了。此人大笑说道："先生差矣。我朝夕望子，岂有已经生子，而竟能忘记之理？"相士道："我断不差。你回家去细细一查，便自然要查出。"此人道："我家三四个小妾，日夜陪伴，难道生了儿子，瞒得人的。叫我那里去查？"相士道："你不必乱查。要查只消去查你四十五岁丙午这一年五月内，可曾与妇人交接，便自然要查着了。"

此人见相士说得凿凿有据，只得低头回想。忽想起丙午这一年，过端午吃醉了，有一个丫头伏侍他，因一时高兴，遂春风了一度。恰恰被主母看见，不胜大怒，遂立逼着将这丫头卖与人，带到某处去了。要说生子,除非是此婢,此外并无别人。相士道:"正是他,正是他。你相中有子不孤,快快去找寻,自然要寻着。"此人忙依言到某处去找寻,果然寻着了,已是一十五岁,面貌与此人不差毫发。因赎取回来,承了宗嗣。你道奇也不奇?这事虽奇,却还有根有苗,想得起来。就寻回来,也只平平。还有一个全然绝望,忽想逢于金榜之下,岂不更奇?待小子慢慢说来。正是:

命里不无终是有,相中该有岂能无。
纵然迷失兼流落,到底团圆必不孤。

话说南直隶庐州府合肥县,有一秀才,姓郭名乔,表字挺之。生得体貌丰洁,宛然一美丈夫,只可恨当眉心生了一个大黑痣,做了美玉之瑕。这郭秀才家道也还完足,又自负有才,少年就拿稳必中,不期小考利,大考不利。到了三十以外,还是一个秀才,心下十分焦躁。有一班同学的朋友,往往取笑他道:"郭兄不必着急,相书上说得好,龟头有痣终须发。就到五六十上,也要中的,你愁他怎么!"郭秀才听了,愈加不悦,就有个要弃书不读之意。喜得妻子武氏甚贤,再三宽慰道:"功名迟早不一,你既有才学,年还不老,再候一科,或者中去,也不可知。"郭乔无奈,只得又安心诵读,挨到下科。不期到了下科,依然不中。自不中也罢了,谁知里中一个少年,才二十来岁,时时拿文字来请教郭秀才改削,转高高中在榜上。

郭乔这一气,几乎气个小死,遂将笔砚经书,尽用火焚了,恨恨道:"既命不做主,还读他何用?"武氏再三劝他,那里劝得他住。一连在家困了数日,连饮食都减了。武氏道:"你在家中纳闷,何不出门寻相知朋友,去散散心也好。"郭乔道:"我终日在朋友面前,纵酒做文,高谈阔论,人人拱听。今到这样年纪,一个举人也弄不到手,转被后生小子轻轻夺去,叫我还有什么嘴脸去见人?只好躲在家里,闷死罢了。"

正尔无聊，忽母舅王衮，在广东韶州府乐昌县做知县，有书来与他。书中说："倘名场不利，家居寂寥，可到任上来消遣消遣。况沧湖泷水，亦古今名胜，不可不到。"郭乔得书大喜，因对武氏说道："我在家正闷不过，恰恰母舅来接我，我何不趁此到广东去一游！"武氏道："去游一游虽好，但恐路远，一时未能便归。宗师要岁考，却教谁去？"郭乔笑道："贤妻差矣！我既远游，便如高天之鹤，任意逍遥，终不成还恋恋这顶破头巾。明日宗师点不到，任他除名罢了。"武氏道："不是这等说。你既出了门，我一个妇人家，儿子又小，倘有些门头户脑的事情，留着这秀才的名色搪搪，也还强似没有。"郭乔道："既是这等说，我明日动一个游学的呈子在学中，便不妨了。"因又想道："母舅来接我，虽是他一段好意思，但闻他做官甚是清廉，我到广东，难道死死坐在他衙中？未免要东西览游，岂可尽取给于他？须自带些盘缠去方好。"武氏道："既要带盘缠去，何不叫郭福率性买三五百金货物跟你去，便伸缩自便。"郭乔听了大喜道："如此更妙！"遂一面叫郭福去置货，一面到学中去动呈子。不半月，呈子也准了，货物又置了，郭乔就别了武氏，竟往广东而去。正是：

　　　　名场失意欲销忧，一叶扁舟事远游。
　　　　只道五湖随所适，谁知明月挂银钩。

　　郭乔到了广东，先叫郭福寻一个客店，将货物上好了发卖，然后自到县中，来见母舅王知县。王知县听见外甥到了，甚是欢喜，忙叫人接入内衙相见，各叙别来之事，就留在衙中住下。

　　一连住了十数日，郭乔心下因要弃去秀才，故不欲重读诗书。坐在衙中，殊觉寂寞。又捱了两日，闷不过，只得与母舅说道："外甥此来，虽为问候母舅并舅母二大人之安，然亦因名场失利，借此来散散愤郁。故今禀知母舅大人，欲暂出衙，到各处去游览数日，再来侍奉何如？"王知县道："既是如此，你初到此，地方不熟，待我差一个衙役，跟随你去，方有次第。"郭乔道："差人跟随固好，但恐差人跟随，未免招摇，有碍母舅之官箴，反为不妙。还是容愚甥自去，仍作客游的相安于无事。"王知县道："贤甥既欲自游，我有道理了。"随入内取了十两银子，付与外甥道："你可带在身边作游资。"

郭乔不敢拂母舅之意，只得受了。遂走出衙来，要到郭福的下处去看看。不期才走离县前，不上一箭之远，只见两个差人，锁着一个老儿，往县里来。后来又跟着一个十七八岁的女子，啼啼哭哭。郭乔定睛将那女子一看，虽是荆钗裙布，却生得：

貌团团似一朵花，身袅袅如一枝柳。眉分画出的春山，眼横澄来的秋水。春笋般十指纤长，樱桃样一唇红绽。哭声细细莺娇，髻影垂垂云乱。他见人，苦哀哀无限心伤；人见他，喜孜孜一时魂断。

郭乔见那女子生得有几分颜色，却跟着老儿啼哭，像有大冤苦之事，心甚生怜。因上前问差人道："这老儿犯了甚事，你们拿他？这女子又是他甚人，为何跟着啼哭？"差人认得郭乔是老爷亲眷，忙答应道："郭相公，这老儿不是犯罪，是欠了朝廷的钱粮，没得抵偿，今日是限上该比，故带他去见老爷。这女子是他的女儿，舍不得父亲去受刑，情愿卖身偿还。却又一时遇不着主顾，故跟了来啼哭。"郭乔道："他欠多少银子的钱粮？"差人道："前日老爷当堂算总，共该一十六两。"郭乔道："既只十六两，也还不多，我代他尝了罢。"因在袖中，将母舅与他作游资的十两，先付与老儿，道："这十两，你可先交在柜上；那六两可跟我到店中取与你。"老儿接了银子，到在地下，就是一个头，说道："相公救了我老朽一命，料无报答。只愿相公生个贵子，中举中进士，显扬后代罢。"那女子也就跟在老儿后面磕头。郭乔连忙扯他父女起来道："甚么大事，不须如此。"差人见了，因说道："郭相公既积阴骘怜悯他，此时老爷出堂还早，何不先到郭相公寓处，领了那六两银来一同交纳,便率性完了一件公案。"郭乔道:"如此更好。"遂撤身先走,差人并老儿女子俱随后跟来。

郭乔到了客店,忙叫郭福,取出一封十两纹银,也递与老儿道:"你可将六两凑完了钱粮,你遭此一番,也苦了,余下的可带回去,父女们将养将养。"老儿接了银子,遂同女儿跪在地下,千恩万谢的只是磕头。郭乔忙忙扯他起来道:"不要如此,反使我不安。"差人道:"既郭相公周济了你,且去完了官事,再慢慢的来谢也不迟。"遂带了老儿去了。郭乔因问郭福货物卖的如何,郭福道:"托主人之福,带来的货物,行情甚好,不多时早都卖完了。原是五百两本银,如今除去盘费,还净存七百两,实得了加四的利钱,也算好了。"郭乔听了欢喜道:"我初到此,王老爷留住,也还未就回去。你空守着许多银子,坐在此也无益。莫若多寡留下些盘缠与我,其余你可尽买了回头货去,卖了,再买货来接我,亦未为迟。就报个信与主母也好。"郭福领命,遂去置货不题。

郭乔吩咐完了,就要出门去游赏。因店主人苦苦要留下吃饭,只得又住下了。刚吃完酒饭,只见那老儿已纳完钱粮,消了牌票,欢欢喜喜,同着女儿,又来拜谢郭乔。因自陈道:"我老汉姓米,名字叫做米天禄。娶妻范氏,止生此女,叫做青姐。生他时,他母亲曾得一梦,梦见一神人对他说:'此女当嫁贵人,当生贵子,不得轻配下人。'故今年一十八岁,尚不舍得嫁与乡下人家。我老汉止靠着有一二十亩山田度日,不料连年荒旱,拖欠下许多钱粮。官府追比甚急,并无抵偿,急急要将女儿嫁人。人家恐怕钱粮遗累,俱不敢来娶。追比起来,老汉自然是死了,女儿见事急,情愿卖身救父,故跟上城来,又恨一时没个售主。今日幸遇大恩人,发恻隐之心,慨然周济,救了老汉一命,真是感恩无尽。再四思量,实实毫无报答。惟有将小女一身,虽是村野生身,尚不十分丑陋;又闻大恩人客居于此,故送来早晚伏侍大恩人,望大恩人鉴老汉一点诚心,委曲留下。"郭乔听了,因正色说道:"老丈说话就说差了,我郭挺之是个名教中人,决不做非理之事。就是方才这些小费,止不过见你年老拘挛,幼女哭泣,情甚可怜。一时不忍,故少为周急,也非大惠。怎么就思量得人爱女?这不是行义,转是为害了,断乎不可!"米老儿道:"此乃老汉一点感恩报德之心,并非恩人之意,或亦无妨,还望恩人留下。"

郭乔道:"此客店中,如何留得妇人女子。你可快快领去,我要出门了,不得陪你。"说罢,竟起身出门去了。正是:

> 施恩原不望酬恩,何料丝萝暗结婚。
> 到得桃花桃子熟,方知桃叶出桃根。

米老儿见郭乔竟丢下他出门去了,一发敬重他是个好人。只得带了女儿回家,与范氏说知。大家感激不胜,遂立了一个牌位,写了他的姓名在上,供奉在佛前,朝夕礼拜。乡下有个李家,见他钱粮完了,又思量来与他结亲。米天禄夫妻到也肯了。青姐因辞道:"父亲前日钱粮事急,要将我嫁与李家,他再三苦辞。我见事急,情愿卖身救父,故父亲带我进城去卖身。幸遇着郭恩人,慨然周济。他虽不为买我,然得了他二十两银子,就与买我一样。况父亲又将我送到他下处,他恐涉嫌疑,有伤名义,故一时不好便受。然我既得了他的银子,又送过与他,他受与不受,我就是郭家的人了。如何好又嫁与别人?如若嫁与别人,则前番送与他,都是虚意了。我虽是乡下一个女子,不知甚的,却守节守义,也是一般,断没个任人去取的道理。郭恩人若不要我,我情愿跟随父母,终身不嫁,纺绩度日,决不又到别人家去。"米天禄见女儿说得有理,便不强他,也就回了李家。但心下还想着,要与郭乔说说,要他受了。不期进城几次,俱寻郭乔不见,只得因循下了。

不期一日,郭乔在山中游赏,忽遇了一阵暴雨,无处躲避。忽望见山坳里一带茅屋，遂一径望茅屋跑来。及跑到茅屋前，只见一家柴门半掩，雨越下得大了，便顾不得好歹，竟推开门，直跑到草堂之上。早看见一个老人，坐在那里低着头打草鞋，因说道："借躲躲雨，打搅休怪。"那老人家忽抬起头来一看，认得是郭乔，不胜大喜。因立起身来说道："恩人耶！我寻了恩人好几遍，皆遇不着，今日为何直走到这里？"郭乔再细看时，方认得这老儿，正是米天禄，也自欢喜。因说道："原来老丈住在这里，我因信步游赏，不期遇雨。"米天禄因向内叫道："大恩人在此，老妈女儿，快来拜见！"叫声未绝，范氏早同青姐跑了出来，看见果是郭乔，遂同天禄一齐拜到在地，你说感恩，我说叨惠，拜个不了。

郭乔连忙扶起。三人拜完，看见郭乔浑身雨淋的烂湿，青姐竟不避嫌疑，忙走上前，替郭乔将湿巾除了下来，湿衣脱了下来，一面取两件干布衣，与郭乔暂穿了，就一面生起些火来烘湿衣。范氏就一面去杀鸡炊煮。不一时，湿衣、湿巾烘干了，依旧与郭乔穿戴起来。范氏炊煮熟了，米天禄就放下一张桌子，又取一张椅子，放在上面，请郭乔坐了，自家下陪。范氏搬出肴来，青姐就执壶在旁斟酒。郭乔见他一家殷勤，甚不过意，连忙叫他放下，他那里肯听。米天禄又再三苦劝，只得放量而饮。饮到半酣之际，偷着将青姐一看，今日欢颜，却与前日愁容，不大相同。但见：

  如花貌添出娇羞，似柳腰忽多袅娜。春山眉青青非蹙恨，秋水眼淡淡别生春。纤指捧觞飞笋玉，朱唇低劝绽樱丹。笑色掩啼痕，更饶妩媚。巧梳无乱影，倍显容光。他见我已吐出热心，我见他又安忍装成冷面。

郭乔吃到半酣，已有些放荡。又见青姐在面前来往，更觉动情。心下想一想，恐怕只管留连，把持不定，弄出事来。又见雨住天晴，就要作谢入城。当不得米天禄夫妻，苦苦留住道："请也请恩人不容易到此，今邀天之幸，突然而来，就少也要住十日半月，方才放去。正刚刚到得，就想回去，这是断断不放。"郭乔无奈，只得住下。米天禄又请他到山前山后去游玩。游玩归来，过了一宿。

到次日清晨，米天禄在佛前烧香，就指着供奉的牌位与郭乔看道："这不是恩人的牌位么？"郭乔看了，就要毁去，道："多少恩惠，值得如此，使我不安。"米天禄道："怎说恩惠不多，若非有此，我老汉一死，是不消说的；就是老妻小女，无依无倚，也都是一死，怎能得团头聚面，复居于此？今得居此者，皆恩人之再生也。"郭乔听了，不胜感叹道："老丈原来是个好人！过去的事，怎还如此记念！"天禄道："感恩积恨，乃人生钻心切骨之事。不但老汉不敢忘恩人大德，就是小女，自拼卖身救父，今得恩人施济，不独救了老汉一命，又救了小女一身。他情愿为婢，伏侍恩人；又自揣村女，未必入恩人之眼，见恩人不受，不敢苦强。然私心以为得了恩人的厚惠，虽不蒙恩人收用，就当卖与恩人一般，如何又敢将身子许与别人？故昨日李家见老汉钱粮完了，又要来议婚，小女坚执不从，已力辞回去了。"郭乔听了着惊道："这事老丈在念，还说有因；令爱妙龄，正是桃夭之子，宜室宜家，怎么守起我来！那有此理！这话我不信。"米天禄道："我老汉从来不晓得说谎。恩人若不相信，待我叫他来，恩人自问他便知。"因叫道："青姐走来，恩人问你话。"青姐听见父亲叫，连忙走到面前。

郭乔就说道："前日这些小事，乃我见你父亲一时遭难无偿，我自出心赠他的。青姑娘卖身救父，自是青姑娘之孝，却与我赠银两不相干。青姑娘为何认做一事？若认做一事，岂不因此些小之事，到误了青姑娘终身？"青姐道："事虽无干，人各有志，恩人虽赠银周急，不为买妾，然贱妾既有身可卖，怎叫父亲白白受恩人之惠？若父亲白白受恩人之惠，则恩人为仁人，为义士，而贱妾卖身一番，依旧别嫁他人，岂非止博虚名，而不得实为孝女了？故恩人自周急于父亲，贱妾自卖身于恩人，各行各志，各成各是，原不消说得。若必欲借此求售于恩人,则贱妾何人,岂敢仰辱君子,以取罪戾?"郭乔听了大喜道:"原来青姑娘不独是个美女子,竟是一个贤女子。我郭挺之前日一见了青姑娘,非不动心,一来正在施济,恐碍了行义之心;二来年齿相悬,恐妨了好逑之路,故承高谊送来之时,急急避去,不敢以色徒自误。不期青姑娘到有此一片眷恋之贞心,岂非人生之大快!但有一事,也要与青姑娘说过:家有荆妻,若蒙垂爱,只合屈于二座。"青姐道:"卖身之婢,收备酒扫足矣,安敢争小星之位?"郭乔听了,愈加欢喜道:"青姑娘既有此美意,我郭挺之怎敢相轻,容归寓再请媒行聘。"青姐道:"贱妾因已卖身与恩人,故见恩人而不避。若再请媒行聘,转属多事,非贱妾卖身之原意了。似乎不必!"郭乔说道:"这是青姑娘说的,各行各志,不要管我。"说定,遂急急的辞了回寓。正是:

　　花有清香月有阴,淑人自具淑人心。
　　若非眼出寻常外,那得芳名留到今。

　　郭乔见青姐一个少年的美貌女子,情愿嫁他,怎么不喜。又想青姐是个知高识低的女子,他不争礼于我,自是他的高处;我若无礼于他,便是我的短处了。因回寓取了三十二两银子,竟走至县中,将前事一五一十,都与母舅说了,要他周全。王知县因见他客邸无聊,只得依允了。将三十二两银子,封做两处,以十六两做聘金,以十六两做代礼。又替他添上一对金花,两匹彩缎,并鹅酒果盒之类。又叫六名鼓乐,又差一吏,两个皂隶,押了送去。吩咐他说:"是本县为媒,替郭相公娶米天禄女儿为侧室。"吏人领命,竟送到种玉村米家来。恐米家不知,先叫两个皂隶报信。

　　不期这两个皂隶,却正是前日催粮的差人。米老儿忽然看见,吃了一惊,道:"钱粮已交完,二位又来做甚?"二皂隶方笑说道:"我们这番来,不是催钱粮。是县里老爷,替郭相公为媒,来聘你令嫒。聘礼随后就到了,故我二人先来报喜。"米老儿听了,还不信道:"郭相公来聘小女,为甚太爷肯替他做媒?"二皂隶道:"你原来不知,郭相公就是我县里太爷的外甥。"米天禄听了,愈加欢喜,忙忙与女儿说知,叫老妈央人相帮打点。

早鼓乐吹吹打打,迎入村来了。不一时到了门前,米天禄接着,吏人将聘礼代礼,金花彩缎,鹅酒果盒,一齐送上。又将县尊吩咐的话,一一说与他知。米老儿听了,满口答应不及的道是道是。忙邀吏人并皂隶入中堂坐定,然后将礼物一一收了。鼓乐在门前吹打,早惊动了一村的男男女女,都来围看,皆羡道:"不期米家女儿,前日没人要,如今到嫁了这等一个好女婿。"范氏忙央亲邻来相帮,杀鸡宰鹅,收拾酒饭,款待来人。只闹了半日,方得打发去了。青姐见郭乔如此郑重他,一发死心塌地。郭乔要另租屋娶青姐过去,米天禄恐客边不便,转商量择一吉日,将郭乔赘了入来。又热闹了一番,郭乔方与青姐成亲。正是:

> 游粤无非是偶然,何曾想娶鹊桥仙。
> 到头柱子兰孙长,方识姻缘看线牵。

二人成亲之后,青姐感郭乔不以卖身之事轻薄他,故凡事体心贴意的奉承。郭乔见青姐成亲之后,比女儿更加妍美,又一心顺从,甚是爱他。故二人如鱼似水,十分相得。每日相偎相依,郭乔连游兴也都减了。过了些时,虽也记挂着家里,却因有此牵绊,便因因循循过了。忽一日,郭福又载了许多货来,报知家中主母平安,郭乔一发放下了心肠,时光易过,早不知不觉,在广东住了年半有余。

王知县见他久不到衙,知他为此留恋,因差人接他到衙。劝戒他道:"我接你来游粤的初念,原为你一时不曾中得,我恐你抑郁,故接你来散散。原未尝叫你在此抛弃家乡,另做人家。今你来此,已将及二载,明年又是场期,还该早早回去,温习书史,以图上进。若只管流落在此,一时贪新欢,误了终身大事,岂不是我做母舅的接你来到害你!"郭乔口中虽答应道:"母舅大人吩咐的是!外甥只等小价还有些货物一卖完,就起身回去了。"然心里实未尝打点归计。

不期又过不得几时,忽王知县报行取了,要进京,遂立逼着要郭乔同去。郭乔没法推辞,只得来与青姐说知。青姐因说道:"相公故乡,原有家产,原有主母,原有功名,原该回去,是不消说得的。贱妾虽蒙相公收用,却是傍枝,不足重轻,焉敢以相公怜惜私情,苦苦牵缠,以妨相公之正业。但只有一事,要与相公说知,求相公留意,不可忘了。"郭乔道:"你便说得好听,只是恩爱许久,一旦分离,如何舍得?你且说,更有何事,叫我留意?"青姐道:"贱妾蒙相公怜爱,得侍枕席,已怀五月之孕了。倘侥幸生子,贱妾可弃,此子乃相公骨血,万不可弃,所以说望相公留意。"郭乔听了,惨然道:"爱妻怎么就说到一个弃字!我郭乔纵使无情,也不至此。今之欲归,非轻舍爱妻,苦为母舅所迫耳!归后当谋再至,决不相负。"青姐道:"相公之心,何尝愿弃。但恐道路远,事牵绊,不得已耳。"郭乔道:"弃与不弃,在各人之心,此时也难讲。爱妻既念及生子,要我留名,我就预定一名于此,以为后日之征何如?"青姐道:"如此更妙。"郭乔道:"世称父子为乔梓,我既名乔,你若生子,就叫做郭梓罢了。"青姐听了,大喜道:"谨遵相公之命。"

又过了两日,王知县择了行期,速速着人来催。郭乔无可奈何,只得叫郭福留下二百金与米天禄,叫他置些产业,以供青姐之用。然后拜别,随母舅而去。正是:

  东齐有路接西秦,驿路山如眉黛颦。
  若论人情谁愿别,奈何行止不由人。

郭乔自别了青姐,随着母舅北归,心虽系念青姐,却也无可奈何。月余到了庐州家里，幸喜武氏平安，夫妻相见甚欢。武氏已知道娶了青姐之事，因问道："你娶了一妾，何不带了来家，与我作伴也好，为何竟丢在那里？"郭乔道："此不过一时客邸无聊，适为凑巧，偶尔为之，当得甚么正景？远巴巴又带他来？"武氏道："妻妾家之内助，倘生子息，便要嗣续宗祖，怎说不是正景？"郭乔笑道："在那里也还正景。今见了娘子，如何还敢说正景。"说的夫妻笑了。过了两日，忽闻得又点出新宗师来科举。郭乔也还不在心上，到是武氏再三说道："你又不老，学中名字又还在，何不再出去考一考？"郭乔道："旧时终日读书，也不能巴得一第。今弃了将近两年，荒疏之极，便去考，料也无用。"武氏道："纵无用，也与闲在家里一般。"郭乔被武氏再三劝不过，只得又走到学中去销了假，重新寻出旧本头来又读起。读到宗师来考时，喜得天资高，依旧考了一个一等，只无奈入了大场，自夸文章锦绣，仍落孙山之外。一连两科，皆是如此。

初时还恼，后来知道命中无科甲之分，连恼也不恼。此时郭乔已是四十八岁，武氏也是四十五岁，虽然不中，却喜得家道从容，尽可度日。郭乔自家功名无望，便一味留心教子。不期儿子长到十八岁，正打账与他求婚，不期得了暴疾，竟自死了。夫妻二人，痛哭不已，方觉人世有孤独之苦，急急再想生子，而夫妻俱是望五之人，那里还敢指望！虽武氏为人甚贤，买了两个丫头，在房中伏侍郭乔，却如水中捞月，全然不得。初时郭福在广东做生意，青姐处还有些消息，后来郭福不走广东，遂连消息都无了。郭乔虽时常在花前月下念及青姐，争奈年纪渐渐大了，那里能够到得广东。青姐之事，只当做了一场春梦，付之一叹。学中虽还挂名做个秀才，却连科举也不出来了，白白的混过了两科。

这年是五十六岁，又该乡试，郭乔照旧不出来赴考。不期这一科的宗师，姓秦名鉴，虽是西人，却自负知文，要在科场内拔识几个奇才，正案虽然定了，他犹恐遗下真才，却又吊考遗才，不许一名不到。郭乔无奈，只得也随众去考，心下还暗暗想道：考一个六等，黜退了，倒干净，也免得年年奔来奔去。不期考过了，秦宗师当面发落第一名，就叫郭乔问道："你文字做得渊涵醇正，大有学识，此乃必售之技，为何自弃，竟不赴考？"郭乔见宗师说话，打动他的心事，不觉惨然跪禀道："生员自十六岁进学，在学中做过四十年生员，应举过十数次，皆不能侥幸。自知命中无分，故心成死灰，非自弃也。"秦宗师笑道："俗语说得好：窗下休言命，场中莫论文。我本院偏不信此说，场中乃论文之地，若不论文，却将何为据。本院今送你入场，你如此文字，若再不中，我本院便情愿弃职回去，再不阅文了。"郭乔连连叩头道："多蒙大宗师如此作养，真天地再生、父母再养矣。"不多时，宗师发放完，忙退了出来。与武氏说知，从新又兴兴头头到南场去科举。

这一番入场也是一般做文，只觉的精神猛勇，真是："贵人抬眼看，便是福星临。"三场完了，候到发榜之期，郭乔名字早高高中了第九名亚魁，忙忙去吃鹿鸣宴，谢座师，谢房师，俱随众一体行事。惟到谢秦宗师，又特特的大拜了四拜，说道："门生死灰，若非恩师作养，已成沟中弃物了。"秦宗师自负赏鉴不差，也不胜之喜，遂催他早早入京静养。

郭乔回家，武氏见他中了举人，贺客填门，无任欢喜。只恨儿子死了，无人承接后代，甚是不快。郭乔因奉宗师之命，择了十月初一日，便要长行。夫妻临别，武氏再三嘱咐道："你功名既已到手，后嗣一发要紧。妾闻古人还有八十生子之事，你今还未六十，不可懈怠。家中之婢，久已无用，你到京中，若遇燕赵得意佳人，不妨多觅一两人，以为广育之计。"郭乔听了，感激不尽道："多蒙贤妻美意，只恐枯杨不能生稊了。"武氏道："你功名久已灰心，怎么今日又死灰复燃，天下事不能预料，人事可行，还须我尽。"郭乔听了，连连点头道："领教，领教！"夫妻遂别了。正是：

贤妻字字是良言，岂独担当蘋与蘩。
倘能妇人皆若此，自然家茂子孙繁。

郭乔到了京中，赴部报过名，就在西山寻个冷寺住下，潜心读书，不会宾客。到了次年二月，随众入场，三场完毕。到了春榜放时，真是时来顽铁也生光，早又高中了三十三名进士，满心欢喜，以为完了一场读书之愿。只可恨死了儿子，终属空喜。忽报房刻成会试录，送了一本来看。郭乔要细细看明，好会同年。看见自家是第三十三名郭乔，庐州府合肥县生员；再看到第三十四名，就是一个郭梓，韶州府东昌县附学生。心下老大吃了一惊，暗想道："我记得广东米氏别我时，他曾说已有五月之孕，恐防生子，叫我先定一名，我还记得所定之名，恰恰正是郭梓。难道这郭梓，就是米氏所生之子？若说不是，为何恰恰又是韶州府乐昌县，正是米氏出身之地？但我离广东，屈指算来，只好二十年。若是米氏所生之子，今才二十岁，便连夜读书，也不能中举中进士如此之速。"心下狐疑不了，忙吩咐长班去访这中三十四名的郭爷，多大年纪了，寓在那里，我要去拜他。长班去访了来，报道："这位郭爷，听得人说他年纪甚小，只好二十来岁，原是贫家出身，盘缠不多，不曾入城，就住在城外一个冷饭店内。闻知这郭爷，也是李翰林老爷房里中的，与老爷正是同门。明日李老爷散生日，本房门生都要来拜贺。老爷到李老爷家，自然要会着。"郭乔听了大喜。

到了次日，日色才出，即具了贺礼，来与李翰林拜寿。李翰林出厅相见。拜完寿，李翰林就问道："本院闲散诞辰，不足为贺。贤契为何今日来得独早？"郭乔忙打一恭道："门生今日一来奉祝，二来还有一狐疑之事，要求老师台为门生问明。"李翰林道："有甚狐疑之事？"郭乔遂将随母舅之任，游广东并娶妾米氏，同住了二年有余，临行米氏有孕，预定子名之事，细细说了一遍。道："今此郭兄，姓同名同，年又相同，地方又相同，大有可疑。因系同年，不敢轻问。少顷来时，万望老师台细细一询，便知是否。"李翰林应允了。

不多时，众门生俱到，一面拜过寿，一面众同年相见了，各叙寒温。坐定，李翰林就开口先问郭梓道："郭贤契，贵庚多少了？"郭梓忙打一躬道："门生今年正交二十。"李翰林又问道："贤契如此青年，自然具庆了，但不知令尊翁是何台讳？原习何业？"郭梓听见问他父亲名字，不觉面色一红，沉吟半晌，方又说道："家父乃庐州府生员，客游于广，以荫门生。门生生时，而家父已还，尚未及面，深负不孝罪。"李翰林道："据贤契说来，则令堂当是米氏了。"郭梓听了大惊道："家母果系米氏，不知老师台何以得知？"李翰林道："贤契既知令尊翁是庐州府生员，自然知其名字。"郭梓道："父名子不敢轻呼，但第三十三名的这位同年，贵姓尊名，以及郡县，皆与家父相同，不知何故。"李翰林道："你既知父亲是庐州生员，前日舟过庐州，为何不一访问？"郭梓道："门生年幼，初出门，不识道途，又无人指引，又因家寒，资斧不裕，又恐误了场期，故忙忙进京，未敢迂道。今蒙老师台提拔，侥幸及第，只俟廷试一过，即当请假到庐州访求。"李翰林笑道："贤契如今不消又去访求了，本院还你一个父亲罢！这三十三名的正是他。"郭梓道："家母说家父是生员，不曾说是举人进士。"李翰林又笑道："生员难道就中不得举人进士的么？"郭乔此时，已看得明白，听得明白，知道确乎是他的儿子，满心狂喜，忍不住走上前说道："我儿，你不消疑惑了，你外祖父可叫做米天禄？外祖母可是范氏？你母亲可是三月十五日生日？你住的地方，可叫做种玉村？这还可以盗窃。你看你这当眉心的这一点黑痣，与我眉心这一点黑痣，可是假借得来的？你心下便明白了。"

郭梓忙抬头一看，见郭乔眉心一点黑痣，果与自家的相同。认真是实，方走上前一把扯着郭乔，拜伏于地道："孩儿生身二十年，尚不知木本水源，真不肖而又不孝矣！"郭乔连忙扶起他来道："汝父在诗书中埋尘一生，今方少展，在宗祀中不曾广育，遂致无后。今无意中得汝，又赖汝母贤能，教汝成名，以掩饰汝父之不孝，可谓有功于祖父，诚厚幸也！"随又同郭梓拜谢李翰林道："父子同出门墙，恩莫大矣。又蒙指点识认，德更加焉。虽效犬马衔结，亦不能补报万一！"李翰林道："父子暌离，认识的多矣。若父子乡会同科，相逢识认于金榜之下，则古今未之有也，大奇，大奇！可贺，可贺！"众同年俱齐声称庆道："果是希有之事。"李翰林留饭，师生欢然，直饮得尽醉方散。

　　郭梓遂不出城，竟随到父亲的寓所来同宿，便细细问广中之事。郭梓方一一说道："外祖父母，五六年前俱已相继而亡，所有田产为殡葬之计，已卖去许多，余下者又无人耕种，取租有限，孩儿从师读书之费，皆赖母亲日夜纺绩以供。"郭乔听了，不觉涕泪交下道："我郭乔真罪人也！临别曾许重来，二十年竟无音问，家尚有余，置之绝地，徒令汝母受苦，郭乔真罪人也！廷试一过，即当请告而归，接汝母来同居，以酬他这一番贞守之情，教子之德。"郭梓唯唯领命。到了廷试，郭乔止殿在二甲，选了部属。郭梓到殿了探花，职授编修。父子一时荣耀。在京住不多时，因记挂着要接米氏，郭乔就告假祭祖，郭梓就告假省母，命下了，父子遂一同还乡。座师同年，皆以为荣，俱来饯送，享极一时之盛。正是：

　　　　来时父子尚暌违，不道相逢衣锦归。
　　　　若使人生皆到此，山中草木有光辉。

　　郭乔父子同至庐州，此时已有人报知武夫人。武夫人见丈夫中了进士，已喜不了，又见说广东妾生的儿子又中了探花，又认了父亲，一同回来，这喜也非常，忙使人报知母舅王衮。此时王衮因行取已在京做了六年御史，告病还家，闻知此信，大喜不胜，连忙走来相会。郭乔到家，先领郭梓到家堂里拜了祖宗，就到内庭拜了嫡母。拜完了，然后同出前厅，自先拜了母舅，就叫郭梓拜见祖母舅。拜完，郭乔因对郭梓说道："我娶你母亲时，还是祖母舅为媒，替我行的聘礼，当时为此，实实在有意无意之间。谁知生出汝来，竟接了我郭氏一脉，真天意也，真快幸也。"武氏备出酒来，大家欢饮方散。

到了次日，府县闻知郭乔中了进士，选了部郎，又见他儿子中了探花，尽来贺喜请酒；又是亲朋友作贺，直闹个不了。郭梓记挂着生母在家悬望，只得辞了父亲、嫡母回去。郭乔再三嘱付道："外祖父母既已谢世，汝母独立无依，必须要接来同居，受享几年，聊以报他一番苦节。"郭梓领命，昼夜兼行赶到韶州，报知母亲说："父亲已连科中了进士，在榜上看出姓名籍贯，方才识认了父子。遂同告假归到庐州，拜见了嫡母。父亲与嫡母，因前面的儿子死了，正忧无后，忽得孩儿承续了宗祧。但父亲与嫡母，俱感激母亲不尽，再三吩咐孩儿，叫迎请了母亲去，同享富贵，以报母亲往前之苦。此乃骨肉团圆大喜之事，母亲须要打点速去为妙。"米氏听见郭乔也中了进士，恰应他母亲梦中神道"贵人之妻，贵人之母"之言，不胜大喜。因对儿子说道："你为母的，孤立于此，也是出于无奈。今既许归宗，怎么不去？"因将所有田产房屋，尽付与一个至诚的乡邻，托他看守父母之冢，自家便轻身随儿子归宗。此时府县见郭梓中了探花，尽来奉承，闻知起身归宗，水路送舟船，旱路送车马，赆仪程仪，络绎不绝，故母子二人，安安然不两月就到了庐州。

郭乔闻报，遂亲自乘轿到舟中来迎接。见了米氏，早深深拜谢道："夫人临别时，虽说有孕，叫我定名，我名虽定了，还不深信。谁知夫人果然生子，果然苦守二十年，教子成名，续我郭氏戋戋之一脉。此恩此德，真虽杀身亦不能酬其万一，只好日日跪拜夫人，以明感激而已。"米氏道："贱妾一卖身之婢，得配君贵人，已荣于华衮，又受君之遗，生此贵子，其荣又为何如？至于守身教子，皆妾分内之事，又何劳何苦，而过蒙垂念？"郭乔听了，愈加感叹道："二夫人既能力行，而又不伐，即古贤淑女，亦皆不及，何况今人！我郭乔何幸，得遇夫人，真天缘也！"遂请米氏乘了大轿，自与儿子骑马追随。到了门前，早有鼓乐大吹大擂，迎接入去。

抬到厅前歇下，闲人就都回避了，早有侍妾掀起轿帘，请他出轿。早看见武夫人立在厅上接他，他走入厅来，看见武夫人，当厅就是一跪，说道："贱妾米氏，禀拜见夫人！"武夫人见他如此小心，也忙跪将下去，扶他道："二夫人贵人之母也，如何过谦！快快请起。"米氏道："子虽不分嫡庶，妾却不能无大小之分。还求大夫人台座，容贱妾拜见。"武夫人道："从来母以子贵，妾无子之人，焉敢称尊！"此时郭乔、郭梓俱已走到，见他二人逊让不已，郭梓只得跪在旁边，扶定武夫人，让米氏拜了两拜，然后放开手，让武夫人还了两拜，方才请起。武夫人又叫家中大小仆婢，俱来拜见二夫人。拜完，然后同入后堂，共饮骨肉团圆之酒。

自此之后，彼此相敬相爱，一家和顺。郭乔后来只做了一任太守，便不愿出任。郭梓直做到侍郎，先封赠了嫡母，后又封赠了生母方已。后人有诗赞之道：

> 施恩只道济他人，报应谁知到自身。
> 秀色可餐前种玉，书香能续后生麟。
> 不曾说破终疑幻，看得分明始认真。
> 未产命名君莫笑，此中作合岂无因。

第二回

卢梦仙江上寻妻

> 科第从来误后生，茫茫今古伴青灯。
> 一时名落孙山榜，六载人归杨素门。
> 志苦自邀天地眷，身存复鼓瑟琴声。
> 落花流水情兼有，莫向风尘看此君。

话道人生百年之内，却有许多离合悲欢。这离合悲欢，非是人要如此，也非天要人如此，乃是各人命中注定，所以推不去，躲不过，随你英雄豪杰，跳不出这个圈子。

然古今来离而复合、悲后重欢的事体尽多。如今先把两桩极著名的来略言其概。一个是陈朝乐昌公主，下嫁太子舍人徐德言，夫妻正是一双两好。那知后主陈叔宝荒淫无道，被隋朝攻入金陵，国破家亡。乐昌夫妻，各自逃生，临别之时，破镜各执，希冀异日再合。到后天下平静，德言于正月十五元宵之夜，卖破镜为繇，寻访妻子下落；这东昌已落在越公杨素府中，深得爱宠。东昌不忘旧日恩情，冒死禀知越公，也差人体访德言，恰好相值。越公召入府中，与乐昌公主相会。亏杨素不是重色之徒，将乐昌还与德言，重为夫妻。还有个余姚人黄昌，官也不小，曾为蜀郡太守。当年为书佐之时，妻子被山贼劫去，流落到四川地方，嫁个腐酒之人，已生下儿子。及黄昌到四川做太守时，其子犯事，娘儿两人同到公堂审问。黄昌听见这妇人口气，不像四川人，问其缘故，乃知当初被山贼劫去的妻子，即是此人，从此再合。

看官，这两桩故事，人都晓得，你道为何又宣他一番？止因女子家是个玻璃盏，磕着些儿便碎；又像一匹素白练，染着皂煤便黑。这两个女人，虽则复合，却都是失节之人，分明是已破的玻璃盏，染皂煤的素白练，虽非点破海棠红，却也是风前杨柳，雨后桃花，许多袅娜胭脂，早已被人摇摆多时，冷淡了许多颜色，所以不足为奇。如今只把个已嫁人家，甘为下贱，守定这朵朝天莲、夜舒荷，交还当日的种花人，这方是精金烈火，百炼不折，才为希罕。正是：

贞心耿耿三秋月，劲节铮铮百炼金。

话说成化年间，扬州江都地方，有一博雅老儒李月坡，妻室已丧，止有一女，年方九岁，生得容貌端妍，聪明无比。月坡自幼教他读书，真个闻一知十，因此月坡命名妙惠。邻里间多有要与月坡联姻。月坡以女儿这个体格，要觅一个会读书的子弟为配，不肯轻易许那寻常儿童。月坡自来无甚产业，只靠坐馆膳生，从古有砚田笔耒之号，虽为冷淡，原是圣贤路上人。

这一年，在利津门龚家开馆，龚家有个女学生，年纪也方九岁。东家有个卢生，附来读书。那卢生学名梦仙，以昔日邯郸卢生，为吕洞宾幻梦点化，登了仙录，所以这卢生取名梦仙，字从吕。其父卢南村，是个富不好礼之人；其母姓骆，也不甚贤明大雅，却生得卢梦仙这个好儿子。自到龚家附学，本自聪明质地，又兼月坡教道有方，年纪才止十岁，书到读了一腹。刚刚学做文字，却就会弄笔头，长言短句，信笔而成。因资性占了十分，未免带些轻薄。一日，见龚家女学生，将出一柄白竹扇子，画着松竹花鸟，梦仙借来一观，就拈笔写着两行大字道：

　　一株松，一竿竹，一双凤凰独自宿。有朝一日效于飞，这段姻缘真不俗。

　　写罢，送还女学生。女学生年小，不知其味。不想龚家主人出来看见，大怒起来，归怨先生教训不严。月坡没趣，罚卢梦仙跪下，将一方大石砚台，顶在头上，正在那里数说他放肆，不觉肩上被扇子一拍，叫道："月坡为甚事将学生子这样大难为？"月坡回头看时，却是最相契的朋友雷鸣夏，原是扬州府学秀才。月坡即转身作揖，龚主人也来施礼，宾主坐下。雷秀才又问道："这学生为甚受此重罚？"月坡将题扇的事说出。雷秀才笑道："虽则轻薄，却有才情。我说分上，就把顶石而跪为题，一样照前体制，若对偶精工，意思亲切，便放起来；若题得不好，然后重加责罚。"那卢梦仙又依前对上几句道：

　　一片石，一滴水，一个鲤鱼难摆尾。今朝幸遇一声雷，劈破红云飞万里。

　　雷秀才见了大喜，叫道："有这等奇才，定是黄阁名臣，青云伟器。我当作伐，就求龚家女生，与他配成两姓之好。"龚主人也是回嗔作喜，说道："果是奇才！但愧小女福薄，先已许字，不能从命。雷秀才道："东家不成，便求西家。月坡有位令爱，想是年貌相等，何不就招他为婿！"月坡正有此意，谦逊道："我是儒素，他是富家，只怕乃尊不肯。"雷秀才道："或者合是天缘，也未可知。待我与贵东，同去作伐，料然他不好推托。"道罢别去。雷秀才择个好日，约龚主人同到卢家去为媒。一则卢梦仙与李妙惠合该是夫妻；二来卢南村平昔极是算小，听说行聘省俭，聘金又不受，正凑其趣；三则又是秀才为媒，自觉荣耀，因此一说就成。选起吉期，行了聘礼，结为姻眷。

到十九岁上，卢南村与梦仙完婚，郎才女貌，的是一对。更兼妙惠从小知书达礼，待公姑十分恭敬，举动各有礼节。又劝丈夫勤学，博取功名，显扬父母。梦仙感其言，发愤苦功。至二十一岁，案首入学，以儒士科举，中礼记经魁。那时喜到了卢南村，乐杀了骆妈妈。人都道卢南村一字不识，却生这个好儿子，中了举人。因起了个浑名，叫卢从吕为卢伯骍，隐着犁牛之子骍且角的意思。这是个背后戏语，卢家原不晓得。

此时亲戚庆贺云集，门庭热闹。乡里间平昔与卢南村有些交往的，加倍奉承，凑起分金，设席请他父子。梦仙见房师去了，止有卢南村独自赴酌，饮至酒后，众人齐道："卢大伯，今日还是举人相公的令尊。明年此时，定是进士老爷的封君了。我们乡里间有甚事体，全要仗你看顾。"卢南村道："这个自然。只是我若做了封君，少不得要常去拜府县。不知帖子上该写甚么生。到了迎宾馆里，不知还是朝南坐，朝北坐。这些礼体，我一毫不晓。"内中一人道："我前见张侍郎老封君拜太爷，帖子上写治生。不知新进士封君，可该也是这般写。"卢南村道："一般封君，岂有两样，定然写治生了。你可曾见是朝南坐，朝北坐？"那人道："这到没有看得。"众人道："大伯不消费心，但问令郎相公，便明白了。"南村道："有理，有理。近处不走，却去转远路。"酒罢散去，这些话众人又都传开去。有那轻薄的，便笑道："怪道人叫他儿子是卢伯骍，果然这样妙的。"又有个下第老儒说道："这样学生子，乳花还在嘴上，晓得什么文章。偷个举人到手也勾了，还要想进士，真个是梦仙了。"这个话，又有人传入卢南村耳中。

那老儿平日又不说起，直到梦仙会试起身之日，亲友毕集饯行，却说道："儿子，你须争气，挣了进士回来。莫要不用心，被人耻笑。"梦仙道："中不中，自有天命，谁人笑得。"卢南村道："你不晓得，有人在背后谈议，如此如此，又叫你是什么卢伯骍。"梦仙本是少年心性，听了这话，不觉面色俱变道："原来恁地可恶，把我轻视也罢了，如何伤触我父亲，此恨如何消得。"众亲俱劝道："此乃小辈忌妒之言，不要听他。"丈人李月坡也说道："背后之语，何足介意。你只管自己功名便了。"梦仙道："若论文章，别个或者还抱不稳，我卢从吕不是自夸，信笔做来，定然高高前列。众高亲在此，若卢从吕不能中进士回来，将烟煤涂我个黑脸。"众亲道："怎这般说，此去定然高中。"为这上酒也不能尽欢，快快而别。这一番说话，分明似：

打开鸾凤东西去，拆散鸳鸯南北飞。

卢梦仙离了家乡，一路骡轿，直至京师。下了寓所，因愤气在心，足迹不出，终日温习本业。候到二月初九头场，进了贡院，打起精神，猛力的做成七篇文字。大抵乡会试所重只在头场，头场中了试官之意，二三场就不济也是中了。若头场试官看不上眼，二三场总然言言经济，字字珠玑，也不来看你的了。这卢梦仙自道："这七篇文字从肥肠满脑中流出，一个进士，稳稳拿在手里了。"好不得意。

过了十二二场，到十四夜，有个同年举人，到他寓所来商议策题。说："方今边疆多事，钱粮虚耗。欲暂停马市，又恐结怨夷人。欲复辟屯田，又恐反扰百姓。只此疑义，恐防明日要问，如何对答。"两人灯前商议，未免把酒留连。及至送别就寐，却已二鼓。方才着枕，得其一梦，梦见第三场策题，不问屯田马市，却是问盐场俱在扬州，盐客多在江西，移盐场分散江西，盐从何出；移盐客尽居扬州，法无所统，计将揆度两处地宜。方欲踌躇以对，家人来报，贡院已将关门，忽然惊觉。忙忙收拾笔砚，赶到贡院前，却已无及。那知场中已看中头场，本房拟作首卷。看了二场，却没有三场，只得叹口气，将来抽掉。正是：

只因旧日邯郸路，梦里卢生误着鞭。

卢梦仙既不终场，即同下第。思量起在众亲面前说了大话，有何颜回去相见。只这众亲也还不大紧，可不被这背后讥诮我的笑话。思想了一回道："在家也是读书，在外也是读书，不如就此觅个僻静所在，下帷三年。等到后科，中了回去，还遮了这羞脸。"意欲寄封家信回去，又想一想："父亲是不耐静的，若写书回去，一定把与人看，可不一般笑话。索性断绝书信，到也泯然无迹。大凡读书人最腐最执，毋论事之大小，若执定一念，任凭你苏秦张仪，也说他不动，金银宝贝，也买他不转。这卢梦仙止为出门时说了这几句愤气话，无颜归去，也该寄书安慰父母妻子，知个踪迹下落。他却执泥一见，连书信也绝了，岂非是一团腐气。梦仙寻了西山一间静室，也不通知朋友，悄地搬去住下。这西山为燕都胜地，果然好景致。怎见得，但见：

西方净土，七宝庄严。莲花中幻出僧伽，不寒不暑；懒慢国转寻极乐，无古无今。燕子堂前，总是维摩故宅；婆罗树下，莫非长者新宫。息舟香阜，悟得寿无量，愿无量，相好光明无量。怅别寒林，还思小乘禅，大乘禅，野狐说法乘禅。庐峰惠远和泉飞，莲社渊明辞酒到。广开十笏，遍置三田。如来丈六金身，士子三年铁砚。方知佛教通儒教，要识书堂即佛堂。

卢梦仙到了西山，在菩萨面前，设下誓愿，说："若卢梦仙不得金榜题名，决不再见江东父老。"自此闭关读书，绝不与人交往。同年中只道他久已还家，那里晓得却潜居于此，这也不在话下。

且说卢南村眼巴巴望这报录人来，及至各家报绝，竟不见到，眼见得是不曾中了。那时将巴中的念头，转又巴儿子还家。谁知下第的举人，尽都归了，偏是卢梦仙信也没有一封。南村差人到同年家去问，俱言三场后便不见在京，只道先已回了。南村心里疑惑，差人四处访问，并无消耗。有的猜摸道："多分到那处打秋风，羁留住了。须有些采头，然后归哩。"因这话说得近理，卢南村将信将疑。又过了几月，忽地有人传到一个凶信，说卢梦仙已死于京中了。这人原不是有意说谎，只因西安府商州，也有个举人卢梦仙，会试下第，在监中历事身死，错认了扬州卢梦仙。以讹传讹，直传到卢南村家来。论起卢南村若是有见识的，将事件详审个真伪才是。假如儿子虽死，随去的家人尚在，自然归报。纵或不然，少不得音信也有一封，方可据以为准。这卢南村是个不通文理的人，又正在疑惑之际，得了此信，更不访问的确，竟信以为真。那时哭到了李妙惠，号杀了骆妈妈。卢南村痛哭，自不消说起。连李月坡也长叹感伤，说："可惜少年英俊，有才无寿。"与南村商议，女婿既登乡榜，不可失了体面，合当招魂设祭，开丧受吊。料想随去的家人，必无力扶榇回乡，须另差人将盘缠至京，收拾归葬。卢南村依其言语，先挂孝开丧，扶榇且再从容。卢家已是认真，安有外人反不信之理。自此都道卢梦仙已死，把南村一团高兴，化做半杯雪水。情绪不好，做的事件件不如意，日渐消耗。更兼扬州一带地方，大水民饥，官府设法赈济，分派各大户，出米平粜。卢南村家事已是萧条，还列在大户之中。若儿子在时，还好去求免，官府或者让个情分。既说已故，便与民户一般。卢南村无可奈何，只得变卖，完这桩公事。那知水灾之后，继以旱蝗疫疠，死者填街塞巷，惨不可言。自大江以北，淮河以南，地上无根青草，树上没一片嫩皮。飞禽走兽，尽皆饿死。各人要活性命，自己父母，且不能顾，别人儿女，谁肯收留。可惜这：

　　二十四桥明月夜，玉人何处去吹箫。

那时卢南村家私弄完，童仆走散。莫说当大户出米平粜，连自己也想要吃官米了。李月坡本地没处教书，寻得个凤阳远馆，自去暂度荒年。尝言人贫智短，卢南村当时有家事时，虽则悭吝，也还要些体面。到今贫窭，渐渐做出穷相形状，连媳妇只管嫌他吃死饭起来。且又识见浅薄,夫妻商议道:"儿子虽则举人,死人庇护活人不得。媳妇年纪尚小,又无所出,守寡在此,终须不了。闻得古来公主也有改嫁,命妇也有失节,何况举人妻子。不如把他转嫁,在我得些财礼,又省了一个吃死饭的。媳妇又有所归,完了终身,强似在此孤单独自,熬清守淡,岂非一举两得。且此荒歉之时,好端端夫妇,还有拆散转嫁,各自逃命。寡妇晚嫁,是正经道理,料道也没人笑得。"骆妈妈道:"此正是救荒之计。但媳妇平昔虽则孝顺,看他性子,原有些执拗,这件事不知他心里若何。如今且莫说起,悄悄教媒人寻了对头。那时一手交钱,一手交货,送他转身,那时省了好些口舌。"

卢南村连声道是,暗地与媒婆说知。那些媒婆中,平昔也有曾见过李妙惠的,晓得才貌贤德兼备,即日就说一个富家来成这亲事。你道这富家是何等样人?此人姓谢名启,江西临川人。祖父世代扬州中盐,家私巨富,性子豪爽。年纪才三十有余。好饮喜色,四处访觅佳丽。后房上等姬妾三四十人,美婢六七十人,其他中等之婢百有余人。临川住宅,屋宇广大,拟于王侯。扬州又寻一所大房作寓。盐艘几百余号,不时带领姬妾,驾着巨舰,往来二地,是一个大挥霍的巨商,会帮衬的富翁。今番闻得李妙惠又美又贤,多才多艺,愿致白金百两,彩币十端,娶以为妾。

卢南村听说肯出许多东西,喜出望外。与骆妈妈商议了几句言语,去对李妙惠说道:"娘子,你自到我家,多感你孝顺贤惠,不致把我夫妻怠慢。我儿子中了举人,只指望再中个进士,大家兴头。那里说起,中又不中,连性命也不得归家。我两个老狗骨头命穷,自不消说起。却连累你小小年纪,一般受苦,心中甚不过意。因此商量,不如趁这青春年少,转嫁一人,生男育女,成家立业,岂不强似在此熬清受淡。恰好有个盐商,愿来结亲,今与娘子说明,明日便送礼来,后日过门。房户中有甚衣饰,你通收拾了去,我决不要你一件。"

李妙惠听了,分明青天中打下一个霹雳,惊得魂魄俱丧,涕泪交流,说道:"媳妇自九岁结缡褵,十八于归。成婚虽则三载,誓盟已订百年。何期赋命不辰,中道捐弃,夫之不幸,即妾之不幸也。闻讣之日,即欲从殉。一则以公姑无人奉养,欲代夫以尽温凊;二则仆人未归,死信终疑,故忍死以俟确音。倘果不谬,媳妇当勉尽心力,承侍翁姑。百年之后,亦相从于地下,是则媳妇之志也。何公姑不谅素心,一旦忽生异议,不计膝下之无人,乃强媳妇以改适?然未亡人虽出寒微,幼承亲训,颇知书礼,宁甘玉碎,必不瓦全。再醮之言,请勿启齿。如必欲媳妇失节,有死而已。"说罢,号恸不止。

卢南村只知要这百金财礼,那里听他这些说话,乃道:"娘子,你有志气,肯与我儿子守节,看承我两人,岂不知是一片好意,一点孝心。但我今时家事已穷,口食渐渐不周,将什么与你吃了,好守孤孀。况且如此荒年,那家不卖男鬻女来度命。没奈何也想出这个短见,劝你勉强曲从。待我受这几两财礼,度过荒年,此便是你大孝了。"妙惠听了,明白公姑只贪着银子,不顾甚么礼义,说也徒然。想了一想,收了泪痕,说道:"公婆主意已定,怎好违逆,只得忍耻再嫁便了。但明日受聘,后日成婚,通是吉日,哭泣不祥。媳妇有两件衣服,原是当时聘币,如今可将去,换些三牲祭礼,就今日在丈夫灵前祭奠一番,以完夫妇之情。"卢南村见他应承,只道是真,好生喜欢。说道:"祭礼我自来备办,不消你费心。"妙惠道:"还是把衣服去换来,也表我做妻子的真念。"道罢,走回房中,取了两件衣服,交与骆妈妈。卢南村看了想道:"这衣服急切换东西,须要作贱。把来藏过,另将钱钞去买办。"

此时妙惠已决意自尽,思量死路,无过三条:刀上死,伤了父母遗体;河里死,尸骸飘荡;不如缢死,到得干净。算计已定,拈起笔来,写下一篇祝词。少顷,祭礼完备,摆列灵前,妙惠向灵前拜了四拜。上香陈酒已毕,又拜四拜。祝道:"孝妇李妙惠,矢心守志,奈何公姑不听,强我改适。违命则不孝,顺颜则失节。无可奈何,谨陈絮酒，叩泣几筵。英灵不昧，鉴我微忱，芜词上祝，去格来歆。"取出祭文，读道：

惟灵蚤慧，词坛擅名。弱冠鹊起，秋风鹿鸣。
奋翮南宫，铩羽北溟。文星昼殒，泉台夜扃。
彼苍胡毒，生我无禄。幼失怙屺，惟亲育鞠。
伉俪君子，琴瑟雍穆。中道永违，遗我茕独。
死生契阔，音容杳绝。罹此百忧，五内摧裂。
涕泗滂沱，泪枯继血。自矢柏舟，荼苦甘啮。
高堂不怿，强以失德。之死靡他，我心匪石。
长恨无穷，铭腑刺骼。天地有终，捐躯何惜。
英魂对越，与君陈说。生则同衾，死则同穴。
来则冰清，去则玉洁。长辞尘世，徜徉泉阙。
呜呼哀哉，惟灵鉴彻。

读罢祭文，又拜四拜，焚化纸钱，放声号哭一场。哭罢，又请卢南村老夫妻坐下，也拜四拜说道："自今之后，公婆须自家保重，媳妇已不能奉侍了。"卢南村道："娘子，这事我原不得已而为之。你到谢家，若念旧日情义，常来看顾我，也胜似看经念佛。"李妙惠含糊答应，自归房去。那骆妈妈比老儿又乖巧几分，心里猜疑道："媳妇这个举动，不像真心肯嫁的，莫不做出甚么把戏来？"暗自留心观看，见房门已是闭上。悄地张时，只见将过一个椅儿，放在床前，踏将上去，解下腰间麻经，吊在床檐上，做个圈儿套在颈上。惊得骆妈妈魂飞魄散，把房门乱打，叫道："娘子，你怎么上这条路，断使不得的！"又叫："老官快来，媳妇上吊哩！"那老儿听见，也吃了一吓，带奔带跌走来。打开房门，妙惠已是踢到椅儿悬空挂下了。老夫妻连忙救下来，扯去麻经，卢南村叫阿妈安慰，自往外边。

李妙惠哭道："婆婆何不方便了媳妇，却又解放我下来。"骆妈妈也带着哭泣劝道："事体虽则公公不是，肯不肯还在于你，怎就这般短见。"李妙惠道："公公念媳妇年小无倚,叫我改嫁,原是好意。但媳妇自想,幼年丧母,早年丧夫,又遭此凶荒,孤穷之命,料想终身无好处。若一嫁去,又变出些甚么事故,岂不与今日一般吗?为此不如寻个自尽,到得早生净土。"骆妈妈道："一朵花方才放,怎说这样尽头话。快不要如此,待我与老官儿商量,再从长计较。"李妙惠道："多谢婆婆,媳妇晓得了。"骆妈妈劝了一回,也走出房去。

妙惠虽则一时听劝,到底寻死是真,救活是假。南村夫妇恐怕三不知做出事来,反担着鬼胎,昼夜防守。背地商量道："这桩事到弄得不好了,你我那里防备得许多。一时间弄假成真,上了这条道路,李亲家虽在凤阳处馆,少不得要把个信儿与他。倘或回来,翻转面皮,道你我逼勒改嫁不从而死,到官司告起状词,这样穷迫之时,可是当得起的。如今还是怎样处?"骆妈妈想了一想,说："有个道理在此。媳妇尝说姨娘方妈妈是个孤孀,就住在李亲家间壁。媳妇女工针指,俱是他所教,如嫡亲母子一般。前年儿子中了,也曾接来吃酒。你可去央他来劝谕媳妇,自然听从。"卢南村依了妈妈,即便到方姨娘家去。相见礼毕,将教媳妇改嫁不从寻死的话,实实告诉一番,说特来央求姨母到舍劝解。方姨娘听罢,沉吟了一回,答道："甥女是少年性子,但知夫妇恩深,那晓得守寡的苦楚。"南村因这句话投机,心里喜欢,随口道："可是守寡是个难事,娘子只道我是歹意,生起短见。姨母若劝得他转,自当奉谢。"方姨娘笑道："这到不劳亲家费心。非义之物,老身自来不取的。况甥女是执性的,也未必肯听。亲家先请回,老身随后便来。"南村归不多时,方姨娘已至。

骆妈妈相迎,送入媳妇房里道："姨母请坐,待我取点茶来。"姨娘看妙惠斩衰重服,麻经拦腰,而愁容惨戚,泪眼未干。一见姨娘,向前万福,愈加悲切,哽哽噎噎,那里说得出一个字儿。方姨娘携住了手,把袖子与他拭泪道："贤甥,你怎哭得这个模样!休得过伤,苦坏了身子。"妙惠道："儿已不愿生了,还顾甚么身子。"方姨娘道:

"你休执性，夫妻恩情虽重，然死生各有命数。做姨娘的，当日姨夫去世，也愿以死相从，因死而无益，所以今日尚在。"妙惠道："姨娘当日无有意外之变，是以苦守清节，得至于今。甥女虽然愚昧，志愿岂不亦欲如此。无奈公婆错见，强我改嫁。苦口极言，弗能回听，故不得不以死为幸。"方姨娘道："我因闻知有这些缘故，为此特来看你。但死而有益，我也不劝你了。只可惜死而无益，可不枉了一死。"妙惠道："以身殉夫，妇人常事，有甚有益无益。"方姨娘道："你且从容，待我慢慢与你讲这道理。若说得是，你便听了。说得不是，一凭你自家主裁何如？"妙惠听了这话，便止住号哭。恰好骆妈妈送进茶来，彼此各叙寒温，说些闲话。茶罢，摆过酒肴款待，留住过夜。

　　到了晚间，妙惠请问死而有益无益的缘故。方姨娘道："女子以身殉夫，固是正理，然其间亦有权变，不可执泥一见。古来多少妇人，夫死之日，随亦自尽，这叫做烈妇。虽则视死如归，正气凛凛，然终比不得节妇。却是为何？这烈妇，乃一时愤激所致。怎如节妇，自少至老，阅历多少寒暑风霜，凄凉寂寞。自始至终，冰清玉洁，全节完名，可不胜于烈妇几倍。"妙惠道："甥女初意，原不欲死。止为公婆要我改嫁，才兴此念。"方姨娘道："你且慢着，待我说来听。自来妇人既失所天，唤做未亡人，言所欠一死耳。做节妇的，岂不知以身殉夫，反得干净，却肯受这许多凄凉苦楚。其间或有公姑，别无兄弟。若夫妇俱亡，父母谁养。故不得不留此身，以代丈夫养亲。或无公姑，却有子嗣。或在襁褓，或在稚年，若还随夫身死，儿孤谁育。又不得不留此身，为夫抚养成立，承绍宗祀。故节妇不似烈妇止全一身，所以为贵。像你虽无子嗣，却有公姑。理当代夫奉侍，养生送死。不幸遭此岁荒家窘，要你改嫁。为朝夕薪水之计，此或出于不得已，未可知也。倘若一旦自尽，公姑不惟不得嫁资，以膳余生，反使有逼嫁不义之名。烈则烈矣，但不能为丈夫始终父母，恐在九泉，亦有遗恨，此便是死而无益。"

妙惠道："据姨娘所见，还当如何？"方姨娘道："依我所见，不若反经从权，顺从改适，以财礼为公姑养老之资。你到其家，从实告以年荒岁歉，公姑有命改嫁，实非本心。况是孝廉结发，义不受辱。仁人君子，何处无之。倘此人慷慨仗义，如冯商还妾故事，完璧仍归，也未可知。设或其人如登徒好色之流，强成伉俪，那时从容就死，下谢卢郎。如此则公姑又不失所望，在你孝义节烈之名兼得，这便是死而有益。"妙惠听了，到身下拜道："姨娘高见，甥女一如所教便了。"方姨娘扶起，遂各就寝。

到次日，方姨娘与卢南村说："舍甥女已听老身劝谕，情愿改适，亲家只管受聘便了。"卢南村大喜道："多谢姨娘费心。"方姨娘又道："主婚改嫁，在亲家自是不差。但卢家媳妇，却是李宅女儿，舍亲李月坡又是执性的人，若不通知，后来埋怨不小。还该写书道达他才是，趁我在此，与你觅便寄去。"南村道："姨母说得有理。但要写书，却是难我了，这事又不好央人代笔，只得胡乱写几句与他罢。"提起笔来，直是千斤之重。糊涂墨突，写出几个字来，写道：

南村拜字，月坡见字：年岁荒者，家里穷哉，无饭吃矣。娘子苦之，转身去也。现有方姨妈做保山，不是我与房下草毛白付。你亲家年前放学归来，可到晚女婿盐商谢客人处，问令爱便知焉。

写罢，交与方姨娘，姨娘看见大笑。南村道："想必姨母肚里通透，我书中许多学问，都解得出的。"方姨娘又笑道："亲家大才，那里便解得出，可将来封好。"妙惠道："甥女少不得也要写几个字儿与爹爹，待我一并封罢。"遂取过笔砚，写道：

儿妙惠百拜裣衽上父亲电览：父之许配卢生，真如郭爱延明，郤怜逸少。乘龙未几，即赴春闱。岂期杏花马上郎，退三舍避之；不克沉船破釜，徒作李方叔抱恨重泉。虽曰命数有定，然亦与经沟渎者何异。讣音远来，虽非实有所据，然寒霜再易，岂真鳞绝网罗，鸿归赠缴。死者既已无知，生者愈多桎梏。忍将白铓，夺我青灯。夜哭既非，朝餐犹咽。愧远我父母兄弟，理宜主掌于他人。琵琶自抱，生死为邻。此未可以笔墨传，且不能以须臾决也。惟痛母骨早寒，父恩未报。此去或作鬼磷残焰，隐跃吾父床头。是耶非耶，见于无形，听于无声。或将铁马嘶风，作儿子梦中环佩。从此泣血，问寝永无期矣。

写罢，将南村书共做一封，付与姨娘。方姨娘收了，即作辞归家。妙惠送出堂前，牵衣说道："从此一别，永无相见之期，除非索我音笑于梦中耳。"道罢，涕泗交流。方姨娘也惨然洒泪而别。卢南村就去教媒婆促谢家行礼，谢启即日纳聘。

择吉过门。依然高灯花轿，笙箫鼓乐，迎到寓所。妙惠拜见谢启，送入房中。外边有众盐商及乡里亲戚，俱来闹新房庆喜，大吹大擂，直饮到三鼓方散。谢启已是烂醉如泥，扶入房中，和衣卧在床上，打鼾如雷。早有丫头报知谢启继母艾氏，传话吩咐众婢各自去睡。止留一人，在房伏侍。

原来谢启父亲，唤做谢能博。当先在扬州中盐，因丧了结发，就在扬州寻亲。这艾氏原是名门旧族，能博娶为继室。是时谢启年方三四岁，艾氏抚养，犹如亲生。谢启事之亦如嫡母，极其孝顺，一字也不敢违忤。这晚因是孤身，故此不出来受拜。当下众婢答应出去，伴婆多饮了几杯酒，也觉睡魔来到，说道："夜深了，请新娘安置。"妙惠道："你自稳便。"伴婆得了这话，赶着丫头们，去寻个宿处。这伏侍的丫头，也请妙惠安寝，亦教他去睡了，独自秉烛而坐。

直至天明，伴婆婢妇俱起身进房，看见妙惠端坐着，尽皆惊讶。须臾谢启睡醒坐起，方知夜来大醉，不曾解脱衣服，却不知新人怎样睡的。唤过丫头问，说是坐至天明，自觉不韵，暗称惭愧，急起身向外边书房中梳洗。一会儿差丫头进来，吩咐伴婆伏侍新娘，到堂中拜见婆婆。此时妙惠身不由主，只得出去。才步出房门，又有丫头来说："奶奶请新娘到房中相见罢。"遂引入房去向艾氏行个四拜之礼。艾氏叫取过凳儿，坐于旁边，丫头方才进茶。见谢启进来作揖，礼毕也就坐下。艾氏以妙惠是同乡，分外觉亲热。及叙起家门来，却又与李月坡是表兄表妹，一发亲上加亲，欢喜不胜。

妙惠暗想，有此机会，不将真情说出，更待何时，遂双膝跪下，再拜道："李妙惠有苦衷上禀，望婆婆矜怜则个。"口中才说这两句话，不觉已是泪流满面。艾氏连忙扶起道："有甚事，恁般苦楚？"妙惠含泪说道："妙惠幼许卢门，十八出嫁。成婚三载，夫中乡科。方以为家门庆幸，那知会试北上，竟为长往。又值连岁凶荒，家业尽倾。公姑令食，计无所出，乃议嫁妾，以支朝夕。意欲不听，则两亲必难保全。故忍死顺命，蒙垢就婚。今已至此，又复何言！第妇人从一而终，人所皆知。岂妙惠幼承亲训，反不识此？实以救饥无策，姑就权宜。伏望仁慈，悯念素心，全我节操。则自今以往之年，皆出所赐。"艾氏听了说道："原来有这缘故。但在卢家，节操可全，既归谢门，如何全得。"妙惠见艾氏略无周全之意，不觉面色俱变。又告道："婆婆既系老父雁行，若辱犹女于妾婢之类，不惟妙惠寒心，恐婆婆亦为不雅。况妙惠以儒家弱女，乡贡妻房，礼无再醮，义不受辱。矢志捐生，已决绝于出卢归谢之时矣。其所以不即死者，将谓昔时苏公有焚券之举，韩琦有还妾之事。仁人君子，何代无之。今谢郎门第素高，仁德久著。且闻后房佳丽如云，无需妙惠一人。何不效二公种此阴功，曲全孤穷大节。倘必不见舍，即当就义。言尽于此，一惟尊裁！"妙惠此时，辞色俱厉，有凛凛不可犯之状。谢启本为妙惠才色，故不惜厚聘，那知变出这个光景，大是骇异。因继母在前，不敢开口。

艾氏听了，沉吟不语。举目看妙惠面色已如死灰，暗想此女若强以失身，必致丧命。彼则全名全节，反累吾子受不义之名。或有奸徒，假借公道，构衅生端，希图攫利，在我家虽无大害，亦有小损。不如如此如此，两相保全，乃道："你志气虽则可敬，然既来我家，便是谢门人了,如何像得你意。"又对谢启道:"新妇是我表侄女,其意尚是执迷。且暂留伴我,从容劝转,那时送他归房。"谢启只得唯唯而退。正是:

满腔拨雨撩云意,反作停歌罢舞人。

谢启已去,艾氏对妙惠道:"总之我无嫡亲骨血,你无内外恩亲,姑媳是虚,母子亦假。目今将收拾西行,且暂时伴我,可保全你不破坏名节。"妙惠连忙下拜道:"若得婆婆如此施仁,妙惠生则奉侍百年,永执巾栉,死则结草酬恩。"艾氏又问道:"你既然读书识字,可晓得写算么?"妙惠道:"写算从幼所习,极是谙练。"艾氏道:"如此甚好。我子出入财货账目,俱我掌管。故此往来,自必同行。你既能书算,可代我管理。"妙惠应诺,自此朝夕不离左右,情同母子。

又过数日,谢启起身归家,领着诸婢妾自在一船;艾氏与妙惠,又是一船。前后解缆开船,离了扬州,出瓜洲入江。艾氏要到金山游玩,维舟山下。与妙惠一齐上去,游遍了金鳌峰、蟒蛇洞、妙空岩、日照岩、裴公洞、晒经台、留云亭,转看郭璞墓、善财石、盘陀石、石排山。处处游之不迭,观之不尽。妙惠有事关心,勉强应承而已。转过方丈,见僧家笔墨在案,遂向壁上题诗一首。诗云:

一自当年折凤凰,至今消息两茫茫。
盖棺不作横金妇,入地还从折桂郎。
彭泽晓烟归宿梦,潇湘夜雨断愁肠。
新诗写向金山寺,高挂云帆过豫章。

题罢,后写扬州举人卢梦仙妻李妙惠题。书罢,艾氏看了,点头嗟叹。游玩一番,仍复下船,扬帆径往临川而去。

可怜节操冰霜妇，却做离乡背井人。

却说卢梦仙在西山读书，倏忽便是三年。又当会试之年，收拾行李书箱，来到京师。礼闱一战，春榜高登，中了成化丁未科进士。报录的打到卢家，把卢南村夫妇蓦地一惊，方知儿子尚在。连忙将灵位焚烧，又懊悔媳妇一段情由，然已悔之无及。别人家报进士，热闹不可胜言。惟卢家冷落如故。不过几时，梦仙家报也到，方晓得他在向西山读书。梦仙观政三月，除授行人之职。方才受职，宪宗皇帝驾崩，弘治爷登位，政令一新。凡新进之士，不许规避，旷废职业。梦仙因昔年为乡党讥诮，急欲衣锦荣归，以舒此气，为此不想迎接家眷入京。那知功令森严，不敢请假。欲寻便差回家，候了几月，恰好开馆纂修宪庙实录，分遣廷臣，往各省采访事迹。梦仙讨了江西差，回到家中，拜过父母，却不见了奶奶。询问何在，卢南村夫妇隐讳不得，从实说出许多缘故，再三招认不是。

梦仙外貌佯言妻子如衣服，穿一层又一层，何足介意。心中却想："父母多大年纪，如何作事恁般苟且！这桩事体，贻笑乡里。"又想："妙惠妻子，他平素自负读书知礼，何一旦乃至于此？可见人常时夸说忠孝节烈，总属浮谈，直至临事，方见真假。"因父母说当年曾央方姨娘劝妙惠改嫁，即便亲自往见，细问彼时情景。方姨娘将卢南村逼嫁，妙惠自缢，及央去劝谕，方始肯从的事说与。乃道："舍甥女心如铁石，断不受污。但去后不知死生若何耳。"又埋怨道："贤甥婿虽为功名，也该寄书安慰父母妻子。如何鳞鸿杳绝，致使误听凶信，变生意外，害了我甥女。"梦仙听了誓死不肯失节这一段，不觉眼中流下泪来，懊悔自己不通书的不是，然心中也还半信半疑。又问丈人李月坡踪迹，方姨娘道："连年久馆凤阳，从未归家。向日甥女去时，与令尊俱有书寄去，也无回信。近闻在彼，甚是安乐。"梦仙即向方姨娘讨纸笔，写书一封，央他有便寄去，遂作辞回家，心中十分郁郁不乐。

　　只见雷鸣夏秀才投帖相见，分宾坐下。鸣夏先行拜贺，后叙寒温。却又恐触他心事，说记得当年凤凰独宿，一个鲤鱼之对，预卜奇才，今日果不失望。梦仙道："只因此对不祥，致李岳翁招了忘恩之婿，梦仙娶着再嫁之妻。"雷鸣夏道："此事闻之甚熟，大非尊夫人之意，但言之既碍于两位尊人，至若夫人踪迹，又不便于兄长。莫如隐而不发，方为两得。前日利津门龚家之女，望门久寡。倘兄长不弃，续此良缘，不揣特来作伐，未审尊意如何？"梦仙道："不才止只因一念之差，致使家中大变，五内如焚，何心及此。且钦限紧急，即日起行，这还不敢奉命。"鸣夏道："既如此，且待兄长江西事竣回府，再来申议。"道罢便要起身，梦仙留住小饮，明日又送书仪一两。梦仙在家月余，起程前往江西。出了瓜洲闸口，舟过金山，吩咐船头泊船，登山游览。山僧远远相迎，陪侍遍游诸景。行过方丈，抬头忽见壁间妙惠所题之诗，又惊又恨，却如万箭攒心。细玩诗中意味，知妙惠立志无他，方姨娘之言，果然不谬。但已落在人手，无从问觅，怎生奈何。正是：

　　　　混浊不分鲢共鲤，水清方见两般鱼。

　　此时已无心玩景，急便下船。将诗句写出把玩，不忍释手，直至欷歔涕泣。虽则出使官府，威仪显赫，他心中却是丧家之狗，无投无奔一般。顺风相送，顺水相催，不觉早到江西。抬头望见，盐船停泊河下不止数百。猛然想起，初入京师，那年二月十四夜，梦答盐场积在扬州，盐客多在江西。今想诗中彭泽潇湘豫章之语，我妻子多因流落在此。从中探问，或有道理。

　　舟至码头湾泊，早有馆驿差役，报知地方官。不多时，府县、司道、抚按，俱来相拜请酒，好不热闹。最后一位官员来拜，乃是布政使徐某，其子却与梦仙是同榜进士。年伯年侄，与别位官府不同。相见之时，分外另有一种亲谊。

徐方伯道："老先生以刘向之才，子长之笔，定使汗简有辉，石渠增色。"梦仙心事不宁，无有主意。因那徐方伯老成历练，必有高见，何不谋之于彼。乃答道："老年伯在上，实不敢瞒，年侄齐家有愧，报国未遑。"徐方伯愕然道："老先生何出此言？"梦仙将头一展，两家从人会意，尽皆回避。梦仙方伯，各把几儿掇近，四膝相对，低低说，当年会试去后，如此如此。梦仙袖中取出诗来，呈与徐方伯观看。徐方伯接诗在手，一头点头，一头计较。答道："据着此诗，尊阃保无他志，旧梦必有奇验。但未知可在舟中，且以出使尊官，访问嫁妻，既难于启齿，总或寻着，声名不雅。莫若用计取之。老夫门下有一干事苍头，极其巧黠，差他去探听，定有着落。"梦仙打恭道："全仗老年伯神力周全。"原来苍头是徐方伯贴身伏侍的，当下唤过来，将就里与他说知。苍头将诗细细读了几遍，低首想了一想，禀道："小人有个道理在此了。"梦仙欣然问道："有何计策？"苍头道："如今且慢说，待小人做出便见。"梦仙即唤家人先赏他三两银子，苍头遂叩谢而出，徐方伯也作别起身。这苍头真个是：

　　古押衙复出人间，昆仑奴再生人世。

且说苍头读熟了这八句诗，驾了一只小船，船中摆着几个酒坛，摇向盐船边。叫一声卖酒，随口就歌出这八句诗来，分明是唱山歌一般。在盐船帮中摇来摇去，一连穿了三四日，并没些动静。那盐船上人千人万，见他日日在此叫卖酒，酒又不见，歌甚么诗，都笑道："常言好曲子唱了三遍，也要口臭了。"苍头道："好曲子唱三遍，好诗唱三千遍何妨。"又有一船上叫道："你卖甚么酒？"苍头道："我卖状元红。"船上又问："可卖菜？"苍头道："我正卖蔡状元。"船上又问道：

"如何蔡状元？"苍头道："蔡状元寻赵五娘。"船上又笑道："满口胡柴。"苍头道："胡柴到没有，只有柴胡，换些红娘子与我。"只此半真半假，似醉似痴。又转船摇过一盐船边，叫了一声卖酒，便停棹高歌这诗。船上又有人问："卖甚么酒？苍头道："卖靠壁清。"船上道："若是浑的，便不要。"苍头道："也不浑。扬州新进士卢梦仙，初选行人，没有赃私，何浑之有。"这两句话还未完，只见那边一只大船上，水窗开处，一个女人在舱门口，将手一招。苍头望见，飞也似摇近船旁。这女人便是卢梦仙的妻房李妙惠。原来谢启自前年回归临川，因酒色过度，得了个病症，在家中医疗，不能痊愈。后来亏一个医家与他灸了，养火半年，方得平复。这时才带领婢妾到扬州盘账。妙惠也欲回乡访问父亲消息，随着艾氏一齐同行，依旧母子各舟。路经省城，众盐船大半是谢启的，为此也暂泊于此。不想凑巧，正遇卢梦仙到此寻觅。

当下李妙惠低声问苍头："你是何人，来此讲这谜话？"苍头说："徐布政老爷差我打听卢进士妻子李妙惠消息的。"妙惠吃了一惊，说："卢梦仙已死京师久了，何得还在？"苍头应道："死的是商州卢梦仙，是举人，不是进士。今是扬州卢梦仙，是卢南村的儿子，李月坡的女婿，是进士不是举人。"妙惠道："如今卢进士在那里？"苍头将手一指道："远远那只大座船，行人司牌额便是。"妙惠道："我便是卢梦仙原配李氏。昨日听见你歌这首诗，只因船上耳目多，不得空隙问你。今幸商人入城，其母亦往邻舟，事在今宵，万勿迟误。"将手一挥，苍头转船，飞棹回报。卢梦仙又惊又喜，赏与酒饭。

毕竟读书人聪明，想起盐船高大，苍头船小，上下悬绝，却不好过船。自己座船移去相傍，必然惊动他船上人，俱是不妥。雇起一只八桨快船，又选四个便捷水手，在船相帮挨至夜静更深，教苍头小船先行观探，桨船随后。苍头掉到船边，妙惠已在舱口等候。两下打个照会，桨船轻轻划近船旁，也还上下相悬。水手连忙搭上跳板，打起扶手。说时迟，那时快，妙惠一见船到，即跨出舱门，举足登跳，搭着扶手，跑下船中。水手收起跳板扶手，依旧轻轻荡开。到了河心中，方才一齐着力，望着座船飞也似划来。那盐船上人正当睡熟，更无一人知觉。这才是：

> 拆破玉笼飞彩凤，掣开金锁走蛟龙。

卢梦仙在座船中，秉灯以待。水手来报奶奶已到，梦仙大喜，即起身迎入舱中。夫妻相见，分明似梦里一样，悲喜交集，各诉衷情，自不消说起。梦仙赏苍头白金十两，作书报谢徐方伯。方伯前来慰庆，这也不在话下。只有谢启失了妙惠，差人访察。才知他原夫未死，中了甲科，出差至此，令人寻探着了，暗地取去。方明白前日卖酒歌诗、诈痴不颠的老儿，正是他所差之人。

谢启将这事述与艾氏说："不道此妇后来还该是诰命夫人，看起来有福分的，骨气自是不同。彼时他不以死生易念，患难丧节。到今归去，白璧无瑕，好不与丈夫争气。"艾氏道："当日我见他言词激烈，故此曲为保全。那时若是死了，你的是非至今还不得干净。"又道："向来我托他管理这些财物账目，临去条分缕析，封识宛然，丝毫不苟，此亦常人所难。"谢启道："李氏在此已住三年，他自己说坚持节操，怕人还未信。儿子意欲去见卢进士，表白一番。一则显他矢志贞烈，二则表母亲保全恩义，三则也见儿子不坏他行止。再把当时伏侍的使女二人送与，更见母亲挂念之情，也博个仁厚之名。母亲以为何如？"艾氏点头道："这也使得。"谢启随至卢梦仙船上来请见，从人将名帖送入舱中。

梦仙看了，到吃一惊，对妙惠道："谢启特来见我，是甚意思？"妙惠道："他是富商，你是进士，恐有芥蒂于心，故来修好。然此人亦有可敬之处，我初至其家，止见两次。能后遵母命，未尝再齿及于我。且费他三年衣食，亦可称仁孝矣。假使妙惠落于他人，安能得至今日。相见之间，莫把他怠慢。"梦仙听了此话，即出相见，分宾主而坐。谢启历叙妙惠矢志不辱，并其母保全这些原故，说："小子实陷于不知，望老大人矜恕。"这一篇话与妙惠自言一毫无二，愈见得金精百炼。梦仙谢他母子厚德，谢启又道其母忆念，送两个使女表情，梦仙坚却不受。谢启不好相强，遂作别起身，仍旧领回。梦仙要去答拜，妙惠道："当年公公曾得其百金礼币，我既不从，受之无名。供我三年，亦宜补还。如此方见恩义分明，去来清白。"梦仙一如其言，备下礼物，妙惠又别具香帕玉花之类，写书一封致谢艾氏。梦仙到谢启船上，相见礼毕，略叙寒温，即唤从人将礼物陈上，道其所以。谢启如何肯受，梦仙不听，教从人连盒子放下而别。谢启又差人来，艾氏收受复书致谢，其余尽皆璧还。梦仙又差人送去，如此往覆几番。谢启推辞不过，只得收了，将来舍与铁树宫中，修理庙宇。那时妙惠贞节之事，传布省城。抚按三司，都来拜问，欲要题请旌表。梦仙恐彰其父亲逼嫁之短，再三阻止。

话休烦絮。梦仙事完，起身复命。妙惠思念父亲久羁远馆，船到南京，写书差人到凤阳迎接归家。此时梦仙情怀舒畅，一路从容缓行，观玩景致。非止一日，已至扬州，泊船河下。他是钦差官，驿馆中自有执事轿夫迎接。梦仙夫妻，一齐上轿。方欲起身，本府新任太守，却是同年，驿中传报了，即来相拜，已至船边。梦仙吩咐家眷先回，自己复下船迎见。

其时卢南村已知儿子回来，老父母都在门首观望。只见隶役前呵，簇拥一乘大轿，来至门首，邻里并过往人都攒拢观看，皂隶喝道："奶奶在里边，还不闪开！"南村听了，不觉失惊，向骆妈妈说道："儿子却在江西娶亲了，这事怎么处？"原来卢南村因卖了媳妇，自觉惶愧。及雷秀才来说龚家姻事，梦仙未允。待到行后，也不管儿子肯不肯，竟自行聘，先娶来家，等儿子回来结婚，以赎昔年逼嫁媳妇之罪。那龚家巴不得招个进士女婿，所以一凭南村主张。今番见说轿内是奶奶，这件事可不又做错了，为此惊讶起来。正没做理会，只见轿中走出来的，不是新娶的奶奶，却是当年卖去的媳妇，一发惊讶不已。妙惠拜见，说："媳妇不能奉侍，朝夕在念。不知公公婆婆，一向安乐否？"南村夫妇满面羞惭，况兼心中有事，只说得一句："多谢你记挂，这一向也好。"更无暇问与儿子会合的事，连忙教人去寻雷秀才来商议。不多时，梦仙、雷鸣夏俱到。南村扯雷秀才到半边，说如此如此，如今还是怎样。雷鸣夏道："既李夫人已归，龚家的做二夫人便了，何难之有。"随对梦仙说知。梦仙因妙惠受了这番折挫，不忍负他，弗肯应承。雷鸣夏道："如今缙绅，那一个不广置姬妾。在兄长一妾不为之过，况李夫人是大贤，决无不容之事。还有一件，龚氏若未过门，还可解得。如今尊翁已先迎娶来家，可有送归另嫁之理？"梦仙说不过，只得应允，择日纳婚。

恰好李月坡也从中都到来，原来李月坡初时见了卢南村之字，说把女儿改嫁，心中惭愤，遂誓不还乡，以馆为家。书中又说是方姨娘做媒，所以并他也怪了，绝无音信寄与。后来梦仙书去，知女婿未死，一发懊恨。此番得女儿手书，见说守节重归，方才大喜，即与使人同归。梦仙大开家宴，李、龚两位丈人，雷秀才媒人，连方姨娘都请来赴宴。内外两席，真个合家欢庆。席间李月坡对南村笑道："如今小女有了五花官诰，卖不得了。"南村老大羞愧，说："亲家，我曾闻得人说：不是一番寒彻骨，怎得梅花扑鼻香。老汉虽则当时不合强令爱改嫁，如今远近都传她贞节，也好算是老汉作成的，大家扯直罢。"李月坡道："是便是，迎宾馆里去坐，只该朝北。"众人道："却是为何？"李月坡道："罚他不知礼！"众人听了，一笑而散。看官，这李妙惠完名全节，重归卢梦仙，比着徐德言、黄昌半残的义夫节妇，可不胜似万倍么？后人有六句口号，嘲笑卢南村云：

犁牛犁牛，南村养犊。
伯骈梦仙，一雅一俗。
迎宾馆中，坐当朝北。

又有人步李妙惠金山壁上元韵以颂其操，诗云：

一自当年拆凤凰，寻阳西畔水茫茫。
题残鱼素先将父，泣罢菱花未死郎。
异榜信传同姓字，卖盐人有淡心肠。
方知完璧人间少，彤管增辉第几章。

第三回

王本立天涯求父

> 浩浩如天孰与伦，生身萱草及灵椿。
> 当思鞠育恩无极，还记劬劳苦更辛。
> 跪乳羔羊知有母，反哺乌鸟不忘亲。
> 至于犬马皆能养，人子缘何昧本因。

话说人当以孝道为根本，余下来都是小节。所以古昔圣贤，首先讲个孝字。比如今人，读得几句书，识得几个字，在人前卖弄，古人那一个行孝，是好儿子，那一个敬哥，是好兄弟。将日记故事所载王祥卧冰、孟宗哭竹、姜家一条布被、田氏一树荆花，长言短句，流水般说出来，恰像鹦哥学念阿弥陀佛一般，好不入耳。及至轮到身上，偏生照管不来。可见能言的，尽不能行。反不如不识字的到明白得养育深恩，不敢把父母轻慢。总之孝不孝，皆出自天性，原不在于读书不读书。

如今且先说一个忘根本的读书人，权做个话头。本朝洪武年间，钱塘人吴敬夫，有子吴愷，官至方面，远任蜀中。父子暌违，又无音耗。敬夫心中萦挂，乃作诗一首，寄与儿子。其诗云：

剑阁凌云鸟道边，路难闻说上青天。
山川万里身如寄，鸿雁三秋信不传。
落叶打窗风似雨，孤灯背壁夜如年。
老怀一掬钟情泪，几度沾衣独泫然。

此诗后四句，写出老年孤独，无人奉侍。这段思念光景，何等凄切！便是土木偶人，看到此处，也当感动。谁知吴憾贪恋禄位，全不以老亲为念，竟弗想归养，致使其父日夕悬望，郁郁而亡。憾始以丁忧还家，且作诗矜夸其妻之贤，并不念及于父。友人瞿祐闻之，正言诮责，羞得他置身无地，自此遂不齿于士林。此乃衣冠禽兽，名教罪人。奉劝为人子的，莫要学他。待在下另说一个生来不识父面的人，却念着生身恩重，不惮万里程途，十年辛苦，到处访寻，直至父子重逢，室家完聚。人只道是因缘未断，正不知乃：

孝心感格神天助，好与人间做样看。

说这北直隶文安县，有一人姓王名珣，妻子张氏。夫妻两口，家住郭外广化乡中，守着祖父遗传田地山场，总来有百十余亩。这百亩田地，若在南方，自耕自种，也算做温饱之家了。那北方地高土瘠，雨水又少，田中栽不得稻禾，只好种些茄茹、小米、豆麦之类。山场陆地，也不过植些梨枣桃梅，桑麻蔬菜。此等人家，靠着天时，凭着人力，也尽好过活。怎奈文安县地近帝京，差役烦重，户口日渐贫耗。王珣因有这几亩薄产，报充了里役，民间从来唤做累穷病。

何以谓之累穷病？假如常年管办本甲钱粮，甲内或有板荒田地，逃亡人丁，或有绝户，产去粮存，俱要里长赔补。这常流苦尚可支持，若轮到见年，地方中或遇失火失盗，人命干连，开浚盘剥，做夫当夜，事件多端，不胜数计，俱要烦累见年。然而一时风水紧急，事过即休，这也只算做零星苦，还不打紧。惟挨着经催年分，便是神仙，也要皱眉。这经催乃是催办十甲钱粮，若十甲拖欠不完，责比经催，或存一甲未完，也还责比经催。其间有那奸猾乡霸，自己经催年分，逞凶肆恶，追逼各甲，依限输纳。及至别人经催，却恃凶不完，连累比限。一年不完，累比一年，一月不完，累比一月。轻则止于杖责，重则加以枷杻。若或功令森严，上官督责，有司参罚，那时三日一比，或锁押，或监追，分毫不完，却也不放。还有管粮衙官，要馈常例，县总粮书，歇家小甲，押差人等，各有旧规。催征牌票雪片交加，差人个个如狼似虎。莫说鸡犬不留，那怕你卖男鬻女，总是有田产的人，少不得直弄得灯尽油干，依旧做逍遥百姓，所以唤做累穷病。

要知里甲一役，立法之初，原要推择老成富厚人户充当，以为一乡表率，替国家催办钱粮。乡里敬重，遵依输纳，不敢后期。官府也优目委任，并不用差役下乡骚扰。或有事到于公庭，必降颜倾听，即有差误处，亦不过正言戒谕。为此百姓不苦于里役，官府不难于催科。那知相沿到后，日久弊生，将其祖宗良法美意，尽皆变坏。兼之吏胥为奸，生事科扰。一役未完，一役又兴，差人迭至，索诈无穷。官府之视里役，已如奴隶，动辄便加杖责。佃户也日渐顽梗，输纳不肯向前。里甲之视当役，亦如坑阱，巴不能解脱。自此富贵大家，尽思规避，百计脱免。那下中户无能营为的，却佥报充当，若一人力量不及，就令两人朋充。至于穷乡下里，尝有十人朋合，愿充者既少，奸徒遂得挨身就役。以致欺瞒良善，吞噬乡愚，串通吏胥侵渔、隐匿、拖欠，无所不至。为此百姓日渐贫穷，钱粮日渐逋欠。良善若被报充里役，分明犯了不赦之罪。上受官府责扑，下受差役骚扰，苦楚受累，千千万万，也说不尽。

这王珣却是老实头，没材干的人。虽在壮年，只晓得巴巴结结，经营过活，世务一些不晓，如何当得起这个苦役？初服役时，心里虽慌，并无门路摆脱，只得逆来顺受，却不知甚么头脑。且喜甲下赔粮赔了不多，又遇连年成熟，钱粮易完，全不费力。及轮到见年，又喜得地方太平，官府省事，差役稀少。虽用了些钱钞，却不曾受甚棒责，也弗见得苦处。他只道经催这役，也不过如此，遂不以为意。更有一件喜处，你道是甚喜？乃是娘子张氏，新生了一个儿子。分娩之先，王珣曾梦一人，手执黄纸一幅，上有太原两个大字，送入家来。想起莫非是个谶兆，何不就将来唤个乳名？但太字是祖父之名，为此遂名原儿。原来王珣子息官见迟，在先招过几个女胎，又都不育。其年已是三十八岁，张氏三十五岁，才生得这个儿子，真个喜从天降。亲邻斗分作贺，到大大里费了好些欢喜钱。一日三，三日九，这孩子顷刻便已七八个月了。

恰值十月开征之际，这经催役事已到。大抵赋役，四方各别。假如江南苏、松、嘉、湖等府粮重，这徭役丁银等项便轻。其他粮少之地，徭役丁银稍重。至于北直隶山陕等省粮少，又不起运，徭役丁银等项最重。这文安县正是粮少役重的地方。那知王珣造化低，其年正逢年岁少收。各甲里长，一来道他朴实可欺，二来藉口荒歉。不但粮米告求蠲免，连徭役丁银等项，也希图拖赖，俱不肯上纳。官府只将经催严比，那粮官书役，催征差人，都认王珣是可扰之家，各色常例东道，无不勒诈双倍。况兼王珣生来未吃刑杖，不免雇人代比，每打一板，要钱若干。皂隶行杖钱若干，征比不多数限，总计各项使用，已去了一大注银钱雇替。王珣思算，这经催不知比到何时方才完结，怎得许多银钱。事到其间，也惜不得身命了，且自去比几限，再作区处。心中虽如此踌躇，还痴心望众人或者良心发现，肯完也未可知。谁想都是铁打的心肠，任你责比，毫不动念。可怜别人享了田产之利，却害无辜人将爹娘皮肉，去挨那三寸阔半寸厚七八斤重的毛竹爿，岂不罪过！王珣打了几限，熬不得痛苦，仍旧雇人代比。前限才过，后限又至。囊中几两本钱用尽，只得典当衣饰。衣饰尽了，没处出豁，未免变卖田产。费了若干钱财，这钱粮还完不及五分。征比一日紧一日，别乡里甲中，也有杻的、拶的、枷的、监禁的，这般不堪之事，看看临到头上，好生着忙。

　　左思右想，猛然动了一个念头，自嗟自叹道："常言有子万事足，我虽则养得一个儿子，尚在襁褓，干得甚事。又道是田者累之头，我有多少田地，却当这般差役。况又不曾为非作歹，何辜受这般刑责，不如撇却故乡，别寻活计。只是割舍不得妻子，怎生是好？"又转一念头："罢罢！抛妻弃子，也是命中注定。事已如此，也顾他不得了。但是娘子知道这个缘故，必不容我出门。也罢，只说有个粮户，逃在京师，官差人同去捕缉，教行李收拾停当，明早起程。"张氏认做真话，急忙整理行囊，准备些干粮小菜。王珣又吩咐凡所有寒暑衣服，并鞋袜之类，尽都打叠在内。张氏道："你打账去几时，却要这般全备？"王珣道："出路的买卖，那里论得定日子。万一路上风雨不测，冷暖不时，若不带得，将甚替换。宁可备而不用。"张氏见说得有理，就依着他，取出长衣短袄，冬服春衫，连着被褥等件，把一个被囊子装得满满的。

　　次日早起做饭，王珣饱食一餐。将存下几两田价，分一大半做盘缠，把一小半递与张氏，说道："娘子，实对你说，我也不是去寻甚么粮户。只因里役苦楚难当，暂避他乡，且去几时。待别人顶替了这役，然后回来。存剩这几亩田地，虽则不多，苦吃苦熬，还可将就过日。"又指着孩子道："我一生只有这点嫡血，你须着意看觑。若养得大，后来还有个指望。"张氏听了，大惊失色道："这是那里说起。常言出外一里，不如家里。你从来不曾出路，又没相识可以投奔，冒冒失失的往那里去？"王珣道："我岂不知，居家好似出外，肯舍了你，逃奔他方？一来受不过无穷官棒，二来也没这许多银钱使费。无可奈何，才想出这条路。"张氏道："据你说，钱粮已催完五分，那一半也易处了，如何生出来这个短见？"王珣道："娘子，你且想，催完这五分，打多少板子，用了多少东西。前边尚如此烦难，后面怎能够容易。况且比限日加严紧,那枷拶羁禁的,那一限没有几个。我还侥幸,不曾轮着。然而也只在目前目后了。为此只得背井离乡,方才身上轻松,眼前干净。"

张氏道:"你男子汉躲过,留下我女流之辈,拖着乳臭孩儿,反去撑立门户、当役承差,岂不是笑话?"王珣道:"你不晓得大道理。自古家无男子汉,纵有子息,未到十六岁成丁,一应差徭俱免。况从来有例,若里长逃避,即拘甲首代役,这到不消过虑。只是早晚紧防门户,小心火烛。你平生勤苦做家,自然省吃俭用。纺织是你本等,自不消吩咐。我此去本无着落,虽说东海里船头有相会之日,毕竟是虚账。从此夫妇之情,一笔都勾,你也不须记挂着我。或者天可怜见,保佑儿子成人,娶妻完聚,生男育女,接绍王门宗祀足矣。"又抱过儿子,遍体抚摩,说道:"我的儿,指望养大了你,帮做人家,老年有靠。那知今日孩赤无知,便与你分离。此后你的寿夭穷通,我都不能知了。就是我的死活存亡,你也无由晓得。"说到此伤心之处,肝肠寸断,禁不住两行珠泪,扑簌簌乱下。张氏见丈夫说这许多断头话,不觉放声大恸,哭到在地。王珣恐怕走漏了消息,急忙把那原儿放下,也不顾妻子,将行李背起,望外就走。张氏挣起身,随后赶来扯他。王珣放开脚步,抢出大门,飞奔前往。离了文安县,取路投东,望着青齐一带而去。真个是:

夫妻本是同林鸟,大难来时各自飞。

当下张氏,挽留不住丈夫,回身入内,哭得个不耐烦方止。想起丈夫一时恨气出门,难道真个撇得下我母子,飘然长往。或者待经催役事完后,仍复归来,也未可知。但只一件,若比限不到,必定差人来拿,怎生对付他便好。踌躇了一回,乃道:"丈夫原说里长逃避,甲首代役。差人来时,只把这话与他讲说。拼得再打发个东道,攒在甲首身上便了。料想不是甚么侵匿钱粮,要拿妇女到官。"过了两日,果然差人来拘。张氏说起丈夫受比不过,远避的缘故,袖中摸出个纸包递与，说："些小酒钱送你当茶，有事只消去寻甲首，此后免劳下顾。这原是旧例，不是我家杜撰。你若不去，也弗干我事。"差人不见男子，女人出头，又且会说会话，奈何他不得，只得自去回官。

官府唤邻舍来问，知道王珣果真在逃，即拿甲下人户顶当，自此遂脱了这役。亲戚们闻得王珣远出，都来问慰。张氏虽伤离别，却是辛勤，日夜纺织不停。又雇人及时耕种，这几亩田地，到盘运起好些钱财。更喜怀中幼子灾晦少，容易长大，才见行走，又会说话。只是挂念丈夫，终日盼望他归。那知绝无踪影，音信杳然。想道："看起这个光景，果然立意不还了，你好没志气，好没见识，既要避役，何不早与我商量？索性把田产尽都卖了，挈家而去，可不依旧夫妻完聚，父子团圆。却魆地里单身独往，不知飘零哪处，安否若何。死生难定，教我怎生放心得下。"言念至此，心内酸辛，眼中泪落，呜呜而泣。原儿见了，也啼哭起来。张氏爱惜儿子，便止悲收泪，捧在怀中抚慰。又转一念道："幸得还生下此子，不然教我孤单独自，到后有甚结果。"自宽自解，嗟叹不已。有诗为证，诗云：

寒闺憔悴忆分离，惆怅风前黯自悲。
芳草天涯空极目，浮云夫婿没归期。

话分两头。且说王珣当日骤然起这一念，弃了故乡，奔投别地，原不曾定个处所。况避役不比逃罪，怕官府追捕，为此一路从容慢行。看不了山光水色，听不尽渔唱樵歌，甚觉心胸开爽，目旷神怡。暗自喜悦道："我枉度了许多年纪，终日忙忙碌碌，只在六尺地上回转，何曾见外边光景？今日却因避役，反得观玩一番，可不出于意外。"又想："我今脱了这苦累，乐得散诞几年，就死也做个逍遥鬼。难道不强似那苦恋妻子，混死在酒色财气内的几倍。"这点念头一起，万缘俱淡，那里还有个故乡之想。因此随意穿州撞县，问着胜境，便留连两日。逢僧问讯，遇佛拜瞻，毫不觉有路途跋涉之苦。只有一件,兴致虽高,那身畔盘缠,却是有限。喜得断酒蔬食,还多延了几时,看看将竭,他也略不介意。一日行至一个地方,这地方属卫辉府,名曰辉县。此县带山映水,果是奇绝:

送不迭万井炊烟,观不尽满城阛阓。高阳里,那数裴王,京兆阡,不分娄郭。冬冬三鼓,县堂上政简刑清,宰官身说法无量。井井四门,牌额中盘诘固守,异乡客投缥重来。可知尊儒重道古来同,奉佛斋僧天下有。依县治,傍山根,访名园,寻古迹。百千亿兆,县治下紧列着申明亭;十百阿罗,山根前高建起梦觉寺。

这梦觉古刹,乃辉县一个大丛林。寺中法林上人,道行清高,僧徒学者甚众。王珣来到此地,寓在旅店,闻知有这胜境,即便到寺随喜。正值法林和尚升座讲经。你道所讲何经?讲的是大方广圆觉修多罗了义经。王珣虽不能深解文理,却原有些善根。这经正讲到:寂静常乐,故曰涅槃。不浊不漏,故曰清净。不妄不变,故曰真如。离过绝非,故曰佛性。护善遮恶,故曰总持。隐覆含摄,故曰如来藏。超越玄闷,故曰密严国。统众德而大备,烁群昏而独照,故曰圆觉。其实皆一心也。王珣听到此处,心中若有所感,想道:"经中意味无穷,若道实皆一心,这句却是显明。我从中只简出常乐清净四字,便是修行之本。我出门时,原要寻个安身之处,即佣工下贱,若得安乐,便足收成结果。不道今日听讲经中之语,正合着我之初愿。这是我的缘法,合当安身此地,乐此清净无疑矣。"遂到身拜礼三宝,参见大和尚,及两班首座。又到厨下,问管家是何人,要请来相见。又问都管是何人,库房是何人,饭头是何人,净头是何人。

众僧看见远方人细问众执事,必定是要到此出家的了。俱走来问讯道:"居士远来何意?"王珣答道:"弟子情愿到此出家。"众僧道:"居士要出家,所执何务?"王珣道:"我弟子是文安县田庄小民,从不知佛法,不晓得所执事务。"众僧道:"既不执务,你有多少田地,送入常住公用?"王珣道:"寒家虽有薄田几亩,田不过县,不能送到上刹收租。"众僧道："然则随身带得几多银两，好到本寺陪堂？"王珣道："弟子为官私差役，家业荡尽，免劳和尚问及。"众僧道："既如此，只选定一日，备办一顿素斋小食，好与众师兄弟会面。"王珣道："弟子离家已久，手无半文，这也不能。"众僧齐道："呵哟，佛门虽则广大，那有白白里两个肩头，一双空手，到此投师问道的理。"内中又有一个道："只说做和尚的吃十方，看这人到是要吃廿四方的，莫要理他。"王珣本是质直的人，见话不投机，叹口气道："咳！从来人说炎凉起于僧道，果然不谬。大和尚在法堂上讲圆觉经，众沙弥只管在厨房下计论田产银钱、斋衬馒头，可不削了如来的面皮？"众僧被王珣抢白，大家罗唣起来，扯他出去。

　　王珣正与争论间，只听得法堂讲毕，钟鼓铙钹，长幡宝盖，接法林下座。走到香积厨前，见王珣喧嚷，问知缘故，法林举手摇一摇说："众僧开口便俗，居士火性未除。饶舌的不须饶舌，皈依的且自还宗。"王珣当下自知惭愧，急便五体投地，叩首连连，说道："弟子只因避役离家，到此求一清净，并无他故。一时不知进退，语言唐突。望大和尚慈悲怜悯，宽恕姑容则个。"法林见他认罪悔过，将他来历盘问一番，知是个老实庄家，乃道："你既真心皈依，老僧怎好坚拒不纳，退人道心。但你一来不识文理，二来与大众们闹乱一番。若即列在师弟师兄，反不和睦。权且在寺暂执下役，打水烧火，待异日顿悟有门，另为剃度。佛门固无贵贱，悟道却有后先。须自努力，勿错念头。"王珣领了老和尚法语，叩首而起。向旅店中取了行李，安身兰若，日供樵汲。从此：

　　　　割断世缘勤念佛，涤除俗虑学看经。

　　按下王珣。再说张氏，自从丈夫去后，不觉年来年往，又早四个年头。原儿已是六岁，一日忽地问着娘道："人家有了娘，定有爹。我家爹怎的不见？"突然说出这话，张氏大是惊异，说道："你这小厮，吃饭尚不知饥饱，晓得甚么爹，甚么娘，却来问我。这是谁教你的？"原儿道："难道我是没有爹的？"张氏喝道："畜生，你没有爹，身从何来？"原儿道："既有爹，今在何处？"张氏道："儿，我便说与你，你也未必省得。你爹只为差役苦楚，远避他方，今已四年不归矣。"口中便说，那泪珠儿早又掉下几点。原儿又问："娘可知爹几时归来？"张氏道："我的儿，娘住在家里，你爹在何处，何由晓得。"原儿把头点一点，又道："不知爹何时才归。"张氏此际，又悲又喜。悲的是丈夫流落远方，存亡未审；喜的是儿子小小年纪，却有孝心，想着不识面的父亲，后日必能成立。自此之后，原儿不常念着爹，怎地还不见归。张氏听了，便动一番感伤，添几分惆怅。

话休烦絮。原儿长成到八岁上，张氏要教他去读书，凑巧邻近有个白秀才，开馆授徒。这白秀才原是饱学儒生，自道年逾五十，文字不时，遂告了衣巾，隐居训蒙。张氏亲送儿子到馆受业，白秀才要与他取个学名，张氏说："小犬乳名原儿，系拙夫所命，即此为名，以见不忘根本。"白秀才道："大娘高见最当。且原即本也，以今印昔，当日取义似有默契。"张氏道："小儿生时，拙夫曾梦见太原两字，因此遂以为名。"白秀才说："太原乃王姓郡名。太者大也，原者本也。论语上说'本立而道生'，以圣经合梦而言，贤胤他日必当昌大蕃盛。合宜名原，以应梦兆。表字本立，以符经旨。名义兼美，后来必有征验。"张氏听他详解出一番道理，虽不足信，也可暂解愁肠，说道："多谢先生指教，小犬苟能成立，便足勾了，何敢有他望。"从此到减了几分烦恼，只巴儿子读书上进。

假如为母的这般辛勤，这般期望，若儿子不学好，不成器，也是枉然。喜得王原资性聪明，又肯读书，举止安详，言笑不苟。先生或有事他出，任你众学生跳跃顽嬉，他只是端坐不动，自开荒田。大学之道念起，不上三年，把四书读完，已念到《诗经·小雅》蓼莪篇，

"哀哀父母，生我劬劳"了。

其年恰当红鸾星照命，蓦地有一个人，要聘他为婿。你道是何等样人？这人姓段名子木，家住崇山村中，就是王珣甲下人户。王珣去后，里役是他承当。彼时原不多田地，因连年秋成大熟，家事日长。此人虽则庄家出身，粗知文理，大有材干，为人却又强硬。见官府说公事，件件出尖。同役的到都惧他几分，所以在役中还不吃亏。段子木既承了这里长，王珣本户丁粮，少不得是他催办。几遍到来，看见王原年纪尚幼，却是体貌端庄，礼度从容，不胜叹异。想道："不道王珣却生得这个好儿子，若我得有这一子，此生大事毕矣。"原来段子木家虽小康，人便伶俐，却不会做人，挣不出个芽儿，止有一女，为此这般欣羡。又向妻子夸奖，商量要赘他为婿。央白秀才做媒，问起年纪，两下正是同年，一发喜之不尽。白秀才将段子木之意，达知张氏，张氏道："家寒贫薄，何敢仰攀高门。既不弃嫌，有何不美。但止有此子，入赘却是不能。若肯出嫁，无不从命。"白秀才把此言回复段子木，本是宿世姻缘，慨然许允。张氏也不学世俗合婚问卜，择吉日行礼纳聘，缔结两姓之好。可见：

  天缘有在毋烦卜，人事无愆不用疑。

且说王原，资质既美，更兼白秀才训导有方，一面教他诵读，一面就与他粗粗里讲些书义。此际还认做书馆中功课，尚不着意。到了十三四岁，学做文字，那时便留心学问。一日讲到子游问孝、子夏问孝，乃问先生道："子游、子夏，是孔门高弟，列在四科。难道不晓得孝字的文理，却又问于夫子？"先生道："孝者，人生百行之本，人人晓得，却人人行不得。何以见之？假如孝经上说：'身体发肤，受之父母，不敢毁伤。'乃有等庸愚之辈，不以父母遗体为重'嗜酒妄为，好勇斗狠，或至忘身丧命，这是无赖之徒，不足为孝。又有一等，贪财好色，但知顾恋妻子，反把父母落后，这也不足为孝。又有一等，日常奉养，虽则有酒有肉，只当做应答故事，心上全无一毫恭敬之意，故譬诸犬马，皆能有养，这也不足为孝。所以子游问这一端孝字。又有一等，饮食尽能供奉，心上也知恭敬，或小有他事关心，便露出几分不和顺的颜色，这也不足为孝。子夏所以问这一端孝字。又有一等，贪恋权位，不顾父母，生不能养，死不能葬，如吴起母死不奔丧之类，这也不足为孝。还有一等，早年家计贫薄，菽水藜藿，犹或不周，虽欲厚养，力不从心。及至后来一旦富贵，食则珍羞罗列，衣则玉帛赢余，然而父母已丧，不能得享一丝一脔。所以说树欲静而风不宁，子欲养而亲不在。故昔皋鱼有感，至于自刎。孝之一字，其道甚大，如何解说得尽。"

王原听见先生讲解孝字许多道理，心中体会一番，默然感悟，想道："我今已一十四岁，吃饭也知饥饱，着衣也知寒暖。如何生身之父，尚未识面？母亲虽言因避役他方，也不曾说个详细。如今久不还家，未知是生是死，没个着落。我为子的于心何安？且我今读书，终日讲论着孝悌忠信。怎的一个父亲，却生不识其面，死不知其处，与那母死不奔丧的吴起何异？还读甚么书，讲甚么孝？那日记故事上，载汉时朱寿昌弃官寻母，誓不见母不复还，卒得其母而归。难道朱寿昌便寻得母，我王原却寻不得父。须向母亲问个明白，拼得穷遍天南地北，异域殊方，务要寻取回来，稍尽我为子的一点念头。"定了主意，也不与先生说知，急忙还家。

张氏见他踉踉跄跄的归来，面带不乐之色，忙问道："你为何这般光景，莫非与那个学生合气吗？"王原道："儿子奉着母亲言语，怎敢与人争论。只为想着父亲久不还家，不知当时的实为甚缘故出去，特回来请问母亲，说个明白。"张氏道："我的儿，向来因你年幼，不曾与你细说。你爹止为有这个祖遗几亩田地，报充里役，轮当经催。如此如此，这般这般，因是受苦不过，蓦地孑身远避。彼时只道他暂去便归，那知竟成永别！"王道："既为田产当役，何不将田来卖了，却免受此分离之苦？"张氏道："初然也不料这役如此烦难，况没了田产，如何过活。"王原道："过活还是小事，天伦乃是大节。"张氏道："总是命合当然，如今说也无用，只索繇他罢了，你且安心去读书。"王原说："母亲怎说这话，天下没有无父的儿子。我又不是海上东方朔，空桑中大禹圣人，如何教我不知父亲生死下落。"张氏道："这是你爹短见，全不商量，抛了我出去，却与你无干。"

王原道："当年父亲撇下母亲，虽是短见，然自盘古开天，所重只得天地君亲师五个字。我今蒙师长讲得这孝字明白，若我为子的不去寻亲，即是不孝，岂非天地间大罪人！儿意已决，明早别了母亲就行。"张氏笑道："你到那里去，且慢言你没处去寻，就教当面遇见，你也认不出是生身老子。"王原道："正要请问母亲，我爹还是怎生个模样？"张氏道："你爹身材不长不短，紫黑面皮，微微里有几茎胡须。在颧骨上有痣，大如黑豆，有一寸长毫毛两三根。左手小指曲折如钩，不能伸直。这便是你爹的模样。但今出去许多年，海阔天空，知在何处，却要去寻，可不是做梦？"王原道："既有此记认，便容易物色。不论天涯角海，到处寻去，必有个着落，寻不见誓不还家。"

张氏道："好孝心，好志气。只是你既晓得有爹，可晓得有娘么？"王原道："母亲十月怀胎之苦，三年乳哺之劳，以至今日，自顶及踵，无一非受之于母亲，如何不晓得有娘？"张氏道："可又来。且莫说怀胎乳哺的劳苦，只你父亲出门时，你才周岁，我一则要支持门户，二来要照管你这冤家。虽然脱卸差役，还恐坐吃山空。为此不惜身命，日夜辛勤。那寒暑风霜，晏眠早起的苦楚，尝了千千万万，才挣得住这些薄产，与你爹争了个体面。你道容易就这般长大么？你生来虽没甚大疾病，那小灾晦却不时侵缠。做娘的常常戴着个愁帽儿，请医问卜，赛愿求神，不知费了多少钱钞，担了多少鬼胎。巴得到学中读书，这束脩尚是小事，又怕师长训责惊恐，同窗学生欺负，那一刻不挂在肝肠。你且想，做娘的如此担忧受苦，活孤孀守你到今。回头一看，连影子只得四人，好不凄惨。你却要弃我而去，只怕情理上也说不过。还有一句话，父母总是一般。我现在此，你还未曾孝养一日，反想去寻不识面的父亲。这些道理，尚不明白，还读甚么书，讲甚么孝？寻父两字，且须搁起，我自有主见在此。"

王原听娘说出许多苦楚，连忙跪下，眼中垂泪，说道："儿子不孝，母亲责备得极是。但父母等于天地，有母无父，便是缺陷。若父亲一日不归，儿子心上一日不安，望母亲曲允则个。"

张氏道："罢，罢！龙生龙，凤生凤。有那不思家乞丐天涯的父亲，定然生这不顾母流落沟渠的儿子。你且起来，好歹待我与你娶妻圆娶。一则可完了我为母之事，二则我自有媳妇为伴。那时任凭你去，我也不来管你。"

王原无可奈何，只得答应道："谨依慈命，后日别当理会。"起身走入书房中，闷坐了一回。随手取过一本书来，面上标着"汉书"二字，揭开看时，却是汉高祖杀田横，三十里挽歌，五百人蹈海的故事。大叹一声，说："为臣的死不忘君，为子的生不寻父，却不相反。"掩卷而起，双膝跪到阶前，对天发誓道："我王原若终身寻父不着，情愿刎颈而死，漂沉海洋，与田横五百人精魂杳杳，结为知己。"设誓已毕，走起来，把墨磨浓，握笔蘸饱，向壁上题诗一首，诗云：

　　生来不识有灵椿，四海何方寄此身。
　　只道有用堪度日，谁知无父反伤神。
　　生憎吴起坟前草，死爱田横海上魂。
　　寄语段家新妇语，齐眉举案暂相亲。

王原不过十三四岁，还是个儿童，何曾想到做亲。只为张氏有完婚之后，任凭出去的话，所以诗中两句结语如此。是时天色已暮，张氏点灯进来，与他读书。抬头看见壁上字迹淋漓，墨痕尚湿，即举灯照看。教儿子逐句念过，逐句解说。王原念到结尾两句，低声不语，满面通红。张氏道："我养你的身，难道不识你的心。你只要新妇过门，与我作伴，方好去寻父，可是么？但年纪还未，且耐心等到十六岁，出幼成丁，那时与你完亲。便是出外，我也放心得下，如今且莫提起。"王原见母意如此，不敢再言，唯唯而已。心里想，这两年怎能得过！

虽则如此说，毕竟光阴如白驹过隙，才看杨柳舒芽，又看梧桐落叶。倏忽间，春秋两度，王原已是十六岁。张氏果不失信，老早的央白先生到段家通达，吉期定于小春之月。段子木爱女爱婿，毫无阻难，备具妆奁嫁送。虽则田庄人家，依样安排筵席，邀请亲翁大媒，亲族邻舍，大吹大擂，花烛成婚。若是别个做新郎的，偏会篦头沐浴，剃发修眉，浑身上下，色色俱新，遍体薰香，打扮俏丽。见了新妇，眉花眼笑，妆出许多丑态。那王原虽则母亲一般有衣服与他穿着，一来年纪小，二来有事在心，惟求姑媳恩深，那在夫妻情重。当此喜事，只是眉头不展，面带忧容。酒席间全不照管，略无礼节。亲戚们无不动念，都道这孩子，怎地好似木雕偶人。他时金榜挂名，尚不见得，今夜洞房花烛，恐还未必。连丈人也道女婿光景大弗如昔。

须臾席终客散，王原进房寝息。张氏巴不得儿子就种个花下子，传续后代。那知新人是黄花闺女，未便解衣。新郎又为孝心未尽，也只和衣而卧。虽然见得成双捉对，却还是月下笼灯，空挂虚明。三朝庙见之后，即便收拾出门寻父。张氏打叠起行囊，将出一大包散碎银两，与他作盘费，说道："儿，我本不欲放你出去，恐负了你这点孝心，勉强依从。此去以一年为期，不论寻得着，寻不着，好歹回来。这盘缠也只够你一年之用。你纵不记我十六年鞠养之苦，也须念媳妇三日夫妇之情，切莫学父亲飘零在外。"王原道："不瞒娘说，此行儿子尚顾不得母亲，岂能念到妻子。"回身吩咐段氏小娘子道："你年纪虽则幼小，却是王家新妇。母亲单生得我，别无姑娘小叔，自此婆婆把你当着女儿,你待婆当着母亲。两口儿同心合意,便好过日。我今出去寻父,若寻得着,归期有日。倘或寻不着,愿死天涯,决不归来。千斤担子,托付与你。好生替我侍奉,莫生怠慢,只此永诀,更无他话。"这小娘子才得三朝的媳妇,一些头脑不知,却做出别离的事来。比着赵五娘六十日夫妻,也还差五十来日。说又说不出,话又话不得,既承嘱咐,只得把头点了两点。张氏听了这些话,便啼哭起来说:"你爹出去时,说着许多不吉利的话,以至如此。你今番也这般胡言,分明是他前身了。料必没甚好处,兀的不痛杀我也!"王原道:"死生自有天数,母亲不必悲伤。"一头拜别,一头背上行囊便走。

可怜张氏牵衣悲恸,说:"你爹出去,今来一十五年,即使与我觌面相逢,犹恐不似当年面目,何况你生来不认得他面长面短?向来常与你说,左颧有痣,大如黑豆,上有毫毛;左手小指,曲折不伸。只有这两桩,便是的据,不知你可记得?然而也是有影无形,何从索摸?"王原道:"此事时刻在念,岂敢有忘?母亲放手,儿子去矣,保重保重。"毅然就别,若不是生成这片寻父心肠:

  险化做温峤绝裾,又安望吴起奔丧。

  王原出门,行了几步,想着白先生是个师长,如何不与他说一声。重复转身到馆,将心事告知,求他早晚照顾家中,又央及致意丈人段子木。别过先生,徜徉上路。离了文安地方,去到涿鹿,转望东行。真正踏地不知高低,逢人不辨生熟。假如古人有赵岐,藏在孙嵩复壁之中,又有个夏馥,亡命剪须变形,逃入林虑山,都还有个着落。这王珣踪迹无方,分明大海一针,何从捞摸?

  那王原只望东行,却是何故?原来他平日留心,买了一本天下路程图,把东西南北的道路,都细细看熟,又博访了四方风土相宜。一来谅着父亲是田庄出身，北去京师一路，地土苦寒，更兼近来时有风警，决然不往；西去山西一路，道路间关，山川险阻，也未必到彼；惟东去山东一路，风气与故乡相仿，人情也都朴厚，多分避到这个所在。二来心里立个意见，以为东方日出，万象昭明，普天幽沉暗昧之地，都蒙照鉴，难道我一点思父的心迹，如昏如梦，没有豁然的道理？所以只望东行。看官，你道这个念头，叫不得真真孝子，实实痴人？直问到人尽天通，方得云开见日。后话慢题。

且说王原随地寻消问息，觅迹求踪，不则一日，来到平原县。正在城中访问，忽听得皂役吆喝，行人停步。王原也闪在旁边观看，只见仪仗鼓乐前导，中间抬着一座龙亭，几位官员，都是朝衣朝冠，乘马后随。马步高低，摇动那佩声叮叮当当，如铁马战风。王原向人询问此是为何，有晓得说道："是知县相公，六年考满，朝廷给赐诰命，封其父母。"王原道："父母可还在么？"其人答言："那第一骑马上的不是太老爷？太夫人也在衙中。"王原听了，吹口气道："咳！孝经上说：'立身行道，扬名于后世，以显父母，孝之终也。'这官人读书成名，父母得受皇封，正与孝经之言相合，亦可无憾矣。像我王原，不要想有此一日，但求生见一面，也还不能，岂不痛哉！"

伤感一番，又往他处。日历一方，时履一地，自出门来，已经两番寒暑，毫无踪影。转到山东省城济南府，这区处左太行右沧海，乃南北都会，地方广大，人民蕃庶。王原先踏遍了城内，后至城外。行至城东，见有一所庙宇，抬头看时，牌额上标着"闵子骞祠"四个大字。暗道："闵子乃圣门四科之首，大贤孝子。我今日寻父，正该拜求他一番。"遂步入祠中，叩了十数个头，把胸中之事，默祷一遍，恳求父亲早得相会。祷罢出祠，思想当年闵子为父御车，乃有"母在一子寒，母去三子单"之语，著孝名于千载。我王原求为父御车而不可得，真好恨也！

一日行至长清驿，只见驿前一簇轿马车辆，驿中走出一个白胖老妇人来上轿。随从人也各上马，簇拥而去。驿子们互相说道："这老妈妈真好个福相，可知生下这个穿蟒腰玉的儿子，今番接去好不受用哩。"内中一个道："儿子抛别了三十多年，今方寻着，也不算做十分全福。"王原听了这话，近前把手拱一拱，说道："借问列位老爷，轿中是那一位官员的太奶奶？"驿子答道："小哥，俺们也不知他详细。据他跟随的说，是司礼监李太监的母亲。李太监是福建人，自幼割掉了那话儿，选入宫中。至今已有三十余年，做到司礼监秉笔太监，十分富贵。因想着母亲，特地遣人到福建寻访着了，迎接进京哩。"王原听罢，便放声号哭。

众人齐问："你这人为甚啼哭，莫非与李太监也有甚瓜葛么？"王原含泪答道："小子与他并无瓜葛，只为心中有事，不觉悲痛。小子姓王名原，父亲名唤王珣，母亲张氏，家住顺天府文安县城外广化乡中。父亲当年生我才得周岁，因避役走出，一去不归，小子特来寻访。适来见说李太监母子隔绝三十余年，正与王原事体相同。他的母亲便寻着了，我的父亲不知还在那里。触类感伤，未免凄惨。我父亲左颧骨上有痣，大如黑豆，有毫毛两三根，右手小指曲折如钩，不能伸直，只此便是色认。列位老爹中，可有知得些踪影的么？即或不知，乞借金口，与我传播，使吾父闻知，前来识认。若得父子相逢，生死衔感！"一头说，还哭个不止。众人听了，有的便道："好个孝子，难得，难得！只是我这里不曾见这个人，你还往别处去寻。"有的便道："自来流落在外的，定然没结果。既出门年久不归，多分不在了，不如回去奉养母亲罢。"王原闻言，愈加悲泣，众人劝住，又往他处。

看官，你道这太监之母，是真是假？原来李监从幼被人拐骗到京师，卖与内官，便阉割了，教他读书识字起来，直做到司礼监秉笔。身既富贵，没个至亲。想念其母，遣人到故乡访问，虽然尚在，却是贫苦。使人接取入京，李监出迎，举眼一觑，见其母容颜憔悴，面目鬘黑，形如饿莩，相似贫婆，自己不胜羞惭，向左右道："此非吾母，可另访求。"其母将他生年月日，其身上有疤痕，都说出来，也只是不信。为子的既不认母，手下人有甚好意，即忙扶出，撇在长安街上。可怜这老婆婆，流落异乡，沿门求乞，不久死于道途。李监醉后，道出真言，说："我这般一个人，不信有恁样个娘。"使人解意，复到福建，却寻这白胖老妇人，取入京去。

这妇人是谁？此妇当年原是娼妓，年长色衰，择人从良。有人愿娶，他却不就。他若愿了，人又不要。再弗能偶凑。因向一个起六壬数的术士，问取终身。那术士许他年至六十，当享富贵之养。彼时老娼如何肯信？不道蹉跎岁月，到底从人不成，把昔年积攒下几两风流钱，慢慢的消磨将尽。其年恰好六十临头，遇巧李监所使，要觅个人材出众的老妇人，假充其母，正寻着了他。老娼想起术士之言有验，欣然愿往。行至杭州，有织造太监闻知，奉承李监，向军门讨个马牌与来使，一路驿递，起拨夫马相送，直至京都。李监见了便道："这才是我的母亲。"相向恸哭。奉养隆厚，十余年而殁。李监丧葬哀痛，极尽人子之道。后李监身死，手下人方才传说出来，遂做了笑话。有诗为证：

美仪假母甘供养，衰陋亲娘忍弃捐；
亲生儿子犹如此，何怪旁人势利看。

按下散文。再说王原，行求到兖州曲阜县，拜了孔陵，又寻至邹县。经过孟子庙前，一边是子思作中庸处，有座碑石；一边是孟母断机处，有个扁额，题着"三迁"两字，与子思作中庸碑，两相对峙。王原未免又转个念头，道："孟母当年三迁教子，得成大儒之名。我娘教养我成人长立，岂非一般苦心。那书上说，孟子葬母，备极衣衾棺椁之美，则其平日孝养可知。吾母吃了千万辛苦，为子的未曾奉养一日。为着寻父远离，父又寻不得，母又不能养，可不两头不着！"思想到此，又是一场烦恼。从来孝思感动，天地可通。如古时丁公藤救父，井中老鼠得收母骨，皆历历有据。偏有王原，如此孝心寻父，却终不能遇。在山东地面，盘旋转折，经历之处，却也不少。怎见得？那山东乃：

奎娄分野，虚危别区。本为薛郡，在春秋鲁地之余；既属齐封，论土色少阳之下。滋阳曲阜，泗水夹邹滕；巨野东平，鱼台连汶上。固知河济之间，山川环带。若问青齐之境，地里广沃。博兴高苑，昌乐寿光。蒙阴沂水及临淄，朐益安诸过日照。东道诸雄，号称富衍。说不尽南北东西，数得来春秋冬夏。百年光景几多时，十载风尘霎地过。

王原在齐鲁地上，十年飘泊，井邑街衢，无不穿到，乡村丘落，尽数搜寻。本来所带零碎银两，早早用完。行囊也都卖讫，单单存得身上几件衣服。况且才离书馆，不要说农庄家锄头犁耙，本分生涯，全然不晓。就是医卜星相，江湖上说真卖假，捏李藏谜，一切赚钱本事，色色皆无。到此流落在他州别县，没奈何日则沿门乞食，夜则古庙栖身，或借宿人家檐下。不时对天祷告，求得见生父一面，即死填沟壑，亦所不惜。可怜这清清白白一个好后生，弄得乌不三、白不四，三分似人，七分像鬼。认得的，方信是孝子下稍；不认得的，只道是卑田院的宗支，真好苦也！又时值上冬天气，衣单食缺，梦寐不宁。朦胧合眼，恰像在家时书房中读书光景。取过一本书来，照旧是本汉书，揭开一看，却依先是田横被杀，三十里挽歌，五百人蹈海这段故事。醒来思想道："田横烈士，我何敢比他。难道不能像其生时富贵，只比他死时惨毒不成。且我又非谋王夺霸，强求富贵的人，定不到此结局。只是田横二字，不得不放在心上。"

何期事有凑巧，一日寻访到即墨县，这所在乃胶东乐土，三面距海。闻得人说，东北去百里，海中有一山，名曰田横岛，离岸止有二十五六里。王原听了这话，一喜一惧。所喜者田横二字，已符所梦，或者于此地遇着父亲也未可知。所惧者资费已完，进退两难，或该命尽于此。又想起昔年曾设誓道，寻父不着，情愿自尽，漂沉海洋，与田横五百人精魂相结。今日来到此处，已与前誓暗合，多分是我命尽之地了。好歹渡过岛去，访求一番，做个结局。遂下山竟至海滨，渡过田横岛。

原来隔岸看这山，觉得山势大。及至其地，却见奇峰秀麓，重重间出，颇是深邃。转了几处径道，不觉落日衔山，飓风大作。又抹过一个林子，显出一所神祠。就近观之，庙宇倾颓，松楸荒莽，也无榜额，不知是何神道。想来身子疲倦，且权就庙中栖息一宵，再作道理。步将入去，向神道拜了两拜。但见尘埃堆积，席地难容。无可奈何，只得将身卧在尘中，却当不过腹内空虚，好生难忍。复挣起身，欲待往村落中求觅些饮食。遥空一望，烟火断绝，鸟雀无声，也不见一个男女老少影子。方在彷徨之际，忽然现出一轮红日，正照当天，见殿庭廊下，一个头陀炊饭将熟。私喜道："不该命绝，天使这和尚在此煮饭。"便向前作揖，叫声："老师父！可怜我远方人氏，行路饥馁，给我一碗半碗充饥。"这和尚就把钵盂洗一洗，盛着饭递过来说："这是莎米饭，味苦不堪入口。我与你浇上些肉汁调和，方好下咽。"王原接饭在手，慌忙举箸。那和尚合掌念起咒来，高声道："如来如来，来得好，去得好。"忽地祠门轧的一声响，撒然惊觉，却是南柯一梦，天色已明。

只见一个老人，头戴鹖冠，手携竹杖，走将进来，问道："你是何人，却卧在此？"王原道："小子远方人，寻父到此。昨因天晚，权借一宿。"老者道："远方还是那处，姓甚名谁，你父在外几时了？"王原仍将姓名家乡并访父缘故，一一说与。老者听了，点头道："好孝子，好孝子！但你父去向，没些影响，却从何处索摸。老汉善能详梦，你可有甚梦兆，待我与你详一详，看可还寻得着。"王原道："夜来刚得一梦,心里正是狐疑,望乞指教。"乃将所梦说出。老者道:"贺喜,贺喜。日午者南方火位,莎草根药名附子,调以肉汁,肉汁者脍也,脍与会字,义分音叶,乃父子相会之兆。可急去南方山寺求之,不在此山也。"王原下拜道:"多谢指教!若果能应梦,决不忘大德。"连叩了三四个头,抬起眼来,不见了老者,惊异道:"原来是神明可怜我王原,显圣指迷。"复朝上叩了几个头,离却土祠,仍还旧路。

此时心里有几分喜欢,连饥馁都忘了。但想不知是何神明,如此灵感。行至村前,询问土人。土人答言,此乃昔日齐王田横,汉王得了天下,齐王奔到此岛,岛中百姓深受其惠,后被汉王逼去,自尽于尸乡。岛中人因感其德,就名这岛为田横岛,奉为土神,极是灵应。王原道:"原来神明就是田横。"暗想一发与前梦相合,此去父亲必有着落。又问:"既如此灵应,怎的庙宇怎样倾颓,地方上不为修茸?"土人道:"客官有所不知。这庙宇当初原十分齐整,香火也最盛。连年为赋役烦重,人民四散避徙,地方上存不多几户,又皆穷苦,无力整理,所以日就败坏。"王原听罢,别了土人。一头走一头叹道:"只道止有我爹,避役远出,不想此处亦然。若论四海之大,幅员之广,不知可有不困于役的所在。噫!恐怕也未必。"自言自语,不顾脚步高低,奔出岛口,依原渡过对岸。

因认定向南方山寺求之的话,自此转向南走,只问山岩寺院去跟寻。昼行夜祷,不觉又经月余。却由清源而上,渡过淇水。来到河南卫辉府辉县境内,访问得有个梦觉寺,是清净丛林,急忙就往。时入隆冬,行到半途,大雪纷飞,呵气成冰。王原冲寒冒雪,强挨前去。及赶至梦觉寺前,已过黄昏。其时初月停光,朔风卷地,古人有雪诗道得好:

千山鸟飞绝,万境人踪灭。

孤舟蓑笠翁，独钓寒江雪。

王原虽则来此，暮雪天寒，寺中晚堂功课已毕，钟磬寂然，约有定更天气。寺门紧闭，只得坐在门口盘陀石上，抱膝打盹。严寒彻骨，四肢都冻僵麻木。且莫说十余载的风霜苦楚，只这一夜露眠冰雪，也亏他熬忍，难道不是个孝子。挨到天晓，将双手从面上直至足下，细细揉摩一番，方得血气融通，回生起死。须臾和尚开门出来，王原便起身作个揖道："长老，有滚水相求一碗荡寒。"那和尚把他上下仔细一觑，衣服虽然褴褛，体貌却不像乞丐，问道："你是何人，清早到此？"王原道："小子文安人，前来寻访父亲。昨晚遇雪，权借山门下暂栖一宿。"和尚道："阿弥陀佛，这般寒天，身上又单薄，你挨这一夜。倘然冻死了，却怎么好？"王原道："为着父亲，便冻死也说不得。"和尚道："好个孝子，可敬可敬！敢问老居士离家几时了，却来寻觅？"王原道："老父避役出门，今经二十六年。彼时小子生才周岁，不曾识面。到十六岁，思念亲恩，方出门访求。在山东遍处走到，蒙神人托梦指点，说在南方山寺，故尔特寻至此。"和尚听了说道："既有这片孝心，自然神天相助。且请入里面，待我与住持说知，用些斋食，等待雪霁去罢。"王原道："多谢长老，只是搅扰不当。"和尚道："佛门总是施主的钱粮，若供养你这个孝子，胜斋那若干不守戒律的僧人。"王原道："小子寻父不得，方窃有愧，怎敢当孝子二字。"

原来法林老和尚，因王珣初来时，众僧计论钱财，剥了面皮。自此吩咐大众，凡四方贫难人来投斋，不可拒却。或愿出家，便与披发，开此方便法门，胜于看经念佛。为此这管门僧，便专主留王原入去。当下引入了山门，一路直至香积厨中。

饭头僧一眼望见，便道："米才下锅，讨饭的花子，早先到了。快走出去，住在山门口，待早斋时把你吃便了。"管门僧道："此位客官不是求乞之人，乃寻亲的孝子，莫要罗唣。"回头对王原道："客官且入此梳洗，待我去通知大和尚。"又叫道："王老佛，可将一盆热汤来，与这客官洗面。"灶前有人应声晓得，管门僧吩咐了，转身入内。只见烛前走出一个道人，舀了一盆热汤捧过来说："客官洗面。"王原举目一觑，看那道人发须皓然，左颧骨有黑痣如豆，两三茎毫毛竖起，正与母亲所言相同。急看右手小指，却又屈曲如钩。心里暗道："这不是我父亲是谁？"忙问道："老香公可是文安人姓王么？"老道人道："正是。客官从不相识，如何晓得？"王原听了，连忙跪到，抱住放声哭道："爹爹，你怎地撇却母亲，出来了许多年数，竟不想还家，教我那一处不寻到。天幸今日在此相遇！"王珣到吃了一惊道："客官放手，我没有什么儿子，你休认错了。"双手将他推开要走。惊动两廊僧众，都奔来观看。

法林老和尚听见管门僧报知此事，记得王珣是文安人，当年避役到此，计算年数，却又相同，多分是其儿子。正走来要教他识认，却见儿子早已抱住父亲不放，哭道："爹爹，如何便忘了，你出门时我还在襁褓，乳名原儿，亏杀母亲抚养成人，十六岁上娶了媳妇，即立誓前来寻访爹爹。到今十二个年头，走遍齐鲁地方。天教在田横岛得莎米饭之梦，神灵显圣，指点到此，方得父子相逢。怎说没有儿子的话？快同归去，重整门风，莫使张氏母亲悬悬挂念。"说罢又哭。

王珣听了，却是梦中醒来一般，眼中泪珠直迸，抚着王原，含泪说道："若恁地话起来，你真个是我儿了。当年我出门时，你才过一周，有甚知识，却想着我为父的，不惮十余年辛苦，直寻到此地。"口中便说，心里却追想昔时，为避差役，魆地离家，既不得为好汉。撇下妻子，孤苦伶仃，抚养儿子成人，又累他东寻西觅，历尽饥寒，方得相会。纵然妻子思量我，我何颜再见江东父老。况我世缘久断，岂可反入热闹场中。不可，不可！揾住双泪，对王原道："你速速归去，多多拜上母亲，我实无颜相见。二来在此清净安乐，身心宽泰，已无意于尘俗。这几根老骨头，愿埋此辉山块土，我在九泉之下，当祝颂你母子双全，儿孙兴旺。"道罢，摆脱王原之手便奔。王原向前扯住，高叫道："爹爹不归，辜负我十年访寻，我亦无颜再见母亲，并新娶三朝媳妇段氏。生不如死，要性命何用！"言讫，将头向地上乱捣，鲜血迸流。法林和尚对王珣道："昔年之出，既非丈夫。今日不归，尤为薄幸。你身不足惜，这孝顺儿子不可辜负。天作之合，非人力也。老僧久绝笔砚，今遇此孝顺之子，当口占一偈，送你急归，勿再留也！"随口念出偈道：

　　丰干岂是好饶舌，我佛如来非偶尔。
　　昔日曾闻吕尚之，明时罕见王君子。
　　借留衣钵种前缘，但笑懒牛鞭不起。
　　归家日诵法华经，苦恼众生今有此。

王珣得了此偈，方肯回心。叩头领命，又拈香礼拜了如来，复与大众作别。随着儿子出了梦觉寺，离了辉县，取路归家。王原寻到此处，费了十二年功夫，今番归时，那消一月。王珣至家，见了张氏妻子，悲喜交集。段氏媳妇，参拜已毕，整治酒筵。夫妻子媳同饮，对照残釭，相逢如梦。二十六年光景，离合悲欢，着着是真。那时哄动了邻舍亲戚，亲家段子木、先生白秀才，齐来称贺。王珣自梦觉寺归文安县，年已六十四岁，那王本立年二十七岁。以后王本立生男六人，这六个儿子，又生十五个孙子。其十五个孙子，又生曾孙二十有二。王珣夫妇，齐登上寿，孙子孙孙，每来问安，也记不真排行数目，只是一笑而已。当初王珣避役，以后王本立寻父，都只道没甚好结果，谁承望以此地位。看官，你道王家怎般蕃盛，为甚缘故，那王本立：

　　只缘至孝通天地，赢得螽斯到子孙。

从此耕田读书，蝉联科甲。远近相传，说王孝子孝感天庭，多福多寿多男子，尧封三祝，萃在一家。好教普天下不顾父母的顽妻劣子，看个好样。后人有诗为证：

避役王殉见识微，天降孝子作佳儿。
田横岛上分明梦，梦觉庵中邂逅时。
在昔南方为乐地，到今莎草属庸医。
千秋万古文安县，子子孙孙世所奇。

第四回

瞿凤奴情愆死盖

一点灵光运百骸，经纶周虑任施裁。
体教放逐同奔马，要使收藏似芥荄。
举世尽函无相火，几人能作不燃灰。
请君细玩同心结，斩断情根莫浪猜。

　　话说人生血肉顽躯，自怀抱中直到盖棺事定，总是不灵之物。惟有这点心苗，居在胞膈之内。肺为华盖，大小肠为沟渠。两肾藏精蓄髓，葆育元和，所以又称命门，然皆听凭心灵指挥。有时退藏于密，方寸间现出四海八垓。到收罗在芥子窝中，依然没些影响，方知四肢百骸，不过借此虚守则，立于天地之间。臭皮囊不多光景，有何可爱。说到此处，人都不信，便道："无目将何为视，无耳将何为听，无鼻如何得闻香臭，无口如何得进饮食，养得此身，气完神足，向人前摇摆？总然有了眼耳口鼻，若不生这两道眉毛相配，光秃秃也不成模样。所以五官中说眉为保寿，少不得要他衬贴。何况手能举，脚能步，如何在人身上，只看心田一片？好没来历。"这篇话说，却像有理。然不知自朝官宰相，以及渔樵耕牧，那一个不具此五官手足。如何做高官的，谈到文章，便晓得古今来几人帝、几人王、几人圣贤愚不肖。谈到武略，便晓得如何行兵，如何破敌，怎生样可以按伏，怎生样可以截战。若问到渔樵耕牧以下一流人，除却刀斧犁锄，钓罾蓑笠，一毫通融不得。难道他是没有眼耳口鼻的？只为这片心灵彼此不同，所以分别下小人君子。

还有一说，此心固是第一件为人根本。然辨贤愚，识贵贱，却原全仗这双眼睛运用。若没了这点神光，纵然心灵七窍，却便是有天无日，成何世界。但这双眼，若论在学士佳人，读书写字，刺绣描鸾，百工技艺，执作经营，何等有用，何等有益。单可惜趁副了浪子荡妇，轻佻慢引，许多风月工夫，都从兹而起。且莫说宋玉墙东女子，只这西厢月下佳期，皆因眼角留情，成就淫奔苟合勾当，做了千秋话柄。据这等人看来，反不如心眼俱蒙，到免得伤了风化。闲话休题，如今单说一个后生，为此方寸心花，流在眼皮儿上，变出一段奇奇怪怪的新闻。直教：

　　同心结绾就鸳鸯，死骷髅妆成夫妇。

话说嘉兴府，去城三十里外，有个村镇，唤做王江泾。这地方北通苏、松、常、镇，南通杭、绍、金、衢、宁、台、温、处，西南即福建、两广。南北往来，无有不从此经过。近镇村坊，都种桑养蚕织绸为业。四方商贾，俱至此收货。所以镇上做买做卖的挨挤不开，十分热闹。镇南小港去处，有一人姓瞿号滨吾，原在丝绸机户中经纪，做起千金家事。一向贩绸走汴梁生理，不期得病身殂，遗下结发妻子方氏，年近三十四五。一个女儿，小名凤奴，才只十二岁。又有十来岁一个使女，名唤春来。还有一房伴当，乘着丧中，偷了好些东西，逃往远方。单单存这三口过活，并无嫡亲叔伯尊长管束。

俗言道得好："孤孀容易做，难得四十五岁过。"方氏年不上四旬，且是生得乌头黑鬓，粉面朱唇。曲湾湾两道细眉，水油油一双俏眼，身子不长不短，娉婷袅娜，体段十分妖娆。丈夫死去虽说倏忽三年，这被里情趣，从冷淡中生出热闹来，擒之不着，思之有味，全赖着眼无所见，耳无所闻，深闺内苑，牢笼此心。已槁之木，逢春不发，既寒之灰，点火不燃，才是真正守寡的行径。那知方氏所居，只有三进房屋。后一带是厨灶卧房，中一带是客座两厢，堆积些米谷柴草。第一带沿街，正中间两扇大门，门内一带遮堂门屏，旁屋做个杂房，堆些零星什物。方氏日逐三餐茶饭以外，不少穿，不少着，镇日里无聊无赖。前前后后，一日走下几十回，没情没绪，单单少一件东西。咳！少甚么来，不好说，不好说。只可恨有限的岁月，一年又是一年，青春不再，无边的烦恼，一种又是一种，野兴频来。一日时当三月，百花开放，可爱的是：

多情燕子成行，着意蜂儿作对。那燕子虽是羽毛种类，雌雄无定。只见啾啾唧唧，一上一下，两尾相联，偏凑着门栏春色。那蜂儿不离虫蚁窠巢，牝牡何分。只见咿咿唔唔，若重若叠，双腰交扑，描画就花底风光。

方氏正倚着门屏邪视，只见一个后生，撒地经过。头戴时新密结不长不短鬃帽，身穿秋香夹软纱道袍，脚穿元色浅面靴头鞋。白绫袜上，罩着水绿绉纱夹袄，并桃红绉纱裤子。手中拿一柄上赤真金川扇，挂着蜜蜡金扇坠，手指上亮晃晃露着金戒指。浑身轻薄，遍体离披，无风摇摆，回头掣脑的踱将过去。

这后生是谁？这后生姓孙名谨，表字慎甫，排行第三，人都叫他为孙三郎。年纪二十以外，父母尽亡，娶妻刘氏，头胎生子，已是六岁。家住市中，专于贩卖米谷为业，家赀巨万。此人生来气质恂恂，文雅出众。幼年也曾读书写字，虽不会吟诗作赋，却也有些小聪明。学唱两套水磨腔曲子，弦索箫管，也晓得几分。只因家道饶裕，遍体绮罗，上下截齐。且又贴衬些沉速生香，薰得满身扑鼻。是一个行奸卖俏的小伙子，使钱撒漫的大老官。不想这日打从方氏门首经过，这一双俊俏偷情眼，瞧见方氏倚着门屏而立，大有风韵，便有些着魂。所以走了过去，又复回头观望。

这方氏本又是按捺不下这点春情的半老佳人，一见了孙三郎如此卖弄，正拨着他的痒处。暗想道："天地间那得有这碗闲饭，养着这不痴不呆，不老不少，不真不假，不长不短的闲汉子。这老婆配着他，却也是前缘有定。"心里是这等想，叹口气回身折转进去。又暗想道："不知这人可还转来？"才转这念，却有几个儿童叫道："看狗起，看狗起。"却是甚的来？时当三月，不特虫鸟知情，六畜里头，惟有狗子是人养着守宅的，所以沿阶到巷，都是此种。遇着春风发作，便要成群。古人有俚言几句道得好：

> 东家狗，西家狗，二尾交联两头扭。中间线索不分明，漆练胶粘总难剖。若前或后团团拖，八脚高低做一时。这家倾上水几盆，那家遏上灰半篓。人固要知羞，狗自不嫌丑。平空一棒打将开，垂尾低头各乱走。

只可笑方氏既要进门，听此一句没正经说话，转身出头一看，或是街坊上有人，他也自然进去，只因是几个小孩子，站在那里看。方氏一点无名相火，直触起来，不知眼从心上，又不知心从眼上，蓦突突搅得一腔火热，酥麻了半个身体。那三郎又走不多远，也听得孩子们叫笑，正在方氏门前，故意折转身来，如顺风落叶，急水游鱼，刚刚正见方氏在那里观看。方氏招眼望见孙三郎，已在面前，自觉没趣，急急掩上遮堂门扇，进内去了。孙三郎随口笑道："再看一看何妨。还不曾用到陈妈妈哩！"只因这一看不打紧，顿使那些：

> 果籴贾小成掷果潘安，冰檗娘半就偷香韩寿。

也是夙世冤孽，孙三郎自见方氏之后，魂梦颠到，连米行生意，都不经心。又打听得是个孤孀，家里又无男人，大着胆日逐在他家门首摆来摆去。那方氏心里，也有了这个后生，只是不晓得他姓张姓李。这一点没着落的闲思想，无处发付，也不时走到门前张望，急切里又两不相值。

一日，方氏正在堂中，忽听得门首锣声当当的响，许多小儿女，嘈嘈杂杂。方氏唤春来同走出去觑看，原来是弄猢狲的花子，肩挑竹笼，手牵猢狲，打着锣，引得这些小儿女，跟着行走。这花子见方氏开门来看，便歇下笼子，把锣儿连敲几下，口里哩罗唯唱起来。这猢狲虽是畜类，善解人意，听了花子曲儿，便去开笼，取脸子戴上，扮一个李三娘挑水。方氏叫春来唤出女儿同看。那些左邻右舍，并过往的人，顷刻就聚上一堆。大凡缘有凑巧，事有偶然，正当戏耍之际，恰好孙三郎也撞过来。这猢狲又换了一出，安安送米，装模做样，引得众人齐笑。孙三郎分开众人，挤上一步，解开汗巾，拈出钱把一块银子，赏与花子。说："李三娘挑水，是女娘家没了丈夫；安安送米，是儿子不见了母亲，如此苦楚，扮他怎的。不如扮个张生月下跳墙，是男女同欢。再不然扮个采蘋扶着无双小姐，同会王仙客，是尊卑同乐。"那花子得了采头，凭他饶舌。方氏举眼一觑，正是那可意人儿，此时心情飘荡，全无话说。

那凤奴年已一十五岁，已解人事，见孙三郎花嘴花舌，说着浑话，把娘一扯说道："进去，进去。可恨这后生，在那里调嘴，我们原不该出来观看。"方氏一头走，说道："真金不怕火，凭他调嘴何妨。"口中便如此说，心里却舍不下这个俏丽后生，恨不得就搂抱过来，成其好事。这场猢狲扮戏，分明又做了佛殿奇逢。方氏时时刻刻记挂那人，只是径路无媒，到底两情相隔。朝思暮想，无可奈何。

一日，忽地转着一念道："除非如此如此，方可会合。"背着女儿，悄地叫过春来说道："你到我家来，却是几岁？"春来道："记得来时是七岁，今岁十三岁，在娘子家，已六年了。"方氏道："你可晓得，这六年间，不少你穿，不少你吃，我平日又不曾打骂你，这养育之恩，却也不小。你也该知恩报恩。"春来道："我年纪小，不晓得怎么恩，怎么报。但凭娘子吩咐。"方氏笑道："我也不好说得。"春来道："娘不好说，教我一发理会不来。"方氏道："你可记得，前日门首猢狲撮把戏，有一个小后生，解汗巾上银子，赏那花子么？"春来道："前日娘同凤姐进米时，看撮戏的人，都说还亏了孙三官人，不然这叫化的白弄了半日。如此想就是这个人了。我常出去买东西，认得他住在市中大桥西塊下，向沿河黑直楞门内，是籴粜粮食小财主。"方氏道："正是，正是。今后你可坐在门首，若见孙三官来，便报我得知。切不可漏此消息，与凤姐晓得。后来我备些衣饰物件，寻一个好对头嫁你。"这十三岁的丫头，有甚不理会，带着笑点点头儿，牢记在心。日逐到门首守候，见孙三郎走来，即忙报与方氏。方氏便出来半遮半掩，卖弄风情。渐渐面红，渐渐笑脸盈腮，秋波流动，把孙三郎一点精灵，都勾摄去了。

　　孙三郎想道："这女娘如此光景，像十分留意的。我拼一会四顾无人之际，撞进门去，搂抱他一番。他顺从不消说起，他不顺从，撒手便出。他家又没别个男子，不怕他捉做强奸。"心上算计已定，这脚步儿愈觉勤了。一日走上四五六遭，挨到天色将暮，家家关门掩户，那方氏依然露出半个身躯，倚门而立。孙三郎瞻前顾后，见没有人，陡起精神，踏上阶头，屈身一揖，连称："瞿大娘子，瞿大娘子。"叫声未了，随势抢向前，双手搂定。方氏便道："孙三官好没正经。"口里便说，身却不动。忙将手去掩大门，一霎时弄出许多狂荡来。

　　一个虽则有家有室，才过二十以外，精神倍发，全不惧风月徐娘；一个既已无婿无夫，方当四十之前，滋味重投，尽弗辞颠狂张敞。

　　狂兴一番，两情难舍，紧紧抱住，接唇咂舌，恨不得并作一个。方氏低低叮咛道："我守节三年，并没一丝半线差池。自从见你之后，不知怎地摄去了这点魂灵。时刻牵挂，今日方得遂愿。切莫泄漏与人，坏我名头。你得空时，就来走走，我叫丫头在门首守候。"孙三郎道："多蒙错爱，怎敢泄漏。但得此地相叙，却是不妥。必得到你房中床上，粘皮着骨，恩恩爱爱的顽耍，才有些趣味。"方氏道："房中有我女儿碍眼，却干不得。中堂左厢，止堆些柴草，待我收拾洁净。堂中有一张小榻，移来安设在内，锁着房门，钥匙到留你处。你来时，竟开锁入去，拴着门守候，我便来相会。又省得丫头在门首探望，启人疑心。"孙三郎道："如此甚妙。"方氏随引进去，认了厢房。又到里边取了一把锁，将钥匙交与了孙三郎，然后开门。方氏先跨出阶头，左右打一望，见没人行走，把手一招，孙三郎急便闪出，摇摇摆摆的去了。

方氏到次日，同春来把左厢房柴草搬出外面空屋内堆置。将室中打扫得尘无半点，移小榻靠壁放下，点上安息香数十根，熏得满室香喷喷的。先把两个银戒指赏着春来，教他观风做脚，防守门户。自此孙三郎忙里偷闲，不论早晚，趱来与方氏尽情欢会。又且做得即溜，出入并无一人知觉。更兼凤奴生性幽静，勤于女工，每日只在房中做些针指，外边事一毫不管，所以方氏得遂其欲。两下你贪我爱，眷恋缠绵，调弄得这婆娘如醉如痴，心窝里万千计较，痴心妄想，思量如何做得个长久夫妻。私忖道："他今年才二十三岁，再十年三十三，再十年四十三，还是个精壮男子。我今年三十八，再十年四十八，再十年五十八，可不是年老婆婆？自古道：男子所爱在容貌。倘我的颜色凋残，他的性情日变，却不把今日恩情，做了他年话柄，贻笑于人，终无结果。不若使女儿也与他勾上，方是永远之计。我女儿今方十五，再十年二十五，再十年三十五，还不及我今年的年纪。得此二十年往来，岂不遂我心愿。只是教孙郎去勾搭吾女容易，教吾女去勾搭孙郎到难。

自古道：女子偷郎隔重纸，男子偷女隔重山。如今却相反其事，怎生得个道理。"心上思之又思，没些把柄。等孙三郎来会时，到与他商议。

孙三郎听见情愿把女儿与他勾搭，喜出意外，谢道："多感恩情，教我怎生样报答。"方氏道："那个要你报答，只要一心到底，便足勾了。"孙三郎就发誓道："孙谨后日倘有异心，天诛地灭，万劫戴角披毛。"方氏道："若有此真心，也不枉和你相交这场。但是我女儿性子执滞，急切里挑动他不得，如何设个法儿，使他心肯。"孙三郎想了一想，说："不难，不难！今晚你可如此如此，把话儿挑拨。他须是十五岁，男女勾当，量必也知觉了。况且你做娘的，能个教他觅些欢乐，万无不愿之理。"方氏道："是便是，教我羞答答，怎好启齿。"孙三郎道："自己儿女，有甚么羞。"方氏又沉吟了一回，笑道："事到其间，就是羞也说不得了。但我又是媒人，又是丈母，理数上须要着实周到。"孙三郎也笑道："若得成就好事，丈母面上，自当竭力孝顺。只是今日没有好东西奉敬大媒，先具一物，暂屈少叙何如？"两下说说笑笑，情浓意热，搂向榻上，欢乐一番，方才别去。

话休烦叙。当日晚间，方氏收拾睡卧，在床上故意翻来覆去，连声叹气。凤奴被娘扰搅，也睡不着，问道："母亲为何这般愁闷？"方氏道："我的儿，你那里晓得做娘的心上事。自从你爹抛弃，今已三年多了，教我孤单寂寞，如何过得。"凤奴只道他说逐日过活的事，答道："我想爹爹虽则去世，幸喜还挣得这些田产。比上不足，比下有余，将就度日子罢了，愁闷则甚。"方氏道："儿，若论日常过用，吃不少，穿不少，虽非十分富足，也算做清闲受用，这又何消愁闷。但日间忙碌碌混过，到也罢了，惟有晚间没有你爹相伴，觉得冷冷落落的，凄楚难挨，未免伤心思念。"凤奴听了这话，便不做声。方氏叫道："我儿莫要睡，我有话与你讲。"凤奴道："睡罢了，有甚么讲。"方氏道："大凡人世，百般乐事，都是假的。只有夫妻相处，才是真乐。"凤奴道："娘，你也许多年纪了，怎说这样没正经的话。"方氏道："我的儿，不是做娘的没正经。你且想人生一世，草生一秋，若不图些实在的快活，可不是枉投了这个人生。儿，你是黄花闺女，不晓得其中趣味。若是尝着甜头，定然回味思量。论起这点乐境，真个要入土方休。何况我现今尚在中年，如何忍得过！"那凤奴年将二八，情窦已开，虽知男女有交感之事，却不明个中意趣若何。听见做娘的说得津津有味，一挑动芳心，不觉三焦火旺，直攻得遍体如燃，眼红耳热，胸前像十来个槌头撞击，方寸已乱。对娘道："如今说也没用，不如睡休。"

方氏见话儿有些萌芽，慌忙坐起身来，说道："儿，我有一件事，几遍要对你说，自家没趣，又住了口。如今索性与你说知。儿，你莫要笑我。"凤奴道："娘有事只管说，做女儿的怎敢笑你。"方氏道："自从你爹死后，虽则思想，却也无可奈何。今年春间，没来由走出门前，看见两只烧剥皮交连一处，拖来拽去。儿，这样勾当，可是我人看得的么？一时间触物感伤，刚刚又凑着一个小后生走过，却是生得风流俊俏。自此一见，不知怎地，心上再割舍他不下。何期一缘一会，复遇猢狲撮把戏，这后生却又撞来。说起张生跳墙，采蘋无双小姐，两件成双作对的风话，一发引得我心情撩乱。"凤奴道："可就是那穿秋色儿直身调嘴这人么？"方氏道："正是此人，原来他也有心与我，为此故意说这哑谜。不想春来却认得他唤做孙三官，开个粮食店，父母已无，家私巨富。做娘的当时拿不定主意，私下遂与他相交。且喜他做人乖巧，出入并无人知觉。但恐到后万一被邻舍晓得，出乖露丑，坏了体面。我欲从长算计，孙三官今才二十三岁，只长得你八年，不若你与他成了夫妇，我只当做个老丫头，情愿以大作小，伏侍你终身。拾些残头落脚，量不占住你正扇差谣，一举两得，可好么？"

凤姐踌躇半晌，方说道："常言踏了爹床便是娘，这个人踏了娘床便是爹，只怕使不得。"方氏道："如今只好混账，那里辨得甚么爷，论得甚么娘。况且我只为舍你不下，所以苦守三年，原打账招赘女婿,来家靠老。今看这孙三官,又温柔,又俏丽,又有本钱,却不是你终身受用。"凤奴道:"既恁地,只凭娘做主便了。但有一件,倘然他先有了妻子,我怎去做他的偏房别室?"方氏虽与孙三郎暗里偷情,只好说些私情的话,外防乡邻知觉,内防儿女看破,忙忙而合,忙忙而散,实不晓得他有妻子没妻子。一时急智,便道:"他是头婚,并不曾有老婆。"凤奴道:"如此却好。须要他先行茶礼,择个吉日,摆下花烛,拜了天地家堂。你便一来做娘,二来做媒人,这方是明媒正娶。若是偷情勾当,断使不得。"方氏连声应道:"这个自然。"

　　隔了两日,孙三郎来问消息,方氏将女儿要行茶礼,花烛成亲的事说与。孙三郎欢喜不胜,即便买起两盒茶枣,并着白银二十两,红绿绸缎各一端,教人送来为聘。此外另有三两一封,备办花烛之费。送聘后三日,即是吉期。孙三郎从头至足,色色俱新,大模大样,踱来做新郎。也不用乐人吹手,也不整备筵席,媒人伴娘嫔相,都是丈母一人兼做。双双拜堂,花烛成婚。正是:

　　　　破瓜女被翻红浪,保山娘席卷寒霜。

　　看官,大抵人家女儿,全在为母的钤束。若或动止蹉跌,便要防闲训诲,不使玷辱门风,才是道理。可笑这方氏,自己不正气,做下没廉耻的勾当,自不消说起。反又教导女儿偷汉,岂不是人类中的禽兽?还有一说,假如方氏诚恐色衰爱弛,要把女儿锢住孙三,索性挽出一个媒人,通知亲族,明明白白的行聘下财,赘入家来。这一床锦被,可不将自己丑行,尽皆遮盖?那知他与孙三郎,私欲昏迷,不明理法,只道送此茶枣之礼,便可掩人耳目,不怕傍人议论。以致弄得个生离活拆,有始无终。只这两个淫妇奸夫,自不足惜。单可怜连累这幼年女子,无端肮脏了性命,岂非是前冤夙孽。后话慢题。

　　且说孙三郎惯在花柳中行走,善会凑趣帮衬。见凤奴幼小,枕席之间,轻怜重惜,加意温存。这凤奴滋味初尝,果然浑身欢畅,情荡魂销,男贪女爱,十分美满。孙三眷恋新婚,一个月不在家中宿歇。便是日间,也间或归去走遭,把店中生意,尽都废了。那方氏左邻右舍,见孙三郎公然出入,俱各不愤,几遍要寻事打他。自此沸沸扬扬,传说孙三郎奸占孤孀幼女。那瞿门虽无嫡亲叔伯,也还有远房宗族。一来道方氏败坏家门,二来希图要他产业。推出一个族长为头,一张连名呈词,将孙三方氏母女并春来,一齐呈告嘉兴府中。

那太守姓洪名造,见事关风化,即便准了,差人拘拿诸犯到官听审。凤奴情知事已做差,恐官府严究春来,必致和盘托出。心里慌张,将若干衣饰,私与春来,叮嘱道:"倘或官府问及,你须说我是明媒说合,花烛成亲的。若遮盖得我太平无事,即死在黄泉,亦不忘你恩德。"春来点头领命。孙三郎央分上到太守处关说,也说是明媒说合,不是私情勾当,要免凤奴到官。怎奈邻里又是一张公呈,为此洪太守遂不肯免提,将一干人尽拘来审问。

那孙三、方氏、凤奴,都称是明媒正娶。宗族邻里,坚执是母子卖奸。太守乃唤春来细问。这丫头年虽幼小,到也口舌利便,说道:"主母孀居无主,凭媒说合,招赘孙谨为婿。宗族中因主母无子,欲分家私,故此造言生事,众邻舍也是乘机扎诈。"宗族邻舍,一齐哄然禀说:"通是这丫头往来传递消息,成就奸情。只消夹他起来,便见真伪。"太守喝住了众人,问春来:"既是明媒正娶,媒人是那个?"春来四顾一看,急切里对答不来。太守把案一拍,喝道:"如今媒人在那里,快说来饶你一拶!"吓得这丫头战兢兢答应道:"媒人就是主母。"太守不觉哑然大笑道:"好个媒人就是主母,真情在此了。"欲待将孙三、方氏等一齐加责,因念着分上,心上一转道:"中年寡妇,暗约是真;闺女年青,理或可贷。"随援笔判道:

方氏马齿未足,孙谨雄狐方绥,固不及媒妁之言,遂订忘年之谊,事固有之。有女乍笄,颜甲未厚,亦岂能丑母之苟合,而为之间一言乎。瞿门无子，尚有生产可分。方不能选昭穆可继者为宗祧远念，讼端所以不免耳。至其家事，凭族长处分，并立嗣子以续香火。方氏、孙谨离异，姑杖警之。女以年幼不问。使女春来，固无妖红伎俩，而声问所通，亦不能无罪，并杖以息众喙。

太守判罢，又唤孙三郎喝道："本该重责你一顿板子，看某爷分上，姑且饶你。今后须要学做好人，如若再犯，决不轻恕。"吓得孙三连连叩头而出。瞿家族党，遂议立嗣子一人，承绍瞿滨吾宗祀。将家产三分均开：一股分授嗣子，一股与方氏自赡，身故之后，仍归嗣子，一股分析宗族，各沾微惠。凤奴择人另配，七张八嘴，乱了数日，方才停妥。

不想族中有一人，浑名唤做瞿百舌，住在杭城唐栖地方，与本镇一个大富张监生相知。偶然饮酒中间，说及方氏不正，带累女儿出乖露丑的事。张监生问起女儿年纪，又问面貌生得何如。那凤奴本来有几分颜色，瞿百舌又加添了几分，一发形容得绝世无双。这张监生少年心性，一时高兴，就央他做媒，要娶来为妾。瞿百舌正要奉承大老官人，有何不可，满口应承，飞忙趁船来与方氏说亲。方氏要配个一夫一妇，不肯把与人做妾。瞿百舌心生一计，去寻族长商议，许其厚谢，财礼中还可抽分。那族长动了贪心，不容方氏主张，竟自主婚，许与张监生为妾。议定聘礼百金，两人到分了一半，择日出嫁。那凤奴虽凭官府断离，心里已打定不改嫁的主意。及至议将家产三分均开，指望母子相依，还图后日团圆。不道才过得两三月，却又生出这个枝叶，已知势不能留。每日闭着房门，默默的自嗟自叹自泣，取过针钱，将里衣密密缝固。方氏诚恐他做出短见事，不时敲门窥探他，也只是不开。方氏在门外好言安慰，也不答应，一味呜呜哭泣。将嫁前一日，备起酒肴，教春来去邀孙三郎诀别。

孙三郎害怕，初时不肯来。凤奴大怒，再教春来去发话道："当日成亲，誓同生死，今日何背前盟。"孙三郎垂泪道："凤姐恩情，我安敢负。但恐耳目之地，又生事端，反为不美。"春来道："凤姐有言，如官人不往一见，即当自到宅上。"孙三郎听了，叹口气道："罢，罢！凤姐如此厚情，何惜一死报之。"即随春来同往，时已抵暮，母女张筵秉烛以待。三人相见，各各悲咽。孙三郎与凤奴并坐，方氏打横，春来执壶在旁。凤奴满斟一大觥，进与孙三，含泣而言道："蒲柳贱姿，拟托终世。不料瞿门以分产借名，逼我改嫁。总系败残花柳，更不向东君重调颜色。今虽未能以死相从，而此衣誓非君手不解。如君不信，请开我衣，愿求彩线缝下左腋，连及腰裆，以为他日之证。君宜自爱，妾从此长别矣。"道罢，自己也进一大觥，放声长号。孙三、方氏俱掩面泣，春来亦欷歔不胜。孙三带泪执凤奴之手，又回顾方氏说道："愚庸过分，两获佳缘。原将谓偕老可期，半子半婿，你知我知。何意蓦起风波，遂至分剖。然由命数所遭，只索付之无奈而已。幸善事唐栖张贵人，勿更念王泾孙浪子。"凤奴听了，勃然变色道："君以我为弃旧怜新耶？我闻妇人以贞一为德，今既事你，当守一而终。岂可冒耻包羞，如烟花下贱，朝张暮李乎？"言罢又泣。孙三见其悲哀恳切，抱置膝上，举袖拂拭泪痕，说道："我孙三不过是市井俗子，何德何能，乃蒙如此爱重，肯为我坚守节操，教我何以为报。但不知今生可有再见之期了。"口中便说，不觉涕泗交溢，哽咽不能出声。凤奴一发泪下如雨，向袖中取出白罗手帕一方，折成方胜，又将绣带一条，打做同心结，系着方胜，纳于孙三袖中。含泪说道："留此伴你，身则不能矣。三魂有灵，当相从于九泉之下可也。"孙三听罢，将手中酒杯一掷，夺身而起，走出房门。约有半个时辰，不见进来。

　　方氏道："儿，孙郎想不忍见你这般凄惨，竟自去了。"急教春来观看，外面门户尽闭，却未曾出去，母女以为奇怪。移烛到处照看，何意孙三走到厨房，取过尖刀，将这子孙桩谷蚌檀一刀割坏，半连不断，昏到在地，血污满衣。吓得母女魂魄皆丧，急扶到床上卧下，半晌方苏。凤奴道："你行此短见，莫非恨我么？"孙三忍痛呻吟说道："我实误了你娘女两人，安得到有怨恨。意欲自刎，以表此心。但恐死得不干净，反累你母子，故割绝此道，以见终身永无男女之事。况我原有妻室，已生一子，后代不绝，此心无所牵挂。惟要你母子知我此情，非薄幸男子足矣。"言罢，各相持哭。盘恒未久，不觉鸡声二唱，天色将明。孙三郎势难再留，只得熬着疼痛作别配，三人搅做一团，直哭得个有气无声。正是：

世上万般哀苦事，无非死别与生离。

不题孙三郎归家养病，且说凤奴送别之后，泪眼不干，午牌方过，张家娶亲船只已到。一个做媒的瞿百舌，一个主婚的族长，主张管待来人，催促出门。娘女两人又相持大哭，各自分离。凤奴来到张家，那张监生大是温柔俊雅，比孙三郎却也相仿。看见凤奴颜色，果然美丽，大是欢喜。他本是富豪子弟，女婢满前，正室娘子，又宽和贤德，所以少年纳妾，全无愠意。张监生第一夜到新房中，摆下酒肴，要与凤奴饮几杯添兴。那知凤奴向隅而立，不肯相近。张监生走向前去扯他，凤奴挣脱，躲过那边。张监生折转身来，他又躲过这边。两下左旋右转，分明是小孩子扎盲盲光景。伏侍丫头，都格格的笑个不止。张监生跑得气喘吁吁，扯他不着，只得坐下。他本来要取些欢乐，不道弄出这个嘴脸，好生没趣。心里也还道是娇怯怕羞，教丫头斟酒，连饮十数大杯，先向床上睡下。打发丫头们出去，指望众人去后，自然来同睡。凤奴却将灯挑得亮亮的，倚着桌儿流泪。张监生酒量不济，到了床上，便昏昏熟睡。天明方醒，身边不见新人，睁眼看时，却端然而坐，大以为怪。起身入上房，与大娘子说夜来如此，连大娘子也不信。

少顷凤奴来见礼，问其为甚如此，只是低头垂泪。大娘子见他可怜，到劝丈夫从容爱护，莫要性急。张监生依了这话，是晚便不进房。恰又遇着城中有事，一去十余日方归。一夜乘着酒兴，步入房来，凤奴一见便要躲避。张监生横身拦住，笑道："你今番走向那里去。"凤奴转动不得，逼到一个壁角边，被他双关抱住，死挣不脱，直抱到床上按到。凤奴将双袖紧紧掩住面庞。张监生此时，心忙意急，探手将衣服乱扯，左扯也扯不开，右扯也扯不断。仔细一看，原来贴肉小衣，上下缝联，所以分拆不开。气得他一团热火，化做半杯雪水，连道诧异。放下手走出堂前，教家人寻瞿百舌来，与他说如此如此："这是为甚缘故，他既不愿从我，可还了原聘，领了去罢。"瞿百舌听了，不慌不忙，带着笑道："大相公好没挞煞，既娶来家，是你的人了，怎说领了去的话。"张监生道："我娶妾不过要消遣作乐，像这个光景，要他何用。"瞿百舌道："大凡美人多有撒娇撒痴，大老官务加怜香惜玉，方为在行。若像你这喉急，放出霸王请客帮衬，原成不得。"张监生道："他把衣服上下缝联，难道也是我不在行？"瞿百舌道："这正是他作娇处。"张监生笑道："恐这样作娇，也不敢劳。"瞿百舌道："大相公不难，今已将满月，其母定来探望。待我与他说知，等他教导一番，包你如法。"张监生见说得有理，也就依了。"瞿百舌按住了张监生，飞风到王江泾，与方氏说这桩事。

此时那嗣子已搬入来家，方氏只住得后边两间房子。他自从遭了那场耻辱，自觉无颜，将向日这段风骚，尽都销磨，每日只教导春来做些针指。心里止牵挂着女儿，不时暗泪。瞿百舌一口气赶来，对方氏说："你女儿这般这般，触了主人之怒，要发还娘家，追讨聘礼，一倍要还三倍。我再三劝住，你可趁满月，快快去教女儿，不要作梗。财主是牛性，一时间真个翻过脸来，你可吃得这场官司。"方氏本是惊弓之鸟，听见官司两字，十分害怕，心里却明晓得凤奴为着孙三，决不肯从顺。左难右难，等到满月，只得买办几盒礼物，带着春来去看女儿。不想凤奴日逐忧郁，生起病来，本只有二三分病体，因怕张监生缠账，故意卧床不起。张监生听了瞿百舌的话，做出在行帮衬，请医问卜，不时到床前看觑。凤奴一见进来，便把被儿蒙在头上，不来招架。恰好方氏来到，母女相见，分外悲啼。且见女儿有病，不好就说那话。向着张监生夫妻，但称女儿年幼无知，凡事须要宽恕。那人娘子见方氏做人活动，甚是欢喜。背地问凤奴衣服缝联的缘故，方氏怎敢说出实情，一味含糊应答。

一日，大娘子请方氏吃茶，留下春来相伴凤奴，正当悄悄的问孙三郎信息，忽见门帘启处，张监生步将入来，凤奴即翻身向着里面。张监生坐在床前，低声哑气的问："今日身子还是如何，心里可想甚东西？"连问两声，凤奴竟不答应。春来在侧，反过意不去，接口道："今日略觉健旺，只是虚弱气短，懒得开口。"张监生见他应对伶俐，举目一观，那头发刚刚覆眉，水汪汪一双俏眼，鹅卵脸儿，白中映出红，身子又生得苗条有样，大是可人。便问："你叫甚名字？"那丫头应言唤做春来。张监生立起身道："我方才买得佛手在外，你可随我去拿一只与凤姐。"春来只道是真，随着就走。引入一个小书房中，张监生将门闭上，搂住亲嘴。春来半推半就道："相公尊重，莫要取笑。"张监生那里听他，拥向醉翁榻上，扯开下衣，纵身相就。

那丫头年纪虽小，已见孙三郎与方氏许多丑态，心里也巴不得尝尝滋味，也奈何轮他不着。今番遇这财主见爱，有何不可。只是芳心乍吐，经不得雨骤风狂，甚觉逡巡畏缩，苦乐相兼。须臾情极兴阑，但见落红满裼，张监生取出一枝凤头玉簪，与他插戴。又将一只大佛手递与，勾着肩儿，开门送出，说道："留你在此，做个通房，可情愿么？"春来道："多谢相公抬举，只怕没福，还恐我家娘不肯放我。"张监生道："我开了口，怕他不肯。"春来点首，捧着佛手而去。看官，大抵遇合各自有缘分，一毫勉强不得。譬如张监生费了大注财礼聘妾，反不能沾一沾身子。这春来萍水相逢，未曾损半个纸钱，到订下终身之约。世间事体，大率如此。所以说：

有意种花花不活，无心插柳柳成阴。

且说凤奴一卧二十余日，方氏细察他不是真病，再三譬喻，教他莫要如此。凤奴被娘逼不过，只得起身梳洗，尚兀妆做半睡半坐。方氏才将瞿百舌所言说与，苦劝勉强顺从，休要累我。凤奴忿然作色道："娘不见我与孙三郎所誓乎？言犹在耳，岂可变更。你自回去，莫要管我，我死生在此，决不相累。"方氏见话不投机，即时要归，大娘子那里肯放。张监生又为着春来，苦苦坚留。到另设一间房户，安顿方氏住下，自己来陪伴凤奴。他意中以为母子盘桓日久，自然教道妥当，必非前番光景。谁知照旧不容亲近，空自混了一夜，衣服总都扯碎，到底好事难成。张监生大恨，明知为着情人，所以如此。次日即将凤奴锁禁空楼，吩咐使女辈日进三餐薄粥，夜间就在楼板上睡卧。方氏心中不忍，却又敢怒而不敢言。无颜再住，连忙作辞归去。张监生另送白银三十两，要了春来，浑身做起新衣，就顶了凤奴这间房户。吩咐家中上下，称为新姐。这岂不是：

打墙板儿翻上下，前人世界后人收。

张监生做出这个局面，本意要教凤奴知得，使他感动，生出悔心。奈何凤奴一意牵系孙三，心如铁石，毫无转念。说话的，假如凤奴既一心为着孙三，何不速寻个死路，到也留名后世。何必做这许多模样，忍辱苟延？看官有所不知，他还是十六七岁的女子，与孙三情如胶漆，一时虽则分开，还指望风波定后，断弦重续。不料得生出这瞿百舌，贪图重利，强为张氏纳聘。虽然势不能违，私自心怀痴想，希意张生求欲不遂，必有开笼放鹦鹉之事。那时主张自由，仍联旧好，谁能间阻。所以方氏述瞿百舌退还母家之说，到有三分私喜。为此宁受折磨，不肯即死。有诗为凭：

生死靡他已定盟，总教磨折不移情。
　　傍人不解其中意，只道红颜欲市名。

　　话分两头。且说孙三郎在家医治伤口，怎奈日夜记挂凤奴，朝愁暮怨，长叹短吁，精神日减，疮口难合。挨到年余，渐成骨立，愈加腐烂，自知不保。将家事料理，与儿子取了个名字，唤做汉儒，叮咛妻子，好生抚养。刘氏啼啼哭哭，善言宽慰。看看病势日重，他向妻子说了几句断话，又教邀过方氏一见。刘氏不敢逆他，即差个老妪，唤乘轿子去接。方氏闻说孙三病已临危，想起当日恩情，心中凄切，也顾不得羞耻，即便乘轿而来。彼此相见，这番惨伤，自不必说。

　　孙三郎向怀中取出同心结，交与方氏道："我今生再不能复见凤姐矣，烦你为我多多致意。"言讫，瞑目而逝。可怜刘氏哭得个天昏地暗，一面收拾衣衾棺木。方氏索性送殓过了，方才归家。思量女儿被张郎锁禁空楼，绝无音耗，不知生死如何，须去看个下落，也放下了肠子。唤个小船，来到唐栖。张监生即教春来出来迎接，方氏举目一看，遍体绮罗，光彩倍常，背后到有两个丫头随侍。问起女儿，却原来依旧锁禁楼上。方氏此时心如刀割，嗟叹不已。见过了张郎夫妇，即至楼上看凤奴时，容颜憔悴，非复旧时形状。母女抱头而泣，方氏将同心结付还，说孙三病死之故，凤奴不觉失声大恸。方氏看了女儿这个景状，分明似罪囚一般，终无了期。私地埋怨春来说："你今既得时，也须念旧日恩情，与他解冤释结，如何坐视他受苦。"春来道："我怎敢忘恩负义，不从中周全。怎奈相公必要他回心转意，凤姐执迷不允。每日我私自送些东西上楼，却又不要，教我左难右难。这几时我再三哀求，已有放归的念头。娘可趁此机会，与相公明白讲论一番。待我在后再撺耸几句，领回家去罢。"

　　方氏得了这个消息，到次日要与张监生讲话。正遇本图公正里甲，与张监生议丈量田地，方氏走到堂中，向各人前道个万福，开言道："列位尊官在座，我有不知进退的话，要与张相公说知，讨个方便。多承张相公不弃我女凤奴，聘来为妾。若是我儿到了你家，有甚皂丝麻线，落在你眼里，这便合应受打受骂受辱，便是斫头也该。然也须捉奸捉双，方才心服。若未入门时，先有些风声，你便不该娶了。或是误于不知，娶后方晓得平昔有甚不正气，到家却没甚过失，这叫做入门清净，要留便留。若不相容，就该退还娘家，何故无端锁禁楼中，如罪囚一般，此是何意？磨折已久，如今奄奄有病。万一有些山高水低，我必然也有话说。常言死人身边自有活鬼，你莫恃自家豪富，把人命当做儿戏。"众人听了此话，齐道："大娘言之有理。张相公你若用他，便放出来，与他个偏房体面。若不用他，就交还他去，但凭改嫁，省得后边有言。"张监生心里已有肯放去的念头，又见方氏伶牙俐齿，是个长舌妇人，恐怕真个弄出些事来，反为不美。遂把人情卖在众人面上，便教开了楼门，唤出凤奴，交还方氏领去。方氏即就来船，载归王江泾。过了月余，方氏对凤奴道："儿，你今年纪尚小，去后日子正长。孙三郎若在，终身之事可毕。他今去世，已是绝望。我在此尚可相依，人世无常，倘或有甚不测，瞿门宗族，岂能容你。那时无投无奔，如之奈何。况春花秋月，何忍空过，趁此改图，犹不失少年夫妇。"凤奴闻言大怒，说道："娘，你好没志气！前既是你坏我之身，止谓随他是一马一鞍，所以虽死无悔。今孙三郎既死，难道又改嫁他人。既要改嫁，何不即就张郎。我虽不指望竖节妇牌坊，实不愿做此苟且之事，学你下半截样子。"言罢，放声长号。到使方氏老大没趣，走出房门。凤奴解下结胜同心带，自缢梁间。及至方氏进来看见解救时，已不知气断几时了。痛哭一场，买棺盛殓。欲待葬在瞿滨吾墓旁，嗣子不容。欲待另寻坟地，嗣子又不容久停在家。方氏无可奈何，只得将去火化。尽已焚过，单剩胸前一块未消，结成三四寸长一个男子。面貌衣褶，浑似孙三形像。认他是石，却又打不碎；认他是金，却又烧不烊。分明是：

> 杨会之捏塑神工，张僧繇画描仙体。

那化人的火工，以为希奇，悄地藏过，不使方氏得知。这也不在话下。自古道："不愿同年同月同日同时生，但愿同年同月同日同时死。可煞作怪，孙三郎先死多时，恰好也在那日烧化。他家积祖富足，岂无坟茔，也把来火化。原来孙三郎自从死后，无一日不在家中出现，吓得孤孀子母，并及家人伴当，无一人不怕。只得求签问卜，都说棺木作耗，发脱了出去，自然安静。刘氏算计要去安葬，孙三郎夜托一梦，说自己割坏人道，得罪祖宗，阴灵不容上坟，可将我火化便了。刘氏得了这梦，心中奇怪，也还半信半疑。不道连宵所梦相同，所以也将来焚化。胸前一般也有一块烧不过的，却是凤奴形状。送丧人等，无不骇然。刘氏将来收好，藏在家中。那送丧之人，三三两两，传说开去。焚化凤奴的火工闻知，袖着孙三小像，到来比看。刘氏一见，大是惊诧。孙三儿子汉儒，年虽幼小，孝出本心，劝娘破费钱钞，买了此像。做起一个龛子，并坐于中，摆列香烛供奉。但见：

> 孙三郎年未三十，遍体风情。手中扇点着香罗，却是调腔度曲，但是髭须脱落，浑如戴馄饨帽的中官。瞿凤奴不及二旬，通身娇媚。同心结系在当胸，半成遮奶藏阉，只见绣带垂肩，分明欲去悬梁的妃子。

一时传遍了城内城外，南来的是唐栖镇上男女，北来的是平望村中老幼。填街塞巷，挨挤不开。个个称奇，人人说怪。正当万目昭彰之际，忽然狂风一阵，卷入门来。只见两个形像，霎时化成血水，这方是同心结的下稍，真正万古希罕的新闻。嘉靖年初，孙汉儒学业将就，做一小传以记。后来有人作几句偈语忏悔，偈云：

> 是男莫邪淫，是女莫坏身。

欺人犹自可，天理原分明。
不信魔登伽，能摄阿难精。
地狱久已闭，金磐敲一声。
豁然红日起，万方光华生。
同心一带结，男女牵幽魂。
一为自宫汉，一为投缳人。
轮回总能转，何处认前因。

第五回

莽书生强图鸳侣

　　秋月春花自古今，每逢佳景暗伤神。
　　墙边联句因何梦，叶上题诗为甚情。
　　带缺唾壶原不美，有瑕圭璧总非珍。
　　从来色胆如天大，留得风流作骂名。

　　这首诗，是一无名氏所题，奉劝世人收拾春心，莫去闲行浪走，坏他人的闺门，损自己的阴骘。要知人从天性中带下个喜怒哀乐，便生出许多离合悲欢。在下如今且放下哀怒悲离之处不讲，只把极快活燥脾胃的事试说几件。假如别人家堆柴囤米，积玉堆金，身上穿不尽绫罗锦绣，口里吃不了百味珍羞，偏是我愁柴愁米，半饥半饱，忍冻担寒，这等人要寻快活，也不可得。然又有一等有操守有志量的，齑盐乐道，如颜子箪瓢陋巷，子夏百结鹑衣，不改其乐，便过贫穷日子，也依原快活。又假如别人家，文官做朝官宰相，武官做都督总兵，一般样前呼后拥，衣紫腰金，何等轩昂，何等尊贵。惟有我终身不得发达，落于人后，难道也生快活。然又有一等人，养得胸中才学饱满，志大言大，虽是名不得成，志不得遂，嚣嚣自得，眼底无人，依然是快活行径。所以富贵两途，不喜好的也有。惟有女色这条道路，便如采花蜂蝶，攒紧在花心之中，不肯暂舍。又如扑灯飞蛾，浸死在灯油之内，方才罢休。

从来不好色的，惟有个鲁国男子，独居一室，适当风雨之夕，邻家屋坏，有寡妇奔来相就，这鲁男子却闭户不纳。又有个窦仪秀才，月下读书，有女子前来引诱，窦仪也只是正言拒绝，并不相容。才是真正见色不迷，盘古到今，只有此二人。若是柳下惠坐怀不乱，就写不得包票了。其他钻穴逾墙，桑间濮上，不计其数。常言道：男子要偷妇人隔重山，女子要偷男子隔层纸。若是女人家没有空隙，不放些破绽，这男子总然用计千条，只做得一场春梦。

当年有两个风流俊俏苟合成婚的，一个是司马相如，一个是韩寿。假若贾充的女儿，不在青琐中窥觑韩寿，寿虽或轻松矫捷，怎敢跳过东北角高墙，成就怀香之事。假如司马相如，虽则风流潇洒，衣服华丽，若卓王孙的女儿，不去听他弹那凤求凰的琴曲，相如也不能勾同他逃走，成就琴台卖酒之事。所以淫奔苟合，都是女人家做出来的。然则一味推到女子身上去，难道男子汉全然脱白得干净，又何以说色胆大如天。皆因男子汉本有行奸卖俏之意，得了女人家一毫俯就意思，或眉梢递意，眼角传情，或说话间勾搭一言半语，或哑谜中暗藏下没头没脑的机关。这男子便用着工夫，千算百计，今日挑，明日拨，久久成熟，做就两下私情。总然败坏了名节，丧失了性命，也却不管，所以叫做是色胆如天。那一个肯贤贤易色，诗云：

美色牵人情易惑，几人遇色不为迷；
纵是坐怀终不乱，怎如闭户鲁男儿。

话说国朝永乐年间，广西桂林府临桂县，有一举人，姓莫名可，表字谁何，原是旧家人物。其父莫考，考了一世童生，巴不得着一领蓝衫挂体。偏生到莫谁何，才出来应童子试，便得游入泮，年纪方得一十二岁。那时就有个姓王的富户，到备着若干厚礼，聘他为婿。大抵资性聪明的，知觉亦最早。这莫谁何因是天生颖异，乖巧过人，十来岁时，男女情欲之事，便都晓得。到进学之后，空隙处遇着丫环婢子，就去扯手拽脚，亲嘴摸乳，讨干便宜。交了出幼之年，情窦大开，同着三朋四友，往花街柳巷去行踏。那妓女们爱他幼年美丽，风流知趣，都情愿赔着钱钞，与他相处。日渐日深，竟习成一身轻薄。父母愁他放荡坏了，忧虑成疾，双双并故。有个族叔，主张乘凶婚配，何期吉辰将近，王家女儿忽得暴疾而亡。

莫谁何初闻凶信，十分烦恼，及往送殓，见妻子形容丑陋，转以为侥幸。自此执意要亲知灼见，择个美妻为配。所以张家不就，李家不成，蹉跎过了。他也落得在花柳中着脚。不想到十九岁上，挣得一名遗才科举入场，高高中了第二名经魁。那时豪门富室，争来求他为婿。谁何这番得意，眼界愈高。自道此去会试，稳如拾芥，大言不惭的答道：

且待金榜挂名，方始洞房花烛。

因此把姻事阁起，忙忙收拾进京会试，将家事托族叔管理，相约了几个同年，作伴起身。正值冬天，一路雨雪冰霜，十分寒冷。莫谁何自中榜之后，恣情花酒，身子已是虚弱，风寒易入，途中患病起来。挨到扬州，上了客店，便卧床不起。同年们请医调治，耽搁了几日。谁何病势虽则稍减，料想非旦夕可愈，眼见得不能勾会试，众人各顾自己功名，只得留下谁何。吩咐他家人来元，好生看觑调理，自往京师应试去了。正是：

相逢不下马，各自奔前程。

且说莫谁何一病月余,直到开春正月中旬,方才全愈。也还未敢劳动,只在寓所将息。因病中梦见观音大士,以杨枝水洒在面上,自此就热退病祛,渐渐健旺。店主闻说,便道:"本处琼花观,自来观音极是灵感,往往救人苦难,多分是这菩萨显圣。"谁何感菩萨佛力护佑,就许个香愿,定下二月初一,到殿了酬。至期买办了香烛纸马之类,教来元捧着,出了店门,从容缓步,径往琼花观来。看那街市上,衣冠文物,十分华丽。更兼四方商贾杂沓,车马纷纭,往来如织,果然是个繁华去处。谁何一路观玩,喜之不胜,自觉情怀快畅,想起古人"烟花三月下扬州"之句,非虚语也。

不多时已到观中,先向观音殿完了香愿,然后往各庙拈香礼拜。广西土风,素尚鬼神,故此谁何十分敬信。礼神已毕,就去探访琼花的遗迹。这琼花在观内后土祠中,乃唐人所植。怎见得此花好处,昔人曾有诗云:

> 百葩天下多,琼花天上稀。
> 结根托灵祠,地着不可移。
> 八蓓冠群芳,一株攒万枝。
> 香分金粟韵,色夺玉花姿。
> 浥露疑凝粉,含霞似衬脂。
> 风来素娥舞,雨过水仙歆。
> 淡容烟缕织,碎影月波筛。
> 一朝厌凡俗,羽化脱尘涯。
> 空遗芳迹在,徒起后人思。

那琼花更无二种,惟有扬州独出。至于宋末元初,忽然朽坏,自是此花世上遂绝。后人却把八仙花补植其地,实非琼花旧物。此观本名蕃釐,只因琼花著名,故此相传就唤做琼花观。古今名人过此者,都有题咏。谁何玩视一番,即回寓所。过了两日,又去访隋苑迷楼的遗址。遂把扬州胜处,尽都游遍。那时情怀大舒,元神尽复,打动旧时风流心性，转又到歌馆妓家，倚红偎翠，买笑追欢。转眼间已是二月中旬，原来扬州士女，每岁仲春，都到琼花观烧香祈福，就便郊外踏青游玩。谁何闻得了这个消息，每日早膳饭后，即往观中，东穿西走，希冀有个奇遇。

那知撞了几日，并没一毫意味。却是为何？假如大家女眷出来烧香，轿后不知跟随多少男女仆从。一到殿门，先驱开游人，然后下轿。及至拈香礼拜，婢仆们又团团簇拥在后。纵有佳丽，不能得觌面一见，那里去讨甚便宜？就是中等人家，有些颜色的，恐怕被人轻薄，往往趁清晨游人未集时先到，也不容易使人看见。至若成群结队，凭人挨挤的，不过是小户人家，与那村庄妇女，料道没甚出色的在内。所以谁何又看不上眼了。

到二月十九，乃是观音菩萨成道之日，那些烧香的比寻常更多几倍，直挤到午后方止，游人也都散了。莫谁何自觉倦怠，走到梓潼楼上去坐地。这琼花观虽有若干殿宇，其实真武乃治世福神，是个主殿，观世音菩萨救人苦难，关圣帝君华夷共仰，这三处香火最盛。这梓潼只管得天下的文墨，三百六十行中惟有读书人少，所以文昌座前，香烟也不见一些，甚是冷落。莫谁何坐了一晌，走下楼去。刚出庙门，方待回寓，只见一个美貌女子，后边随着一个丫鬟，入庙来烧香。举目一觑，不觉神魂飘荡，暗道："撞了这几日，才得遇个出色女子，真好侥幸也！"

你道这女子，是何等样人家？原来这女子，父亲复姓㮂斯，曾官员外郎。他祖上原是色目人，入籍江都，因复姓不好称呼，把㮂字除下，止以斯字为姓。这斯员外性子有些倔强，与世人不合，坏官在家。止生此女，小字紫英，生得有些绝色。员外夫人平氏，三年前有病。紫英小姐保佑母亲，许下观世音菩萨绣幡一对。不想夫人禄命该终，一病不起。夫人虽则去世，紫英的愿心，终是要酬。到这时绣完了幡，告知父亲要乘这观音成道之日，到观里了愿。这斯员外平昔也敬奉菩萨，又道女儿才得十五岁，年纪尚幼，为此许允。料到上午人众，吩咐莫要早去。只是斯员外平昔要做清官，宦囊甚薄。及至居家，一毫闲事不管，门庭冷淡如冰。有几个能事家人，受不得这样清苦，都向热闹处去了。只存下几个走不动的村庄婢仆，教他跟随小姐去烧香上幡。那两个仆妇梳妆打扮起来，紫英小姐仔细一觑，分明是鬼婆婆出世，好生烦恼，说道："若教这婆娘随去，可不笑破人口。"因此只教贴身的丫头莲房，同着两个村仆，跟随轿子。

到了观中，伏侍小姐上了幡，又到正殿关帝阁烧了香。后至梓潼楼，见此处冷落，没有游人，两个仆人，各自走去顽耍了。不想落在莫谁何眼中，恨不得就赶近前去，与他亲热一番。因见行止举动，是个大人家气象，恐惹是非，不敢相近。想起文昌楼后是董仲舒读书台，这所在没人来往，或者这小姐偶然转到此处游玩，何不先往台下躲着，等候他，饱看一回。因是终日在那观中串熟，路径无所不知，故此折转身来，先去隐在读书台下。这董仲舒当年为江都王相，江都王素性骄倨好勇，仲舒以礼去匡救，江都王遂改行从善。为此扬州建造起此台，塑起神像，就名董仲舒读书台。这一发不是俗人晓得的，所以人都不到，那知到成就了莫谁何的佛殿奇逢。

且说紫英小姐，到梓潼楼上拈香，见炉中全没些火气，终是大人家心性，吩咐莲房教伴当们取些火来。莲房答应下楼叫唤，一个也不见。心里正焦，不道小便又急起来，东张西望，要寻个方便之处。转过楼后，穿出一条小径，显出一所幽僻去处。只见竹木交映，有几块太湖假山石，玲珑巧妙，又大又高，石畔斜靠着一株大腊梅树。莲房道："我家花园中，到没有许多好假山石，也没有这样大腊梅。"随向假山石畔，蹲下去小解。当初陶学士，曾有一首七言绝句，却像为这丫头做的。诗云：

小小佳人体态柔，腊梅依石转湾幽。

石榴壳里红皮绽，迸出珍珠满地流。

解罢，急急回转，奔上楼来回覆。紫英正等得不耐麻，埋怨他去得久了。莲房道："伴当一个也不见，连轿夫通走开了，小姐将就拜拜罢。"紫英随向冷炉中拈了香，拜罢起来，莲房想着后边景致，要去玩耍，上前说道："小姐，这楼后有假山树木，十分幽雅，到好耍子。小姐何不去走走？"紫英道："你怎生见来？"莲房道："才因要小解，方寻到那里。"紫英道："不成人的东西，倘被人遇见，可不羞死。"莲房道："这所在甚是僻静，并不见个人影。望去又有个高台，想必台上还有甚景致。"

紫英终是孩子家，见说所在好玩耍，又没有人往来，不合就听信了。随下楼穿出小径，步入读书台下，果然假山竹木，清幽可喜。转过太湖石，走上台去看时，却是小小一座殿宇，中间供着一尊神道。殿外左边是一座纸炉，右边设一个大石莲花盆。莲房因起初小解了，走过来净手，把眼一觑，说道："小姐你来看这盆中的水，一清彻底，好不洁净。何不净净手儿？"紫英道："我手是洁净的，不消得。"莲房道："恁样好清水，就净一净手好。"紫英又不合听了丫头这话，便走来向盆中净手，莲房忙向袖中摸出一方白绸汗巾，递与小姐拭手。这里两人却正背着净手耍子，不想莫谁何却逐步儿闪上台来，仔细饱看。紫英拭了手，回过身，面前却见站着个少年，吃了一惊，暗自懊悔道："我是女儿家，不该听了这丫头，在此闲走。"低低向莲房说道："有人来了，去罢。"欲待移步，莲房见莫谁何正阻着去路，这丫头到也活变，说道："小姐手已净了，烧了香去罢。"引着紫英到走入殿里。

紫英也不知董仲舒是甚菩萨，胡乱就拈香礼拜，拜罢转身出殿。此时莫谁何意乱魂迷，无处起个话头。心生一计，说道："我也净一净手，好拈香。"将手在盆中搅了一搅，就揭起褶子前幅来拭手，里边露出大红衣服。原来莫谁何连日在观中闲游，妄想或有所遇，打扮得十分华丽。头上戴的时兴荷叶绉纱巾，贴肉穿的是白绢汗衫，衬着大红绉纱袄子，白绫背心，外盖着藕丝软纱褐子。这原是在家预先备下，打账中了进士，去赴琼林宴，谢座师会同年时，卖弄少年风流。那知因病不能入试，却穿了在琼花观里卖俏。假如此时紫英烧香拜罢转身便走，这莫谁何只讨得眼皮上便宜，其实没账。那知斯员外平日处家省俭，凡衣服饮食，一味朴素，不尚奢华。因此小姐从幼习惯，也十分惜福。这时走出殿来，抬眼见莫谁何揭褶子拭手，不觉起了一点爱惜之意，暗道："这秀才好不罪过，如此新衣，便将来拭手，想必不会带得汗巾。"千不合万不合，回头叫莲房把这白绸汗巾，借与他拭手。谁何错认做小姐有意，一发魂不着体，接过来一头抹手，一头说道："烦姐姐致谢小姐，多蒙美情，承借汗巾了。"袖里摸出锭银子，递与莲房道："些微薄仪，奉酬大德。"莲房原有主意，不肯接受，转身要走。却被那莫谁何一把扯住，将来推在袖里，飞也似先奔下台，把梓潼楼后门顶上。

　　莲房急回身向小姐说，这秀才如此如此。小姐变起脸来喝道："贱丫头，怎的不对他说，我是斯员外家，那个希罕你的银子。"莲房见小姐发怒，赶下台把小姐所言，说与莫谁何，将银子递还。莫谁何却不来接，说道："你既是斯员外家，不希罕我这银子。可知我是会试举人，难道没有几件衣服，要你小姐替我爱惜，把汗巾儿与我揩手。"莲房见他说话不好，也不答应，将银子撇在地下，奔上台来，说道："银子撇还他了，这人又不是本处人，自称是会试举人，说话好生无理，我也不睬他。"紫英道："这便才是。至此已久，伴当们必然在外寻觅，快些去罢。"

　　莲房随扶着小姐走下台阶礓磋，转过太湖石，只见莫谁何当道拦住，说道："小姐慢行，还有话讲。"惊得紫英到退几步，转身隐在太湖石畔，吩咐莲房对他说："既称是会试举人，须是读书知礼，为甚阻我归路，是何道理？"莲房将话传说。莫谁何笑嘻嘻的道："小生家本广西，去此几千里，何意与小姐邂逅相遇，岂不是三生有缘。但求小姐觌面见个礼儿，说句话儿，就放小姐去了，别没甚道理。"莲房将这话回覆了，紫英大怒，又教莲房传话说："你是广西举人，只好在广西撒野，我这扬州却行不去。好好让我回去便罢，若还再无理，叫家人们进来，恐伤了你体面。况我家员外，性子不是好惹的，回去禀知，须与你干休不得。"

莫谁何听了，心生一计，说道："你小姐这话，只好吓乡里人，凭你斯员外利害，须奈何不得我远方举人。进来的门户，俱已塞断，就有家人伴当也飞不入来，也不怕你小姐飞了出去。还有一说，难道我央求了你小姐半日，白白就放了去，可不淡死了我。若不肯与我见礼讲话，卖路东西，也送些遮羞，才好让你去。不然就住上整年，也没处走。"莲房又把这话回覆了，紫英心中烦恼，埋怨莲房，便接口道："你哄我到此处，惹出这场是非。"那丫头嘴儿却又来得快，说道："先前说起，其实莲房不是。但教将汗巾与他拭手，这却是小姐的主意。"

紫英被这句话撑住了口，懊悔不迭，又恐他用强逼迫，将如之何。心里慌张，没了主意。又不合向袖中，摸出一个红罗帕儿，教莲房送与莫谁何，传话道："相公是读书君子，须达道理。彼此非亲非故，万无相见之事。绫帕一方，算不得礼数，权当作开门钱罢。"莫谁何接帕在手，笑道："我又不是琼花观里管门的人，为何要开门钱。汗巾是你的，如今罗帕是小姐的，都是真正表证。小姐容我相见便罢，不容时，将便将此表证对你家员外说知，大家弄得不清不楚，但凭你去与小姐算计。"莲房是个丫头家胆子小，听了这话，吓得心头乱跳，飞奔来对小姐说："这事越弄得不好，那人如此如此撒野。小姐若不与他相见，倘或真个对员外说知，可不连累莲房，活活打死。胡乱见个礼儿，央告放归去罢。"紫英知道自家多事，一发悔之无及，踌躇一回，没奈何只得依了莲房，走出太湖石畔，莲房把手招道："我小姐肯了，与你相见。"莫谁何喜得满面生花，向前深深作揖。紫英背转身，还个万福。莫谁何作揖起来，又手说道："小生本是广西桂林府临桂县新科举人，姓莫名可。因上京会试，路经贵府，闻小姐美貌无双，因此不愿入京，侨寓此地，欲求一见。不想天还人愿，今日得与小姐相会于此，真是夙缘前契。又蒙惠赠绫帕，小生当终身宝玩。但良缘难再，后会无期，小姐怎生发付小生则个。"

紫英听了这些话，涨得满脸通红，又恼又好笑，暗道这是那里说起，向莲房附耳低低道："你可对他说，方才说见个礼，便放我去。如今礼又见了，还要怎的。"莲房把这话说与，莫谁何道："小生别无他意，只要小姐安放得小生妥贴，不然就死也不放小姐去。"紫英此时进退两难，暗自叹道："罢，罢！这是我前世冤孽了。"就教莲房低低传说道："三月初一，是夫人忌辰修斋。初三圆满，黄昏时候，菩萨送焚化时，在门首相会，自有话说。"莫谁何得了这话，分明接了一道圣旨，满心欢喜，又道："小姐莫非说谎？"紫英又传话道："如若失信，那时任凭你对员外说便了。"莫谁何点点头儿，连忙又作个揖道："小姐金口御言，小生镌刻五内了。"道罢，急忙去开了梓潼阁后门，仍闪入林木中藏躲。紫英此时看了这个风流人物，未免也种下三分怜爱。虽则如此，终是女儿家，蓦地遇这没头没脑的事体，面上红一回，白一回，心头上一回，下一回，跳一个不止，与莲房急急走出梓潼楼下。那伴当轿夫，因不见了小姐梅香，惊天动地的找寻，也不知有多少时候了。紫英不敢再复迟延，疾忙上轿还家。到了房里，还是恍恍惚惚的。诗云：

  火近煤兮始作灾，木先腐朽蠹方胎。
  桃花不向源流出，渔棹何缘得入来。

且说莫谁何，虽得了斯小姐口语，也还疑疑惑惑，不知是真是假。这几日一发难过，扳指头的到了三月初一，便到斯家门首打探，真个在家修斋。心里喜欢道："这小姐端的不说假话，此事多分有望。"心下又转一念，从前门走到后门，东边看到西边。前门是官街，后门是小街，东边通那一个城门，西边近那条河路，都看在眼里。到初三傍晚，悄地把来元的青衣小帽穿起，闪出店门，径至斯家门首。等到了黄昏时候，还不见送佛，好生着忙。又想到总然送佛，又不知小姐果然出来否，惊疑不定。那知是夜紫英小姐心上惊疑，比莫谁何更多几十倍。他与莲房商量，欲待出去，恐怕弄出事来。欲不出去，又恐执了绫帕为证，果然放刁撒泼，依然名声不好。莲房说道："我看这人行径，风流其实风流，刁泼其实刁泼，小姐思想也不差。以我看起来，还是送佛之时，出去走一遭。只要使他一见，你便挈身进来。既见得不失信，那众人瞩目之地，他也不敢扭住你。"事到其间，紫英只得依着莲房而行。

　　是夜是圆满之日，和尚家也有香火，亲族中都有来随喜的，俱有家僮小厮跟随迎候。莫谁何这个打扮，也像跟随服役的一般。张家认道是李家，李家认道是张家，那里分辨得清。约莫黄昏将尽，和尚送佛出来焚化，紫英却闪在门旁，遮遮掩掩的张望。莫谁何在人群中，目不转睛，望着门里瞧。见小姐站在门旁，便踅过身来，踏上阶头，两下刚打个照回。莲房情知两边看见，即扯小姐进去，小姐转身便走。此时和尚祝颂未完，鼓钹声喧，人人都仰面看着和尚，那里管甚别事。说时迟，那时快，莫谁何见小姐转身，他却乘个空隙，飕的钻入门里。也是缘分应该，更无一人看见。谁何跟着小姐脚步，直到房里。彼时若有一人撞见，可不是贪夜入人家，非奸即盗，登时打死不论。怎当他拼着性命紧跟紧走，这才是色胆如天，便就杀一刀，也说不得了。小姐看见莫谁何进房，魂也不在身上，又恐怕有人看见，怎生是了。不顾休面，只得同莲房横身推他出去。

　　莫谁何是个后生男子汉，这两个女子，怎推得动。莫谁何开口道："小姐不要性急，不要着忙，待我说句话。"莲房将手掩住他口道："这所在岂是你讲得话的？"莫谁何道："就讲不得，只得容我讲一句。我本岭右举人，会试过此，因慕小姐才色，弃了功名，在此守候。不期天赐良缘，得见于董仲舒读书台下，蒙小姐赐以罗帕表记，约我今夜相会，故冒万死到此。我已拼这连科及第的身子，博个点额龙门，求凰到凤，难道你不肯？"说罢，就跪将下去。小姐道："谁要你跪，谁要你拜，快些出去！"莫谁何道："到此地位，怎生还好出去。我想出去也是死，小姐若还不肯，也是死。死在小姐房门外边中，不如死在小姐卧房之内。"说罢在袜中抽出一把解手刀，望喉下便刺。吓得小姐三魂六魄，都不在身上，用手来夺。谁何放下刀拦腰抱定，一只手早已穿入锦裆，摸着小姐海棠未破的蓓蕾。此时无奈何，只得凭他舞弄。莲房紧守在房门外，察听风声。但见：

一个是南宫学士，一个是东阁佳人。南宫学士，慕色津津，不异渴龙见水；东阁佳人，怀羞怯怯，分明宿鸟逢枭。一个未知人道，那解握雨携云；一个老练风情，尽会怜香惜玉。直教逗破海棠红点点，颠翻玉树白霏霏。

是夜成就好事，总然未曾惯经，少不得瓜熟蒂落。到明夜，谁何又去勾搭莲房，莲房见小姐允从，有何推拒。自是上和下睦，打成一片。日里藏放床后影壁中，夜深人静，方才出来，因此家中并无知觉。只是丫头们送茶饭进房，却是一番干纪。小姐日夜忧心，惟恐败露。况兼莫谁何本是狂放，在床壁间住了十数日，也觉昏闷。商议逃还桂林，计较已定，收拾细软，打起包裹。小姐莲房与谁何一般打扮，乘夜开了后园门，从弄出去。这些路道，谁何已探认得烂熟，只是走步慌忙，遗失了一只鞋儿，出了后门，轻车熟马，直到关上，雇了船只，径归广西。连家人来元，不能相顾了。诗云：

　　桑间濮上事堪羞，却认鹑奔作好逑；
　　皂染素丝终不白，逝东流水几回头。

却说斯员外，不见了女儿，及贴身的莲房，情知是私情勾当，不好沸沸洋洋，上下瞒得水泄不通。但恐怕胡通判家来讨亲，无以抵对。凑巧有个丫环兰香，感了伤寒病症，这丫头到有四五分颜色，斯员外心思一计，下了一服不按君臣的汤药，顷刻了账。托言小姐病死，报与胡通判家。胡家差着女使来探丧，那女使从不曾认得小姐，那个晓得不是正身。斯员外从厚殡殓，极其痛哭。七七诵经礼忏，大是破费，亲友都来慰唁。胡通判的孙子，虽不曾成亲，孝服来祭奠，胡通判也亲来门上。一场丑事，全亏这替死鬼掩饰过了。正是：

> 张公吃酒李公偿，鸩杀青衣作女亡。
> 泉台有恨无从诉，应指人间骂莫郎。

却说来元自三月初三傍晚，家主忽地出去，一夜不归，只道熬不得寂寞，又往妓家寻欢去了。吃了早晚，打点寻问去迎接，却不见了衣冠。心里奇怪，难道是家主穿了去不成？及至四面去迎接，竟没处去问。一连过了五六日，来元也寻够不耐烦了，只得听其自然。又过了一日，早起去登东厕，见地下有个黄布包袱。拾起看时，中间线绣着"永兴号"三字，暗道："造化，造化！好个大包袱。提来包衣服也好，包米也好，做被单盖也好。"欢欢喜喜，拿回下处。看看过了二十多日，家主终是不归，柴米吃完了，袋内又无银钱。想道："他不知在何处快乐，我却在此熬苦。如今连米也没得吃，难道忍饿不成？且把他两件衣服，去当两把银子，买些柴米动动荤腥，再作区处。"遂取出两件绸褶子来，恐怕典当中污坏了，就将拾的这个黄布包袱包起。锁了下处，走出店门。心上想往那一家去当好，又想有货不愁无卖处，既有了东西，那家不可当，计较怎的。

也是他合当晦气，有没要紧的，随着脚儿闯去，不想却穿到斯家。在那宅后小街里，见一带黄砂石墙，一座小门楼上，有一个匾额，写着"息机"二字，两扇园门，半开半掩。来元知是人家花园，挨身进去一看，正当三月下旬，绿阴乍浓，梅子累累，垂杨上流莺宛转，石栏边牡丹盛开。来元道："我家临桂县里，此时一般也有莺声柳色，只是不得归去。"方想之间，忽见柏屏下一只淡红鞋子。拾起一看，认得是家主穿的，为何落在此处。心上惊疑，口里自言自语，欲行不行的，在那里沉吟。那知斯员外因失了女儿，虽则托言病死，瞒过外人，心上终是郁郁不乐，又没趣，又气愤，正在后园闲步散闷。蓦见来元手执鞋子，在那里思想，员外喝道："你是何人，直撞入后门来，莫不是要做贼？"教家人拿住了，才唤一声，几个村庄仆人，赶出来不问情由，揪发乱踢，擂拳打嘴。

来元道："莫打、莫打！我也是举人相公的管家。"众人听说这话，就住了手。员外问道："扬州城里有数位举人相公，你到底是那一家？"来元道："我们不是本州地举人，是广西桂林府临桂县莫举人。"员外道："既是别处，那里查账，只问你在这里做甚么？"来元道："我家相公，上京会试，自上年冬月间至此，今年三月初三出门，将及一月，不归下处。我因缺了柴米，只得将几件衣服，当钱使用，乘便寻问相公在何处快活。经过这里，看见是一座花园，进来看看。偶然在柏屏下，拾得这只鞋子，是我相公穿的，故此疑惑。"员外把鞋一看，心里暗想道："穿这样鞋子，便是轻薄人了。"又问："你相公既是举人，为何不去会试？"来元道："只为途中患病，就此住下，所以错过考期。"员外道："你相公多少年纪，平昔所好甚的？"来元道："我相公年纪才二十岁，生得长身白面，风流潇洒。琴棋诗画，无有不精，雪月风花，件件都爱。"员外听说，心下想道："原是个不循规矩的人。但为甚他的鞋子，到遗在我家，莫非我女儿被他诱引去了？只是我女从来不出闺门，也无由看见。"又想到："二月十九，曾至琼花观上幡。除非是这日，私期相约的，事有可疑。只是既瞒了别人，况且家丑不可外扬，不能提起了。"对来元道："你既不是贼，去罢，不要在此多嘴。"来元提了包袱，连这只鞋子，出了园门，走到一个典铺里来当银。

这典铺是姓程的徽州人所开，正在斯员外间壁。店中主管将包袱打开一看，见中间有"永兴号"三个绣字，便叫道："好了，我家失的东西，有着落了！"店中人闻言，一哄的都走来观看，齐道："不消说起是了。"取过一条练子，向来元颈项上便套。来元分诉时，劈嘴就是两个巴掌，骂道："你这强盗，赃证现在，还要强辩。"原来三月十九四更时分，这铺中有强盗打入，劫了若干金银，余下珠宝衣服，一件也不要。这包袱也是盗去之物，不知怎地弃下了，来元拾得，今日却包着衣服来当，撞在网中。不由分说，一索捆着，交与捕人，解到江都县中审问。来元口称是莫举人家人，包袱是三月二十日早间拾的。知县也忖度，既劫其家，如何就把赃物到他铺中来当？此人必非真盗，发去监禁，着捕人再去捕缉候结。那知斯员外闻知此事，又只道女儿随了强盗去，无处出这口气，致书知县，说来元早晨，又潜入园中窥探，必是真盗无疑。

知县听了，吩咐提出来元再审。来元只称是莫举人家人，知县问："今莫举人在何处？"来元实说道："三月初三出去了，至今不知何往。"知县笑道："岂有家主久出，家人不知去向之理，明是胡言了。"夹棍拶子，极刑拷问。来元熬不过痛苦，只得屈招，伙结同盗，分赃散去。知县终道是只一包袱，难入其罪，仍复发监，严限捕人缉获群盗，然后定夺。

来元监在江都狱中，因不曾定有罪名，身边无钱，又没亲人送饭，眼见得少活多死。亏了下处主人朱小桥，明知是莫举人的管家，平昔老成谨慎，何曾一夜离了下处，平白里遭此横祸，所以到做个亲人照管他。又到狱中安慰道："你相公还有许多衣服铺陈箱笼，事急可以变卖，等待他来时，自见明白。"来元含泪作谢。自此安心在监中，将息身子，眼巴巴的望着家主来搭救。正是：

烧龟欲烂浑无计，移祸枯桑不可言。

话分两头。再说莫谁何携了紫英、莲房，归到临桂县，只说下第回来，在扬州娶下一妻，买下一婢。三党朋友，都不知其中缘故。自古私情勾当，比结发夫妻恩爱，分外亲热。到家数月，生下一子。第二年又生下一子。莲房虽则讨得些残羹剩饭，不知是子宫寒冷，又不知是不生长的，并无男女胎气。又可笑莫谁何，自得紫英之后，尽收拾起胡行乱走，只在六尺地上，寻自家家里雄雌。其年二十二岁，又当会试之期，十月中收拾起身赴京。紫英临别时，含笑说道："此番上京，定过扬州，再不要到琼花观中担阁。"莲房道："琼花观中到不妨担阁，只不要到董仲舒读书台石莲盆中洗手。"他两个原是戏话，却提醒了他二年前无赖事情，冷汗直流，默然无以为对。沉吟半晌，方说道："此番若便道再过扬州，止要问来元下落，其他儿女情事，我已灰心懒意了，不必过虑。"两下分手，望京进发。

一路饥餐渴饮，夜宿晓行，来到京城。三场已毕，一举成名，登了黄甲。观政三月，选了仪征县知县，领了官凭，即日赴任。经过扬州，便是邻县界内。先自私行，到旧时下处，三年光景，依稀差不得几分。主人朱小桥看见，一把扯住说道："莫相公，你一向在那里？害得盛价，被程徽州家陷作强盗，好不苦哩。"从头至尾，备细说出。莫谁何道："莫高声，我有道理。我前番一时赶不着会试，心上焦躁，暂时往别处散闷。不想一去三年，害了小价。我今得中进士，现选仪征知县，待到任之后，再作理会。"朱小桥见说已是邻近知县，就磕头跪下。莫谁何挽住，说："旧日相处，休行此礼。"又说："到任要紧，不得在此留连，你莫泄漏此事，也不要先对来元说知。倘日后小价出监，定来寻你，你悄地送到仪征来，自当重酬。"言罢，即下船到仪征上任去了。过了数日，差家人到广西，迎接紫英、莲房到衙。

其年新巡按案临，乃莫谁何的座主，两个得意师生，极其相契。

莫谁何将来元被陷，实情诉上，到秋后巡按行部扬州，江都县解审。巡按审到来元一起，反覆无据，即于文卷上批道：

盗劫金宝，而委弃其包袱。道路之遗，来元拾之。此人弃我取，非楚得楚弓也。众盗既无所获，而独以来元为奇货，冤矣。仰江都县覆审开豁。

文到江都县，提出来元再审。其时程徽州已不在扬州开铺，知县开放来元，口里道："可恨失主不在，还该反坐他诬陷才是。"来元归到下处，见了朱小桥作谢。只道是天恩大赦，那知就里缘由，朱小桥一一与他说知了。连夜起身，送到仪征县，朱小桥在外边歇宿。来元传梆入衙，见了家主，跪下磕头，将被陷受刑苦情，说了又哭，却哭得个黄河水清，海底迸裂。

莫谁何道："虽则是家主抛弃，你也须认自家晦气。"来元哭罢，方才拜见紫英夫人。听了声音，说道："奶奶到也是扬州人，老爷几时娶的？"莫谁何良心还在，满面通红，只说："娶久了。"当日先与大酒大饭，吃个醉饱。又发出了三十两银子，差人送与朱小桥酬劳。莫谁何从此改邪归正，功名上十分正气，风月场尽都冷冷淡淡。一日与紫英说："来元为我受了三年牢狱灾，甚为可怜。他今年长了还没有妻子，莲房虽一向伏侍我，却喜不曾生育。我欲将伊配与来元，打发他两人回去管家。也得散诞过些快活日子，免得关在衙门里，不能转动。"此时莲房假意不肯，其实本性活动，一马一鞍，有何不可。紫英又落得做个人情，是夜即把两人婚配，一般拜堂，一般坐床，一般吃同罗杯。虽不是金榜题名，也算是洞房花烛。成亲之后，一般满月，然后打发起身。归到广西，一般是双回门，虽非衣锦还乡，也算荣归故里。正是：

不是一番寒彻骨，怎得梅花扑鼻香。

且说紫英在仪征县住了一年，对丈夫道："自从随你做此勾当，勉强教做夫妻，终身见不得父母。我母亲早死，今父亲想还在堂。我想仪征县到江都，不过百里之遥，怎生使我见父亲一面也好。"言罢暗暗流泪，自羞自苦。莫谁何道："奶奶莫性急，待我从容计较。"不一日，为公务来到扬州，就便至斯员外家来拜谒，传进名贴。员外见写着晚侍教生莫可顿首拜，只道是邻邦父母，出来迎接，那知道是通家女婿。莫谁何久坐不起，斯员外只得具小饭款待。席间偶然问道："老父母是具庆否？"大凡登科甲的，父母在便谓之具庆。若父在母丧，谓之严侍；母在父丧，谓之慈侍；父母双亡，即谓之永感。莫谁何听得此语，流下泪来道："赋性不辰，两亲早背，至今徒怀风木之感。"斯员外道："老父母早伤父母，学生老无男女，一般凄楚。"言罢，也不觉垂泪。这一席饭，吃得个不欢而罢。

临别时，莫谁何道："从此别去，又不知何日相逢。倘不弃敝县荒陋，晚生当扫门相待。"员外道："寒家祖茔，在栖霞山下。每到春日祭扫，道经贵县，今后当来进谒。"言罢即别。明年三月间，员外果来仪征答拜。莫谁何知道，报与紫英，说："你父亲今日来到，还是相见，或不相见？"紫英道："我念生身养育之恩，只得老着面皮去见他。"莫谁何听罢，一面吩咐整酒，一面迎接斯员外到衙中饮宴。饮到中间，莫谁何道："晚生有句不识进退之语相恳。"斯员外道："有甚见教？"莫谁何道："忝在通家之末，今而后当守子婿之礼，敝房要出来拜见。"斯员外道："这怎敢？"说未了，只见紫英出来扑地就拜。斯员外老人家，眼不甚明，一时也跪下去。起来一看，大声嚷道："为何，为何？怎么，怎么？可怪花园中，遗下桃红鞋子，说是莫举人的，到此方见明白。"说罢，恨恨不绝。几年不见，并非喜自天来，只见怒从心起。已而叹道："生女不长进，怨不得别人。"乃对莫谁何道："当初我不肖之女，被坏廉耻，伤风化，没脊骨，落地狱，真正强盗拐去的日子。我只得托言不肖女死，瞒过胡通判家了。今后若泄漏此情，我羞你羞，从此死生无期，切勿相见。"言罢，拂衣而出。把一个无天无地的莫谁何，骂得口不喷声，含着羞惭，送斯员外出去。紫英回到卧房，也害了三个月说不出问不明的病症。从此秋去春来，莫谁何满了三年之任，次第升官，直做到福建布政使。追咎少年孟浪，损了自家行止，坏了别人闺门，着实严训二子，规矩准绳，一步不苟。大的取名莫我如，小的名叫莫我似。一举连科，同榜少年进士，并做京官。

何期大限到来，莫谁何在福建衙门得病。此病生得古怪，不是七情六欲，不是湿热风寒，不是内伤外感。只是昏沉焦躁，常时嘻笑狂歌，槌胸跌背，持刀弄剑，刺臂剜肉，称有鬼有贼有奸细。紫英早暮伏侍，不敢远离。一日睡在床上，倏然坐起说道："我非别神，乃是琼花观伽蓝。当初紫英前身，是江都大财主，莫可是桂林一娼妇。财主许了娼妇赎身，定下夫妻之约。不期财主变了此盟，径自归了扬州。妇人愤恨自尽。故此男托女胎，女转男身，有此今生之事。莫可今生富贵，两子连登，是前生做娼妓时，救难周贫，修桥造路，所以受此果报。临终时恶病缠身，乃因平白地强逼紫英使他不得不从，坏此心术，所以有此花报。果报在于后世，花报即在目前，奉劝世人早早行善。"言罢又复睡到，仍然还莫谁何本色，霎时间呕血数升而死，呜呼哀哉！

紫英听见伽蓝神显圣，又是一番惊异。殡殓莫谁何，扶柩归广西。来元夫妇迎接，莲房感念旧情，也十分惨戚。却遇二子奔丧也到，刚刚三年孝满，紫英亦病，呼二子在床前吩咐道："父生临桂，母出江都，魂梦各有所归，缘牵偶成今世，即此便是遗嘱。"言罢，就绝了气。二子见说得不明不白，只道是临终乱命，不去推详。那知紫英心上，到是个至死不昏之人，亦是琼花观伽蓝点化之言也。后人有诗道得好，诗云：

男女冤牵各有因，风情里面说风情。
今生不斩冤牵债，只恐来生又火坑。

第六回

乞丐妇重配鸾俦

> 天地茫茫一局棋，输赢黑白听人移。
> 石崇豪富休教羡，潘安姿容不足奇。
> 万事到头方结局，半生行径莫先知。
> 请君眼底留青白，勿乱人前定是非。

话说人世百年，总不脱贫富穷达四字。然富的一生富到底，穷的一生穷到底，却像动摇不得。无怪享荣华的受人多少奉承，受艰难的被人多少厌贱。那受人奉承厌贱的，虽一毫无羞耻恼怒之意，那奉承厌贱人的，却自以为是。撮出锦上添花，井中下石，掉那三寸舌，不管人消受得起，磨灭不过。这是怎的说？只因眼里无珠，把一切当面风光，撇抹了许多豪杰，岂不可惜！岂不可恨！昔日有个王播，未遇之时，读书木兰寺中，每日向和尚处投斋。丛林中规矩，小食以后，日色中天，火头饭熟，执事者撞钟三声，众僧齐到斋堂吃饭。那木兰寺和尚，十分势利，看见王播读书未就，头巾四角不全，衣襟遍身破碎，总然有豪气三千，吐不出光芒一寸。终日随着众僧，听了钟声，上堂吃饭，众僧无不厌贱。更可恨那执事的和尚，使下尖酸小计，直待众僧饭毕，然后撞钟。王播听得钟声，跄踉走到，箩内饭无余粒，盆中菜无半茎，受此奚落，只得忍耐。未免含愠归心，泪随羞下，题诗两句于壁上道：

上堂已了各西东，惭愧阇黎饭后钟。

写罢拂袖而出。后来一举登科，出镇扬州，重游木兰寺。众和尚将碧纱笼罩着所题诗句，各各执香，跪伏在地，叩头而言，说望老爷宽洪海量，恕我辈贼秃有眼无珠，不识好人。那王播微微笑道："君子不念旧恶，何足介意。"见此碧纱笼盖之处，乃揭开一看，不觉世事关心，长叹一声。随唤左右，取过笔砚，又题两句于后道：

三十年来尘扑面，今朝方得碧纱笼。

世情冷暖，人面高低，大率如此。后人做传奇的，却借来装在吕蒙正身上，这也不在话下。如今且说一个先时狼狈，后来富贵的女子。莫说旁人不料他有这段荣华了，便是他引镜自照，也想不起当年面目。正是：

时运未来君莫笑，困龙终有上天时。

话说淮安府盐城县，有一村庄人姓周，排行第六。此人原有名有表，因做人没挞煞，不曾立得品地，所以人只叫他是周六。

那周六生长射阳湖边，朦胧村中。所居只有茅屋三间，却又并无墙壁，不过编些篱樟，涂些泥土，便比别人家高堂大厦一般。这朦胧村地本荒凉，左边去是水，右边去也是水。若前若后，无非荆榛草泽，并无一片闲田，可以种麦种菜。就遇农忙插苗之时，也只看得。周六又是阘冗不学好的人，总或有搭空地，也未必肯去及时耕种。人便不肯向上，这日逐三餐养命之根，却不可少。你道他做甚生涯度日？专靠在泽中芟割芦苇，织席营生。那席也可盖屋，也可盖衬仓覆壁，小人家房圈夹仗，所以道路虽小，尽有卖处。即此便是他一生衣食根本，却比富家大户南庄田北庄库，取之不竭用之有余，一般作用。但是天性贪杯好饮，每日村醪浊酒，却少不得。趁得少，吃得多，手头没有一日宽转。更可怜老婆先已死过，单有一个女儿，小名长寿。那长寿女年一十八岁，只因丧了母亲，女工刺绣，一些不晓。虽如此说，就是其母在日，也不过是村庄的阿妈，原不晓得描鸾刺凤，织绣缝裳。所以这长寿女只好帮着周六劈芦做席。你想习熟这样生活，总然臂如莲藕，少不得装添上一层蛇腹断纹，任你指似笋尖，也弄做个擂鼓槌头。更可惜生得一头好发，足有四五尺长，且又青细和柔。若此发生在贵家富室深闺女娘头上，日日加上香油，三六九篦去尘垢，这乌云绿鬓，好不称副粉容娇面。可怜生在此女头上，镇日尘封灰里，急忙忙直到天暗更深，没有一刻清闲。巴到天明，舀些冷水，胡乱把脸上抹一抹。将一个半爿梳子，三梳两挽，挽成三寸长，歪不歪，正不正，一个擂槌，岂非埋没了一天风韵！又可惜生得一口牙齿，齐如蜘蛴，细如鱼鳞，虽不曾经灌香刷，擦牙散，天生得粉花雪白，又不露出齿龈。还有一桩好处，眉分两道春山，眼注一泓秋水。虽则面黄肌瘦，却是鼻直口方，身材端正，骨肉停匀。

这等样一个女儿，若是对镜晓妆，搽脂傅粉，穿上一身鲜衣华服，缓步轻行，可不令少年浪荡子弟，步步回头！单嫌两只金莲，从来不曾束缚，兼之蓬头垢面，满身破碎，东缀西联，针线参差。把他弄得分明似个烟薰柳树精，怎能得遇吕纯阳一朝超度。更有一件，年虽及笄，好像泥神木偶，闭着嘴，金口难开。除却劈芦做席，只晓得着衣吃饭，此外一毫人事不懂。

常言男大须婚，女大须嫁，到了这般年纪，少不配个老公。婚姻虽则是天缘，须是要门当户对。这周六行径，有什么高门大户与他成亲？恰好有个渔翁刘五，生长北神堰中，正与大儿子寻头亲事。凭着堰中胥老人做媒，两家遂为姻眷。男家捕鱼，女家织席，那有大盘大盒，问名纳采，凑成六礼之事。不过几贯铜钱作聘，拳鸡块肉，请胥老人吃杯白酒。袖里来，袖里去，绝不费半个闲钱。那周六独有这桩事十分正经，送来钱钞，分文不敢妄用，将来都置办在女儿身上。荆钗布裙，就比大大妆奁。拣了一日子，便好过门，这方是田庄小家礼数，有何不可。正是：

花对花，柳对柳，破畚箕，对折笤帚。编席女儿捕鱼郎，配搭无差堪匹偶。你莫嫌，我不丑，草成婚礼数有。新郎新妇拜双亲，阿翁阿妈同点首。忙请亲家快上船，冰人推逊前头走。女婿当前拜丈人，两亲相见文绉绉。做亲筵席即摆开，奉陪广请诸亲友。乌盆糙碗乱纵横，鸡肉鱼虾兼菜韭。满斟村醪敬岳翁，赶月流星不离口。大家畅饮尽忘怀，连叫艄头飞烫酒。风卷残云顷刻间，杯盘狼藉无余蔌。红轮西堕月将升，丈人辞到如颠狗。邻船儿女笑喧天，一阵唐唐齐拍手。

周六送女儿成亲，吃得烂醉，刘五转央邻船，直送归家，这也不在话下。大凡妇女缝联补缀，原为本事。长寿女自小不曾学得，动不得手。至于捕鱼道路，原要一般做作。怎奈此女乃旱地上生长，扳不得罾，撒不得网，又摇不得橹，已是不对腔板。况兼渔船底尖，又小又活，东歪西荡，失手错脚，跌在水中，满身沾湿。又无别件衣裳替换，坐待日色，好方晒干。又遇天阴雨下，束手忍冻。刘五不是善良主顾，倘或媳妇有些差失，这场大口舌，如何当得他起。一日偶同儿子入市卖鱼，一路说此一件关心要事。假如刘五虽说如此，儿子若怜爱老婆，还有个商量。那知夫妻缘分浅薄，刘大已先嫌妻子没用，心下早怀着离异之念。听了他父亲这话，分明火上添油，便道："常言龙配龙，凤配凤，鹁鸪对鹁鸪，乌鸦对乌鸦。我是打渔人，应该寻个渔户。没来由，听着胥老人，说合这头亲事。他是编芦席的人，怎受得我们水面上风波。且又十个指头并作一夹，单吃死饭，要他何用？不如请着原媒并丈人一同到来，费些酒饭，明白与他说知：你女儿船上站不惯，恐有错误，反为不便，情愿送还，但凭改嫁也得，依然帮着丈人做活养家也得。我家总是不来管你，如此可好么？"刘五点头，称言有理。教儿子先归船上，自己到胥老人家，计议此事。

却值老人正在村中，沿门摇铎说道："孝顺父母，尊敬长上。"还不曾念到第三第四句，被刘五一扯，说道："胥太公，一向久违失望，今日有多少米了？"胥老人把袖子一提，说："尽在其中，尚不满一升之数。"刘五道："一升米值不得好些钱文。我看天色晚了，到我船上去，吃杯水酒何如？"胥老人道："通得，通得。"就犹未了，只见前边一伙人，鸦飞鹊乱的看相打。走过仔细一看，却是周六卖芦席与人，有做豆腐后生，说了淡话，几乎不成。为此两相口角，遂至拳手相交。旁边一个老儿解劝，就是后生之父。胥老人从中挨身强劝，把竹片横一横，对那老者说："你平昔不曾教导令郎，所以令郎无端尚气，这是你老人家不是。"又对那后生说："周六就住在射阳湖边，与这北神堰原是乡党一样，又不是他州外府来历不明之人，可以吃得亏的。况且他是卖席子，你是做豆腐，各人做自家生理，何苦调嘴弄舌，以至相争，便是非为勾当，不可，不可！"后生与周六听罢，两家撒手。胥老人就摇起铎来高声念道："和睦乡里，教训子孙，各安生理，毋作非为。"众人听了一笑而散。

刘五见机缘凑巧，说道："周亲家恼怒既解，不如同到小舟，同胥阿公闲坐几时，饮杯淡酒。"周六重新拱手道："那日厚情，竟忘记谢得，怎好又来相扰？"刘五道："亲家莫谈笑话，只因小人家做事，不合礼节，就是令爱过门之后，三朝满月，不曾屈亲家少叙，实为有罪。"周六听了此言，满面通红，说："刘亲家，说也没用，自小女出嫁到今，已过一月，就是碗大盘盒，也没一个。若如此说来，一发教我置身无地！"胥老人摇手道："莫说此话，两省，两省！"

说话之间，不觉已到船边，上船坐下。长寿女见了父亲，掉下两行眼泪。刘大见了丈人，在船舱板上作个撒网揖。刘五妻子，也向船头道个万福，说："亲家公，甚么好风，吹得到此。我船上芦席已破，又被媳妇错脚踏穿，堕下水中。亲家公有紧密些的，可带几扇与我。"刘五道："闲话莫说，且去烫酒煮鱼。与亲家荡风。"那刘五已与儿子商量，定要把媳妇退回。所以饮酒之间，只管说媳妇生长岸上，在船上不便的话。向着胥老人，丢个眼色，又附耳低言如此如此。长寿女听说到落水一节，想从前无衣少着，没替换受了寒冻，不觉放声大哭。

　　周六还未开口，胥老人终是个做媒的，善于说开说合，便道："不难，不难！我却有个两便之策在此，只是各要依我。"刘五道："胥老公说的话，怎好不依的。"胥老人道："从来岸上人做不得水上人的道路，水上人却做得岸上人的经纪，此乃自然之理。周六官丧偶之后，止有长寿姐一人，嫁到你家，时时牵挂。今日已满月，何不且送媳妇还家，只算做个归宁。刘小官也到丈人家去，学做芦席，一来可以帮扶丈人，尽个半子之孝；二来你家船上应用芦席，尽取足于周六官，又不消刘阿妈费心。二令郎年纪也不小了，依我就寻个船上姐儿，朝晨种树，到夜乘凉。娶了这房媳妇，早晚间原自帮衬，不两便么？"那刘五道："说此甚妙。但我大儿子到周亲家处，少不得还凑几串钱，与他做芦席本钱才是。为今之计，不若亲家同令爱先归。隔两日，待我计较了钱钞，亲送儿子上门来何如？"周六听见肯教女婿来相帮，又带得有本钱，喜上心来，暗自踌蹰道："自从女儿嫁后，没有帮手，越觉手头急促。如若女婿同来，大有利益。"乃扯个谎道："我又无第二个儿女，做得人家，总来传授女婿，便在我家去住也无妨。但芦席生意微细，比不得亲家船上网网见钱，还宜掛酌，莫要后悔。"胥老人道："阿呀！我老人家道话弗差个。若是有时运，船上趁得钱，岸上也趁得钱。若没时运，莫说网船这业，就是开典铺，也要折本。趁我在此，令爱今日就一齐同去。"刘五道："胥阿公说得有理。况我现有两个儿子,就作过继一个与亲家公,也未为不可。"胥老人拍手笑道:"说得妙,说得妙,快拿热酒来!"周六道:"既如此,只得领命了。"刘五即教儿子,去备只小船相候。

这周六见了酒杯,分明就是性命,一壶不罢,两壶不休。看看斜阳下山,水面霞光万顷,兼之月上东隅,渔歌四起,欸乃声传。胥老人忙叫天色晚了,快些去罢。周六携着女儿过船,胥老人一同送归。行至射阳湖边,风色渐高,周六已有九分醉意,要坐要立,指东话西,险些撞入河去。何期已到屋下,系船上岸,船头一歪,周六翻个筋斗,滚下水中。长寿姐见父亲落水,急叫救人。那船家与胥老人,自道手迟脚慢,谁肯向前。及至喊起地邻,打捞起来,已是三魂归地,六魄朝天,叫唤不转了。可怜:

　　泉下忽添贪酒鬼,人间已少织苇人。

长寿姐抚尸恸哭了一番,到家中观看,米粒全无,空空如也。自己身边又没分文,乃央胥老人报知公姑丈夫,指望前来资助殡殓。正不知刘五父子,已不要他,只虑周六做人无赖,撒费口舌,闻知溺死,正中下怀,那里肯把钱钞来收拾?胥老人原与刘家一路,也竟没回音。长寿姐悬望他两三日不至,已知不相干了。告左邻右舍,在屋角掘个土坑,将父亲埋了。寻问至北神堰中,仍要到丈夫船上。那刘五望见他来,将船移往别处。路中遇见胥老人,央求寻觅丈夫船只,胥老人将不要他的话,明明回绝,到又痛哭一场。可怜单身独自,如何过得日子?只得求乞于市。自射阳湖边,以及北神堰地方,村户相连炊烟不断之处,无所不到。到处亦无有不舍粥舍饭与他吃的。可怪天生是富贵人的格相,福至心灵,当初在父亲身边织席时候,面黄肌瘦,十分蒙懂。一从乞食以来,反觉身心宽泰。虽不免残羹剩饭,到反比美酒羊羔,眼目开霁,说话聪明。觅了一付鼓板,沿门叫唱莲花落，出口成章，三棒鼓随心换样。一日叫化到一个村中，这村名为垫角村，人居稠密，十分热闹。听见他当街叫唱，男男女女，拥做一堆观看。内中一人说道："叫化丫头，唱一个六言歌上第一句与我听。"长寿姐随口唱道：

　　我的爹，我的娘，爹娘养我要风光。命里无缘弗带得，苦恼子，沿街求讨好凄凉。孝顺，没思量。

又有一人说："再唱个六言第二句。"又随口唱道：

　　我个公，我个婆，做别人新妇无奈何。上子小船身一旺，立勿定，落汤鸡子浴风波。尊敬，也无多。

又问："丫头，和睦乡里怎么唱？"又随口换出腔来道：

　　我劝人家左右听，东邻西舍莫争论，贼发火起亏渠救，加添水火弗救人。

又有人问说："丫头，你叫化的，可晓得子孙怎么样教？"又随口换出一调道：

　　生下儿来又有孙。呀，热闹门庭！呀，热闹门庭！贤愚贵贱，门与庭，庭与门，两相分公。呀，热闹门庭！
　　贵贱贤愚无定准。呀，热闹门庭！呀，热闹门庭！还须你去，门与庭，庭与门，教成人。呀，热闹门庭！

有的问说："各安生理怎的唱，唱得好，我与你一百净钱，买双膝裤穿穿，遮下这两只大脚。"却又随口换出腔来唱道：

　　大小个生涯没虽弗子不同，只弗要朝朝困到日头红。有个没弗来顾你个无个苦，阿呀，各人自己巴个镬底热烘烘。

又有人问道："毋作非为怎么唱？"长寿姐道："唱了半日，不觉口干，我且说一只西江月词，与你众客官听着。"

本分须教本分，为非切莫为非。倘然一着有差池，祸患从此做起。大则钳锤到颈，小则竹木敲皮。爹生娘养要思之，从此回嗔喜作。

说罢，踢地而坐，收却鼓板，闭目无言。众人喝采道："好个聪明叫化丫头，六言歌化作许多套数，胥老人是精迟货了。"一时间也有投下铜钱的，也有解开银包，拈一块零碎银子丢下的，也有盛饭递与他的，也有取一瓯茶与他润喉的。正当喧闹之际，人丛中一个老者，挤将入来，将长寿姐仔细一看，大声叫道："此是射阳湖边周第六女儿耶，何为至此？"长寿姐听得此声，开眼一看，面貌甚熟，却想不起。

你道此老者是谁？原来此老，也住在射阳湖阴，姓严号几希，深通相法，善鉴渊微。以为麻衣道人善相，他的相法可与相并，麻衣道人别号希夷，故此严老遂号几希，自负近于希夷先生也。当初常与周六买芦席，盖一草庵，故认得长寿女儿。相他发髻玄、眉目郎、齿牙细、身材端雅、内有正骨，只是女儿家，不好揣得。所以脚有天根，背有三甲，腹有三壬，皆不见得。至于额有主骨，眼有守精，鼻有梁柱，女人具此男相。据此面部三种，以卜他具体三种，定然是个富贵女子。只嫌泪堂黑气，插入耳根，面上浮尘，亘于发际，合受贫苦一番，方得受享荣华。当时周六只道他是混说，语言间戏侮了几句，严老大怒而去，自此绝不往来，竟不知此女下落。这日偶过此村，看见众人攒聚，拨开一看，正见此女默坐街心，认得昔年颜面，不觉高声叹息。

此时长寿姐时运将到，气宇开扬，严老又复仔细一看，说道："周大姐不要愁，不要愁，造化到也。"旁边一人说道："正是造化到了，卑田院司长要娶他去做掌家娘子哩。"众人听了齐笑起来。严老道："你莫小觑了他！此女骨头里贵。当有诰封之分。若这百日内仍复求乞，可将我这两只不辨那玉石的眼珠刺瞎了。"众人笑道："倘然不准，那里来寻你？"严老道："我不是无名少姓的。若是不验，径到射阳湖阴，问来知庵严几希便是。"道罢，分开众人，大踏步走了。众人方知此老是神相严几希，自此互相传说，远近知皆。

不想北神堰边，有个富人，姓朱名从龙，听得这些缘故。他平昔晓得严老相法神妙，必非妄言，有必要提拔此女。一日于途中遇见，遂问道："你终日求乞于市，须无了局。何不到我家供给薪水，吃些现成安乐茶饭，也免得出头露面。"长寿女道："尊官若肯见怜，可知好么。"即便弃去鼓板，随朱从龙归家。入厨下汲水执爨，送饭担茶，辛勤服役。他在市叫乞时，虽则口食不缺，却也风雨寒暑，朝暮奔驰。今到朱家，日晒不到，雨淋不着，虽有薪水之劳，却无风寒之苦，顿觉面上尘埃都净，丰彩渐生。一日，朱从龙坐于书房中，见长寿女捧茶而至，放在上，回身便走。从龙道："何不少住须臾？"语言虽则如此，然颜色风魔，却有邪淫之念。长寿女变色说道："洒扫有书帏之童仆，衾裯有巾栉之女奴。越石父愿辞晏相而归缧继者，恨不知己也。谨谢高门，复为丐妇。"朱从龙被此数言，不觉惭赧退避，改颜说道："我怜汝是良家女子，暂落卑田。今在我厨下，原非长策，欲为汝择一良匹，非相戏也。"长寿女不答，掩面而出。正是：

  花枝无主任西东，羞共群芳斗艳红。
  纵萎枝头甘自老，肯教零乱逐春风。

话分两头。却说有一书生，姓吴名公佐，本贯湖广广济人氏。这广济旧名蕲春，在淮楚之交，负山倚江，本多富家大族。公佐家世簪缨，倚才狂放，落拓不羁。击剑走马，好酒使气，至于一掷樗薄，不惜黄金千两。又雅好名山胜水，背父远游，来至盐城地方。浪荡天涯，资斧尽竭，日穷一日，无可聊生，乃投入本城延寿寺内，权为香火之为人。可笑他：

本来是豪华公子，怎做得香积行童。打斋饭，请月米，懒得奔驰；挑佛像，背钟鼓，强为努力。铺灯地狱，急忙忙折到残油；请佛行香，生察察收藏衬布。监斋长寿线，礼所当应；书押小香钱，例难缺少。道场未散，镇坛米先入磬笼；昼食才过，浴佛钱已归缠袋。算来不是孙悟空，何苦甘为郭捧剑！

吴公佐在延寿寺混了数月，一日在外吃得烂醉归来，当家和尚说了他几句。公佐大怒，使出当年性气，与和尚大闹一场，走出寺门。想一想，我吴公佐也是条汉子，暂时落魄，怎受这秃驴之气，不如且归故里，再作道理。将身上所有衣服变卖，做个盘缠，一脚直走到广济。亲友们都闻得他在盐城延寿寺，做过香火道人，俱笑道："这个挑圣像背斋饭桶的，不知放不下本处那里伽蓝，何方檀越，复流回来。想必积得些道场使用，斋衬铜钱，要在本乡本土置几亩香火田，奉礼四祀先祭享。再不然，定是要讨个香火婆，与和尚合养个佛子佛孙哩。"你也笑，我也笑，把他做了话柄。父母叔伯，也都道他不肖，并无一人瞅睬。吴公佐原是会读书有血性的男子，那里当得起这般嘲笑，心中又羞又怒，却又自解道："苏秦不第，妻不下机，嫂不为炊。骨肉冰炭，自古皆然，岂独我吴公佐！况男儿四海尽堪家，何必故乡生处好。"立下这念，遂复翻身仍到盐城。

常言好马不吃回头草，料想延寿寺自然不肯相留，决无再入之理。却到何处去好，难道吴公佐便这样结果？且随意闯去。

也是天使其然，却遇着延寿寺东房借读书的一个秀才，复姓司空名浩。曾见公佐在寺，做过香火，颇是面善。询其来历，公佐道出几句文人话语，司空浩大以为奇。自想不知果是何等样人，便留到读书处坐下，盘问一番。公佐谈吐渊博，应答如流，司空浩不觉惊异起敬，说道："足下本是我辈中人，如何失身此寺执役？"公佐笑道："抱关击柝，赁春灌园，古人之常，何足为怪。"于是尽以实情相告。司空浩就留他住下，乃与众斋长说："我辈虽忝列黉序，今见广济吴兄，腹笥舌阵，不觉敛手退步。此兄客途寥落，何不留他居于学官旁舍。凡一应书柬往来，府县公移委到本庠者，悉托此兄代笔，免费我等心思，兼省学师之委谕，可不两便？"众人尽以为然。遂引公佐见了学师，拣一斋房与他居住。自此时共诸友盘桓，日亲日近。凡文翰之期，花月之会，若吴公佐不在，满座为之不欢。

一日中秋佳节，众友醵金，叙于前街刘孝廉圆园亭赏月。酒设在驯鸯沼上。鸯，文禽也，左右其翼，原系野性，非人家沼池中可畜。那刘孝廉园池，时有此鸟飞集，遂起一馆于沼上，取名驯鸯。是夜对月饮酒，适见两只鸳鸯，从空飞下。司空浩道："月光明净，文鸟嘤鸣，正好入咏。吾辈可取古人诗一句，中间要鸟月两字，作一酒尾。"众友俱称最妙。司空浩遂把盏说道："叫月杜鹃喉舌冷。"一友姓邓名元龙，就接口道："子规枝上月三更。"一友姓冉名雍非，沉吟再四，乃言："鸳鸯湖上烟雨楼。"司空浩道："请问冉兄，此句出在何诗？"雍非道："小弟岂不知，二兄所咏，一出苏子瞻，一出苏子美。但只言鸟月，并不及鸳鸯，所以特造此句，虽非古作，却有根据。鸳鸯湖，在嘉兴府南门外，烟雨楼，即在鸳鸯湖上，自我作古，却不好耶？"三人各相告罚，哄堂不已。

轮到吴公佐，微微冷笑说道："大略词家要顾名思义，今夕在驯鸯沼上咏诗，并无鸯字入题，所以该罚，此名不称其义之一征也。若我吴公佐，生来年已三十，孟浪游踪，至今尚未有家。倘奉令咏及鸳鸯，却与此身名义乖谬，情甘先罚巨觥，后来再咏一诗见志。万勿共为耻笑，以增词坛话柄。"众友道："何敢，何敢！就请吟来。"公佐持杯望月，吟出一诗，却是七言八句。诗云：

　　十载淮阴浪荡游，射阳湖水碧于秋。

虽逢漂母频投饭，却愧王孙未罢钩。
燕子楼前新月冷，鸳鸯冢上野禽啾。
临波虽有双鱼佩，只恐冰人话不投。

　　吟罢，众友齐声称赞。司空浩道："吾兄有此捷才，撰成妙句。才子在此，安得无佳人哉！"邓元龙忽然叫道："有，有，有，吾当为吾兄作伐。"冉雍非道："兄有何门，以作朱陈配耶！"元龙附耳低言如此如此。冉雍非笑道："妙，妙！聘财尽是我三友承当，并不消吴兄挂念。只是择日取吉，专待尊命。"司空浩道："两兄所言，诚为盛念，何独不令小弟知之？"邓元龙道："六耳不传道。吾兄若知，定先要挨一脚媒人，吴兄客边冷淡，便不好与他节省一些矣。"三人大笑。
　　正当欢笑之际，适赣榆县送中秋节礼与本县，县公有帖到学，要作回启。差人立候，公佐遂先辞去。去后司空浩问道："适间两兄所言，戏耶，真耶？"邓元龙道："兄不闻北神堰朱从龙收得一丐妇乎？此妇乃射阳湖阴周六之女，出嫁与渔户刘五之子。周女不谙渔家生业，兼之夫妇无缘，退还周六。何期周六身死，此女无靠，流落街衢求乞。有严几希相士，相他骨头里贵，后来有好日。因此朱从龙收于厨下，供薪水之役，日渐改头换面。从龙前与我言，欲待为之择配，虽不比洪皓赎刘光世豢豕煨子，却胜于曹孟德再嫁文姬。今吴生客中离索，吾辈为渠安顿一所门户，为他治些礼物，办些酒筵，令彼鳏夫旷女，得遂于飞，也是好事。倘吴生廉得此情，知道乞丐根苗，恐成笑话，或弃之而去，在吴生不免薄幸之名，我辈不失好义之举。适才老兄摘三问四，未免先成笑端，故此秘而不语。以意度之，或可或否，正须老兄一决。"司空浩道："此事固无不可，但须先与吴兄说知，方为全美。"邓冉二人皆道："不可，不可！若说知，定然不谐。这吴生是说大话的人，亦有三分侠气。昔年在延寿寺中，若为奴仆，及归故里，厌疾不容。到此无依，也是一精光赤汉，并无衣食。我等既拔他苦难之中，又完配怨旷之际，勿论感恩深处，量必为家，燕好之私,尽盖全丑。况乞丐之中,胜于淫奔;说合为亲,并非野合。吴生成亲之后,和好胶漆,固不必言。即或有改悔之心,我辈当以大义折之。只要破些钱钞,教朱从龙厚些妆奁,闻那女子饮食已久,渐成模样。吴生见财自喜,不费一钱,得却一房家小,有何不乐?"司空浩道:"既如此,我们同去朱家走一遭,与他去斟酌。"元龙称言有理,当晚席散。次日,三人步到朱家。

那朱从龙家虽丰裕,却少文士往来,近时方与邓元龙相交,今见又同两个秀才来拜,不胜殷勤管待。延坐已毕,叩问来意,三人俱以前情相告。朱从龙欣然道:"在下收留此女,见他有些志气,爱护胜于亲生。方欲与他择配,不道三位先生,有此义举。自古道,见义不为,无勇也。在下当薄治妆奁,以嫁此女,其外房户酒馔之类,三先生分为治办,决不食言也。共襄厥事,以成士林一段佳话。"三人闻言大喜,即欲相别。从龙留住,大设酒席,尽欢而散。明日三人来对吴公佐说道:"佳人有在,佳期不远,但求老兄择一聘日,并定婚期,弟辈当与吾兄速成此事。"吴公佐道:"天下那有不费一钱,倩人成婚之事?"邓元龙道:"昔阮宣子四十无家,王大将军敛钱为婚,古来曾有行之者,吾兄亦何必多让。"公佐道:"且说是何等样人家,有多少年纪,人物若何,使小弟知道,也好放心。"元龙笑道:"老兄不必细问,临期便知。我三人必不相误,包你绝妙便了。但求成婚后,当以天缘自安,笃好终身。新妇不作朱买臣之妻,老兄勿效黄允重婚之事,伤害天理,灭绝人伦,则我辈弟兄永永有光矣。"吴公佐道:"三兄既有此等美情,小弟若负义忘恩,誓生生世世永堕猪狗胎中。"言罢,叩头向天设此誓愿。三人见他如此赌誓,料无他意,即来回复朱从龙。

从龙唤过长寿女,说知就里。长寿女脸色涨红,俯首不言。从龙道:"汝既为夫家所弃,在此亦非终身可了。若此良姻不就,严几希之言反不验矣。"长寿女听了,才点头拜谢。从龙又吩咐家人,勿得预先走漏消息。邓元龙三人各出资财，赁起房舍，买办床帏家伙，一面教公佐选择日期。正是凶事不厌迟，吉事不厌近，选定九月初二行聘，十三日天德黄道不将日成亲。这聘礼也不过邓元龙三人袖里来袖里去，所以外人并不知得。到成婚这晚，三友已治具酒席，朱从龙亲送此女来至，大家欢呼畅饮，夜阑方别。三友复珍重吴生好作新郎，公佐唯唯微笑。这段姻缘果出意外：

周氏女，自渔蓑卧月，海棠红抛在江滨，犹留却半分颜色。吴家儿，向画里呼真，白元君染成被褥，尽拼着一泻波涛。

大抵豪迈之人，当富足时，掷千金而不顾。及至窘迫，便是一文钱也是好的。譬如吴公佐，本来是富豪公子，昔年何等挥霍！此时飘零异乡，穷愁落寞，骤然得了这房妻室，且又姿容端丽，动止安祥，又有好些资妆，喜出望外。初意只道是朱从家龙养女，并不知此女昔时行径。及至成婚之后，那堰中人当做一件新闻，三三两两的传说。公佐闻得大以为怪，细细访问，方知就里。因想自己是个男子汉，到没奈何时，只得权借僧寺栖止。何况此女，为夫家所弃，无所归依，至于沦落，亦不足异。转了这念，毫无介意。那司空、邓、冉三友打听消息，并无片言，喜之不胜。

吴公佐本来资性通达，文章诗赋以外，酷好的是呼卢局博。只因一向穷苦，谋食不暇，那有银钱下场赌博。到此得了这些妆奁，资用有余，更兼家有贤妻，又是吃过辛苦的，自会作家，不劳内顾。不觉旧时豪态复发，逢场作戏，掷骰扯牌，无有不去。不想却遇着一个大大赌客，这赌客是何等样人？乃是铃辖葛玥之子，小名尊哥。那尊哥生来不读半行书，只把黄金买身贵。见了文人秀士，便如仇敌，遇着吴公佐这般好赌之人，却是如鱼得水。尊哥自恃稍粗胆壮，与公佐对博，千钱一注。也是吴公佐运该发财，尊哥无梁不成，反输一帖。到公佐手中，呼么便么，呼六便六，分明神输鬼运一般，到手擒来。尊哥今日不胜，再约明日。明日不胜，再约后日。不数日间，接连输下几千万缗。尊哥世袭官衔，虽不加贫，公佐白手得钱，积累巨万，从此开起典库。那典库生理，取息二分，还且有限。惟称贷军装，买放月粮，利上加利，取赀无算。不五年间，遂成盐城大户，声达广济故乡。当初公佐落魄归家之日，亲族中那个不把他嘲笑。至于父母，虽是亲生儿子，惟恐逐之不去。今番广济县中，是亲非亲，是友非友，惟恐招之不来。

那吴公佐叶落归根，思还广济。长寿姐又无三党之亲，在射阳湖滨无有眷恋。只有父亲尚埋浅土，备起衣衾棺椁，重新殡葬，营筑坟墓，并迁其母，一齐合葬。又买下几亩田产，给与坟丁，以供祭扫。葬事已完，收拾起身，同归广济。可敬那吴公佐非薄幸之人，大张筵席，请司空浩、邓元龙、冉雍非三友痛饮一日，各赠银两，以酬昔日成婚之用。又同妻子到朱从龙家，拜谢养育转嫁之恩。惟有严几希已死，到其坟墓，沃酒祭奠而别。诸事既毕，归到广济。

喜得双亲未老，渐思一举登科。埋头两年，便游广济学官，三入棘闱，两预贡籍。科贡原是正途，藉此资格，出为云南楚雄府南安州知州。政简讼清，一州大治。可见家道富饶的人，免得贪酷，致损名节。三年考满，父母受封。周氏女封为孺人，衣锦还乡，并不以旧时行径被人谈笑。

那吴公佐出身富贵之家，容易革去延寿寺香火面目。像周氏从父亲织席起身，至于渔户退归，沿门乞食，衣裳褴褛，既无一寸光鲜，面目灰颓，那见半分精采。无端身入朱家，饱食暖衣，及至出配吴生，资财充裕，女工针指，无有不精，身体发肤，倍增柔腻。坐一坐如花植雕栏，步一步似柳翻绣阁，却是为何？从来衣食养人，胜于庄严佛相。至若身居闺阃，封出朝廷，从头一想，总成一梦。奉劝世人，大开眼界，莫要一味趋炎附势，不肯济难扶危。倘后来人定胜天，可不惭赧无地？说便是这等说，恐怕跳不出炎凉腔子。何怪苏秦不第而归，王播闻钟而食，不为妻嫂所笑、阇黎所唾哉！

自古道：未归三尺土，难保百年身。百年之内，饥寒夭折，也不可知。就是百年之内，荣华寿考，也不可定。只要人晓得难过的是眼前光景，未定的是将来结局，在自己不可轻易放过，在他人莫要轻易看人。若不信时，但看周氏女始初乞丐市中，后来官封紫诰，即是榜样。诗云：

　　湛湛青天黯黯云，从头到底百年身。
　　也难富贵将君许，且莫贫穷把目瞋。
　　冬尽梅花须着蕊，雪消杨柳自逢春。
　　丢开男子他家事，且看周娘一女人。

第七回

感恩鬼三古传题旨

十里松音蒋子山，暮烟收尽梵宫宽。
夜深更向紫薇宿，坐久始知凡骨寒。
一派石泉流沆瀣，数庭霜竹颤琅玕。
大鹏洵有抟风便，还许鹪鹩附羽翰。

此诗乃郏正夫教儿子就学于王荆公，把这诗引见，并勉儿子奋志读书的意思。然读书不过为着功名两字，却不知读书是尽其在我，功名自有天命。假如人根器浅薄，禀性又懒惰，动不动想到某年上登科，某年上发甲，满口胡柴，不知分量，此等妄人，自不必说起。还有一等天生好资性，又好才学，准准的十年窗下，铁砚磨穿。若问到一举登科，尽付与东流之水，此是为何？大抵发达之人，一来是祖宗阴德，二来要自己功夫。有德者天必有报，有学者天又惜其苦心，报以今生富贵。总之有个定数，一毫勉强不得。写得出手，才见学问，到得己身，才是功名。决不可画饼充饥，徒成话柄。正是：

富贵未来休妄觊，功名到手始为真。
鹪鹩欲奋图南翮，徒被时人笑破唇。

话说宋孝宗淳熙年间，有一书生，姓仰名邻瞻。父亲仰望，是富阳县中户人家，妈妈曹氏，两口儿生平好善。在今人说好善，不过是造佛斋僧。但不知佛生于西天竺，那要人旒檀妆塑？若是云游僧道，龙蛇浑杂，还有饮酒贪淫，劫财害命，胜于强盗十倍者，一般结伙游方。难道斋了这样和尚，便叫做行善？所以会修行者，救人饥寒，解人仇怨，隐讳人过失。遇穷人死不能殓者，舍棺木，或见荒郊野水，死骸暴露，收捞埋葬。又次一等，修建桥梁，补葺道路，这都是现在好事。仰家两口老头，行了三十年善事，家计日渐贫寒。只这一个读书儿子，早暮攻书，年到三四十岁，依然一领青衿。赖有结发妻子姚氏，绩麻织布，克尽女功。然除了读书的吃死饭，一家之中，出气多进气少。单靠着书包翻身，博一日甘来苦尽。那知时运不到，日穷一日。虽不懊悔几十年空行方便，然到得事体艰难，未免生出许多咭噪。仰邻瞻从此厌苦家中冗杂，寄居报恩寺中读书。

古来佛在西天懈慢国之极边极际，国名安乐，本与中国不通。汉明帝时，西僧二人，以白马驮经四十二章来进。明帝缄于兰台石室，自此广兴佛法。至于梁武帝，尤极尊崇，遍处都是招提兰若。梁武帝姓萧，所以凡有佛有僧之处，皆名萧寺。仰邻瞻本是善门子弟，见此清净法门，朝钟暮鼓，讽经念佛，分明离却火坑，来到清凉世界，深喜其幽寂。又与主僧听虚和尚，甚说得来，因此也绝戒荤膻，随僧茶饭。只多了几茎头发，却便是一个不剃头的大知识。

自早春到寺，倏忽便是六月。一日正当赤日当空，流火铄金之际，仰邻瞻自觉得圣贤对面，彻骨清凉。偶闲空些，便纵笔题下古风一篇，题曰六月吟，古风云：

曦轮猎野枯杉松，火焚泰华云如峰。
天地炉中赤烟起，江湖煦沫烹鱼龙。
狰狞渴兽唇焦断，峻翮无声落晴汉。

> 饥民逃生不逃热，血迸背皮流若汗。
> 玉宇清宫彻罗绮，渴嚼冰壶森贝齿。
> 炎风隔断珍珠帘，池口金龙吐寒水。
> 象床珍簟凝流波，琼楼待月微酣歌。
> 王孙昼夜纵娱乐，不知苦热还如何。

吟罢，恰当月逢三五，分外清光。夜气既升，炎威稍减，忽然墙外有女人声音，说道："热犹自可，只过世的人不见天日，真好苦也！"随又吟道：

> 淮右东瓯路渺茫，游魂依旧各他方。
> 此中十载身前槎，何处三生梦里香。
> 腋气欲除荒草破，麦舟将去夜台凉。
> 莫言伴读无磷火，泣断啼鹃刻漏长。

邻瞻听了大惊道："这语言诗句，分明是鬼，真好奇怪！"话声未了，听虚和尚叩门送茶，说："官人今日热否？"邻瞻道："热自不消说起，还有一桩奇事。"和尚道："有何奇事？"邻瞻道："适来玩月就凉，忽听得墙外有一女人声音，说热犹自可，只过世的人，不见天日，真好苦也。说罢又吟诗八句，这可不是个怪事！"因将鬼诗，念与他听，和尚道："此乃西廊下棺中鬼魂所作也。此鬼时有声响。然不作祟祸人，官人休得惊慌。"邻瞻道："这棺中还是何人？"和尚道："先年淮安进士伊尔耕，往温州赴任，路经富阳，何期小姐暴死舟中，权将此棺寄于本寺西廊之下。及伊尔耕历官东瓯，全家疫病而死，致此女十年无人收葬。每到风清月白之夜，或吟诗，或怨叹，凄惨异常。但不曾有成篇诗句，想必见官人是才子，故此特地出头。今细详诗中之意，却是求人埋葬，官人是善门子弟，何不发此心愿。以慰旅魂？"邻瞻道："此愿亦易。我若得寸进，便当营一窆，以妥其灵。只是我这功名心愿，何时偿得？"和尚道："人有善念，天必从之。贤乔梓积德累仁，前程自然远大，但在迟速之间耳，何愁此愿不遂。"两人茶罢，各自就寝。诗云：

> 梵钟声断野烟空，旅魄哀吟啸暮风。
> 肯惜佳城藏玉骨，不教重泣月明中。

是年正当贡举，那知贡举官乃龙图阁学士汪藻起。这汪藻起昔年未发迹时，与瑞州高安人郑无同在国学相好，两人结为八拜之交，约定日后有个好处，同享富贵。何期双双同进试场，藻起登科，无同落第。虽则故人情重，终须位隔云泥，各人干各人的事。藻起颇有文名，得授馆职，一日对郑无同道："以兄之才，必非小就。我虽叨在宦途，要举荐你广游大人门下，不过顺风吹火，不为难事。但良材浊用，甚是可惜。兄但放心入山读书，一应盘费，俱在于我。且待宾兴之日，或我执掌文衡，或在文场提调，或内帘总裁，凡可用力之处，便来相约，自有话说。"郑无同道："一贵一贱，交情乃见。吾兄垂念故人，足征高谊，但愿此日兄弟，他年转为师生，这便弟的侥幸了。"自此郑无同归高安读书，汪藻起在仕途作宦，历官至龙图学士。那时南北请和，藻起充使臣往贺金主千秋，还朝便道归家，召知贡举。藻起要践那二十年朋情宿约，密遣人约郑无同至富阳报恩寺相会。

原来藻起当初也曾寓在报恩寺看书，有愿后日登科，或有幸典选文衡，当于寺中建立文昌帝君宝阁，今日果遂其愿，于贡举命下之前，先到报恩寺来，开疏建阁。郑无同得了消息，即从高安来候见藻起。可知宋朝关防尚宽，一个应举秀才，与大座师两相宾主，全无回避。郑无同星夜赶至报恩寺，见了汪藻起，藻起留住小饮。听虚和尚原是旧日相知，亦得预坐。酒罢，藻起令听虚暂避，携了无同之手，各处观看。自殿上走到西廊，正是伊小姐停丧之处，四顾一看，并无耳目，藻起低声对无同道："二十年陈话，不觉始遂初心。可将程文易义冒中，迭用三个古字，以此为眼，切勿差误！"无同领诺作谢，随即相别，都各起身。藻起开船，望上江驿起发。无同另将小船，前后而行。即此同学弟兄，一个官到主文，一个尚为科举应试，真正学无前后，达者为先。后人曾有诗说汪藻起郑无同故事，诗云：

二十年前比弟兄，一般灯火一般红。
凭将明远楼头月，照彼麻衣侍至公。

当时仰邻瞻，因汪藻起停邮于此，人从喧闹，暂归家中。待到去后，方才至寺，笑一声道："我家老座师，将到临安矣。不知可有福分，招得我这好门生。"到了晚间，点灯观书，须臾神思昏倦，便思起来散步。只见一座院子，却像闺阁一般，中有一少年女子，淡妆靓服，举手对邻瞻道："妾与君子，忝辱比邻。君攻书史，妾事女红。但君子不晓得我闺房中针指，我却晓得君子文案间翰墨。大抵礼别君臣，春秋辨夷重夏；经首二典，终八诰，毛诗遵四始，分六义。周易上无论八卦中分出六十四卦，只要题冒中，守定三个古字作眼，此是通场举子不能想到，须切记之！妾生在淮南，长游东越。钱塘一滴水，永断归帆；萧寺十年秋，全无鱼腹。虽龙眠居士，荒芜南北山头；奈西土文王，未掩羽毛残骸。倘先君有再返之魂，自当结草，即贱妾有通灵之路，更胜衔环。言之痛心，不觉泪下。"

方在凄惨之时，只见一青衣人报道："老爷老夫人，从兰溪下来，将次船到桐庐。"邻瞻回头一看，不觉惊醒，却是南柯一梦。思想梦中之意，分明是西廊下棺中女子显灵，只是其中意味，好生难解。诗云：

一坯方许安玄魄，三古先从梦里传。
始信积金输积德，阴功端的可通天。

且说郑无同领了汪藻起密语，未曾考试，先把一个省元，瘪在荷包里。到得临安，帝乡风土，十分富贵。兼且名山胜水，天下所无，酒楼妓馆，随地皆是。无同意气洋洋，迷恋花酒。今日游湖，明日看潮，弄得形销气弱。家僮阻劝，反加打骂。有几个同笔砚的朋友，见他淫纵无度，亦苦口规谏，也只是不听。从来忠告善道，不可则止，自此再没一个睬他，恣意放肆。及到临场，以宿酒过度，兼冒早寒，霎时头疼身热，霍乱吐泻，百病攒身，口发谵语。吓得家人们手忙脚乱，求神问卜，延医服药，眼见得不能入试了。挫过头场，到二场三场，纵然身子健旺，也是无用。可惜汪座师二十年一点热肠，不觉冰消瓦解。却不知场中到有程文易义中，连连下三个古字的人在那里了。这方是：

　　状元瘪在荷包里，又被京师剪绺多。

　　却说仰邻瞻，得了西廊女鬼之梦，牢记于心。看看试期将近，也收拾书囊至临安候试。到二月初九头场，有"地势坤，君子以厚德载物"一易题。仰邻瞻悟到梦中所言，周易上无论八卦中分出六十四卦，只要题冒中守定三个古字作眼，乃直挥道：

　　阴数为一，偶也；阴性为坤，顺也。以地道明坤义而首言元，以阳刚先阴顺而继言象。求其地类，而以行地之物当之，则牝马之贞。求其阴不兼阳，而以减乾之半应之，则朋得西南之得。古伏羲以所画之奇偶，俾之文王；古文王以元亨利贞所系之词为象者，俾之周公；古周公以所系词断吉凶者为爻，以足伏羲文王之义。固知乾非坤德不彰，而厚德载物，此所以为地势也。

　　汪藻起阅到此卷，见连用三古字为冒，通场未见，而文势亦开爽简劲，定然是郑无同无疑，随批上上卷，放于前列。及至临期拆号一看，乃富阳仰邻瞻，并非是高安郑无同。汪藻起以为奇怪，此时各经房分考官，及大提调内外监场官，众目咸在，一时改换不得。是科状元，乃昆山卫泾，放榜之后，大宴琼林。六街三市，争看新进士游街。喧阗道路，挨挤不上。单单剩这个有关节无福分的郑无同，独在下处纳闷，与别个下第不同。

琼林宴罢，各进士除了公参，还有私谒。仰邻瞻会过诸同年之后，独自来拜见座师。汪藻起因这三个古字，疑惑在心，便问道："功名虽有定数，文义出自心胸。易义地势坤，君子以厚德载物，只言坤义可也，何必并及乾卦？"邻瞻道："无乾不成坤，亦非支语。"藻起又道："然则从古到今，并无两个伏羲、文王、周公，但言伏羲、文王、周公可矣，何必迭用三个古字？我只要问这意思明白。"邻瞻道："曲终人不见，江上数峰青，钱起之语，原出自梦中。这回门生三古字，正与相同。"因将富阳萧寺梦中之事，述了一遍。藻起大是惊骇，方叹幽明异路，感通如此，无怪乎人间私语，天闻若雷也。方在聚话间，忽地人来报：高安下第秀才郑无同要见。说声未了，早已直走到厅上。一个是下第故人，一个是新中门生。乡贯不同，炎凉各判。当时汪藻起，只该三言两语而散，不合停留聚话，惹出一场大是非来：

　　方知语是针和线，从头钓出是非来。

此时汪藻起只因事体怪异，既叹仰邻瞻得此奇梦，又怪郑无同这等命穷，到手功名，却被人平白取去。说便如此，也只该在自己心上转个念头罢了，又不合附着郑无同耳上说如此如此。若是郑无同是有意思的人，只合付之于命。他本性本来躁急，又遇着失意时，眼红心热，一闻此言，愈加肝经火旺，愤气填胸，说道："如此说来，老座师中了个梦鳅门生了。想必当初，乃尊乃堂梦中感交，得了胎元。梦年梦月梦日梦时生下，即交梦运。生平又读得好梦书，做得好梦文、梦策论。如今中得好梦进士，他年直做到梦尚书，梦知制诰。日后梦致仁归田,少不得黄粱一梦,梦中游过了十八重地狱,这方是梦鳅结果。"仰邻瞻听得他胡言乱道,又好笑,又好恼。欲待抵对他几句,又碍着座主面皮,想一想只是我得时人该让失时人,佯作一笑而别。

其时汪藻起也怪郑无同出言狂妄,无奈自己关防不密,叹一声道:"恶人做不得,好人更做不得。"把个郑无同冷淡了出去。郑无同一发大恨道:"世情如此恶薄,有了得意门生,就怠慢下第故人。"气恼不过,偏要与这梦鳅歪厮缠,弄他个不利市。打听得仰邻瞻释褐之后,即告假归家,无同也就赶到富阳。

邻瞻衣锦还乡,见过父母,就到报恩寺,备起祭礼,至西廊下伊小姐柩前祭奠过了。与听虚和尚商量,即于寺前,筑定坟茔安葬,以报其德。选下吉日良辰,请堪舆先生定方向,开金井,将小姐棺木,抬到坟前。邻瞻身主葬事,暂服素衣,执绋引道。听虚邀请众僧,诵经度亡。郑无同察听着了,买起纸钱祭品,吃个半醉,嘻笑而来。恰好柩方入土,无同设下祭礼,焚起纸钱,又不礼拜,只哭一声:"伊小姐!你何不扶持我郑无同,三个古字,中了进士,情愿替你题请钦赐谕葬,戴三年粗麻重孝。怎如今日这般冷淡,可惜你寻错了人也!"说罢,又呵呵大笑。

众人认他是痴,却又衣冠济济;认他是不痴,却又言语不伦,正不知甚么缘故。只有仰邻瞻心里明白,晓得故意来寻闹,走过一边,不去睬他。郑无同见没人招待,便问道:"吊客远来,如何不见陪宾的相接?今日何人主丧,何人为孝子,何人为义夫?"此时真正是仇人相见,分外眼睁,连仰邻瞻没了主意。

听虚只得上前问讯道:"尊相面善,可是向日与汪座主,在小房同饮酒的郑相公么?"郑无同道:"然也。若没汪座主,怎中得仰梦鳅?"听虚道:"尊相出言略少次序。"郑无同道:"次序次序,我就与你比个拳势!"言未了,擎拳望仰邻瞻面上打去。听虚向前拦住,说:"尊相此是何意?"郑无同道:"我偏怪他主丧不挂孝。"听虚道:"仰爷原无挂孝之理。"郑无同道:"无有挂孝之理,便不该主丧。"听虚道:"若如此,反觉尊相欠通了。这伊小姐的尸棺,十年暴露,无人收葬。仰爷在小房读书,问知其故,发愿若得成名,即便茔葬。此不过是阴功善事,原不该着孝服。在先文王泽及枯骨,遇死尸就埋,那里挂得许多孝!"

郑无同听了这话,怒气愈加,便骂道:"贼秃!谁要你攀今吊古,弄嘴掉舌,偏护梦鳅进士。"劈面一个巴掌,打得这和尚耳鸣眼暗。听虚也怒从心起,说:"你是外方下第秀才,却到这里撒泼放肆,乱打平人!"随手一把,就揪住郑无同巾发,放出少林帮衬,撺着大拳,当心便搥。仰邻瞻恐弄出事来,只得横身解劝拆开,带着笑对郑无同道:"主丧的固不成礼,送葬的也觉多事,大家认一不是何如?"无同本要来寻恼仰邻瞻,不期反受了这场侮慢,自觉乏趣,整一整衣冠,大骂道:"贼秃有了大帮手,敢欺负我下第举子,难道轻轻放过你不成?若不弄你发配到远恶军州,我也不姓做郑。"一头说,摇摇摆摆,大踏步而去。

唤只船复往临安,想着仰邻瞻是个进士,别事也扳他不到,就把科场关节,上他一疏。只是汪藻起一片美情,我自命薄,不能入场,如何反去连累他?又想仰邻瞻若不用三古得中,到也罢了,偏是你偷了关节,公然登第,何等荣耀。我虽命穷,怎生气得过,又想这关节却是鬼魂所传,如何做得干证?千思万想,难以措词。欲待歇手,又放不落听虚和尚。寻思几遍,恨一声道:"欲加之罪,何患无词。"就在灯下,吃了几杯闷酒,磨起墨来,草上一疏,疏云:

陛下龙飞藩邸,先知稼穑之艰难。鉴照重瞳,更切文衡之郑重。第春秋为腐烂朝报,科目非凑集俚言。窃有新科进士仰邻瞻,幼称伪学,长附明经。题本全牛,学疏半豹;支言累句,大玷圣书。即其易冒中所云,古伏羲、古文王、古周公,有古是必有今。请求其对,假如阴有数,阴有性,阴有义,言阴复又言阳,何辩于题?况当皇上中兴隆业，平定乾坤，离炤当阳，正万魅消亡之日。乃言旨出萧寺女鬼，显受胪唱之传宣。阴瘗成祟之旅榇，凿破先陵，有伤国脉。兼信妖僧听虚左道邪术，结为死堂，妄谈祸福。诬艺祖取国于小儿，致有陈桥之变，谤太宗传疑于斧影，托身兀术之灾。上讪祖宗，下乱国事，关系匪轻，臣何敢隐！

疏上，批下圣旨道："据下第举人郑无同所奏仰邻瞻易义，着礼部核勘文理，有无穿凿悖戾；及所凿破山地，究属何陵；妖僧所传谤诬，有何实据。会同法司，严提诸犯，及主文官，鞫审奏报。"当时本下，法司行文拘仰邻瞻郑无同听虚和尚一干人到案。任你汪藻起是南省老座师，少不得青衣小帽，同在秋曹衙门，丹墀跪下。问官一一详审，郑无同只将仰邻瞻易义中辨，并不敢说到汪藻起富阳寺中私嘱的言语。可知事无根据，辨端自多。审到听虚和尚，听虚将那仰瞻读书时，鬼魂吟诗，发心许其葬埋，前后之事，从实细说一遍。其他妖惑诬谤等事，无影无踪。所葬之地，又非先朝陵寝，郑无同理亏词遁，硬赖不过。问官已知虚词诳奏，随从实定了审词。汪藻起终念无同昔年交谊，反与他极力周全，问官乃从轻拟罪。礼部已将易义中评阅，并无有碍，即会稿合议覆奏。疏云：

郑无同以下第忮心，致怨已进之仰邻瞻，此未入宫而妒，本理外之所无。其于易义三古字，文理通达无悖，何得借以发端。阴统于阳，而本于乾，亦非题外生枝。以此而加指摘，则一榜尽关吏议矣。又勘得邻瞻读书僧庑，偶见无主暴棺，许以进身为之窀穸，亦善果也。不食其言，果于第后妥之，斯诚仁者之事，似于风俗有裨。乃诬人者执此为通报节目，尤可异也。果如无同之言，必起枯骨而质于庭，亦圣世法曹之所不及者。况昔吕蒙尝于孙策之坐，梦伏羲、文王、周公与论世祚兴亡之事，日月贞明之道，以梦合梦，自古有之。富阳向无陵寝，凿伤国脉，何人见之。先朝典故，金匮未开，听虚以乞食僧伽，何从见解。执以为论，诬妄可知。而乃敢以无根传谤，耸动圣听，下及主文臣汪藻起，囚首讼庭，则无同欺罔朝廷，累辱大臣，罪奚逭哉！姑念下第负惭，小嫌致衅，流徙薄谴，警戒将来。听虚以不平之愤，为邻瞻助一臂力，菩提大戒，乃若此乎，亦宜杖儆。其汪藻起照旧供职，仰邻瞻以次选用，庶善者劝而恶者惩，国法伸而群情服。臣未敢擅便，伏候圣裁！

圣旨一如所奏，郑无同流徙边方，汪藻起复为大理卿之官，听虚纳锾赎杖。仰邻瞻除授庐陵县令，领了凭诰，回到家中，收拾起身。仰望老夫妻，一生好善，得此儿子成名，心满意足。又对邻瞻道："你今科名，全亏伊小姐托梦。既葬其身，虽足报之，我还念他的父母一家，死在官所，如何无一些音信。想来十年前，故官灵柩，定有着落，今为之计，你自同媳妇往庐陵上任，我便到温州访求。倘得其实，愿与他家扶柩，归之淮安，方尽我一生为善之念。"

邻瞻道："儿子向来为此几本毛头书，抛撇了父母。今幸得一官，当正奉侍任所，少尽子情，怎的反要餐风宿雨，跋涉远道？况儿子得中进士，做了县令，已自有人使唤，只消差一役人前往，足办此事。我与爹妈同到庐陵，却不两便？"仰望道："恐使人未必尽心，还须亲去。"商量未决，恰好凑巧有一淮安伊姓人，到报恩寺中，寻问伊小姐之柩。原来淮安连岁水灾旱荒，以致人民飘散。到此十年之后，田禾丰稔，百姓渐渐复业。那来的是伊尔耕嫡亲侄儿，名唤伊蒲，虽知叔父合家死于任所，彼时年幼，饥荒出门不得。今幸长成，勉强支吾盘费，一路直至东瓯地方，访问得叔婶棺材，俱埋在西郭浅土。根寻的实，赴府县告一纸，请故官尸柩还乡。府县官不胜乐助，申文上司，各各助丧，方得扶柩上道，转到富阳，来载小姐棺木，故有此信。仰邻瞻闻知大喜，便请伊蒲到家，叙其缘故，说道："足下念叔父母远棺，不惮劳苦，犹子比儿，于今见之。寺中所停令姐之柩，暴露十年，学生有愿埋葬，今已松柏成列矣。不揣欲将令叔父母灵柩同葬于此，弗物父子骨肉同在一处，即在兄长完此一念，轻身回归，可不又省多少盘费？"伊蒲听说，磕头拜下去，道："难得先生这片好心，伏愿得寿享千秋，官居台阁。"邻瞻扶起，留入书房小饭。同到小姐坟上相视，果然松柏满茔，即请起地理先生开土砌圹，邻瞻依旧白衣冠躬身吊送。安葬已毕，伊蒲复到邻瞻家中，请仰望老夫妻出来拜见。又留住了一日，作别而去。仰望遂了所愿，不胜喜欢。那时邻瞻奉着父母妻子，前往江西到任。从此政简刑清，一廉如水，各上司荐举，擢为御史之职，一路官星高照，直做得枢密使。生有二子，俱弱冠登科。邻瞻致政归乡，仰望夫妇，各百岁上寿，无疾而逝。方信自来作善作恶，必有报应，只是来早来迟，到头方见。奉劝作恶的，不要使过念头；作善的，不要错过善因。须知头顶上这个大算盘，真算得滴水不漏，各宜猛省。后人闻此故事，曾题一诗劝世，诗云：

富阳萧寺晚烟中，记得当年到梵宫。
一夜青灯怜白骨，千秋黄土盖残红。
用情易义传三古，属耳垣墙别一通。
只此善根叨甲第，却教羞杀郑无同。

第八回
贪婪汉六院卖风流

> 志士不敢道,贮之成祸胎;
> 小人无事艺,假尔作梯媒。
> 解释愁肠结,能分睡眼开;
> 朱门狼虎性,一半逐君回。

这首诗,乃罗隐秀才咏孔方兄之作。末联专指着坐公堂的官人而言,说道任你凶如狼虎,若孔方兄到了面前,便可回得他的怒气,博得他的喜颜,解祸脱罪,荐植嘘扬,无不应效。所以贪酷之辈,涂面丧心,高张虐焰,使人惧怕,然后恣其攫取,遭之者无不鱼烂,触之者无不齑粉。此乃古今通病,上下皆然,你也笑不得我,我也说不得你。间有廉洁自好之人,反为众忌,不说是饰情矫行,定指是吊誉沽名,群口挤排,每每是非颠到,沉沦不显。故俗谚说:"大官不要钱,不如早归田。小官不索钱,儿女无姻缘。"可见贪婪的人,落得富贵;清廉的,枉受贫穷。

因有这些榜样,所以见了钱财,性命不顾,总然被人耻笑鄙薄,也略无惭色。笑骂由他笑骂,好官我自为之,这两句便是行实。虽然如此,财乃养命之源,原不可少。若一味横着肠子,嚼骨吸髓,果然不可。若如古时范史云，曾官莱芜令，甘自受着尘甑釜鱼。又如任彦升，位至侍中，身死之日，其子即衣不蔽体，这又觉得太苦。依在下所见，也不禁人贪，只是取之有道，莫要丧了廉耻。也不禁人酷，只要打之有方，莫要伤了天理。书上说"放于利而行"，这是不贪的好话。"爱人者，人恒爱之"，这是不酷的好话。又道是："留有余不尽之财，以还造化；留有余不尽之福，以还子孙。"先圣先贤，那一个不劝人为善，那一个不劝人行些方便。但好笑者，世间识得行不得的毛病，偏坐在上一等人。任你说得舌敝唇穿，也只当做飘风过耳。若不是果报分明，这使一帆风的正好望前奔去，如何得个转头日子？在下如今把一桩贪财的故事，试说一回，也尽可唤醒迷人。诗云：

  财帛人人所爱，风流个个相贪。
  只是勾销廉耻，千秋笑柄难言。

  话说宋时有个官人，姓吾名爱陶，本贯西和人氏。爱陶原名爱鼎，因见了陶朱公致富奇书，心中喜悦。自道陶朱公即是范蠡，当年辅越灭吴，功成名就，载着西子，扁舟五湖，更名陶朱公，经营货殖，复为富人。此乃古今来第一流人物。我的才学智术，颇觉与他相仿，后日功名成就，也学他风流潇洒，做个陶朱公的事业，有何不可？因此遂改名爱陶。这西和在古雍州界内，天文井鬼分野，本西羌地面。秦时属临洮，魏改为岷州，至宋又改名西和。真正山川险阻，西陲要害之地。古诗说："山东宰相山西将。"这西和果是人文稀少，惟有吾爱陶从小出人头地，读书过目不忘。见了人的东西，却也过目不忘，不想法到手不止。自幼在书馆中，墨头纸角，取得一些也是好的。至自己的东西，却又分毫不舍得与人。更兼秉性又狠又躁，同窗中一言不合，怒气相加，揪发扯胸，挥砖掷瓦，不占得一分便宜，不肯罢休。这是胞胎中带来的凶恶贪鄙的心性，便是天也奈何他不得。

吾爱陶出身之地，名曰九家村，村中只有九姓人家，因此取名。这九姓人丁甚众，从来不曾出一个秀才。到吾爱陶破天荒做了此村的开山秀才，不久补廪食粮。这地方去处没甚科目，做了一个秀才，分明似状元及第，好不放肆。在闾里间，兜揽公事，武断乡曲，理上取不得的财，他偏生要取，理上做不得的事，他偏生要做。合村大受其害，却又无处诉告。吾爱陶自恃文才，联科及第，分明是瓮中取鳖。那知他在西和便推为第一，若论关西各郡县的高才，正不知有多多少少，却又数他不着了。所以一连走过十数科，这领蓝衫还辞他不得。

　　这九家村中人，每逢吾爱陶乡试入场之时，都到土谷祠、城隍庙、文昌帝君座前祝告，求他榜上无名。到挂榜之后，不见报录的人到村中，大家欢喜，各自就近凑出分金，买猪头三牲，拜谢神道。吾爱陶不能得中，把这般英锐之气，销磨尽了。那时只把本分岁贡前程，也当春风一度。他自髫年入泮，直至五十之外，方才得贡。出了学门，府县俱送旗匾，门庭好生热闹。吾爱陶便阖门增色，村中人却个个不喜，惟恐他来骚扰。吾爱陶到也公道，将满村大小人家，分为上中下三等，编成簿籍，偏投名帖。使人传话道："一则侥幸贡举，拜一拜乡党，二则上京缺少盘缠，每家要借些银两，等待做官时，加利奉还。有不愿者，可于簿上注一不与二字。"村农怕事，只要买静求安，那个敢与他硬。大家小户，都来馈送。内中或有戥秤轻重，银色高低不一，尽要补足。吾爱陶先在乡里之中，白采了一大注银子，意气洋洋，带了仆人，进京廷试。将缙绅便览细细一查，凡关中人现任京官的，不论爵位大小，俱写个眷门生的帖儿拜谒，请求荐扬看觑，希冀廷试拔在前列。

　　从来人心不同，有等怪人奔兢，又有等爱人奉承。吾爱陶广种薄收，少不得种着几个要爱名誉收门生的相知，互相推引。廷试果然高等，得授江浙儒学训导。做了年余，适值开科取士，吾爱陶遂应善治财赋公私俱便科中式。改官荆湖路条列司临税提举，前去赴任，一面迎取家小。原来他的正室无出，有个通房，生育儿女两人。儿子取名吾省，年已十岁，女儿才只八岁。这提举衙门，驻扎荆州城外，吾爱陶三朝行香后，便自己起草，写下一通告示，张挂衙门前。其示云：

本司生长西郵，偶因承乏权重地。虱负之耻，固切于心，但职司国课，其所以不遗尺寸者，亦将以尽瘁济其成法，不得不与商民更新之。况律之所在，既设大意，不论人情，货之所在，既核寻丈，安弃锱铢。除不由官路私自偷关者，将一半入官外，其余凡属船载步担，大小等货，尽行报官，从十抽一。如有不奉明示者，列单议罚。特示。

出了这张告示，又唤各铺家分吩咐道："自来关津弊窦最多，本司尽皆晓得。你们各要小心奉公，不许与客商通同隐匿，以多报少，欺罔官府。若察访出来，定当尽法处治。"那铺家见了这张告示，又听了这番说话，知道是个苛刻生事的官府，果然不敢作弊。凡客商投单，从实看报，还要复看查点。若遇大货商人，吹毛求疵，寻出事端，额外加罚。纳下锐银，每日送入私衙，逐封亲自验拆，丝毫没得零落。旧例吏书门皂，都有赏赐，一概革除，连工食也不肯给发。又想各处河港空船，多从此转关，必有遗漏。乃将河港口桥梁，尽行塞断，皆要打从关前经过。

一日早堂放关，见几只小猪船，随着众货船过去，吾爱陶喝道："这是漏税的，拿过来！"铺家禀说："贩小猪的，原不起税。"吾爱陶道："胡说！若俱如此不起税，国课何来。"贩猪的再三禀称："此是旧例蠲免，衙前立碑可据，请老爷查看，便知明白。"吾爱陶道："我今新例，到不作准，看甚么旧碑？"吩咐每猪十口，抽一口送入公衙，恃顽者倍罚。贩猪的无可奈何，忍气吞声，照数输纳。刚刚放过小猪船，背后一只小船，摇将过来。吾爱陶叫闸官看是何船，闸官看了一看，禀复是本地民船，船中只有两个妇女，几盒礼物，并无别货。吾爱陶道："妇女便与货物相同，如何不投税？"铺家禀道："自来人载船，没有此例。"吾爱陶道："小猪船也抽分了，如何人载船不纳税，难道人到不如畜生么？况且四处掠贩人口的甚多，本司势不能细细觉察。自今人载船，不论男女，每人要纳银五分。十五岁以下，小厮丫头，止纳三分，若近地乡农，装载谷米豆麦，不论还租完粮，尽要报税。其余贩卖鸡鸭、鱼鲜、果品、小菜，并山柴稻草之类，俱十抽其一。市中肩担步荷，诸色食物牲畜者，悉如此例。过往人有行李的，除夹带货物，不先报税，搜出一半入官外，余无货者，每人亦纳银五分。衙役铺家，或有容隐，访出重责三十，枷号一月，仍倍罚抵补。"这主意一出，远近喧传，无不骇异。做买卖的，那一个不叫苦连天。

有几位老乡绅，见其行事可笑，一齐来教训他几句，说："抽分自有旧制，不宜率意增改。倘商民传之四方，有骇观听，这还犹可，若闻之京师，恐在老先生亦有妨碍。"吾爱陶听罢，打一躬道："承教了，领命。"及至送别后，却笑道："一个做官，一个立法，论甚么旧制新制？况乡绅也管不得地方官之事。"故愈加苛刻，弗论乡宦举监生员船只过往，除却当今要紧之人，余外都一例施行。任你送名帖讨关，全然不睬。亲自请见也不相接，便是骂他几句，也只当不听见。气得乡绅们奈何他不得，只把肚子揉一揉罢了。

一日正出衙门放关，见乡里人挑着一担水草，叫皂隶唤过来问道："这水草一担，有多少斤数，可曾投税？"乡里人禀说："水草是猪料，自来无税。"吾爱陶道："同是物料，怎地无税？"即唤铺家将秤来，每一百斤抽十斤，送入衙中喂猪。一日坐在堂上，望见一人背着木桶过去，只道是挑绸帛箱子的。急叫拿进来，看时，乃是讨盏饭的道人，背着一只斋饭桶。也叫十碗中抽一碗，送私衙与小厮们做点心。便是打鱼的网船经过，少不得也要抽些虾鱼鳅鳝来嗄饭咽酒。只有乞丐讨来的浑酒浑浆，残羹剩饭，不好抽分来受用。真个算及秋毫，点水不漏。外边商民，水陆两道，已算无遗利。那时却算到本衙门铺家，及书役人等，积年盘踞，俱做下上万家事。思量此皆侵蚀国课，落得取些收用。先从吏书，搜索过失，杖责监禁，或拶夹枷号。这班人平昔锦衣玉食，娇养得嫩森森的皮肉，如何吃得恁般痛苦？晓得本官专为孔方兄上起见，急送金银买命。若不满意，也还不饶。不但在监税衙门讨衣饭的不能脱白，便是附近居民，在本司稍有干涉的，也都不免。为此地方上将吾爱陶改做吾爱钱，又唤做吾剥皮。又有好事的投下匿民帖，要聚集商民，放火驱逐。

  吾爱陶得知，心中有几分害怕，一面察访倡首之人，一面招募几十名士兵防护，每名日与工食五分。这工食原不出自己财，凡商人投税验放，少不得给单执照，吾爱陶将这单发与士兵，看单上货之多寡，要发单钱若干，以抵工食。那班人执了这个把柄，勒诈商人，满意方休。合分司的役从，只有这士兵，沾其恩惠，做了吾爱陶的心腹耳目，在地方上生事害民。没造化的，撞着吾爱陶，胜遭瘟遭劫。那怨声载道，传遍四方。江湖上客商，赌誓发愿便说："若有欺心，必定遭遇吾剥皮。"发这个誓愿，分明比说天雷殛死翻江落海，一般重大，好不怕人，不但路当冲要，货物出入川海的，定由此经过。没处躲闪，只得要受他荼毒。诗云：

    竭泽焚山刮地搜，丧心蒙面不知羞。
    肥家利己销元气，流毒苍生是此俦。

  却说有个徽州姓汪的富商，在苏杭收买了几千金绫罗绸缎，前往川中去发卖。来到荆州，如例纳税。那班民壮，见货物盛多，要汪商发单银十两。从来做客的，一个钱也要算计，只有钞税，是朝廷设立，没奈何忍痛输纳。听说要甚发单银十两，分明是要他性命，如何肯出。说道："莫说我做客老了，便是近日从北新浒墅各税司经过，也从无此例。"众民壮道："这是我家老爷的新例，除非不过关便罢，要是过关，少一毫也不放。"旁边一个客人道："若说浒墅新任提举，比着此处，真个天差地远。前日有个客人一只小船，装了些布匹，一时贪小，不去投税，径从张家桥转关。被这班吃白食的光棍，上船搜出，一窝蜂赶上来，打的打，抢的抢，顷刻搬个罄空。连身上衣服，也剥干净。那客人情急叫苦叫冤，要死要活。

何期提举在郡中拜客回来，座船正打从桥边经过，听见叫冤，差人拿进衙门审问道：'小船偷过港门，虽所载有限，但漏税也该责罚。'将客人打了十五个板子。向众光棍说：'既然捉获有据，如何不禀官惩治？私自打抢，其罪甚于漏税。一概五十个大毛板，大枷枷号三月。'又对众人说：'做客商的，怎不知法度，自取罪戾。姑念货物不多，既已受责，尽行追还，此后再不可如此行险侥幸了。'这样好话，分明父母教训子孙，何等仁慈！为此客商们，那一个不称颂他廉明。倘若在此处犯出，少不得要打个臭死，剩还你性命，便是造化了。"旁边客商们听见，齐道："果然，果然，正是若无高山，怎显平地。"那班士兵，睁起眼向说的道："据你恁般比方，我家爷是不好的了。"那客人自悔失言，也不答应，转身急走，脱了是非。

汪商合该晦气，接口道："常言钟在寺里，声在外边。又道路上行人口是碑、好歹少不得有人传说，如何禁得人口嘴呢。"这话一发激恼了士兵，劈脸就打骂道："贼蛮，发单钱又不兑出来，放甚么冷屁！"汪商是大本钱的富翁，从不曾受这般羞辱，一时怒起，也骂道："砍头的奴才！我正项税银已完，如何又勒住照单，索诈钱财，反又打人？有这样没天理的事，罢罢，我拼这几两本钱，与你做一场。"回身便走，欲待奔回船去。那士兵揪转来，又是两拳，骂道："蛮囚，你骂那个，且见我们爷去。"汪商叫喊地方救命，众人见是士兵行凶，谁敢近前。被这班人拖入衙门。

吾爱陶方出堂放关，众人跪到禀说："汪商船中货物甚多，所报尚有隐匿，且又指称老爷新例苛刻，百般詈骂。"吾爱陶闻言，拍案大怒道："有这等事，快发他货物起来查验。"汪商再三禀说勒索打骂情由，谁来听你。须臾之间，货物尽都抬到堂上，逐一验看，不道果然少报了两箱。吾爱陶喝道："拿下打了五十毛板，连原报铺家，也打二十板罢。"吾爱陶又道："漏税，例该一半入官，教左右取出剪子来分取。"从来入官货物，每十件官取五件，这叫做一半入官。吾爱陶新例，不论绫罗绸缎布匹绒褐，每匹平分，半匹入官，半匹归商。可惜几千金货物，尽都剪破，虽然织锦回文，也只当做半片残霞。汪商扶痛而出，始初恨，后来付之一笑，叹口气道："罢罢，天成天败，时也，运也，命也，数也！"遂将此一半残缎破绸，堆在衙门前，买几担稻草，周回围住，放了一把火，烧得烟尘飞起，火焰冲天。

此时吾爱陶已是退堂，只道衙门前失火，急忙升堂，知得是汪商将残货烧毁，气得怒发冲冠，说道："这厮故意羞辱咱家么？"即差士兵，快些拿来。一面吩咐地方扑灭了火，烧不尽的绸缎，任凭取去。众人贪着小利，顷刻间大桶小杓，担着水，泼得烟销火熄。吾爱陶又唤地方，吩咐众人不许乱取，可送入堂上，亲自分给。这句话传出来时，那烬余之物，已抢干净。及去擒拿汪商，那知他放了火，即便登舟，复回旧路。顺风扬帆，向着下流直溜，也不知去多少路了。差人禀复，吾爱陶反觉没趣，恨恨而退。当时汪商若肯吃亏这十两银子，何至断送了万金货物，岂非为小失大？所以说：

　　吃一分亏无量福，失便宜处是便宜。

其时有个王大郎，所居与税课衙门只隔一垣，以杀猪造酒为业。家事富饶，生有二子。长子招儿，年十七岁，次子留儿，十三岁，家人伴当三四人，一家安居乐业。只是王大郎秉性粗直刚暴，出言无忌。地方乡里亲戚间，怪他的多，喜他的少。当日看见汪商之事，怀抱不平，趁口说道："我若遇此屈事，那里忍得过，只消一把快刀，捌他几个窟窿。"这话不期又被士兵们听闻。也是合当有事，王大郎适与儿子定亲，请着亲戚们吃喜酒，夜深未散。不想有个摸黑的小人，闪入屋里，却下不得手。便从空处，打个壁洞，钻过分司衙门，撬开门户，直入卧室。吾爱陶朦胧中，听得开箱笼之声，一时惊觉，叫声："不好了！有贼在此。"其时只为钱财，那顾性命，精赤的跳下床捉贼。夫人在后房也惊醒了，呼叫家人起来。

　　吾爱陶追贼出房，见门户尽开，口中大叫小厮快来拿贼。这贼被赶得急，掣转身挺刀就刺。吾爱陶命不当死，恰像看见的，将身望后一仰，那刀尖已斫着额角，削去了一片皮肉，便不敢近前。一时家人们点起灯烛火把，齐到四面追寻。原来从间壁打洞过来的，急出堂，问了王大郎姓名，差士兵到其家拿贼。这王大郎合家，刚刚睡卧，虽闻分司喊叫捉贼，却不知在自家屋里过去的，为此不管他闲账。直到士兵敲门，方才起身开门。前前后后搜寻，并不见贼的影子。士兵回报说："王大郎家门户不开，贼却不见。"吾爱陶道："门户既闭，贼却从那里去？"便疑心即是此人。就教唤王大郎来见，在烛光下仔细一认，仿佛与适来贼人相似。问道："你家门户未开，如何贼却不见了，这是怎么说？"王大郎禀道："今日小人家里，有些事体，夜深方睡。及至老爷差人来寻贼，才知从小人家里掘入衙中，贼之去来，却不晓得。"吾爱陶道："贼从你家来去，门户不开，怎说不晓得？所偷东西，还是小事。但持刀搠伤本司，其意不良，所关非小，这贼须要在你身上捕还。"王大郎道："小人那里去追寻，还是老爷着捕人捕缉。"吾爱陶道："胡说！出入由你家中，尚推不知，教捕人何处捕缉。"吩咐士兵押着，在他身儿上要人来。

　　原来那贼当时心慌意急，错走入后园，见一株大银杏树，绿阴稠密，狠命爬上去，直到树顶，缩做一堆，分明像个鹊巢。家人执火，到处搜寻，但只照下，却不照上，为此寻他不着。等到两边搜索已过，然后下树，仍钻到王家。其时王大郎已被拿去，前后门户洞开，悄悄的溜出大门，所以不知贼的来踪去迹，反害了王大郎一家性命。

第八回　贪婪汉六院卖风流　147

正是：

> 柙龟烹不烂，贻祸到枯桑。

吾爱陶查点了所失银物，写下一单，清晨出衙，唤地方人问王大郎有甚家事，平日所为若何，家中还有何人。地方人回说："有千金家私，做人则强梗，原守本分。有二子年纪尚小，家人到有三四个。"吾爱陶闻说家事富饶，就动了贪心，乃道："看他不是个良善之人，大有可疑。"随唤士兵问："可曾获贼？"那知这班士兵，晓得王大郎是个小财主，要赚他钱钞。王大郎从来臭硬，只自道于心无愧，一文钱、一滴酒也不肯破悭。众人心中怀恨，想起前日为汪商的事，他曾说，只消一把快刀、搠几个窟窿的话，如今本官被伤额上，正与其言相合，不是他做贼是谁？为此竟带入衙内，将前情禀知。

王大郎这两句话，众耳共闻，却赖不得，虽然有口难辨。吾爱陶听了，正是火上添油，更无疑惑，大叫道："我道门又不开，贼从何处去，自然就是他了。且问你，我在此又不曾难为地方百姓，有甚冤仇，你却来行刺？"王大郎高声称冤诉辨，那里作准。只叫做贼、行刺两款，但凭认那一件罪，喝教夹起来。皂役一声答应，向前拖翻。套上夹棍，两边尽力一收，王大郎便昏了去。皂隶一把头发揪起，渐渐醒转。吾爱陶道："赃物藏在何处，快些招来！"王大郎睁圆双眼，叫道："你诬陷平人做贼，招甚么？"吾爱陶怒骂道："贼奴这般狠，我便饶你不成。"喝叫敲一百棒头。皂隶一五一十打罢，又问如今可招。王大郎嚷道："就夹死也决不屈招。"吾爱陶道："你这贼子熬得刑起，不肯招么？"教且放了夹棍，唤士兵吩咐道："我想赃物，必还在家，可押他去跟同搜捕。"又回顾吏书，讨过一册白簿，十数张封皮，交与士兵说："他家中所有，不论粗重什物，钱财细软，一一明白登记封好。虽一丝一粟，不许擅动。并带他妻儿家人来见。"王大郎两脚已是夹伤，身不由主，士兵扶将出去。妻子家人，都在衙前接着，背至家里，合门叫冤叫屈。士兵将前后门锁起，从内至外，掀天揭地，到箱翻笼的搜寻。便是老鼠洞、粪坑中、猪圈里，没一处不到，并无赃物。只把他家中所有，尽行点验登簿。封锁停当，一条索子，将王大郎妻子杨氏，长子招儿，并三个家人，一个大酒工，一个帮做生意姓王的伙计，尽都缚去。只空了一个丫头，两个妇家人。次子留儿，因去寻亲戚商议，先不在家，亦得脱免。

此时天已抵暮，吾爱陶晚衙未退，堂上堂下，灯烛火把，照耀如同白日。士兵带一干人进见，回覆说赃物搜寻不出，将簿子呈上。吾爱陶揭开一看，所载财帛衣饰，器皿酒米之类甚多，说道："他不过是个屠户，怎有许多东西，必是大盗窝家。"将簿子阁过，唤杨氏等问道："你丈夫盗我的银物，藏在何处，快些招了，免受刑苦。"杨氏等齐声俱称："并不曾做贼，那得有赃？"吾爱陶道："如此说来，到是图赖你了。"喝叫将杨氏拶起。王大郎父子家人等，一齐尽上夹棍，夹的夹，拶的拶，号冤痛楚这声，震彻内外，好不凄惨。招儿和家人们，都苦痛不过，随口乱指，寄在邻家的，藏在亲戚家的，说着那处，便押去起赃。可怜将几家良善平民，都搜干净，那里有甚赃物。严刑拷问了几日，终无着落。

王大郎已知不免一死，大声喊叫道："吾爱陶你在此虐害商民，也无数了，今日又诬陷我一家。我生前决争你不过，少不得到阴司里，和你辨论是非。"吾爱陶大怒，拍案道："贼子，你窃入公堂，盗了东西，反刺了我一刀，又说诬陷，要到阴司对证。难道阴司例律，许容你做贼杀人的么？你且在阳间里招了赃物，然后送你到阴司诉冤。"唤士兵吩咐道："我晓得贼骨头不怕夹拶，你明日到府中，唤几名积年老捕盗来，他们自有猴狲献果、驴儿拔橛，许多吊法，务要究出真赃，好定他的罪名。"这才是：

前生结下此生冤，今世追偿前世债。

　　这捕人乃森罗殿前的追命鬼，心肠比钢铁还硬。奉了这个差使，将八个人带到空闲公所，分做四处吊拷，看所招相似的，便是实情。王大郎夫妻在一处，招儿王伙计在一处，三个家人和酒大工，又分做两处。大凡捕人绷吊盗贼，初上吊即招，到还落得便宜。若不招时，从上至下，遍身这一顿棍棒，打得好不苦怜。任你铜筋铁骨的汉子，到此也打做一个糍粑。所以无辜冤屈的人，不背招承，往往送了性命。当下招儿，连日已被夹伤，怎还经得起这般毒打，一口气收不来，却便寂然无声。捕人连忙放下，教唤不醒了。飞至衙门，传梆报知，吾爱陶发出一幅朱单道：

　　王招儿虽死，众犯还着严拷，毋得借此玩法取罪。特谕。

　　捕人接这单看了，将各般吊法，逐件施行。王大郎任凭吊打，只是叫着吾爱陶名字，骂不绝口。捕人虽明白是冤枉，怎奈官府主意，不得不如此。惟念杨氏是女人，略略用情，其余一毫不肯放松。到第二日夜间，三个家人，并王伙计，酒大工，五命齐休。这些事不待捕人去禀，自有士兵察听传报。吾爱陶晓得王大郎詈骂，一发切齿痛恨。第三日出堂，唤捕人吩咐道："可晓得么，王大郎今日已不在阳世了，你们好与我用情。"捕人答应晓得，来对王大郎道："大郎你须紧记着，明年今日今时，是你的死忌，此乃上命差遣，莫怨我们。"王大郎道："咳！我自去寻吾爱陶，怎怨着列位。总是要死的了，劳你们快些罢。"又叫声道："娘子，我今去了，你须挣扎着。"杨氏听见，放声号哭说："大郎，此乃前世冤孽，我少不得即刻也来了。"王大郎又叫道："招儿，招儿！不能见你一面，未知可留得性命，只怕在黄泉相会是大分了。"想到此不觉落下几点眼泪。捕人道："大郎好教你知道，令郎前晚已在前路相候，尊使五个人，昨夜也赶上去了。你只管放心，和他们作伴同行。"王大郎听得儿子和众人俱先死了，一时眼内血泪泉涌,咽喉气塞,强要吐半个字也不能。众人急忙下手,将绳子套在颈项,紧紧扣住,须臾了账。可怜三日之间,无辜七命,死得不如狗彘:

> 曾闻暴政同于虎,不道严刑却为钱。
> 三日无辜伤七命,游魂何处诉奇冤。

当下捕人即去禀说,王大郎已死。吾爱陶道:"果然死了?"捕人道:"实是死了。"吾爱陶唤过士兵道:"可将这贼埋于关南,他儿子埋于关北,使他在阴司也父南子北。这五个尸首,总埋在五里之外,也教他不相望见。"士兵禀说:"王大郎自有家财,可要买具棺木?"吾爱陶道:"此等凶贼,不把他喂猪狗足矣,那许他棺木。"又向捕人道:"那婆娘还要用心拷打,必要赃物着落。"捕人道:"这妇人还宜容缓处。"吾爱陶道:"盗情如何缓得?"捕人道:"他一家男子,三日俱死。若再严追,这妇人倘亦有不测,上司闻知,恐或不便。"吾爱陶道:"他来盗窃国课,行刺职官,难道不要究治的?就上司知得何妨。"捕人道:"老爷自然无妨,只是小人们有甚缘故,这却当不起。"吾爱陶怒道:"我晓得捕人都与盗贼相通,今不肯追问这妇人,必定知情,所以推托。"喝教将捕人羁禁,带杨氏审问,待究出真情,一并治罪。把杨氏重又拶起,击过千余,手指尽断,只是不招。吾爱陶又唤过士兵道:"我料这赃物,还藏在家,只是你们不肯用心,等我亲自去搜,必有分晓。"即出衙门,到王大郎家来。

此时两个家人妇人家和丫头看守家里,闻知丈夫已死,正当啼啼哭哭。忽听见官府亲来起赃,吓得后门逃避。

吾爱陶带了士兵,唤起地方人同入其家,又复前前后后搜寻。寻至一间屋中,见停着七口棺木,便叫士兵打开来。士兵禀说:"这棺木久了,前已验过,不消开看。"吾爱陶道:"你们那里晓得,从来盗贼，把东西藏棺木中，使人不疑。他家本是大盗窝主，历年打劫的财物，必藏在内。不然，岂有好人家停下许多棺木。"地方人禀说："这棺木乃是王大郎的父祖伯叔两代，并结发妻子，所以共有七口。因他平日悭吝，不舍得银钱殡葬，以致久停在家，人所共知，其中决无赃物。"吾爱陶不信，必要开看。地方邻里苦苦哀求，方才止了。搜索一番，依然无迹。吾爱陶立在堂中说道："这贼子，你便善藏，我今也有善处。"吩咐士兵，把封下的箱笼，点验明白，尽发去附库。又唤各铺家，将酒米牲畜家伙之类，分领前去变卖。限三日内，易银上库登册，待等追出杨氏真赃，然后一并给还。又道："这房子逼近私衙，藏奸聚盗，日后尚有可虞。着地方将棺木即刻发去荒郊野地，此屋改为营房，与士兵居住，防护衙门。"处置停当，仍带杨氏去研审。又问他次子潜躲何处，要去拘拿，此是他斩草除根之计。

可怜王大郎好端端一个家业，遇着官府作对，几日间弄得瓦解冰消，全家破灭，岂不是宿世冤仇！商民闻见者，个个愤恨。一时远近传播，乡绅尽皆不平，向府县上司，为之称枉。有置制使行文与吾爱陶说："罪人不孥，一家既死七人，已尽厥辜，其妻理宜释放。"吾爱陶察听得公论风声不好，只得将杨氏并捕人，俱责令招保。杨氏寻见了小儿子，亲戚们商量说，如今上司尽知冤枉，何不去告理报仇。即刻便起冤揭遍送，向各衙门投词伸冤。适值新巡按铁御史案临，察访得吾爱陶在任贪酷无比，杀王大郎一家七命，委实冤枉，乃上疏奏闻朝廷。其疏云：

> 臣闻理财之任，上不病国，下不病商，斯为称职。乃有吾爱陶者，典榷上游，分司重地，不思体恤黎元，培养国脉；擅敢变乱旧章，税及行人，专为刑虐，惟务贪婪。是以商民交怨，男妇兴嗟。吸髓之谣，久著于汉江；剥皮之号，已闻诸辇毂。昔刘晏桑弘羊，利欠锱铢，而未尝病国病民，后世犹说其聚敛。今爱陶兴商民作仇，为国家敛怨，其罪当如何哉！尤可异者，诬良民为盗，捏乌有为赃，不逾三日，立杀七人。掷遗骸于水滨，弃停榇于郊野；夺其

室以居爪牙，攫其资以归囊橐。冤鬼昼号，幽魂夜泣，行路伤心，神人共愤。夫官守各有职责，不容紊乱。商税榷曹之任，狱讼有司之事，即使盗情果确，亦当归之执法。而乃酷刑肆虐，致使阖门殒毙，天理何在，国法奚存！臣衔命巡方，职在祛除残暴，申理枉屈。目击奇冤，宁能忍默？谨据实奏闻，伏乞将吾爱陶下诸法司，案其秽滥之迹，究其虐杀之状，正以三尺，肆诸两观。庶国法申而民冤亦申，刑狱平而王道亦平矣。

圣旨批下所司，着确查究治。吾爱陶闻知这个消息，好生着忙。自料立脚不住，先差人回家，葺理房屋；一面也修个辨疏上奏，多赍金银到京，托相知官员，寻门户挽回。其疏云：

臣谬以樗材，滥司榷务；固知虻负难胜，奚敢鼷饮自饱。莅任以来，矢心矢日，冰蘖宁甘，虽尺寸未尝少逾。以故商旅称为平衡，地方亦不以为不肖。而忌者仅指臣为贪酷，捏以吸髓之谣，加以剥皮之号。无风而波，同于梦呓，岂不冤乎？犹未已也，若乃借盗窃之事，砌情胪列，中以危法，是何心哉？当盗入臣署攫金，觉而逐之，遂投刃以刺，幸中臣额，乃得不死。及追贼踪，潜穴署左，执付捕役，惧罪自尽。穷究党羽，法所宜然。此而不治，是谓失刑。而忌者乃指臣为酷刑肆虐，不亦谬乎？岂必欲盗杀臣，而尽劫国课，始以为快欤？夫地方有盗，而有司不能问，反责臣执盗而不与，抑何倒行逆施之若是也。虽然，臣不敢言也，不敢辨也。何则？诚不敢撄忌者之怒也。惟皇上悯臣孤危孑立，早赐罢黜，以塞忌者之口，使全首领于牖下，是则臣之幸也。

自来巧言乱听，吾爱陶上这辨疏，朝廷看到被贼刺伤，及有司不能清盗，反责其执盗不与，这段颇是有理。亦批下所司，看明具覆。其时乃中书门下侍郎蔡确当国，大权尽在其手，吾爱陶的相知，打着这个关节。蔡确授意所司，所司碍着他面皮，乃覆奏道：

看得吾爱陶贪秽之迹，彰彰耳目。虽强词涂饰，公论难掩。此不可一日仍居地方者矣。惟王大郎一案，窃帑伤官，事必有因，死不为枉。有司弭盗无方，相应罚俸。未敢擅便，伏惟圣裁。

奏上，圣旨依拟将吾爱陶削职为民，速令去任，有司罚俸三月。他的打干家人得了此信，星夜兼程，赶回报知。吾爱陶急打发家小起身，分一半士兵护送。王大郎箱笼，尚在库上，欲待取去，踌躇未妥，只得割舍下来。

数日之后，邸报已到，铁御史行牌，将附库资财，尽给还杨氏，一面拿几个首恶士兵到官，刑责问遣。那时杨氏领着儿子，和两个家人妇，到衙门上与丈夫索命。哭的哭，骂的骂，不容他转身。吾爱陶诚恐打将入去，吩咐把仪门头门紧拴牢闭了。地方人见他惧怕，向日曾受害的，齐来叫骂。便是没干涉的，也乘着兴喧喧嚷嚷，声言要放火焚烧，乱了六七日。

吾爱陶正无可奈何，恰好署摄税务的官员到来。从来说官官相护，见百姓拥在衙门，体面不好看，再三善言劝谕，方才散解。放吾爱陶出衙下船，吩咐即便开去。岸上人预先聚下砖瓦土石，乱掷下去，叫道："吾剥皮，你各色俱不放空，难道这砖瓦不装一船，回去造房子。"有的叫道："吾剥皮，我们还送你些土仪回家，好做人事。"抬起大泥块，又打下去。这一阵砖瓦土石，分明下了一天冰雹。吾爱陶躲在舱中，只叫快些起篷。那知关下拥塞的货船又多，急切不能快行。商船上又拍手高叫道："吾剥皮，小猪船、人载船在此，何不来抽税？"又叫道："吾剥皮，岸上有好些背包裹的过去了，也该差人拿住。"叫一阵笑一阵，又打一阵疮疮。吾爱陶听了，又恼又羞，又出不得声答他们一句，此时好生难过。正是：

饶君掬尽三江水，难洗今朝一面羞。

后来新提举到任，访得王大郎果然冤死。怜其无辜，乃收他的空房入衙，改为书斋，给银五百两与杨氏，以作房价。叫他买棺盛殓这七个尸骸，安葬弃下的这七口停榇。商民见造此阴德之事，无不称念，比着吾剥皮，岂非天渊之隔。这也不在话下。

再说吾爱陶离了荆州，由建阳荆门州一路水程前去。他的家小船，原期停于襄阳，等候同行。吾爱陶赶来会着，方待开船，只见向日差回去的家人来到，报说："家里去不得了。"吾爱陶惊问："为何？"家中人道："村人道老爷向日做秀才，尚然百般诈害。如今做官，赚过大钱，村中人些小产业，尽都取了，只怕也还嫌少。为此鸣锣聚众，一把火将我家房屋，烧做白地。等候老爷到时，便要抢劫。"吾爱陶听罢，吓得面如土色说："如此却怎么好？"

他的奶奶，颇是贤明，日常劝丈夫做些好事，积些阴德，吾爱陶那里肯听。此时闻得此信，叹口气道："别人做官任满，乡绅送锦屏奉贺，地方官设席饯行，百姓攀辕卧辙，执香脱靴，建生祠，立下去思碑，何等光采！及至衣锦还乡，亲戚远迎，官府恭贺，祭一祭祖宗，会一会乡党，何等荣耀！偏有你做官离任时，被人登门辱骂，不容转身。及至登舟，又受纳了若干断砖破瓦、碎石残泥。忙忙如丧家狗，汲汲如漏网鱼，亡命奔逃，如遭兵燹。及问家乡，却又聚党呼号，焚庐荡舍，摈弃不容，祖宗茔墓，不能再见。你若信吾言，何至有家难奔，有国难投？这样做官结果，千古来只好你一人而已。如今进退两难，怎生是好？"

吾爱陶心里正是烦恼，又被妻子这场数落，愈加没趣，乃强笑道："大丈夫四海为家，何必故土。况吾乡远在西邮，地土瘠薄，人又粗鄙，有甚好处。久闻金陵建康，乃六朝建都之地，衣冠文物，十分蕃盛。从不曾到，如今竟往此处寓居。若土俗相宜，便入籍在彼，亦无不可。"定了主意，回船出江，直至建康。先讨个寓所安下，将士兵从役船只，打发回去，从容寻觅住居。因见四方商贾丛集，恐怕有人闻得姓名，前来物色戏侮，将吾下口字除去，改姓为五，号湖泉，即是爱陶的意思。又想从来没有姓五的，又添上个人字傍为伍。吩咐家人只称员外，再莫提起吾字。自此人都叫他是伍员外。买了一所大房屋住下，整顿得十分次第。不想这奶奶因前一气成疾，不久身亡。吾爱陶舍不得钱财，衣衾棺椁，都从减省。不过几时，那生儿女的通房，也患病而死。吾爱陶买起坟地，一齐葬讫。

那吾爱陶做秀才时，寻趁闲事，常有活钱到手。及至做官，大锭小锞，只搬进来，不搬出去，好不快活。到今日日摸出囊中物使费，如同割肉，想道："常言家有千贯，不如日进分文。我今虽有些资橐，若不寻个活计，生些利息，到底是坐吃山空。但做买卖，从来未谙，托家人恐有走失。置田产我是罢闲官，且又移名易姓，改头换面，免不得点役当差，却做甚的好？"忽地想着一件道路，自己得意，不觉拍手欢喜。你道是甚道路？原来他想着，如今优游无事，正好寻声色之乐。但当年结发，自甘淡泊，不过裙布荆钗。虽说做了奶奶，也不曾奢华富丽。今若娶讨姬妾，先要去一大注身价。讨来时，教他穿粗布衣裳，便不成模样，吃这口粗茶淡饭，也不成体面。若还日逐锦衣玉食，必要大费钱财，又非算计。不如拼几千金，娶几个上好妓女，开设一院，做门户生涯，自己乘间便可取乐，捉空就教陪睡。日常吃的美酒佳肴，是子弟东道，穿的锦绣绫罗，少不得也有子弟相赠，衣食两项，已不费己财。且又本钱不动，夜夜生利，日日见钱，落得风流快活。便是陶朱公，也算不到这项经营。况他只有一个西子，还吃死饭，我今多讨几妓，又赚活钱，看来还胜他一筹。思想着古时姑臧大守张宪，有美妓六人：奏书者号传芳妓，酌酒者号龙津女，传食者号仙盘使，代书札者号墨娥，按香者号麝姬，掌诗稿者号双清子。我今照依他，也讨六妓。张老止为自家独乐，所以费衣费食。我却要生利生财，不妨与众共乐。

自此遂讨了极美的粉头六个，另寻一所园亭，安顿在内。分立六个房户，称为六院。也仿张太守所取名号：第一院名芳姬，第二院名龙姬，第三院名仙姬，第四院名墨姬，第五院名香姬，第六院名双姬。每一院各有使唤丫环四人，又讨一个老成妓女，管束这六院姊妹。此妓姓李名小涛，出身钱塘，转到此地，年纪虽有二十七八，风韵犹佳，技艺精妙。又会凑趣奉承，因此甚得吾爱陶的欢心，托他做个烟花寨主。这六个姊妹，人品又美又雅，房帏铺设又精，因此伍家六院之名，远近著名，吾爱陶大得风流利息。

一日有个富翁，到院中来买笑追欢。这富翁是谁？便是当年被吾爱陶责罚烧毁残货的汪商。他原曾读诗书，颇通文理。为受了这场荼毒，遂誓不为商，竟到京师纳个上舍，也耍弄个官职。到关西地面，寻吾爱陶报雪这口怨气。因逢不着机会，未能到手，仍又出京。因有两个伙计，领他本钱，在金陵开了个典当，前来盘账。闻说伍家六院姊妹出色，客中寂寞，闻知有此乐地，即来访寻。也不用帮闲子弟，只带着一个小厮。问至伍家院中，正遇着李小涛。原来却是杭州旧表子，向前相见，他乡故知，分外亲热，彼此叙些间阔的闲话。茶毕，就教小涛引去，会一会六院姊妹。果然人物美艳，铺设富丽。

汪商看了暗暗喝采，因问小涛："伍家乐户，是何处人，有此大本钱，觅得这几个丽人，聚在一处？"小涛说："这乐户不比寻常，原是有名目的人。即使京师六院教坊会着，也须让他坐个首席。"汪商笑道："不信有这个大来头的龟子。"小涛附耳低言道："这六院主人，名虽姓伍，本实姓吾。三年前曾在荆州做监税提举，因贪酷削职，故乡人又不容归去，为此改姓名为伍湖泉，侨居金陵。拿出大本钱，买此六个佳人，做这门户生涯。又娶我来，指教管束。家中尽称员外，所以人只晓得是伍家六院。这话是他家人私对我说的，切莫泄漏。"汪商听了，不胜欢喜道："原来却是吾剥皮在此开门头赚钱，好，好，好。这小闸上钱财，一发趁得稳。但不知偷关过的，可要抽一半入官？罢罢，他已一日不如一日，前恨一笔勾销。到再上些料银与他，待我把这六院姐妹，软玉窝中滋味尝遍了，也胜似斩这眼圈金线、衣织回文、藏头缩尾、遗臭万年的东西一刀。"

小涛见他絮絮叨叨说这许多话，不知为甚，忙问何故。汪商但笑不答，就封白金十两，烦小涛送到第一院去嫖芳姬。欢乐一宵，题诗一绝于壁云：

> 昔日传芳事已奇，今朝名号好相齐。
> 若还不遇东风便，安得官家老奏书。

又封白金十两，送到第二院去嫖了龙姬。也题诗一绝于壁云：

> 酌酒从来金叵罗，龙津女子夜如何。
> 如今识破吾堪伍，渗齿清甜快乐多。

又封白金十两，送到第三院去嫖了仙姬。也题诗一绝于壁云：

> 百味何如此味膻，腰间仗剑斩奇男。
> 和盘托出随君饱，善饭先生第几餐。

又封白金十两，送到第四院去嫖了墨姬。也题诗一绝于壁云：

> 相思两字写来真，墨饱诗枯半夜情。
> 传说九家村里汉，阿翁原是点箒人。

又封白金十两，送到第五院去嫖了香姬。也题诗一绝于壁云：

> 爱尔芳香出肚脐，满身柔滑胜凝脂。
> 朝来好热湖泉水，洗去人间老面皮。

又封白金十两，送到第六院去嫖了双姬。也题诗一绝于壁，云：

> 不会题诗强再三，杨妃捧砚指尖尖。
> 莫羞五十黄荆杖，买得风流六院传。

汪商撒漫六十金，将伍家院子六个粉头尽都睡到。至第七日，心中暗想，仇不可深，乐不可极。此番报复，已堪雪恨，我该去矣。另取五两银子，送与小涛。方待相辞，忽然传说员外来了。只见吾爱陶摇摆进来，小涛和六院姊妹，齐向前迎接。

　　原来吾爱陶定下规矩，院中嫖账，逐日李小涛掌记。每十日亲来对账，算收夜钱。即到各院，点简一遭，看见各房壁中，俱题一诗，寻思其意，大有关心，及走到外堂，却见汪商与六院姊妹作别。汪商见了爱陶，以真为假。爱陶见了汪商，认假非真，举手问尊客何来，汪商道："小子是徽商水客，向在荆州。遇了吾剥皮，断送了我万金货物。因没了本钱，跟着云游道人，学得些剑术，要图报仇。那知他为贪酷坏官，乡里又不容归去。闻说躲在金陵，特寻至此。却听得伍家六院，姊妹风流标致，身边还存下几两余资，譬如当日一并被吾剥皮取去，将来送与众姊妹，尽兴快活了六夜。如今别去，还要寻吾剥皮算账，可晓得他住在那里么？"这几句诨话，惊得吾爱陶将手乱摇道："不晓得，不晓得。"即回过身叫道："丫头们快把茶来吃。"口内便叫，两只脚急忙忙的走入里面去了。汪商看了说道："若吾剥皮也是这样缩入洞里，便没处寻了。"大笑出门。又在院门上，题诗一首而去，诗云：

　　　　冠盖今何用，风流尚昔人。
　　　　五湖追故迹，六院步芳尘。
　　　　笑骂甘承受，贪污自率真。
　　　　因忘一字耻，遗臭万年新。

　　他人便这般嘲笑，那知吾爱陶得趣其中，全不以为异。分明是粪缸里的蛆虫，竟不觉有臭秽。看看一日又一日，一年又一年，吾爱陶儿女渐渐长成，未免央媒寻觅亲事。人虽晓得他家富饶，一来是外方人，二来有伍家六院之名，那个肯把儿女与他为婚。其子原名吾省，因托了姓伍,将姓名到转来,叫做伍省吾。爱陶平日虽教他读书,常对儿子说:"我侨居于此,并没田产,全亏这六院生长利息。这是个摇钱树,一摇一斗,十摇成石,其实胜置南庄田、北庄地。你后日若得上进,不消说起。如无出身日子,只守着这项生涯,一生吃着不尽了。"

每到院中,算收夜钱,常带着儿子同走。他家里动用极是淡薄,院中尽有酒肴,每至必醉饱而归。这吾省生来嗜酒贪嘴,得了这甜头,不时私地前去。便遇着嫖客吃剩下的东西,也就啖些,方才转身。更有一件,却又好赌。摸着了爱陶藏下的钱财,背着他眼,不论家人小厮,乞丐花子,随地跌钱,掷骰打牌,件件皆来,赢了不歇,输着便走。吾爱陶除却去点简六院姊妹,终日督率家人,种竹养鱼,栽葱种菜,挑灰担粪喂猪,做那陶朱公事业。照管儿子读书,到还是末务,所以吾省乐得逍遥。

一日吾爱陶正往院中去,出门行不多几步,忽然望空作揖,连叫:"大郎大郎,是我不是了,饶了我罢!"跟随的家人,到吃了一惊,叫道:"员外,怎的如此?"连忙用手扶时,已跌到在地。发起谵语道:"吾剥皮,你无端诬陷,杀了我一家七命,却躲在此快乐受用,教我们那一处不寻到。今日才得遇着,快还我们命来!"家人听了,晓得便是向年王大郎来索命,吓得冷汗淋身,奔到家中,唤起众仆抬归,放在床上。寻问小官人时,又不知那里赌钱去了,只有女儿在旁看觑。吾爱陶口中乱语道:"你前日将我们夹拶吊打,诸般毒刑拷逼,如今一件件也要偿还,先把他夹起来。"才说出这话,口中便叫疼叫痛,百般哀求,苦苦讨饶,喊了一回,又说一发把拶子上起,两支手就合着叫痛,一回儿,又说:"且吊打一番。"话声未了,手足即翻过背后,攒做一簇,头颈也仰转,紧靠在手足上。这哀号痛楚,惨不可言。一会儿又说:"夹起来!"夹过又拶,拶过又吊,如此三日,遍身紫黑,都是绳索棍棒捶击之痕。十指两足,一齐堕落。家人们备下三牲祭礼，摆在床前，拜求宽恕。他却哈哈冷笑，末后又说："当时我们，只不曾上脑箍，今把他来尝一尝，算做利钱。"顷刻涨得头大如斗，两眼突出，从额上回转一条肉痕直嵌入去。一会儿又说："且取他心肝肠子来看，是怎样生的这般狠毒。"须臾间，心胸直至小腹下，尽皆溃烂，五脏六腑，显出在外，方才气断身绝。正是：

劝人休作恶，作恶必有报。
一朝毒发时，苦恼无从告。

爱陶既死，少不得衣棺盛殓。但是皮肉臭腐，难以举动，只得将衣服覆在身上，连衾褥卷入棺中，停丧在家。此时吾省，身松快活，不在院中吃酒食，定去寻人赌博。地方光棍又多，见他有钱，闻香嗅气的，挨身为伴，取他的钱财。又哄他院中姊妹，年长色衰，把来脱去，另讨了六个年纪小的。一入一出，于中打骗手，到去了一半。那家人们见小主人不是成家之子，都起异心，陆续各偷了些东西，向他方去过活。不勾几时，走得一个也无，单单只剩一个妹子。此时也有十四五岁，守这一所大房，岂不害怕。吾省计算，院中房屋尽多，竟搬入去住下，收夜钱又便。大房空下，货卖与人，把父亲棺木，抬在其母坟上。这房子才脱，房价便已赌完。两年之间，将吾爱陶这些囊橐家私，弄个罄尽。院中粉头，也有赎身的，也有随着孤老逃的，倒去了四个。那妹子年长知味，又不得婚配，又在院中看这些好样，悄地也接个嫖客。初时怕羞，还瞒着了哥子。渐渐熟落，便明明的迎张送李，吾省也恬不为怪，到喜补了一房空缺。再过几时，就连这两个粉头，也都走了，单单只剩一个妹子，答应门头。

一个人的夜合钱，如何供得吾省所需？只得把这院子卖去，燥皮几日，另租两间小房来住。居室既卑，妹子的夜钱也减，越觉急促。看看衣服不时，好客便没得上门。妹子想起哥哥这样赌法，贴他不富,连我也穷,不如自寻去路,为此跟着一个相识孤老,一溜烟也是逃之夭夭。吾省这番,一发是花子走了猴狲,没甚弄了。

口内没得吃,手内没得用,无可奈何,便去撬墙掘壁掏摸过日。做个几遍,被捕人缉访着了,拿去一吊,锦绣包裹起来的肢骨,如何受得这般苦痛?才上吊,就一一招承。送到当官,一顿板子,问成徒罪,刺了金印,发去摆站,遂死于路途。吾爱陶那口棺木,在坟不能入土,竟风化了。这便是贪酷的下梢结果。有古语为证:

行藏虚实自家知,祸福因由更问谁。
善恶到头终有报,只争来早与来迟。

第九回

玉箫女再世玉环缘

　　花色妍，月色妍，花月常妍人未圆，芳华几度看。
　　生自怜，死自怜，生死因情天也怜，红丝再世牵。

　　此阕小词，名曰长相思，单题这玉环缘故事的。大概从来儿女情深，欢爱正浓之际，每每生出事端，两相分拆。闪下那红闺艳质，离群索影，寂寞无聊，盼不到天涯海角，望断了雁字鱼书。挨白昼，守黄昏，幽愁思怨，悒郁感伤，不知断送了多少青春年少。岂不可惜！岂不可怜！相传古来有个女子，登山望夫，身化为石；又有个倩女，不舍得分离，身子痴卧床寝，神魂儿却赶上丈夫同行；韩朋夫妇，死为比翼鸟。此皆至情孚感，精诚凝结所致。所以论者说，情之一字，生可以死，死复可以生，故虽天地不能违，鬼神不能间。如今这玉环缘，正为以情而死，精灵不泯，再世里寻着了赠环人，方偿足了前生愿。此段话头，说出来时，直教：

　　有恨女郎须释恨，无情男子也伤情。

话说唐代宗时，京兆县有个官人，姓韦名皋，表字武侯。其母分娩时，是梦非梦，见一簇人，推着一轮车儿，车上坐一丈夫，纶巾鹤氅，手执羽扇，称是蜀汉卧龙，直入家中。惊觉来，便生下韦皋。其父猜详梦意，分明是诸葛孔明样子，因此乳名就唤做武侯，从幼聘张延赏秀才之女芳淑为婚。何期那延赏一旦风云际会，不上十余年，官至西川节度使。夫人苗氏，止生此女，不舍得远离，反迎女婿，到任所成亲。韦皋本孔明转生，自与凡人不同，生得英伟倜傥，意气超迈。虽然读书，要应制科，却不效儒生以章句为工，落落拓拓的，志大言大，出语伤时骇俗。张延赏以自己位高爵尊，颇自矜重。

看了女婿这般行径，心里好生不喜，语言间未免有些规训，礼节上也多有怠慢。韦皋正是少年心性，怎肯甘心承受，见丈人恁般相待，愈加放肆。因此翁婿渐成嫌隙，遂至两不相见。那苗夫人眼内却识好人，认定了女婿是个未发迹的贵人，十分爱重。常劝丈夫道："韦郎终非池中物，莫小觑了他。"延赏笑道："狂妄小子，必非远大之器，可惜吾女错配其人。"苗夫人劝他不转，恐翁婿伤了情面，从中委曲周全。又喜得芳淑小姐知书达理，四德兼备，夫妻偕好，鱼水和同。以下童仆婢妾，通是小人见识，但知趋奉家主，那里分别贤愚。见主人轻慢女婿，一般也把他奚落。韦皋眼里看不得，心里气不过，叹口气道："古人有诗云：'醴酒不设穆生去，绨袍不解范叔寒。'我韦皋乃顶天立地的男子，如何受他的轻薄？不若别了妻子，图取进步。偏要口气，夺这西川节度使的爵位，与他交代，那时看有何颜面见我！"遂私自收拾行装，打叠停当，方与妻子相辞。也不去相辞丈人，单请苗夫人拜别。可怜芳淑小姐，涕泣牵衣，挽留不住，好生凄惨。做丈夫的却捆手不顾，并不要一个仆人相随。自己背上行李，奔出节度使衙门，大踏步而去，头也不转一转。正是：

　　仰天大笑出门去，白眼看他得意人。

韦皋一时愤气出门，原不曾定往何地，离了成都，欲待还家，却又想道："大丈夫局促乡里，有甚出息。不如往别处行走，广些识见，只是投奔兀谁好？"又转一念道："想四海之大，何所不容，且随意行去，得止便止。"遂信步的穿州撞府，问水寻山，游了几处，却不曾遇见一个相知。看看盘缠将尽，猛然想起江夏姜使君与父亲有旧，竟取路直至江夏城中，修刺通候。

原来这姜使君，双名齐胤，官居郡守。为与同僚不合，挂冠而归，年已五旬之外。夫人马氏，花多实少，单单留得一位公子，名曰荆宝，年方一十五岁，合家称为荆宝官。姜使君因为儿子幼小，又见时事多艰，遂绝意仕宦，优游林下，课子读书。当下闻说是京兆韦郎拜访，知是故人之子，忙出迎接，叙问起居，随唤荆宝出来相见。使君吩咐贝子道："年长以倍，则父事之，十年以长，则兄事之；载在古礼，理合如此。今韦郎长你十来岁，当以兄事之。"荆宝领命，自此遂称为韦家哥哥。韦皋也请拜见夫人，以展通家之谊。姜使君整治酒席洗尘，馆于后园书室，礼待十分亲热。更兼公子荆宝，平日抱束书堂，深居简出，没甚友朋来往。今番韦皋来至，恰是得了一个相知，不胜欢喜，朝夕相陪，殷勤款洽，惟恐不能久留。

韦皋念其父子多情，不忍就别，盘桓月余，欲待辞去。不道是时朝廷乏才任使，下诏推举遗逸。却有个谏议大夫，昔年曾为姜使君属吏，深得荫庇，因感念旧恩，特荐其有经济之才，可堪重任。圣旨准奏，即起用。姜使君久罢在家，梦里不想有人荐举，若还晓得些风声，也好遣人赶到京师，向当道通个关节，择个善地。那清水生活，谁肯把美缺送你呢？竟铨除了洮州刺史。这所在乃边要地，又限期走马上任，兵部差人赍诰身，直送至家中。亲戚们都道复起了显官，齐来庆贺。那知姜使君反添了一倍烦恼。韦皋知其心绪不佳，即便作别，姜使君哪里肯放，说道："老夫年齿渐衰，已无意用世，不想忽有此命。圣旨严急，势不容辞，只得单骑到任，勉支一年半载，便当请告。儿子年纪尚小,恐我去后,无人拘管,必然荒废。更兼家中诸事,老妻是个女流,只得屈留贤侄在此,一则与荆宝读书,成其学业,二来家间事体,有甚不到处,也乞指点教导。尊大人处可作一处,老夫入关便道,遣人送去,量不见责。"韦皋见其诚恳,只得领命。此时正是八月末旬,姜使君也不便择吉,即日带领几个童仆起程。韦皋同了荆宝,送至十里长亭而别。正是:

别酒莫辞今日醉,故乡知在几时回。

姜使君去后,马夫人综理家政,荆宝与韦皋相资读书。但年幼学识尚浅,见韦皋学问广博,文才出众,心中折服。名虽相资,实以师长相待,至敬尽礼,不敢丝毫怠慢,所以韦皋心上也极相爱。荆宝虽与韦皋同读书,只三六九会文,来至园中,余日自在宅内书房。时值十月朔旦,韦皋到马夫人处请安,荆宝留入一个书房待茶。大抵大家书房,不止一处,这所在乃荆宝的内书房,外人不到之地。以韦皋是通家至友,故留至此。走过回廊,步入室中,只见一个青衣小鬟,年可十余岁,独自个倚栏看花,见有人入来,即往屏后急走。荆宝笑道:"此是韦家哥哥,不是外人,可见一礼便了,不消避得。"小鬟依言,向前深深道个万福。荆宝说:"韦家哥哥在此,你可烹一壶香茶送来。"小鬟低低应声晓得而去。

韦皋听了想道:"若论是个婢子,却不该教他向我行礼;若是亲族中之女,又不该教他烹茶送来,毕竟此女是谁?"虽则怀疑,却不好问得。不多时小鬟将茶送到,取过磁瓯斟起,恭恭敬敬的,先递与韦皋,后送荆宝。韦皋举目仔细一觑,眉目清秀,姿容端丽,暗地称羡道:"此女长成起来,虽非绝色,却也是个名姝。"小鬟送茶毕。荆宝道:"你去唤小厮们来答应。"小鬟领命回身。

韦皋又看他行动从容飘逸,体段娉婷,耐不住,只问道:"小婢何名？"荆宝道："此非婢也，乃乳母之女。小字玉箫，年纪小我四岁，从幼陪伴学中读书，他也粗粗的识得几字。前年父母并亡，宗族疏远，惟依我为亲。我亦喜他性格温柔，聪明敏慧，又好洁爱清，喜香嗜茗。至于整理文房书集，并不烦我吩咐，所以弟入内室，便少他不得。"韦皋道："原来如此。贤弟于飞后，定当在小星之列矣。"荆宝道："乳母临终时，到有此意，小弟却无是心。"韦皋道："这又何故？"荆宝道："乳娘列在八母。他的女儿，虽当不得兄妹，何忍将他做通房下贱之人。等待长成，备些妆奁，觅个对头，成就他一夫一妇，少报乳母怀哺之情，这便是小弟本念。"韦皋道："贤弟此念甚好。然既系乳母之女，又要一夫一妇，上一辈人，料必不来娶他。倘所托非人，如邯郸才人，下嫁厮养卒，便肮脏此女一生，岂不可惜？贤弟名虽爱之，实是害他了。况看此女，资态体格，必非风尘中人，贤弟还宜三思斟酌。"

这番话，本是就事论事，原出无心。那知荆宝到存了个念头，口中便谢道："哥哥高见，小弟愚昧，虑不及此。"心里想道："韦家哥莫非有意此女么？乳娘原欲与我为通房，若托付与韦家哥哥，便如我一般了，有何不可？"又转念道："我虽如此猜，却不知韦家哥果否若何，休要轻率便去唐突他。且再从容试探，别作道理。"自此之后，荆宝每到园中，即呼玉箫捧书随去。日常又教玉箫烹茶，送与韦皋，习以为常，往来无间。

这女子一来年纪尚小，二来奉荆宝之命，三来见荆宝将韦皋相待如嫡亲哥子，他也便当做自家人，为此日亲日近，略无嫌避。常言不见所欲，使心不乱。韦皋本是个好男子，平日原不在女色上做工夫。初见玉箫，不过羡其姿态，他日定是个丽人。分明马上看花，但过眼即忘，何尝在意。及至常在眼前行走，日渐长成，趋承应对之间，又不轻佻，却自有韵度。韦皋此时这点心花，未免被其牵动。每在语言之中，使唤之际，窥探他的情窦如何。这般个聪明智慧的女子，有甚不理会？心里虽渐渐明白，却不露一毫儿圭角。荆宝从闲中着意，冷眼傍观，已晓得韦家哥留恋此女，意欲再待几年，等玉箫长大，送与他为妾。又虑着张小姐嫉妒不容，反而误此女终身，以此心上复又不决。那知：

　　落花有意随流水，流水多情恋落花。

　　韦皋在姜使君家里，早又过了两个年头，时当暮春天气，姜荆宝偶染小病，连日不至园中。独坐无聊，不觉往事猛上心来，想着丈人把我如此轻慢，真好恨也。叹口气道："人生在世，若非出将入相，这文经武略，从何处发挥？然而英雄无用武之地，纵有纬地经天的手段，终付一场春梦。怎得使这班眼孔浅的小人，做出那前倨后恭的丑态？"又想："岳母苗夫人，这般看待，何日得扬眉吐气，拜将封侯，教他亲见我富贵，在丈人面前，还话一声。"又想："芳淑小姐贤惠和柔，工容兼美。没来由成婚未久，一时间赌气出门，抛别下他，孤单悬望，我在此又挂肚牵肠。若功名终不到手，知道何日相见，夫妻重聚。"想到此地，这被窝中恩爱，未免在念头上经过一番。

　　正当思念之际，抬头忽见玉箫，一手执素白纨扇，一手提一大壶酒，背后跟着一个十来岁的小童，双手捧一盒子，走将入来。韦皋见了，急忙起身迎住，问道："荆宝哥身子若何了？"玉箫道："多谢记念，今日觉得健旺，已梳头了。想着韦家哥书房中牡丹盛开，欲要来同赏，因初愈不敢走动，教送壶酒来，自己消遣。"口中便说，将纨扇放下，忙揭开盒子，将酒肴摆在桌上。韦皋笑道："我正想要杯酒儿赏花，不道荆宝哥早知我意，又劳玉姐送来，教我怎生消受。"玉箫道："今早老夫人到鹦鹉洲去看麦，家中男女大小，随去了大半。其余的又乘夫人不在家，荆宝官放假，都到城外踏青。止存门上人和这小厮在家，为此教玉箫送来。"韦皋说："可知道两个书童说，已禀过荆宝官，往郊外去烧香，教看园老儿在此答应。如今连这老头儿不知向那处打磕睡了。"看那按酒的，乃是鹿脯、鹅鲜、火肉、腊鹅、青梅、绿笋、瓜子、莲心，共是八碟。玉箫将过一只大银杯斟起，递至面前说："韦家哥哥请酒。"韦皋道："怎好又劳玉姐斟酒，你且放下，待我自斟自饮，从容细酌。"玉箫道："也须乘热，莫待寒了再暖。"韦皋笑道："只要壶中不空，就冷些也耐得。"玉箫遂把酒壶放在桌上，取了纨扇，和着小厮走出庭前。

此时玉箫年方一十三岁，年纪稍长，身子越觉苗条，颜色愈加娇艳，唇红齿白，眉目如画。韦皋数杯落肚，春意满腔，心里便有三分不老实念头。欲待说几句风流话，去拨动他春心，又念荆宝这般的美情，且是他乳娘之女，平日如兄若妹，怎好妄想，勉强遏住无名相火。一头饮酒，冷眼瞧玉箫，在牡丹台畔，和着小厮，举纨扇赶扑花上蝶儿。回身慢步，转折蹁跹，好不轻盈袅娜！韦皋心虽按定，那两脚却拿不住，不觉早离了坐位，也走到花边，说道："玉姐，蝶儿便扑，莫要扑坏了花心。"玉箫听了，心头暗解，未免笑了一笑，面上顷刻点上两片胭脂。遂收步敛衣，向花停立，微微吁喘。韦皋此际，神魂摇动，方寸紊乱，狂念顿起。便欲邀来同吃杯酒儿，又想情款未通，不好急遽；且又有小厮在旁碍眼，却使不得。那一点邪焰，高了千百丈，发又发不出，遏又遏不住，反觉无聊无赖，仍复走去坐下，暗叹道："这段没奈何的春情，教我怎生发付他。"踌躇一番，乃道："除非如此如此，探个消耗，事或可谐。倘若不能，索性割断了这个痴念，也省得恼人肠肚。"

手中把酒连饮，口中即咿咿唔唔的吟诗。玉箫喘息已止，说道："韦家哥哥，慢慢的饮，我先去也。"韦皋道："且住。我方作赏花诗，要送荆宝官看，却乏笺纸，欲用玉姐纨扇，写在上面，不知肯否？"玉箫道："这把粗扇，得韦家哥的翰墨在上，顿生光彩了，有何不肯。"即将纨扇递上，韦皋接来举笔就写。临下笔，又把玉箫一看，才写出

几行不真不草的行书。前边先写诗柄道:"春暮客馆,牡丹盛开。姜伯子遣侍玉姬送酒,对花把盏,偶尔记兴。"后写诗云:

> 冉冉年华已暮春,花光人面转伤神。
> 多情蝴蝶魂何在,无语流莺意自真。
> 千里有怀烹伏妇,五湖须载苎萝人。
> 月明此夜虚孤馆,好比桃源一问津。

写罢,递与玉箫说:"烦玉姐送上荆宝官,有兴时,可也和一首。"玉箫细看这诗,虽然识得字,却解不出意思,更兼有几个带草字儿不识,逐一细问。韦皋一面教,一面取过大茶瓯,将酒连饮,须臾间,吃得个壶无余滴,大笑道:"我兴未阑,壶中已空。玉姐可与荆宝官,再取一壶送来,以尽余兴。"玉箫应诺,留下果菜,教小童拿着空壶,回见荆宝,说:"韦家哥见送酒去,分外欢喜,只是气象略狂荡了些,比不得旧时老成了。"荆宝问怎样狂荡,玉箫乃将扑蝶的冷话说出。荆宝笑道:"读书人生就这般潇洒,有甚不老成。"玉箫又道:"他又做甚牡丹诗,写在我扇上,教送荆宝官看,若有兴,也和一首。"即将扇儿递与。又道:"他写罢把大瓯子顷刻饮个干净,道尚未尽兴,还要一壶。"荆宝道:"兴致既高,便饮百壶也何妨。"看罢扇上所题,点头微笑道:"韦家哥风情动矣。"暗想:"我向有此心,一则玉箫年幼,二来未知张小姐心性若何,故迟疑未决。看这诗,分明是求亲文启,我不免与他一个回帖。"吟哦一回,拈笔就扇上依韵题诗八句,也是不真不草的行书。写毕又想:"若把此情与玉箫说明,定不肯去。我且含糊,只教他送酒,其间就里,等两人自去理会。"遂把扇递与玉箫道:"你可再暖一壶,连这扇和小厮同去,送与韦家哥哥,须劝他开怀畅饮,方才有兴。"玉箫道:"天色将晚,园中冷静,我不去罢。"荆宝道:"今夜是三月十六,团圆好日。天气清朗,月色定佳,便晚何妨。若怕冷静,就住在彼。"玉箫听了便道:"荆宝官,这是甚么话?"荆宝笑道："你道怕冷静,所以我是这般说。你莫心慌,此际家人们将次回来,少不得还送夜饭来哩。"

玉箫领命,忙去暖酒,荆宝又悄地吩咐小童先还。不一时,玉箫将酒暖得滚热,把与小童,捧着同往。临行,荆宝又叮咛道:"韦家郎君,便是我嫡亲哥哥一般,你伏侍他即如伏侍我,莫生怠慢。"玉箫不知就里,只得答应声晓得了。一头走,一头思想:"荆宝官这些话,没头没脑,不知是甚意思?"心头方想,脚尖已早到园中。韦皋正在牡丹花下,背着手团团的走来走去的,想着玉箫,恨不能一时到手。又想荆宝情况甚厚,恐看出诗句意味,恼我轻狂无赖。又怕玉箫,嗔怪挑拨他,在荆宝面前,增添几句没根基的话。这场没趣,虽不致当面抢白,我却无此颜脸见他。正当胡思乱想,蓦地背后叫声:"韦家哥哥,又送酒来了。"这娇滴滴声音,正是可意冤家。喜得满面生花,急转身来迎,已知荆宝无有愠意,一发放胆说道:"玉姐如何去了这一会,教我眼都望穿了。"玉箫笑道:"怎地这般喉急?"韦皋道:"花意正好,酒兴方来,急切不能到口,把我弄得个不醉不醒,不上不下,可不要死了么?如今你来便好,救命的到了。"玉箫笑道:"难道酒是韦家哥哥的性命?"韦皋笑道:"我原是以酒为命的,但救命还须玉姐。"玉箫听了,脸色顿改,说道:"韦家哥哥,如何这般罗唣起来,莫非醉了。"韦皋陪着笑脸,作个揖道:"一时戏言,得罪休怪。"玉箫道:"韦家哥放尊重些。倘小厮进去,说与荆宝官并夫人知道,成甚体面。"韦皋此际方寸着迷,已忘怀有小童在傍,被这一言点醒,直回转头来,喜得小童已是不在。

原来这小厮奉着主命,放下酒就回,所以连玉箫也不觉得。当下玉箫道:"只管闲讲,却忘了正事。"将纨扇递与韦皋说:"荆宝官已和一诗在上,教送你观看。"韦皋接扇看毕,不觉乱跳乱叫道:"妙,妙!好知己,好知己!"玉箫道:"为何这般乱叫起来?"韦皋不答应,连连把书房门掩上,扯过一张椅儿,即便来携玉箫手道:"请坐了,我好与你吃同罗杯。"玉箫将衣袖一捆,涨红面皮说:"你从来不曾这般轻薄,今日怎地做出许多丑态,捏手捏脚,像甚规矩?"韦皋道:"我若要轻薄,也不到今日子。你荆宝官,写下回聘帖子,将你送与我为侍妾,乃明媒正娶的,并非暗里偷情。请小娘子回嗔作喜,莫错了吉日良时。"玉箫道:"有甚回聘帖子在那里,说这样瞒大谎话。"韦皋将起纨扇,指着荆宝那首诗,说道:"这不是回聘贴子,待我念与你听。"遂喜孜孜的朗诵荆宝这诗。诗云:

剑南知别几经春,寂寞居停谅损神。
梦着雨云原是幻,月为花烛想来真。
小星后日安卑位,素扇今宵是老人。
吩咐桃花莫相笑,渔郎从此不迷津。

玉箫听了道:"虽有这诗,不晓得其中是甚意思,如何就当着甚么回聘贴子。"韦皋道:"不难,待我解说与你听。第一句是说我离成都久了;第二句说住在此园,冷淡寂寞;第三句说我一向思想你,还是虚账;第四句说今夜月明,就当花烛,正好成婚;第五句说教你安守侍妾之分;第六句说这扇和诗句便是媒人;第七句八句说,我与你成就亲事,就比渔郎入了桃源洞,此是古话。"玉箫听了解说,方才理会说:"怪道来时荆宝官吩咐这些没头没脑的话,原来一句句藏着哑谜,教我猜详。"

方在沉吟,只听得阁阁的敲门,韦皋问是那个,外边答应:"书童送夜饭在此。"韦皋不免开门,两个书童,捧着桌槛果子,几色菜饭,两枝大绛烛,送将入来说:"荆宝官传话,玉姐好生伏侍韦官人。这桌送来做喜筵。蜡烛好做花烛,明早荆宝官亲来贺喜。"玉箫听说这话,转身背立。韦皋便道:"多谢荆宝官盛情厚意,明日容当叩谢。"书童连忙将绛烛点起,自往外边。韦皋仍将门闭上,回身说道:"何如,韦家哥哥可是说瞒天话的么?"又走出庭内,折一枝牡丹花,插入瓶中,摆在桌上道："这才是真正花烛成亲。"玉箫道："既然是主人之命，怎敢有违。请韦君上坐，受玉箫一拜，以尽侍妾之礼。从此后称呼韦家郎君，再不叫韦家哥哥了。"道罢便到身下拜。韦皋连忙扶他起来，自己不觉到拜下去。这个拜，那个起，一上一下，全无数目。若有掌礼人在旁，可不错乱了兴拜两字。虽然草草姻缘，果然明媒正娶。此夜光景，玉箫姐少不得：

含苞豆蔻香初剖，漏泄春光到海棠。

迷离春睡，日高才起。韦皋开出门来，不道荆宝已着书童，把玉箫镜奁妆具，拿在门首等候了。梳洗未完，荆宝已到，见了韦皋只是笑。韦皋见了荆宝，也只是笑。玉箫满面羞涩，低着头也微微含笑。妆罢同荆宝见个礼儿，荆宝少坐即起，玉箫仍复后随，荆宝道："你今后在此伏侍韦家哥哥，不必随我了。"玉箫方住了足步。过了两日，马夫人从庄上回来，玉箫入室拜见，荆宝告说："韦家哥独居寂寞思家，儿子已将玉箫送与为妾。"夫人闻言大喜。却是为何？向年乳母临终，求告夫人，有把玉箫送荆宝为通房的话。目今俱各年长，时刻不离，疑惑暗里已先成就好事。后日娶来媳妇，未知心性若何，倘若猜疑妒忌，夫妻大小间费嘴费舌，像甚么样？今将伊送与了韦皋，岂不省了他时淘气，所以甚喜，又与若干衣饰。荆宝另有所赠，自不消说。韦皋既得玉箫，已遂所愿，更喜小心卑顺，朝夕陪伴读书，焚香沦茗，无一些俗气，彼此相怜相爱，两情缱绻。

那知欢娱未久，离别早到。原来韦皋父母记念儿子，曾差人到四川张节度处探问，此时已不在彼，使人空回。后来姜使君送到书信，方知反在江夏。书中说，不过年余便归，何期姜使君洮州之任，急切不能卸肩，所以连韦皋也不得还家。及至有了玉箫绊住，归期一发难定。其父一则思忆，二则时近科举，即遣人持书到江夏接他回去。韦皋见书中语意迫切，自悔孟浪，久违定省。此时思亲念重，恨不得一刻飞到家中，把这片惜玉怜香的心情，便看得轻了。且不与玉箫说知，先请姜荆宝出来，告其缘故，说："老父老母，悬望已极，不才更不能少淹，明日即当就道。玉箫势难同往，只得留下，待有寸进，便来接取。但是烦累贤弟，于心不安。"

荆宝道："兄长何出此言，小弟承蒙教益，报效尚未知在于何日，此等细事，何足挂怀。再欲留兄住几时，因见老伯书中，如此谆切，强留反似不情。兄长只管放心回府，不消萦虑。"韦皋谢了荆宝然后来对玉箫说："我离家已久，老亲想念，特地差人来接。怎奈各镇跋扈，互相侵凌，兵戈满地，途中难行。不能携你同归，暂留在此，你须索耐心。"玉箫闻言，暗自惊心，说道："郎君省亲大事，怎敢阻挡。但去后不知何日才来，须有个定期，教奴也好放心。"韦皋道："我此去若功名唾手，不出二三年即来。倘若命运蹭蹬，再俟后科，须得五年。"玉箫道："妾幼失父母，惟以荆宝官为亲。今归郎君，将谓终身有托，何期未及半载，又成离别。妾之薄命，一至于此！"心中伤感，不觉泪随言下。韦皋也自凄然，再三安慰。正言间，荆宝携着酒肴，入来送行。三人对坐饮酒间，玉箫愁容惨切，泪流不止。荆宝道："韦家哥暂去就来了，不必如此悲伤。"玉箫道："世间离别，亦是常事，原不足悲。玉箫自伤薄命，不知此后更当何如，所以悲耳。"言罢愈加啼泣。荆宝、韦皋，亦各欷歔，不欢而止。这一宵枕上泪痕，足足有了千万滴。次早韦皋收拾行装，拜辞马夫人，荆宝馈送下程路费，自不必言。

临行之际，玉箫含泪执手道："郎君去则去矣，未审三年五年之约，可是实话？"韦皋道："留你在此，实出不得已，岂是虚语。即使有甚担搁，更迟二年，再没去处了。"玉箫道："既恁的说，妾当谨记七年之约了，郎君幸勿忘之。"韦皋道："神明共鉴，七年之后，若是不来，以死相报。"玉箫道："七年不至，郎君安得死，或妾当死耳。"

语毕，泪如雨下，哽咽不能出声。荆宝执酒饯行，也黯然洒泪。韦皋向书囊中寻出玉环一枚，套在玉箫左手中指上，吩咐道："这环是我幼时在东岳庙烧香，见神座旁遗下此环，拾得还家。晚间，随梦东岳帝君吩咐道：这环有两重姻眷，莫轻弃了。我想入赘张节度，又得你为妾，岂不合着梦兆。今留与你为记，到七年后，再来相聚。"口儿里如此说，心中也自惨然。斟过一杯，回敬荆宝作谢，再斟一杯送与玉箫，又道："你好生收藏此环，留为他年之证验。"情不能已，吟诗一首道：

　　黄雀衔来已数春，别时留解赠佳人。
　　长江不见鱼书至，为遣相思梦入秦。

　　吟罢，道声："我去矣，休得伤怀。"玉箫道："妾身何足惜，郎君须自保重。"双袖掩面大恸，韦皋亦洒泪而行，荆宝又送一程方还。

　　且说韦皋，一路饥餐渴饮，夜宿晓行，非止一日，回到家中，拜见双亲。父子相逢，喜从天降。问及新妇若何，丈人怎生相待，却转游江夏。韦皋将丈人怠慢，不合怂气相别的事，一一细述。父亲道："虽则丈人见浅，你为婿的也不该如此轻妄。今既来家，可用心温习，以待科试。须挣得换了头角，方争得这口气。"韦皋听了父亲言语，闭户发愤诵读，等到黄榜动，选场开，指望一举成名，怎知依然落第。那时不但无颜去见丈人，连故里也自羞归。想着姜使君在洮州，离此不远，且到彼暂游，再作道理。遂写书打发仆人，归报父母，止留一人跟随，轻装直至洮州。

　　不道姜使君已升岭南节度，去任好些时了。韦皋走了一个空，心里烦恼，思想如今却投谁好。偶闻陇右节度使李抱玉好贤礼士，遂取路到凤翔幕府投见。那李抱玉果然收罗四方英彦，即便延接。谈论之间，见韦皋器识宏远，才学广博，极口赞羡，欲留于幕府。韦皋志在科名，初时不愿。李抱玉劝道："以足下之才，他日功名，当在老夫之上。本朝出将入相，位极人臣，如郭汾阳、李西平之辈，何尝从科目中来。方今王室多艰，四方不静，正丈夫建树之秋，何必沾沾于章句求伸耶？"韦皋见说得有理，方才允从，遂署为记室参军。不久，改为陇右营田判官。从此：

  抛却诗书亲簿籍，撇开笔砚理兵农。

  话分两头。且说姜荆宝送别韦皋之后，将玉箫留入内宅，陪侍马夫人。过了两三月，姜使君升任还家，问知韦皋近归，玉箫已送为妾，尚留在此，嘱付夫人好生看待，使君见荆宝年已长，即日与他完了婚事，然后带领婢妾仆人，往岭南赴任。马夫人也把家事交与荆宝管理，自引着玉箫，到鹦鹉洲东庄居住。

  原来夫人以玉箫是乳娘之女，又生性聪慧，从小极是爱惜。今既归了韦皋，一发是别家的人了，越加礼貌。玉箫因夫人礼貌，也越加小心。外面虽伏侍夫人，心中却只想韦郎，暗暗祷告天地，愿他科名早遂。待至春榜放后，教人买过题名小录来看，却没有韦皋姓字。不觉捶胸流泪道："韦郎不第，眼见得三年相会之期，已成虚话了。"嗟叹一会，又自宽解一番，指望后科必中。谁知眼巴巴，盼到这时，小录上依然不见，险些把三寸三分凤头鞋儿，都跌绽了，哭道："五年来会的话，又不能矣。罢，罢！我也莫管他中不中，只守这七年之约便了。"又想道："韦郎虽不中，如何音信也不寄一封与我？亏他撇得我下。难道这两三年间，觅不得一个便人。真好狠心也，真好狠心也！"

  似此朝愁暮泣，春思秋怀，不觉已过第七个年头。看看秋末，还不见到。玉箫道："韦郎此际不至，莫非不来矣。"这时盼望转深。想一回，怨一回，又哭一回，真个一刻不曾放下心头。马夫人看他这个光景，甚是可怜。须臾腊尽春回，已交第八年元旦。马夫人生平奉佛，清晨起来拜过了家庙，即到鹦鹉洲毗庐观烧香。那毗庐观中，有一土地庙，灵签极有应验。玉箫随着夫人，先在大殿上拈香，礼拜了如来，转下土地庙求签。夫人一问田宅人口，二问老使君在任安否若何，三问荆宝终身事业。三签问毕，玉箫也跪到求签。他心上并无别事，只问韦郎如何过了七年不到，有负前约。插烛般拜了几拜，祷告道："夫主韦皋，若还有来的日子，乞求上上之签。若永无来的日子，前话都成画饼，即降个下下之签。"祷告已毕，将签筒在手摇上几摇，扑的跳出一签，乃是第十八签，上注"中平"二字，又讨个圣筊，知用此签，看那签诀道：

归信如何竟渺茫，紫袍金带老他方。
若存阴德还天地，保佑来生结凤凰。

玉箫将签诀意思推详，愀然不乐，垂泪道："神人有灵，分明说韦郎负义忘恩，不来的话了。"心中一阵酸辛，不觉放声大哭。夫人见人，暗想今日是个大年朝，万事求一吉祥，没来由啼啼哭哭，好生不悦，即上轿还庄。玉箫收泪随归，请夫人上坐，拜将下去，说道："方才毗庐观土地签诀，思量其中意味，韦郎必负前约，决然不来。即婢子禄命，也不长远。今日此拜，一来拜年，二来拜谢夫人养育之恩，三来拜别之后，生死异路，从此永辞矣。"夫人见他说得凄惨，宽慰道："后生家花也还未曾开，怎说这没志气的话。且放开怀抱，生些欢喜，休要如此烦恼。"言未毕，外边荆宝夫妇到来拜年，双双拜过了夫人，然后与玉箫相见。玉箫道："荆宝官请上，受奴一拜。"便跪下去。荆宝一把拖住，说道："从来不曾行此礼，今日为甚颠到恁般起来？"玉箫道："奴自幼多蒙看觑，如嫡亲姊妹一般，此恩无以为报，今当永诀，怎不拜谢。"荆宝惊异道："这是那里说起？"马夫人把适来毗庐观烧香求签的事说出。荆宝道："签诀中话，如何便信得真。莫要胡猜，且吃杯屠苏酒遣闷则个。"玉箫道："这屠苏酒如何便解得我闷来？"一头吁叹，便走入卧房。休说酒不饮一滴，便是粥饭也不沾半粒，一味涕泣。又恐夫人听得见嫌，低声饮泣。

次日荆宝入城，又来安慰几句，玉箫也不答应，点首而已。一连三日，绝了谷食，只饮几口清茶，声音渐渐微弱。夫人心甚惊慌，亲自来看，再三苦劝，莫要短见。玉箫道："多谢夫人美意，但婢子如此薄命，已不愿生矣。"又道："闻说凡人饿到七日方死，我今三日不食，到初七日准死。我今年二十一岁，正月初七日生辰，人日而生，人日而死。自今以后，不敢再劳夫人来看了。左手中指上玉环，是韦郎之物，我死之后，吩咐殡殓人，切勿取去，要留到阴司，与他对证。"言罢，便合着眼，此后再问，竟不应声，准准到初七日身亡。

原来相传说正月初一为鸡日，初二为猪，初三为羊，初四为狗，初五为牛，初六为马，初七为人。这便是人日而生，人日而死。夫人大是哀痛，差人报知荆宝。荆宝前来看了，放声恸哭，置办衣棺殡殓，权寄毗庐观土地庙傍，以待韦皋来埋葬。可怜：

  生怀玩玉终教带，死愿欢衾得再联。

再说韦皋，在李抱玉幕下，做营田判官。抱玉迁任，有卢龙节度使朱泚，带领幽州兵，出镇凤翔防秋，兼陇右节度使。见韦皋才能超众，令领陇右留后，与其将朱云光同守陇州。这留后职分，也不小了。但当时臣强主弱，天子威令，不能制驭其下，各镇俱得自署官职。故韦皋官已专制一方，尚未沾朝廷恩命。是时韦皋，迎父母到陇州奉养。其父说道："你今做这留守官，虽非出自朝命，也不叫做落薄了。可差人通知丈人，接取媳妇到来，夫妻完聚，以图子息。"韦皋道："当年有愿，必要做西川节度使，与他交代。如今为这幕府微职，即去通知，岂不反被他耻笑。宁可终身夫妻间隔，没有子息，也就罢了。"你且想他的志念，只在功名，连结发妻子尚不相顾，何况玉箫是个婢妾，一发看得轻了。所以七年之约，竟付之流水。古书有云："有志者，事竟成。"韦皋有了这股志气，在陇州九年，果然除授西川节度使，去代张延赏的职位。

你道一个幕府下僚，如何骤然便到这个地位？原来是时代宗晏驾，德宗在位，朱泚为兄弟范阳节度使朱滔谋反的事，被朝廷征取入朝，留住京师，使宰相张镒出镇凤翔，命泾原节度使姚令言，征讨朱滔。姚令言领兵过京入朝，所部士卒，因赏薄作乱，烧劫库藏，杀入朝内。德宗出奔奉天，姚令言就迎请朱泚为主。凤翔将官史楚琳，本朱泚心腹，闻得朱泚做了天子，杀了张镒，据城相应。陇州守将牛云光也要谋杀韦皋，事露，率领所部去投朱泚。不想朱泚以当年识拔韦皋，自道必为其用，遣中官苏玉赍诏书，加韦皋官为中丞。苏玉途遇牛云光，各道其故，苏玉道："将军何不引兵与我同往，韦皋受命不消说，若不受命，即以兵杀之，如取狐狸耳。"牛云光依计复回陇州。韦皋早已整兵守城，在城上问云光道："向者不告而去，今又复来何也？"云光答道："前因不知公意向，故尔别去。今公有新命，方知是一家人，为此复来，愿与公协心共力。"韦皋乃即开门，先请苏玉入城，受其诏书。复对云光说道："足下既无异心，先纳兵仗，以释众疑，然后可入。"云光欺韦皋是个书生，不以为意，慨然将兵器尽都交纳，韦皋才放他入城。次日设宴公堂款待，二人随从，俱引出外舍犒劳。韦皋喝声："拿下！"两壁厢伏兵突出，擒苏玉、牛云光下座，刀斧齐下，死于非命。韦皋传令，苏玉、牛云光，逆贼心腹，今已伏诛，余众无罪。云光所部，人人丧胆，谁敢轻动。韦皋即日筑坛，申誓将士道："史楚琳戕杀本官，甘从反叛，神人共愤，合当诛讨。如有不用命者，军法无赦。"三军齐声奉令，震动天地。韦皋一面整练兵马,一面遣人至奉天奏报。德宗大悦,即以陇州为奉义军,授韦皋为节度使。及至朱泚破灭,史楚琳等诸贼俱受诛戮,德宗车驾还京,又加韦皋金吾大将军职衔。

有吏部尚书萧复,出使复命,闻知韦皋仗义讨贼之事,奏言:"韦皋以幕府下僚,独建忠义,宜加显擢,以鼓人心。"德宗准奏,为此特加仆射,领西川节度使,代张延赏镇守蜀地,延赏加同平章事致仕。韦皋接了这道诏书,喜不自胜,以手加额道:"今日方遂平生。"又想丈人知得我前去,必不等交代,乃选轻骑,兼程赶去上任。父母辎装,从容后来。一路登山涉水,过县穿州,早至蜀中。那所属地方,才闻报新节度是甚韦皋,还不曾打听着实,是何出身,不道已至境上。急得这些官员,好不忙迫。韦皋正行间,前导报称:"此去成都,止有三十里了,合该先投名帖,通报张爷,方好出郭交代。"韦皋道:"不但名帖,还要写书。"吩咐随地暂停修书,准于明日辰时上任。前导禀说:"前去十里有大回驿,可以停止。"韦皋道:"既有官驿,竟到彼便了。"十里之程,不多时就到。韦皋进入驿中,取过文房四宝,拈笔在手,心中一想,不觉暗笑道:"天下节镇不少,偏偏镇守西川,岂非天遂人愿。我韦皋有此一日,不枉了老岳母苗夫人眼中识人,也不负芳淑小姐这几年盼望。只看张老头儿,怎生与我交代。"又想:"我且耍他一耍,看他可解。"乃写书两封,一封达于丈人,一封寄到芳淑小姐。内封各分二函,一写老相公开览,一写小姐亲拆,外边护封上,只标个张老爷。书封缄停当,差人到府投递。驿夫也自入城,遍报文武各衙门知道。

差人赍书到镇府时,已是黄昏,辕门封闭。门役闻说是新任节度使的书启,又在明日上任,事体紧急,火速传鼓送进。一面传知本衙门役从,出城迎接。

原来张延赏加平章致仕之命,两日前才知,虽说后任节度使姓韦名皋,也还未知是何处人。况且眼中认定女婿决不能够发达,只道与他同名同姓，所以全不动念，也不曾在妻女面前说起。又因罢官，心绪不佳，连日不出理事，惟以酒遣闷。这一日多了几杯酒，已先寝息。书入私衙，苗夫人接得，问道："新任节度使，可知姓甚名谁？"家人答言："闻说姓韦，但不晓得何名。"夫人听说一个韦字，便想道："莫非是我家这个韦皋。"又叹口气道："呸，我好痴也！他怎生得有这日，且看这书，是甚名字。"即便拆开，内中却有两封，一封是与小姐的，惊怪道："奇哉！新官的书，为何达与小姐？"急忙走到女儿房中说知其事。小姐也吃一惊。夫人放下第一封，先就将寄小姐这封书，拆开看时，上写：

劣婿韦皋顿首，启上贤德小姐夫人妆阁下：贤卿出自侯门，归于寒素。仆不肖，以豪宕性情，不入时入耳目。幸岳母俯怜半子，曲赐提携，而泰山翁之鄙薄，且不若池中物也。荷蒙圣主隆恩，甄录微劳，命代尊大人节钺。诚恐当年冰炭，不堪此日寒暄，相见厚颜，彼此无二。姑暂秘之，勿先秽听。别后情怀，容当面罄，不便多渎。

夫人看罢，不胜欢喜，说："谢天地，韦郎今日才与我争得这口气也。"将信递与女儿，小姐看了说："韦郎书中意思，还不忘父亲当年怠慢之情。倘相见时，翁婿话不投机，怎生是好？"夫人摇一摇手，笑道："这到不必愁，你爹是肯在热灶里烧火，不肯在冷灶里添柴的。他见韦郎今日富贵，又是接代的官，自然以大做小，但凭女婿妆模作样，自会对付。且看韦郎与丈人的书上，写些甚么来。"拆开观看，其书云：

老相公威镇全蜀，名播华夷，不肖翱钦仰久矣。翱忆旧游锦城，越今寒暑迭更，土风在变，将来者进，而成功者退。意者天道消长，时物适与之会耶。翱早岁明经，因进士未第，浪游湖海，勉就幕僚。偶当啸沸之秋，少效涓埃之报，乃荷圣明轸念，不次超擢，拔置崇阶。此托庇老相公之余荫，而鲰生过遇多矣。不揣老相公何以教我，使斗筲小器，不至覆悚，抑藉有荣施也。身迟郭外，先此代布，不宣。通家眷晚生韩翱顿首拜。

夫人看到通家眷晚生韩翱这几个字，又惊怪道："小姐，你看这书，又是怎的说？"小姐看了笑道："笔迹原是韦郎的，他故意要如此唐突老丈人，也不见得忠厚，也不见得是不念旧恶。如今且只把这一封与爹爹看，看他怎的说。"

明早夫人对延赏道："新官昨夜书到，因你睡熟，不好惊动。"延赏道："书在何处？"夫人袖里，拿出第一封来。延赏看罢，呵呵大笑道："只管说是韦皋，原来是韩翱。"夫人道："甚么韦皋、韩翱？"延赏道："前日报事的说，新节度使姓韦名皋，我道怎的与我不成器没下落的女婿同名同姓，原来是韩翱，误传错了。"苗夫人道："莫非真是我家女婿？"延赏道："好没志气，女婿可是乱认得的，见有书在此。"夫人道："莫非你的目力不济，须再仔细看他个真切。"延赏道："我目力尽不差，只是你的痴念头，到该撇开了。若论我家不成器没下落的韦皋，千百个也饿死在野田荒草中了。"夫人笑道："且休只管鄙薄他，新节度使还有一封书在此，你且认认，是韩翱，还是韦皋？"袖中取出那第二封，递与延赏。延赏看罢道："是，是，是。"将书一扯，扯得粉碎。即出私衙升堂，讨了一乘暖轿，唤几名心腹牙兵跟随，不用执事，径从成都府西门出去。衙役飞奔大回驿，报说："张爷已从西门去了，不肯交代，未知何意。"韦皋笑道："君民重务，如何不肯交代。但吉时已到，且先上任，再作道理。"

二十里程途，不多时便到了。进了成都城，直至节度使府中，升堂公座，文武百官，各各参谒已毕，径自退堂。苗夫人与芳淑小姐，俱是凤冠霞帔，在私衙门口迎接。衙门人都惊怪道："旧官家小，也怎迎接新官？"那里知得其中缘故。韦皋入进私宅，先参拜了丈母，然后与芳淑小姐交拜。礼毕，说道："丈人女婿，原无回避之例。岳父虽不交代，然女婿参拜丈人，却是正理，还请出拜见。"苗夫人道："往事休提，只言今日，莫记前情。"须臾摆下筵宴，苗夫人一席向南，韦皋一席向西，芳淑小姐一席向东，衙中自有家乐迭奏，直饮到月转花梢，方才席散。正是：

> 早知不入时人眼，多买胭脂画牡丹。

次早，苗夫人对韦皋说道："贤婿夫贵妻荣，老身已是心满意足，但老相公单身独往，我却放心不下，只得也要回去。"韦皋道："本合留岳母在此奉养，少尽半子之情才是。但是岳丈恝然而去，子婿心上，也是不安，怎好强留，便当金发夫马相送。"老夫人也有主意，将资橐奴仆，各分一半带归，留一半与女婿，即日起程。韦皋夫妇，直送至十里长亭方回。张延赏料道夫人必来，停住在百里外等候，一齐同行。朝中大臣奏言："昔年车驾幸奉天时，延赏馈饷不绝，六军得以无饥，其功不小，况年力尚壮，不宜摈弃。"德宗准奏，遂拜左仆射同平章事，入朝辅相。延赏行至半途，接了这道诏旨，喜从天降，归家展墓后，即进京为相。芳淑小姐闻知，劝丈夫修书致候，韦皋羞过了丈人一番面皮，旧嫌冰释，依然遣人候贺。张延赏也不开看，连封扯碎，驱出使人。老夫人过意不去，到写书覆谢了女婿。其时韦皋父母已至，一家团聚安乐，自不必言。

单说这节度使，镇守一方，上管军，下管民，文官三品以下，武官二品以下，皆听节制。一应仓库狱囚，事事俱要关白。新节度案临，各属兵马钱粮，都造册送验；狱中罪囚，也要解赴审录。韦皋一日升堂理事，眉州差人投文，解到罪囚听审。韦皋即传带进，约有百余人，齐齐跪在丹墀。内中一个少年，高声喊将起来，叫道："仆射，仆射，你可想江夏姜使君儿子姜荆宝么？"吓得两边上下役从并解人，都手忙脚乱，齐声止喝，不得喧嚷。

那知恩人相见，分外眼明。韦皋在上，听见"姜荆宝"三字，也自骇然，即便唤至案前，问道："你为何自江夏来到此地，因何事犯着重罪，可细细说来。"荆宝道："自仆射别后，老父升任岭南，官有八年，请告还家。正值天子讨灭朱泚，还京开科取士，荆宝侥幸一第，得选青神县令。至任未及半年，何期家僮漏火，延烧公厅廨宇，印章文卷，尽归一烬。依律合问死罪，幸得本县乡绅士民，怜我为官清正，到上司具保去任。张令公批令监禁本州，具奏朝廷，听候发落。前在狱中，闻说新节度使姓名，我道必是韦家哥哥了。今日得见，果然不谬，望乞拯救则个。"韦皋听罢，说道："原来为此缘故，此系家人过误，情有可原。"即教左右除去刑具，引入客馆。香汤沐浴，换了巾帻衣裳，送入私衙，吩咐整酒伺候。

堂事毕，退归衙中，与荆宝重新叙礼，又请出父亲相见。礼罢，入席饮酒，从容细询姜使君夫妇起居，又问宝夫人何在。荆宝道："老父老母，以年迈不曾随弟赴任，近日书来，颇是康健。敝房自遭变后，即打发还家，止留一僮，在此伏侍。"韦皋又问玉箫向来安否。荆宝闻言，颜色愀然，说道："仆射自分别时，原约定七年为期。那知逾时不至，玉箫短见，愤恨悲啼，不食七日而死。临死泣告老母，说指上玉环乃韦郎所赠，要留作幽冥后会之证，切戒殡殓者不可取去。为此入殓时，弟亲自简视，不使遗失。其棺权寄鹦鹉洲毗庐观土地庙傍，以待仆射到来葬埋，至今尚在。"韦皋听罢，禁不住情泪交流，说道："我当年止为落魄，见侮于内父，故归家后，锐志功名，道路不通，所以不能践约。今幸得遂素愿，少抒宿愤，已与山妻道知贤弟赠妾美情，正欲遣人迎娶，不道此女已愤恨而亡，此真韦皋之薄幸也！"言讫唏嘘不已，为此不欢而罢。

明日即修奏章，替荆宝开罪。大略言家人误犯失火，罪及家长，当在八议之例，况姜荆宝年少政清，圣明在上，不忍禁锢贤人，合宜宥其小过，策以后效。一面奏闻朝廷，一面又作书通达执政大臣，并刑部官员。此时陇右未靖，德宗皇帝方将西川半壁，依靠韦皋作万里长城，这些小事，安有不听之理。真个朝上夕下，一一如议，圣旨批下，以过误原释，照旧供职。荆宝脱了死罪，又得复官，向韦皋叩头，拜谢再生之恩。韦皋治酒饯行，差人护送至青神上任。分明正是：

久滞幽魂仍复活，已寒灰烬又重燃。

再说韦皋，思念玉箫，无可为情。乃于所属州县，选择十七众戒行名僧，于成都府昭应祠中，礼拜梁皇宝忏，荐度幽灵。每日早晚，韦皋亲至焚香礼拜，意甚哀苦。这十七众名僧，道行高强，韦皋也十分敬重。礼佛之暇，与众僧茶话，分宾主而坐，众僧启口道："大居士哀苦虔诚，贫僧辈也庄诵法宝，尊宠必然早离地狱，超升净土矣。"韦皋道："幽冥之事，不可尽求报应，也只我尽我心耳。"首座老僧高声道："檀越既不信佛法果报，连这礼忏，也是多事了。"韦皋谢道："弟子失言有罪。"到第五日，完满回衙，礼送诸僧去讫。韦皋还府，是夜朦胧睡中，见一金甲神，称是护法天尊，说："节度礼忏虔诚，特来传你一信。"韦皋忙问何信，金甲神腾空而起，抛下玉束，上有十二个字，写道：

姓甚么，父的父，名甚么，仙分破。

韦皋得此一梦，即时惊醒，梦中意思，全然不解。想着玉箫，愈生惨恻，一连三日，不出衙理事。芳淑夫人见他忧愁满面，问其缘故，韦皋将姜荆宝相待始终，玉箫死生缘由说出。夫人劝道："死者不可复生，若思念过情，反生疾病。何不吩咐官媒，各处简选一美貌女子，依旧取名玉箫，这便是孔融思想蔡伯喈，以虎贲贱人相代。"此乃夫人真意，韦皋只怕是戏谑，也无言相对。

军府事体多端，第四日勉强升堂，可是三日不曾开门，投下文书,堆积如山。方在分剖之间,忽听门外喧嚷,问是何故。中军官飞奔出去,看了进来,禀覆道:"辕门口有一老翁,手执空白名帖,自称为祖山人,要入来相见。门上人不容,所以喧嚷。"韦皋听了,恍然有悟,想起前夜梦中十二字哑谜,姓甚么,父的父,这不是祖字,仙分破,这不是山人二字。此梦正应其人,必有缘故。即便请入宾馆相见,韦皋下阶礼迎,祖山人长揖不拜,宾主坐下。

韦皋问道:"老翁下顾,有何见教?"祖山人道:"野人知尊宠思感而殁,幽灵不昧,睇念无忘。幽冥怜其至情,已许转生再合,但去期尚远。昨闻节度使亦悼亡哀痛,礼忏拜祷,已感幽冥,上达天听,并牵动野人婆心,愿效微力,令尊宠返魂现形,先与节度相见顷刻,何如?"韦皋连忙下拜道:"若得如此,终身感佩大德,但不知何时可至?"山人道:"节度暂停公务,于昭应祠斋戒七日,自有应验。"言罢,又长揖相别。韦皋再欲问时,山人摇手道:"不用多言。"竟飘然而去。韦皋此时半信半疑,退入私衙,与夫人说其缘故。夫人道:"鬼神之事,虽则渺茫,宁可信其有。"韦皋点头称是,随即出堂,吩咐一应公事,俱于第八日理行。

当晚即往昭应祠斋宿,夜间不用鸣锣击柝,恐惊阻了神鬼来路。到了第七夜,大小从役尽都遣开,独自秉烛而坐。约莫二更之后,果然有人轻轻敲门,韦皋急开门看时,只见玉箫飘飘而来,如腾云驾雾一般。见了韦皋,行个小礼,说道:"蒙仆射礼忏虔诚,感动阎罗天子,十日之内,便往托生。十二年后,再为侍妾,以续前缘。"韦皋此时,明知是鬼,全无畏惧,说道:"我只为功名羁滞,有爽前约,致卿长往,懊悔无及,不道今宵复得相会。"一头说,一头将手去拽他衣袖,倏见祖山人从外走来,说道:"幽明异路,但可相见,不可相近。"举袖一挥,玉箫就飘飘而去,微闻笑语道:"丈夫薄幸,致令有死生之隔。"须臾影灭,连祖山人也不见了。韦皋叹道:"李少翁返魂之术,信不谬也。"正是:

香魄已随春梦杳，芳魂空向月明过。

韦皋在镇，屡破吐蕃，建立大功，泸僰归心，西南向附。天子大加褒赏，累迁中书令，久镇西蜀。

他自德宗贞元之年莅任，至贞元十三年，八月十六，适当五十初度。各镇遣人贺寿，送下金珠异物，不计其数。独东川卢八坐，送一歌女，年方一十三岁，亦以玉箫为名。韦皋见了书贴，大以为异。即便唤进，仔细一观，与当年姜荆宝所赠玉箫，面庞举动，分毫不差。其左手中指上，有肉环隐出，分明与玉箫留别带在指上的玉环相似。韦皋看了叹道："存殁定分，一来一往。十二年后，再续前缘之言，确然无爽。谁谓影响之事，无足凭哉？"为此各镇所馈，一概返还，单单收这一个美人。送入衙内，拜见太翁老夫妇，并芳淑夫人，言其缘故，无不骇异。夫人念其年幼，大加珍惜，韦皋相爱，也与昔日姜氏园中一般。

正当欢乐之际，天子降下一封诏书，说淮西彰义节度使吴少诚，背叛为逆，掠临颖，围许州，十分猖獗。诏使四镇兵征讨，俱为所败，特命韦皋帅领川兵，由荆楚进攻蔡州，捣其巢穴。韦皋遵奉敕书，即便部署兵马，择日起程。以军中寂寞，携带玉箫同往。正欲出兵，苗夫人差人赍书，前来报讣，说老相公已故。韦皋叹道："岳父虽然炎凉，何至死生不能相见。"为之流泪。芳淑夫人，伤心痛哭，自不必说。

韦皋即便遣得力家人前去，代苗夫人治丧，安葬事毕，就迎苗夫人到任所奉养。打发使人去后，亲提精兵一万，出巴峡，直抵荆襄。此时姜荆宝已升任太守，因姜使君夫妇双亡，丁忧在家。韦皋以去路不远，方待遣人吊唁，忽然又有一道诏书来到，说吴少诚因闻调发各镇大兵会剿，心中畏惧，悔过归诚，上表纳贡谢罪。朝廷赦宥，复其官爵，令诸道罢兵还镇。韦皋暗想："昔年姜使君相待之厚，此去水路甚近,今已罢兵,何不亲往一拜?况玉箫停榇未葬,就便又完此心事,一举两得,甚是有理。"即遣心腹将官,率兵先回。止带玉箫,并亲随人等,与地方官讨了一只大船,顺流而下。至了江夏,差人报知荆宝。

原来荆宝感韦皋救死复官之德,沉檀雕塑生像,随身供养,朝夕礼拜。此番听得特来祭吊,飞奔到船迎接。韦皋请进船中,礼毕,随唤过玉箫来相见。笑道:"贤弟,你看这女子,与向日玉箫何如?"荆宝仔细一觑,但见形容笑貌,宛然无二,心中骇异,请问此女来历。韦皋将祖山人返魂相见,及卢八坐生辰送礼的事,细述一遍,不由人不啧啧称奇。其时韦皋,已备下祭文香帛牺礼,拜奠了姜使君夫妇。带着玉箫,同到鹦鹉洲毗庐观停榇之处,也备有牺酒,向棺前烧奠一番。因现在玉箫,即是其后身,所以全无哀楚。又想埋葬在此,后来无人看管,反没结果,不如焚化,到得干净。及至开棺,只见一阵清风,从空飞散,衣裳环佩,件件鲜明。骸骨全无,止有一玉环在内。众人看了,摇头吐舌,齐称奇怪。韦皋拈起这玉环,与玉箫指上玉环痕一比,确似一样。那指上现出肉环,即时隐下。便将环套在指上,不宽不紧,刚刚正好。韦皋猛然想起,对荆宝说道:"当年梦东岳帝君,说此环有两重姻眷。我只道先赘张府,后得玉箫,已是应矣,那知却在他一人身上。前生后世,做两重姻眷,方知玉环会合,生死灵通,真正今古奇事。"

当下韦皋辞别荆宝,登舟回归成都。不久苗夫人丧葬事毕,也迎请来到。韦皋在镇共二十一年,进爵为南康王,父母俱登耄耋,诰封加其官。芳淑夫人与玉箫俱生有儿子,克绍家声。川中人均感其恩惠,家家画像,奉祀香火。

看官,须晓得韦皋是孔明后身,当年有功蜀地,未亨而卒,所以转生食报。至于姜荆宝施恩未遇,后得救生;玉箫钟情深至,再世续缘;此正种花得花,种果得果。花报果报,皆见实事,不是说话的打诳语也。诗云：

举世何人识俊髦，眼前冷暖算分毫。
施恩得报惟荆宝，再世奇缘只玉箫。
蜀镇令公真葛亮，张家女婿假韩翱。
请君略略胸襟旷，莫把文章笑尔曹。

第十回

王孺人离合团鱼梦

> 门外山青水绿，道路茫茫驰逐。
> 行路不知难，顷刻夫妻南北。
> 莫哭莫哭，不断姻缘终续。

这阕如梦令词，单说世人夫妇，似漆如胶，原指望百年相守。其中命运不齐，或是男子命硬，克了妻子，或是女子命刚，克了丈夫。命书上说，男逢羊刃必伤妻，女犯伤官须再嫁。既是命中犯定，自逃不过。其间还有丈夫也不是克妻的，女人也不是伤夫的，蓦地里遭着变故，将好端端一对和同水蜜、半步不厮离的夫妻，一朝拆散。这何尝是夫妻本是同林鸟，大限来时各自飞？还有一说，或者分离之后，恩断义绝，再无完聚日子，到也是个平常之事，不足为奇。惟有姻缘未断，后来还依旧成双的，可不是个新闻？

在下如今先将一个比方说起。昔日唐朝有个宁王，乃玄宗皇帝之弟，恃着亲王势头，骄纵横行，贪淫好色。那王府门前，有个卖饼人的妻子，生得不长不短，又娇又嫩，修眉细眼，粉面朱唇，两手滑似柔荑，一双小脚，却似潘妃行步，处处生莲。宁王一见着魂，即差人唤进府中。那妇人虽则割舍不得丈夫，无奈迫于威势，勉强从事。这一桩事，若是平民犯了，重则论做强奸，轻则只算拐占，定然问他大大一个罪名。他是亲王，谁人敢问？若论王子王孙犯法与庶民同罪这句话看起来，不过是设而不行的虚套子，有甚相干。宁王自得此妇，朝夕淫乐，专宠无比。回头一看，满府中妖妖娆娆，娇娇媚媚，尽成灰土。这才是情人眼里西施，别个急他不过。

如此春花秋月，不觉过了一年余，欢爱既到处极，滋味渐觉平常。一日遇着三月天气，海棠花盛开，宁王对花饮酒，饼妇在旁，看着海棠，暗自流泪。宁王瞧着，便问道："你在我府中，这般受宠，比着随了卖饼的，朝巴暮结，难道不胜千倍。有甚牵挂在心，还自背地流泪？"饼妇便跪下去说苦道："贱妾生长在大王府中，便没牵挂，既先为卖饼之妻，这便是牵挂之根了，故不免堕泪。"宁王将手扶起道："你为何一向不牵挂，今日却牵挂起来？"饼妇道："这也有个缘故。贱妾生长田舍之家，只晓得桃花李花杏花梅花，并不晓得有甚么海棠花。昔年同丈夫在门前卖饼，见府中亲随人，担这海棠花过来，妾生平不曾看见此花，教丈夫去采一朵戴。丈夫方走上去采这海棠，被府中人将红棍拦肩一棍，说道：'普天下海棠花，俱有色无香，惟有昌州海棠，有色有香。奉大王命，直至昌州取来的，你却这样大胆，擅敢来采取？'贱妾此时就怨自己不是，害丈夫被打一棍。今日在大王府中，见此海棠，所以想起丈夫，不由人不下泪。"

宁王听此说话，也不觉酸心起来，说道："你今还想丈夫，也是好处。我就传令，着你丈夫进府，与你相见何如？"饼妇即跪下道："若得丈夫再见一面，死亦瞑目。"宁王听了，点点头儿，仍扶了起来，即传令旨出去呼唤。不须臾唤到，直至花前跪下。卖饼的虽俯伏在地，冷眼却瞧着妻子，又不敢哭，又不敢仰视。谁知妻子见了丈夫，放声号哭起来，也不怕宁王嗔怪。宁王虽则性情风流，心却慈善，见此光景，暗想道："我为何贪了美色，拆散他人的夫妻，也是罪过。"

即时随赏百金,与妇人遮羞,就着卖饼的领将出来,复为夫妇。当时王维曾赋一诗,以纪此事。诗云:

> 莫以今时宠,难忘旧日恩。
> 看花两眼泪,不共楚王言。

这段离而复合之事,一则是卖饼妻子貌美,又近了王府,终日在门前卖俏,谩藏诲盗,冶容诲淫,合该有此变故。如今单说一个赴选的官人,蓦地里失了妻子,比宁王强夺的尤惨,后来无意中仍复会合,比饼妇重圆的更奇。这事出在那个朝代?出在南宋高宗年间。这官人姓王名从事,汴梁人氏。幼年做了秀才,就贡入太学。娘子乔氏,旧家女儿,读书知礼,夫妻二人,一双两好。只是家道贫寒,单单惟有夫妻,并无婢仆,也未生儿女。其时高宗初在临安建都,四方盗寇正盛,王从事挨着年资,合当受职,与乔氏商议道:"我今年纪止得二十四五,论来还该科举,博个上进功名,才是正理。但只家私不足,更兼之盗贼又狠,这汴梁一带,原是他口里食,倘或复来,你我纵然不死,万一被他驱归他去,终身沦为异域之人了。意欲收拾资装,与你同至临安,且就个小小前程,暂图安乐。等待官满,干戈宁静,仍归故乡。如若兵火未息,就入籍临安,未为不可。你道何如?"乔氏道:"我是女流,晓得甚么,但凭官人自家主张。"王从事道:"我的主意已定,更无疑惑。"即便打叠行装,择日上道。把房屋家伙,托与亲戚照管。一路水程,毫不费力,直至临安。看那临安地方,真个好景致,但见:

> 凰皇耸汉,秦晋连云。慧日如屏多怪石,孤山幽僻遍梅花。天竺峰,飞来峰,峰峰相对,谁云灵鹫移来?万松岭,风篁岭,岭岭分排,总是仙源发出。湖开潋滟,六桥桃柳尽知春;城拱崔巍,百雉楼台应入画。数不尽过溪亭、放鹤亭、翠薇亭、梦儿亭,步到赏心知胜览;看不迭夫差墓、杜牧墓、林甫墓、

行来吊古见名贤。须知十塔九无头，不信清官留不住。

王从事到了临安，仓卒间要寻下处。临安地方广阔，踏地不知高低，下处正做在抱剑营前。那抱剑营前后左右都是妓家，每日间穿红着绿，站立门首接客。有了妓家，便有这班闲游浪荡子弟，着了大袖阔带的华服，往来摇摆。可怪这班子弟，若是嫖的，不消说要到此地；就是没有钱钞不去嫖的，也要到此闯寡门，吃空茶。所以这抱剑营前，十分热闹。既有这些妓家，又有了这些闲游子弟，男女混杂，便有了卖酒卖肉、卖诗画、卖古董、卖玉石、卖绫罗手帕、荷包香袋、卖春药、卖梳头油、卖胭脂搽面粉的。有了这般做买卖的，便有偷鸡、剪绺、撮空、撒白、托袖拐带有夫妇女。一班小人，丛杂其地。王从事一时不知，赁在此处，雇着轿子，抬乔氏到下处。

原来临安风俗，无论民家官家，都用凉轿。就是布帏轿子，也不用帘儿遮掩；就有帘儿，也要揭起凭人观看，并不介意。今番王从事娘子，少不得也是一乘没帘儿的凉轿。那乔氏生得十分美貌，坐在轿上，便到下处。人人看见，谁不喝采道："这是那里来的女娘，生得这样标致！"怎知为了这十分颜色，反惹出天样的一场大祸事来。正是：

兔死因毛贵，龟亡为壳灵。

却说王从事夫妻，到了下处，一见地方落得不好，心上已是不乐。到着晚来，各妓家接了客时，你家饮酒，我家唱曲，东边猜拳，西边掷骰。那边楼上，提琴弦子，这边廊下，吹笛弄箫。嘈嘈杂杂，喧喧攘攘，直至夜深，方才歇息。从事夫妻，住在其间，又不安稳，又不雅相。商议要搬下处，又可怪临安人家房屋，只要门面好看，里边只用芦苇隔断，涂些烂泥，刷些石灰白水，就当做装摺，所以间壁紧邻，不要说说一句话便听得，就是撒屁小解，也无有不知。王从事的下处，紧夹壁也是一个妓家，那妓家姓刘名赛。那刘赛与一个屠户赵成往来，这人有气力，有贼智，久惯帮打官司，赌场中抽头放囊，衙门里买差造访。又结交一班无赖，一呼百应，打抢扎诈，拐骗掠贩，养贼窝赃，告春状，做硬证，陷人为盗，无所不为。这刘赛也是畏其声势，不敢不与他往来，全非真心情愿。乔氏到下处时，赵成已是看见，便起下欺心念头。为此连日只在刘赛家饮酒歇宿，打听他家举动。

那知王从事与妻子商量搬移下处，说话虽低，赵成却听得十之二三，心上想道："这蛮子，你是别处人，便在这里住住何妨，却又分甚么皂白，又要搬向他处，好生可恶！我且看他搬到那一个所在，再作区处。"及至从事去寻房子，赵成暗地里跟随。王从事因起初仓卒，寻错了地方，此番要觅个僻静之处，直寻到钱塘门里边，看中了一所房子。又仔细问着邻家，都是做生意的，遂租赁下了。与妻子说知，择好日搬去。这些事体，赵成一一尽知。

王从事又无仆从，每日俱要亲身。到了是日，乔氏收拾起箱笼，王从事道："我先同扛夫抬去，即便唤轿子来接你。"道罢，竟护送箱笼去了。乔氏在寓所等候，不上半个时辰，只见两个汉子，走入来说："王官人着小的来接娘子，到钱塘门新下处去，轿子已在门首。"乔氏听了，即步出来上轿。看时，却是一乘布帏轿子，乔氏上了轿，轿夫即放下帘儿，抬起就走。也不知走了多少路，到一个门首，轿夫停下轿子，揭起帘儿，乔氏出轿。走入门去，却不见丈夫，只见站着一伙面生歹人。

原来赵成在间壁，听见王从事吩咐妻子先押箱笼去的话，将计就计，如飞教两个人抬乘轿子来，将乔氏骗去。临安自来风俗，不下轿帘，赵成恐王从事一时转来遇着，事体败露，为此把帘儿下了，直抬至家中。乔氏见了这一班人，情知有变，吓得面如土色，即回身向轿夫道:"你说是我官人教你来接我到新下处,如何抬到这个所在,还不快送我去。"那轿夫也不答应,竟自走开。赵成又招一个后生,赶近前来,左右各挟着一只胳膊,扶他进去,说:"你官人央我们在此看下处,即刻就来。"乔氏娇怯怯的身子,如何强得过这两个后生,被他直挼至内室。

乔氏喝道:"你们这班是何等人,如此无理!我官人乃不是低下之人,他是河南贡士,到此选官的。快送我去,万事皆休,若还迟延,决不与你干休!"赵成笑道:"娘子弗要性急,权且住两日,就送去便了。"乔氏道:"胡说!我是良人妻子,怎住在你家里。"赵成带着笑,侧着头,直走至面前去说道:"娘子,你家河南,我住临安,天凑良缘,怎说此话。"乔氏大怒,劈面一个巴掌,骂道:"你这砍头贼,如此清平世界,敢设计诓骗良家妇女在家,该得何罪。"赵成被打了这一下,也大怒道:"你这贼妇,好不受人抬举。不是我夸口说,任你夫人小姐,落到我手,不怕飞上天去,那希罕你这酸丁的婆娘?要你死就死,活就活,看那一个敢来与我讲话。"乔氏听了想道:"既落贼人之手,丈夫又不知道,如何脱得虎口?罢,罢!不如死休!"乃道:"你原来是杀人强盗,索性杀了我罢。"赵成道:"若要死,偏不容你死。"众人道:"我实对你说,已到这里,料然脱不得身,好好顺从,自有好处。"乔氏此时,要投河奔井,没个去处;欲待悬梁自尽,又被这班人看守。真个求生不能生,求死不得死,无可奈何,放声大哭。哭了又骂,骂了又哭,捶胸跌足,磕头撞脑,弄得个头蓬发松,就是三寸三分的红绣鞋,也跳落了。

赵成被他打了一掌,又如此骂,如此哭,难道行不得凶?只因贪他貌美,奸他的心肠有十分,卖他的心肠更有十分,故所以不放出虎势,只得缓缓的计较。乃道:"众弟兄莫理他,等再放肆,少不得与他一顿好皮鞭,自然妥当。"一会儿搬出些酒饭,众人便吃,乔氏便哭。众人吃完,赵成打发去了,叫妻子花氏与婢妾都来作伴防备。原来赵成有一妻两妾,三四个丫头,走过来轮流相劝,将铜盆盛了热水,与他洗脸,乔氏哭犹未止。花氏道:"铁怕落炉,人怕落圈。你如今生不出两翅,飞不到天上,到不如从了我老爹罢。"乔氏嚷道:"从甚么,从甚么?"那娘道:"陪老爹睡几夜,若伏侍得中意,收你做个小娘子,也叫做从;或把与别人做通房,或是卖与门户人家做小娘,站门接客,也叫做从。但凭你心上从那一件。"乔氏听了,一发乱跌乱哭,头髻也跌散了,有只金簪子掉将下来,乔氏急忙拾在手中。

原来这只金簪,是王从事初年行聘礼物,上有"王乔百年"四字,乔氏所以极其爱惜,如此受辱受亏之际,不忍弃舍。此时赵成又添了几杯酒,欲火愈炽,乔氏虽则泪容惨淡,他看了转加娇媚,按捺不住,赶近前双手抱住,便要亲嘴。乔氏愤怒,拈起手中簪子,望着赵成面上便刺,正中右眼,刺入约有一寸多深。赵成疼痛难忍,急将手搭住乔氏手腕,向外一扯,这簪子随手而出,鲜血直冒,昏到在地。可惜一团高兴,弄得冰消瓦解。连这一妻两妾,三四个丫头,把香灰糁的,把帕子扎的,把乔氏骂的揪打的,乱得大缸水浑。赵成昏去了一大回,方才忍痛开言说:"好,好,不从我也罢了,反搠坏我一目。你这泼贱歪货,还不晓得损人一目,家私平分的律法哩。"叫丫头扶入内室睡下,去请眼科先生医治。又吩咐妻妾们轮流防守乔氏,不容他自寻死路。诗云:

　　双双䴔鸟在河洲,矰缴遥惊两地投。
　　自系樊笼难解脱,霜天叫彻不成俦。

且说王从事押了箱笼,到了新居,复身转来,叫下轿子,到旧寓时,只见内外门户洞开,妻子不知那里去了。问及邻家,都说不晓得。惟有刘赛家说:"方才有一乘轿子接了去,这不是官人是那个?"王从事听了这话,没主意,一则是异乡人,初到临安,无有好友;二则孤身独自，何处找寻去。走了两三日，没些踪影，心中愤恨，无处发泄，却到临安府中，去告起一张状词，连紧壁两邻，都告在状上。这两邻一边是刘赛，一边是做豆腐的，南浔人，姓蓝，年纪约莫六十七八岁，人都叫他蓝老儿，又叫做蓝豆腐。临安府尹，拘唤刘赛及蓝豆腐到官审问，俱无踪迹。一面出广捕查访，一面将刘赛、蓝豆腐招保。赵成在家养眼，得知刘赛被告，暗暗使同伴保了刘赛，又因刘赛保了蓝豆腐。王从事告了这张状词，指望有个着落，那知反用了好些钱钞，依旧是捕风捉影。自此无聊无赖，只得退了钱塘门下处，权时侨寓客店，守候选期，且好打探妻子消息。分明是：

　　石沉海底无从见，浪打浮沤那得圆。

　　再说赵成虽损了一目，心性只是照旧。又想这婆娘烈性，料然与我无缘的了，不如早早寻个好主顾卖去罢。恰有一新进士，也姓王，名从古，平江府吴县人，新选衢州府西安县知县。年及五旬，尚未有子。因在临安帝都中，要买一妾，不论室女再嫁，只要容貌出众，德性纯良，就是身价高，也不计较。那赵成惯做这掠贩买卖，便有惯做掠贩的中媒，被打听着了，飞风来报与他知。赵成便要卖与此人，心上踌躇，怕乔氏又不肯从，教妻子探问他口气。

　　这婆娘扯个谎，只说："新任西安知县，结发已故，名虽娶妾，实同正室。你既不肯从我老爹，若嫁得此人，依旧去做奶奶，可不是好。"乔氏听了细想道："此话到有三分可听。我今在此，死又不得死，丈夫又不得见面，何日是了。况我好端端的夫妻，被这强贼活拆生分，受他这般毒辱，此等冤仇，若不能报，虽死亦不瞑目。"又想道："到此地位，只得忍耻偷生，将机就计，嫁这客人，先脱离了此处，方好作报仇的地步。闻得西安与临安相去不远，我丈夫少不得做一官半职，天若可怜无辜受难，日后有个机会，知些踪迹，那时把被掠真情告诉，或者读书人念着斯文一脉，夫妇重逢，也不可知，报得冤仇，也不可知。但此身圈留在此，不知是甚地方，又不晓得这贼姓张姓李，全没把柄。"想了一回，又怕羞一回，不好应承，汪汪眼泪，掉将下来，就靠在桌儿上，呜呜咽咽的悲泣。

花氏因他不应，垂头而哭，一眼觑见他头上，露出金簪子，就伸手去轻轻拔他来。乔氏知觉，抬起头来，簪子已在那婆娘手中。乔氏急忙抢时，那婆娘掣身飞奔去了。乔氏失了此簪，放声大哭，暗思道："这是我丈夫行聘之物，刺贼救身之宝，今落在他人之手，眼见得要夫妻重会，不能够了。"自此寻死的念头多，嫁人的念头少。哭得个天昏地暗，朦胧睡去，梦见一个大团鱼，爬到身边。

乔氏平昔善会烹治团鱼，见了这个大团鱼，便拿把刀将手去捉他来杀。这团鱼抬头直伸起来，乔氏畏怕，又缩了手。乔氏心记头上金簪，不知怎的这簪子却已在手，就向团鱼身上一丢，又舍不得，连忙去拾这簪子，却又不见。四面寻觅，只见那团鱼伸长了颈，说起话来，叫道："乔大娘，乔大娘，你不要爱惜我，杀我也早，烧我也早。你不要怀念着金簪子，寻得着也好，寻不着也好。你不要想着丈夫，这个王也不了，那个王也不了。"乔氏见团鱼说话，连叫奇怪，举把刀去砍他，却被团鱼一口啮住手腕，疼痛难忍，霎然惊醒。想道："我丈夫平时爱吃团鱼，我常时为他烹煮，莫非杀生害命，至有今日夫妻拆散之报？"

正想之间，花氏又来问："愿与不愿，早些说出来，莫要担误人。"乔氏无可奈何，勉强应承。赵成又想："这婆娘利害，倘到那边，一五一十，说出这些缘故，他们官官相护，一时翻转脸来，寻我的不是，可不老大利害，莫把家里与他认得。"又吩咐媒人，只说姓胡。这一班通是会中人，俱各会意，到王知县船上去说，期定明日亲自来相看。赵成另向隐僻处，借下一个所在，把乔氏抬到那边住下。赵成妻子，一同齐去。到午牌前后，王从古同媒人来，将乔氏仔细一看，姿容美丽，体态妖娆，十分中意，即便去了。不多时，媒人领了十多人来，行下了三十贯钱聘礼。乔氏事到此间，只得梳妆，含羞上轿，虽非守一而终，还喜明媒正娶，强如埋没在赵成家里。要知乔氏嫁人，原是失节，但赵成家紧紧防守，寻死不得，至此又还想要报仇，假若果然寻了死路，后来那得夫妇重逢，报仇雪耻。当时有人作绝句一首，单道乔氏被掠从权，未为不是。诗云：

草草临安住几时，无端风雨唤离居。
东天不养西天养，及到东天月又西。

乔氏上了轿，出了临安城，王从古船泊江口，即舟中成其夫妇。王从古本来要娶妾养子，因见乔氏美艳，枕席之间，未免过度。那乔氏从来知诗知礼，一时被掠，做下出乖露丑，每有所问，勉强支吾，心实不乐。王从古只道是初婚怕羞，那知有事关心，各不相照。王从古既已娶妾，即便开船，过了富阳桐庐，望三衢进发。为甚叫做三衢？因洪水暴出，分为三道，故名三衢。这衢州地方，上届牛女分野，春秋为越西鄙姑蔑地，秦时名太末，东汉名新安，隋时名三衢，唐时名衢州，至宋朝相因为衢州府。负郭的便是西安首县。王从古到了西安上任，参谒各上司之后，亲理民事，无非是兵刑钱谷，户婚田土，务在伸屈锄强，除奸剔蠹，为此万民感仰，有神明之称。又一清如水，秋毫不取，西安县中，寂然无事。真个：

雨后有人耕绿野，月明无犬吠花村。

这王从古是中年发迹的人，在苏州起身时，欲同结发夫人安氏赴任。夫人道："你我俱是五旬上边的人，没有儿女。医家说，女人家至四十九岁，绝了天癸，便没有养育之事。你的日子还长，不如娶了偏房，养个儿子，接代香火。你自去做官，我情愿在家吃斋念佛。"故此王从古到临安娶妾至任。衙中随身伴当夫妻两人，亲丁只有乔氏。谁知乔氏怀念前夫，心中只是怏怏。光阴迅速，早又二年，一日正值中秋，一轮明月当窗，清光皎洁。王从古在衙斋对月焚香啜茗，乔氏在旁侍坐，但见高梧疏影，正照在太湖石畔，清清冷冷，光景甚是萧瑟。兼之鹤唳一声，蟋蟀络绎，间为相应，虽然是个官衙，恰是僧房道院，也没有这般寂寞。

王从古乘间问着乔氏道："你相从我，不觉又是两年，从不见你一日眉开，毕竟为甚？"乔氏道："大凡人悲喜各有缘故，若本来快活，做不出忧愁；若本来悲苦的，要做出喜欢，一发不能够。"王从古见他说话含糊，又道："我见你德性又好，才调又好，并不曾把偏房体面待你，为何不向我说句实话？"乔氏道："失节妇人，有何好处，多烦官人，这般看待。"王从古道："你是汴梁人，重婚再嫁，不消说起。毕竟你前夫是死是活，为甚的到了临安住在胡家？"乔氏道："原来这贩卖人家姓胡么？"王从古听说，一发惊异道："你住在他家，为何还不晓得他姓胡，然则你丈夫是甚么样人？"乔氏道："妻子既被人贩卖，说出来一发把他人玷辱，不如不说。况今离别二年有余，死也没用，活也没用。"言罢，双泪交流，欷歔叹息。王从古听他说话又苦，光景又惨，连自家讨个贩卖来的做偏房，也没意思，闷闷不乐而睡。乔氏见他已睡，乃题一诗于书房壁上。诗云：

蜗角蝇头有甚堪，无端造次说临安。
因知不是亲兄弟，名姓凭君次第看。

题罢就寝。明早王从古到书房中，见了此诗，知道是乔氏所作。把诗中之意一想："蜗角蝇头，他丈夫定是求名求利的，到临安失散，不消说起。后边两句，想是将丈夫姓名，做个谜话，教我详察，我一时如何便省得其意。"王从古方在此自言自语，只见乔氏送茶进来，王从古道:"你诗中之意,我都晓得,若后来访得你前夫消息,定然使你月缺重圆。"乔氏听见此话,双膝就跪下,说道:"愿官人百年富贵,子孙满堂。"此时笑容可掬,真是这两年间,只有这个时辰笑得一笑,眉头开得一开。王从古看了,点头嗟叹其不忘前夫。

自此又过年,一日正当理事,阴阳生报道:"府学新到的教授来拜。"王知县先看他脚色,乃是汴梁人,年二十八岁,由贡士出身,初授湖州训导,转升今职,姓王名从事。王从古见名姓与己相去不远,就想着乔氏诗中有因,知不是亲兄弟之句,沉吟半晌,莫非正是此君,且从容看是如何。遂出至宾馆中相见,答拜已毕,从此往来,也有公事,也有私事,日渐亲密。一来彼此主宾,原无拘碍;二来是读书人遇读书人,说话投机,杯酒流连,习为常事。倏忽便是二年。那衢州府城之南,有一烂柯山,相传是青霞第八洞天。晋时樵夫王质入山砍樵,见二童子相对下棋,王质停了斧柯,观看一局,棋还未完,王质的斧柯,尽已朽烂,故名为烂柯山。有此神山圣迹,所以官民士宦,都要到此山观玩。

一日早春天气,王从事治下看檄,差驰夫持书束到县,请王从古至烂柯山看梅花。王从古即时散衙,乘小轿前来,王从事又请训导叶先生,同来陪酒。这叶先生双名春林,就是乐清县人,三位官人,都是角巾便服,素鞋净袜,携手相扶,缓步登山,藉地而坐,饮酒观花。是日天气晴和,微风拂拂,每遇风过,这些花瓣如鱼鳞飞将下来,也有点在衣上,也有飞入酒杯。王知县道:"这般良辰美景,不可辜负。我三人各分一韵,即景题诗,以志一时逸兴。"王教授道:"如此最妙。"就将诗韵递与王知县,知县接韵在手,随手揭开一韵,乃是"壶"字。知县又递与王教授,教授又送叶训导,那叶训导揭出"仙"字。然后教授揭着一韵,却是一个"妻"字,不觉愀然起来。况且游山看花的题目,用不着妻字,难道不是个险韵?又因他是无妻子的人,蓦地感怀,自思自叹,知县训导,那里晓得。王知县把酒在手，咿咿唔唔的吟将出来，诗云：

> 梅发春山兴莫孤，枝头好鸟唤提壶。
> 若无佳句酬金谷，却是高阳旧酒徒。

叶训导诗云：

> 买得山光不用钱，梅花清逸自嫣然。
> 折来不寄江南客，赠与孤山病里仙。

王教授拈韵在手，诗到未成，两泪垂垂欲滴。王知县道："老先生见招，为何先自没兴，对酒不乐，是甚意思？"王教授道："偶感寒疾，腹痛如刺，故此诗兴不凑，例当罚迟。"自把巨杯斟上。这杯酒却有十来两，王教授平昔酒量，原是平常，却要强进此杯，咽下千千万万的苦情，不觉一饮而尽。红着两眼，吟诗云：

> 景物相将兴不齐，断肠行路各东西。
> 谁教梦逐沙叱利，漫学斑鸠唤旧妻。

吟罢，大叹一声。王知县道："老先生兴致不高，诗情散乱，又该罚一杯。"王教授只是垂头不语。叶训导唤从人，将过云母笺一幅，递与王知县，录出所题诗句。知县写诗已毕，后题姑苏王从古五字。因知县留名，叶训导后边也写乐清叶林春漫录七字。两人既已留名，王教授也写个汴梁王从事书，只是诗柄上增："春日邀王令公、叶广文同游烂柯山看梅，限韵得妻字。"书罢，递与王知县。知县反覆再看，猛然想起，就将云母笺一卷，藏入袖里。说道："待学生仔细玩味一番，容日奉到。"是日天色已晚，各自回衙。

王从古故意将这诗笺，就放在案头。乔氏一日走入书房，见了这卷云母笺，就展开观看，看到后边这诗，认得笔迹是丈夫的，又写着汴梁王从事。"这不是我丈夫是谁，难道汴梁城有两个王从事不成？"又想道："我丈夫出身贡士，今已五年，就做衢州教授，也不甚差。难道一缘一会，真正是他在此做官？"又想道："他既做官，也应该重娶了。今看诗中情况，又怨又苦，还不像有家小。假若他还不曾娶了家小，我却已嫁了王知县，可不羞死？总然后来有相见日子，我有甚颜面见他。"心里想，口里恨，手里将胸乱捶。恰好王从古早堂退衙，走入书房，见乔氏那番光景，问道："为甚如此模样？"乔氏道："我见王教授姓名，与我前夫相同，又是汴梁人，故此烦恼。"王从古情知事有七八分，反说道："你莫认差了，王教授说，祖籍汴梁，其实三代住在润州。"乔氏道："这笔迹是我前夫的，那个假得。"王从古道："这是他书手代写的，休认错了。"乔氏道："他是教授，到有书手代写。你是一县之主，难道反没个书手，却又是自家亲笔？"王从古见他说话来得快捷，又答道："这又有个缘故的，那王教授右手害疮，写不得字，故此教书手代写。我手上又不害疮，何妨自家动笔。"乔氏见说，没了主意，半疑半信。王从古外面如此谈话，心上却见他一念不忘前夫，到有十分敬爱。又说道："事且从容，我再与你寻访。"

又过了几日，县治后堂工字厅两边庭中，千叶桃花盛开，一边红，一边白，十分烂熳。王从古要请王教授叶训导玩赏桃花，先差人投下请帖，吩咐厨下，整治肴馔。对乔氏道："今日请王教授，他是斯文清越的人，酒馔须是精洁些。"乔氏听说请王教授，反觉愕然，忙应道："不知可用团鱼？"王从古道："你平日不煮团鱼，今日少了这一味也罢。"乔氏道："恐怕王教授或者喜吃团鱼，故此相问。"王从古笑道："这也但凭你罢了。"

原来王从古，旧有肠风下血之病，到西安又患了痔疮，曾请官医调治，官医又写一海上丹方，云团鱼滋阴降火凉血，每日烹调下饭，将其元煮白汁薰洗，无不神效。王从古自得此方，日常着买办差役，买团鱼进衙。乔氏本为王从事好食团鱼，见了团鱼，就思想前夫。又向在赵成家，得此一梦，所以不吃团鱼，也不去烹调。今番听说请王教授，因前日诗笺上姓名字迹，疑怀未释，故欲整治此味，探其是否。王从古冷眼旁观，先已窥破他的底蕴，故意把话来挑引。此乃各人心事，是说不出的话。

当下王从古正与乔氏说长话短，外边传梆道："学里两位师爷都已请到。"王从古即出衙迎接，引入后堂。茶罢清谈，又分咏红白二种桃花诗，却好诗也做完，酒席已备。那日是知县做主人，少不得王教授是坐第一位，叶训导是第二位。席间宾主款洽，杯觥交错。大抵官府宴饮，不掷骰，不猜拳，只是行令。这三位官人，因是莫逆相知，行令猜拳，放怀大酌。王教授也甚快活，并不比烂柯山赏梅花的光景。正当欢乐之际，门子供上一品肴馔，不是别味，却是一品好团鱼。各请举筷，王知县一连数口，便道："今日团鱼，为何异常有味？"那叶训导自来戒食团鱼，教门子送到知县席上。惟王教授一见供上团鱼，忽然不乐，再一眼看觑，又有惊疑之色。及举筷细细一拨，俯首沉吟，出了神去。两只牙筷，在碗中拨上拨下，看一看，想一想，汪汪的两行珠泪，掉下来了。比适才猜拳行令光景，大不相同。王知县看了，情知有故，便道："一人向隅，满座不乐。王老先生每次悲哭败兴，大杀风景，收了筵席罢。"叶训导听见此语，早已起身，打恭作谢。王教授也要告辞，王知县道："叶老先生先请回衙，王老先生暂留，还有说话。"

遂送叶训导出堂，上轿去后，复身转来，屏退左右，两人接席而坐。王知县低声问王教授道："老先生适才不吃团鱼，反增凄惨，此是何故，小弟当为老先生解闷。"王教授道："晚生一向抱此心事，只因言之污耳，所以不敢告诉。晚生原配荆妻乔氏，平生善治烹团鱼，先把团鱼裙子括去黑皮，切脔亦必方正。今见贵衙中，整治此品，与先妻一般，触景感怀，所以堕泪。"王知县道："原来尊阃早已去世，小弟久失动问。"王教授道："何曾是死别，却是生离。"王知县道："为甚乃至于此？"王教授乃将临安就居一段情繇，说了一遍。王知县听了此话，即令开了私宅门，请王教授进去，便教乔氏出房相认。

乔氏一见了王从事，王从事一见了妻子，彼此并无一言，惟有相抱大哭。连王知县也凄惨垂泪，直待两人哭罢，方对王教授道："我与老先生同在地方做官，就把尊阃送到贵衙，体面不好。小弟以同官妻为妾，其过大矣，然实陷于不知。今幸未有儿女，甚为干净，小弟如今宦情已淡，即日告病归田。待小弟出衙之后，离了府城，老先生将一小船相候，彼此不觉，方为美算。"王教授道："然则当年老先生买妾，用多少身价，自当补还。"王知县道："开口便俗，莫题，莫题。"说罢，王教授别了知县，乔氏自还衙斋。王从古即日申文上司告病，各衙门俱已批允，收拾行装离任，出城登舟，望北而行。打发护送人役转去，王教授船泊冷静去处，将乔氏过载，复为夫妇。一床锦被遮羞，万事尽勾一笔，只将临安被人劫掠始终，并团鱼一梦，从头至尾，上床时说到天明，还是不了。正是：

  今宵胜把银釭照，犹恐相逢是梦中。

乔氏说道："我今夫妻重合，虽是天意，实出王知县大德，自不消说起。但大仇未报，死不甘心，怎生访获得强盗，须把他碎骨粉身，方才雪此仇耻。"王从事道："我虽则做官，却是寒毡冷局。且又不知这贼姓名居处，又在隔府别县，急切里如何就访得着。"乔氏道："此贼姓胡，已是晓得，但不知其住处。"王从事道："此事只索放下，再作区处。"

话休烦絮。王从事作官一年，任满当迁。各上司俱荐他学行优长，才猷宏茂，堪任烦剧，遂升任临安府钱塘县知县。乔氏闻报大喜，对丈夫道："今任钱塘，便是当年拆散之地，县令一邑之长，当与百姓伸冤理枉。何况自己身负奇冤，不为报雪，到彼首当留心此事。"王从事道："不消叮咛，但事不可定，事不可知，且待到任之后，自有道理。"随择日起程，从金华一路，到钱塘上任。三朝行香之后，参谒上司。京县与外县不同，自中书政府，以及两台各衙门，那一处不要去参见。通谒之后，刊布规条，投文放告，征比钱粮。新知县第一日放告，那告状的也无算，王从事只拣情重的方准。中有一词，上写道：

告状人周绍，告为劫赌杀命事。绍系经商生理，设铺扬州，有子周玄，在家读书。祸遭嘉兴三犯盐徒丁奇，遁居临安，开赌诱子宿娼刘赛，朋扛赌搏，劫去血资五十余两，金簪一只。绍归往理，触凶毒打垂毙，赵成救证，诱赌劫财，逞凶害命。告：

原告　周绍
被犯　丁奇　刘赛　周玄
干证　赵成

　　王从事看这词，事体虽小，引诱人家子弟嫖赌，情实可恶，也就准了，仰本图里老拘审。原来这张状词，却是赵成阴唆周绍告儿子的。赵成便贪淫作恶，妻子婢妾，却肯舍身延寿。凡在他家走动的，无有不是相知，好似癞痢头上拍苍蝇，来一个着一个，总来瞒着赵成一人。有晓得的，在背后颠唇簸嘴说道："赵瞎子做尽人，那得无此现世报。"赵成近时，忽地道女人滋味平常，要寻小官人味道尝尝，正括着周绍的儿子周玄。
　　这周玄排行第一，人都叫他是周一官，年纪十七八岁。一向原是附名读书，近被赵成设计哄诱，做了男风朋友。引到家中，穿房入户，老婆婢妾，见他年纪小，又标致，个个把他当性命活宝。赵成大老婆花氏，已是三十四五，年纪是他长，名分是他大，风骚又是他为最。周玄单单供应这老婆娘，还嫌弗够，所以一心到在周玄身上。平日积下的私房，尽数与他，连向日抢乔氏这只金簪，也送与他做表记。两个小老婆，也要学样，手中却少东西，只有几件衣服，将来表情，丫头们只送得汗巾香袋。周玄分明是瞎仓官收粮，无有不纳。赵成一生占尽便宜，只有这场交易，吃了暗亏。

　　周玄跟着赵成，到处酒楼妓馆，赌博场中，无不串熟。小官家生性，着处生根，那时嫖也来，赌也来，把赵成老婆所赠着实撒漫。那抱剑营前刘赛，手内积趱得东西，买起粉头接客，自己做鸨儿管家，又开赌场。嫖客到来，乘便就除红捉绿。周玄常在他家走动，这丁奇是嘉兴贩绵绸客人，到刘赛家来嫖，与周玄相遇。刘赛牵头赌钱，丁奇却是久掷药骰的，周玄初出小伙子，那堪几掷，身边所有，尽都折到，连赵成老婆与他这只金簪也输了。是时五月天气，不戴巾帽，丁奇接来，就插在角儿上。赌罢，周玄败兴，先自去了。丁奇就与粉头饮酒，却好赵成撞至，刘赛就邀来与丁奇同坐吃酒。赵成见丁奇头上金簪，却像妻子戴的一般，借来一看，吃了一惊。刘赛道："方才周一官，将来做梢，输与丁客人的。"赵成情知妻子与周玄必有私情事了，心里想了一想，自己引诱周玄的不是，不如隐了家丑，借景摆布周玄罢。算计已定，即便去寻周玄。

　　他本意原只要寻周绍，不想恰好遇着在家。那周绍原是清客，又是好动不好静的，衙门人认得的也多，各样道路中人，略略晓得几个。见了赵成，两下扳谈。赵成即把他儿子与丁奇赌钱，输下金簪子的事说出，周绍道："可知家中一向失去几多物件，原来都是不长进的东西，偷出去输与别人。"又说道："只是我儿子没有这金簪，这又是那里来的？"赵成道："赌博场中，梢挽梢，管他来历怎的。如今钱塘县新任太爷到，何不告他一状，一则追这丁奇的东西，二则也警戒令郎下次。"周绍听信了他，因此告这张状词。也是赵成恶贯满盈，几百张状词，偏偏这一张却在准数之中，又批个亲提，差本图里老拘审。新下马的官府，谁敢怠慢。不过数日，将人犯拘齐，投文解到。

王从事令午衙所审，到未牌时分，王从事出衙升堂，唤进诸犯，跪于月台之上。王从事先叫原告周绍上去，问道："你有几个儿子？"周绍道："只有一个儿子。"知县道："你既在扬州开段铺，是个有身家的了，又且只一子，何不在家教训他，却出外做客，至使学出不好？"周绍道："业在其中，一时如何改得。"知县又叫周玄上来，看了一看，问道："你小小年纪，怎不学好，却去宿娼赌钱，花费父亲资本。"周玄道："小人实不曾花费父亲东西。"知县道："胡说，既不曾花费，你父亲岂肯告你。在我面前，尚这般抵赖，可知在外所为了。"喝叫："拿下去打！"皂隶一声答应，鹰拿燕雀，扯将出去。那个小伙子，魂多吓掉。赵成本意借题发挥，要打周玄，报雪奸他妻子这口怨气，今番知县责治，好不快活，伸头望颈的对皂隶打暗号，教下毒手打他。早又被知县瞧见，却认错是教皂隶卖法用情，心里已明白这人是衙门情熟的，又见周玄哀哀哭泣，心里又怜他年纪小。喝道："且住了。"周玄得免，分明死去还魂。

知县叫丁奇问道："你引诱周玄嫖赌，又劫了他财物，又打坏周绍，况又是个盐徒，若依律该问个徒罪。"丁奇道："老爷，小人到此贩卖绵绸，并非卖盐之人。与周玄只会得一次，怎说是引诱他嫖赌，劫他财物，通是虚情诳告，希图捏诈。"知县道："周绍也是有家业的人，你没有引诱之情，怎舍得爱子到官？"周绍叩头道："爷爷是青天。"丁奇道："周玄嫖赌，或者自有别人引诱，其实与小人无干。"周绍道："儿子正是他引诱的，更无别人，劫去的财物，有细账在此。"袖里摸出一纸呈上。赵成随接口直叫道："还有金簪子一只。"知县大怒道："你是干证，又不问你，为何要你抢嘴？"叫左右掌嘴，皂隶执起竹掌，一连打上二十，才教住了。赵成脸上，打得红肿不堪。知县问："金簪今在何处？"丁奇不敢隐瞒，说："金簪在小人处。"知县道：

"既有金簪，这引诱劫赌的情是真了。"丁奇道："小人在客边，到刘赛家宿歇，与周玄偶然相遇，一时作耍赌东道，周玄输了，将这金簪当梢是实。其余银两，都是假的，只问娼妇刘赛，便见明白。"一头说，一头在袖摸出金簪。皂隶递与门子，呈到案上。知县拿起簪子一看，即看见上有"王乔百年"四字，正是当年行聘的东西，故物重逢，不觉大惊，暗道："此簪周玄所输，定是其母之物，看起来昔日掠贩的是周绍了。但奶奶说是姓胡，右眼已被刺瞎，今却姓周，双目不损，此是为何？"沉吟一回，心中兀突，吩咐且带出去，明日再审，即便退堂。衙门上下人都道："这样小事，重则枷责，轻则扯开，有甚难处？怎样没决断，又要进去问后司。"

众人只认做知县才短，那里晓得他心中缘故。王从事袖了簪子进衙，递与乔氏道："我正要访拿仇人，不想事有凑巧，却有一件赌博词讼，审出这根簪子。"乔氏道："这人可是姓胡，右眼可是瞎的？"知县道："只因其人不姓胡，又非瞎眼，所以狐疑，进来问你。"乔氏也惊异道："这又怎么说？"知县又问道："他可有儿子弟兄么？"乔氏道："俱没有。"知县委决不下，想来想去，乃道："我有道理了。只把这周绍，盘问他从何得来，便有着落。"

次日早堂，也不投文，也不理别事，就唤来审问。当下知县即呼周绍问道："这簪子可是你家的么？"周绍应道："是。"又问道："还是自己打造的，别人兑换的，有多少重？"周绍支吾不过。知县喝教夹起来，皂隶连忙讨过夹棍。周绍着了忙，叫道："其实不干小人的，不知儿子从何处得来。"知县便叫周玄："你从那里得来的？"这小伙子，昨日吃了一吓，今日又见动夹棍，心惊胆战，只得实说："是赵成妻子与我的。"知县道："想必你与他妻子有奸么？"周玄不敢答应。知县即叫赵成来问，赵成跪到案前，知县仔细一看，右眼却是瞎的，忽然大悟道："当日掠贩的，定是这个了。他说姓胡，亦恐有后患，假托鬼名耳。"遂问道："可是你恨周玄与妻子有奸，借丁奇赌钱事，阴唆周绍告状，结果周玄么？"赵成被道着心事，老大惊骇，硬赖道："其实周玄在刘赛家赌钱，小人看见了报与他父亲，所以周玄怀恨，故意污赖，说是小人妻子与他簪子。"知县道："这也或者有之，你可晓得，这簪子是那里来的？"赵成道："这个小人不晓得。"知县又问道："你妻子之处，可还有婢妾么？"赵成道："还有二妾四婢。"知县暗道："此话与乔氏所言相合，一发不消说起是了。"又道："你是何等样人，乃有二妾四婢，想必都是强占人的么？"赵成道："小人是极守法度的，怎敢做这样没天理的事。"知县道："我细看你，定是个恶人。"又道："你这眼睛，为甚瞎了？"赵成听了这话，正是青天里打一个霹雳，却答应不来。知县情知正是此人，更无疑惑，乃道："你这奴才，不知做下多少恶事，快些招来，饶你的死。"赵成供道："小人实不曾做甚歹事。"知县喝叫："快夹起来。"三四个皂隶，赶向前扯去鞋袜，套上夹棍，赵成杀猪一般喊叫，只是不肯招承。知县即写一朱票，唤过两个能事的皂隶，低低吩咐，如此如此。皂隶领命，飞也似去了。

不多时，将赵成一妻两妾，四个老丫头，一串儿都缚来，跪在丹墀。皂隶回覆："赵成妻子通拿到了。"此时赵成，已是三夹棍，半个字也吐不出实情，正在昏迷之际。这班婆娘见了，一个个吓得魂飞魄散。知县单唤花氏近前，将簪子与他看，问道："这可是你与周玄的么？"那婆娘见老公夹得是死人一般，又见知县这个威势，分明是一尊活神道，怎敢不认，忙应道："正是小妇人与他的。"知县道："你与周玄通奸几时了？"花氏道："将及一年了。家中大小，皆与周玄有奸，不独小妇人一个。"又问："怎样起的？"花氏道："原是丈夫引诱周玄到家宿歇，因而成奸。"知县道："原来如此。"又问道："你这簪子，从何得来？丈夫眼睛为何瞎了？他平日怎生为恶？须一一实招，饶你的刑罚。"那婆娘惟恐夹棍也到脚上，从头至尾，将他平日所为恶端，并劫乔氏贩卖等情，一一说出。

知县道："我已晓得，不消说了。"就教放了赵成夹棍，选头号大板，打上一百。两腿血肉，片片飞起，眼见赵成性命在霎时间了。知县又唤花氏道："你这贱妇，助夫为恶，又明犯奸情，亦打四十。众妇人又次一等，各打二十。"即援笔判道：

审得赵成，豺狼成性，蛇虺为心。拐人妻，掠人妇，奸谋奚止百出，攘人物，劫人财，凶恶不啻万端。诱娈童以入幕，乃恶贯之将盈；启妻妾以朋淫，何天道之好还。花氏夺簪而转赠所欢，赵成构讼而欲申私耻，丁奇适遭其衅，周绍偶受其唆，虽头绪各有所自，而造孽独出赵成。案其恶款，诚罄竹之难书；据其罪迹，岂擢发所能数。加以寸磔，庶尽厥罪。第往事难稽，阴谋无证。坐之城旦，实有余辜。刘赛烟花而复作囊家，杖以未儆。丁奇商贩而肆行赌博，惩之使戒。周玄被诱生情，薄惩拟杖，律照和奸。花氏妻妾宣淫，重笞示辱，法当官卖。金簪附库，周绍免供。

判罢，诸犯俱押去召保。赵成发下狱中，当晚即讨过病状。可怜做了一世恶人，到此身死牢狱，妻妾尽归他人。这才是：

善恶到头终有报，只争来早与来迟。

且说王从事，退入私衙，将前项事说与乔氏。乔氏得报了宿昔冤仇，心满意足，合掌谢天。这只金簪，教库上缴进，另造一只存库。临安百姓，只道断明了一桩公事，怎知其中缘故，知县原为着自己。那时无不称颂钱塘王知县，因赌博小事，审出教唆之人，除了个积恶，名声大振。三年满任，升绍兴府通判。又以卓异，升嘉兴府太守。到任年余，乔氏夫人，力劝致仕，归汴梁祖业。王从事依允，即日申文上司，引病乞休，各衙门批详准允。

收拾起程，船到苏州，想起王知县恩德，泊船阊门，访问王知县居处，住在灵岩山剪香泾。王从事备下礼物，放船到渎村停泊，同乔氏各乘一肩小轿，直到剪香泾来。先差人投递名帖，王知县即时出门迎接。原来王知县因还妾一事，阴德感天，夫人年已五十以外，却生下一子，取名德兴。此时已有七岁，读书甚是聪明。当下在门首迎接，王从古见有两乘小轿，便问："为何有两乘轿子？"跟随的启道："太守夫人，一同在此。"王知县心上不安，传话说："我与太守公是故人，方好相接，夫人那有相见之礼？"跟随的只道王知县不肯与故人夫人相见，实不知其中却有一个缘故，为此乔氏随转轿归船。王从事与王知县，留连两日而别。一路无话，直至汴梁。

是时天下平静，从事在汴梁城中，觅了小小一所居第，一座花园，与乔氏日夕徜徉其间。乔氏终身无子，从事乃立从堂兄弟之子为嗣，取名灵复，暗藏螟蛉之义。王从事居家数年而故，乔氏小守寡十五年才终。临终时吩咐灵复道："我少年得罪你父亲，我死之后，不得与你父亲合葬。父亲之柩，该葬祖墓，我的棺木，另埋一处。"灵复暗道："我父亲生前与母亲极为恩爱，何故说得罪两字。"欲待再问，乔氏早已瞑目而去。灵复只道一时乱命，那里晓得从前这些缘故。乔氏当日在赵成家，梦见团鱼说话，后来若不煮团鱼与王教授吃，怎得教授见鞍思马，吐真情与王知县。所谓"杀我也早，烧我也早"，在梦验矣。若当时这簪子不被赵成妻子抢去，后来怎报得这赵成劫抢之仇，所谓"寻得着也好，寻不着也好"，其梦又验。当时嫁了王从事，却被赵成拐去，所谓"这个王也不了"。后来又得王知县送还从事，所谓"那个王也不了"，团鱼一梦，无不奇验。

后人单作一诗，赞王知县不好色忘义，就成了王从事夫妻重合，编出一段美谈。诗云：

　　　　见色如何不动情，可怜美少遇强人。
　　　　五年月色西安县，满树桃花客馆春。
　　　　墨迹可知新翰墨，烹鱼乃信旧调人。
　　　　若非仗义王从古，完璧如何返赵君。

后人又因王知县夫人五旬外生下德兴儿子,后日得中进士,接绍书香,方见王知县阴德之报,作一绝句赞之。诗云:

当年娶妾为宁馨,妾去桃花又几春。
不是广文缘不断,为教阴德显王君。

第十一回

江都市孝妇屠身

> 百行先尊孝道，闺闱尤重贞恭。
> 古来今往事无穷，谩把新词翻弄。
> 青史日星并耀，芳名宇宙同终。
> 堪夸孝妇格苍穹，留与人间传诵。

这阕俚词，单说人生百行，以孝为先。这句话，分明是秀才家一块打门砖，道学家一宗大公案。师长传授弟子，弟子佩服先生，直教治国平天下，总来脱不得这个大题目，自不消说起。就是平常不读书的人，略略明白三分道理，少不得也要学个好样子。惟有那女人家，性子又偏，见识又小，呆呆的坐在家中，平日间只与姊妹姑嫂妯娌们说些你家做甚衣服，我家置甚首饰，你家到那里去扳亲，那里去望眷，我家到何处去烧香，何处去还愿，便是极贤慧的，也不过说了些柴米油盐酱醋茶的家常话，何曾晓得甚么缇萦女救亲、赵五娘行孝。所以说："三尺布，抹了胸，不知西与东。"说便是这等说，尽有几个能行孝道的。

昔日汉时，越中上虞县有个曹盱，性子轻滑，惯会弄潮。原来钱塘江上风俗，每年端午，轻薄弟子，都去习水弄潮，迎伍子胥神道。

那曹旴乘兴跳入江心，一时潮涌身没，将曹旴的尸骸，不知飘到那一个龙宫藏府去了。所以当年官府，张挂榜文，戒人弄潮，上写道：

斗牛之分，吴越之中，惟江涛之最雄，乘秋风而益怒。乃其习俗，于此观游。厥有善泅之徒，竟作弄潮之戏，以父母所生之遗体，投鱼龙不测之深渊，自为矜夸。时或沉溺，精魄永沦于泉下，妻孥望哭于水滨。生也有涯，盍终于天命；死而不吊，重弃于人伦。推予不忍之心，伸尔无穷之戒。如有无知，违怙不悛，仍蹈前辙，必行科罚。

当时曹旴有女，年方一十四岁，闻父亲溺死，赶到江边，求觅尸首，哭泣了三日三夜，不得其尸，直哭得喉咙已哑，肝肠要断。却去寻了一个大西瓜，拜告江神道："我父亲尸首，若是沉在何处，只愿此瓜，永沉到底。"祝罢，将瓜投在江中。只见瓜儿一滚两滚，直沉下去。曹娥便随着瓜向江心一跳，也丧于波涛之内。沉了七日，却抱着父亲尸首而出。你道这个瓜，缘何便沉？只因孝女报父心坚，拼着性命哀求，所以感动天地。至今立庙曹溪，春秋二祭，这乃是一个真孝闺女。

然女人家孝父母的还有，孝公姑的却是难得。常言道："隔重肚皮隔重山。"做公姑的不肯把媳妇当做亲生儿女，做媳妇的也不肯把公姑当做生身父母。只有当初崔家娘子，因阿婆落尽牙齿，吃不得饭，嚼不得肉，单单饮得些汤水，如何得性命存活。崔娘子想一想："孩儿家吃了乳便长大，老人家难道便吃不得乳？"直想到一个慈乌反哺的地位，日逐将那眼睛又瞎，耳朵又聋，牙齿又落，头发又秃，一个七死八活的婆婆，坐在怀中吃乳。看看一月又是一月，一年又是一年，那老婆婆得了乳食，渐渐精神复生，眼睛也开，耳朵也听得，口里也生出盘牙，头上又长几茎绒毛出来，活到一百来岁。感激媳妇这般孝心，便双膝跪下，向天连拜几拜，祝告道："我年纪又老，料今生报不得媳妇深恩，只愿子子孙孙，都像他孝顺便了。"后来崔家男女，个个孝顺，十代登科，三朝拜相，这是古来第一个孝妇。然毕竟崔家的孝妇，还是留了自己身子，方好去乳养婆婆，这也还不希罕。在下如今只把一个为了婆婆，反将自己身子卖与屠户人家，换些钱钞，教丈夫归养母亲，然后粉骨碎身于肉台盘上，此方是千古奇闻。这桩故事，若说出来呵：

  石人听见应流泪，铁汉闻知也断肠。

  话说唐僖宗时，洪州府有一人，姓周名迪，表字元吉，早年丧父，止有母亲乐氏在堂。到十八岁上，娶得妻子宗氏。这宗氏是儒家之女，自幼读书知礼，比元吉只小一岁，因排行第二，遂唤做宗二娘。夫妻两人十分和睦，奉侍老娘，无不尽心竭力。当年乐氏生周迪时，已是三旬之上，到圆亲时，又是二十年光景，乐氏已是五旬的人了。周迪父亲，原在湖广荆襄生理。自从成婚之后，依旧习了父业，也在湖广荆襄地方走走。每年在外日多，在家日少，全亏宗二娘在家，供养母亲，故此放心得下。不意经商数载，把本钱都消折了。却是为何？

  原来唐朝玄宗时，安禄山、史思明叛乱，后来藩镇跋扈，兵火相寻，干戈不息。到僖宗时，一发盗贼丛起，更兼连年荒歉，只苦得百姓们父子分离，夫妻拆散，好生苦楚。这周迪因是四方三荒四乱，折尽了本钱，止留得些微残账目。在襄阳府中经纪人家，奔回家来，等待天下太平，再作道理。此时年将四十，不曾生下一男半女。夫妻两口儿承奉一个老娘，虽只家中尴尬，却情愿苦守。无奈中户人家，久无生理，日渐消耗。常言道："开了大门七件事，柴米油盐酱醋茶。"那一件少得。却又要行人情礼数，又要当官私门户，弄得像雪落里挑盐包，一步重一步。

  一日，乐氏对儿子媳妇说道："我家从来没有甚田庄，生长利息，只靠着在外经商营运。如若呆守在家，坐吃箱空，终非常法。目今虽则有些兵荒撩乱，却还有安静的地方，你一向在荆襄生理，还有些账目在人头上，也该就去清讨。我老人家，还藏下五十两银，指望备些衣衾棺椁送终。我想家道艰难，日苦一日，难道丢了饮食茶饭，只照管衣衾棺椁不成。依我起来，还是将此五十两送终本钱，急急收拾行李，再往襄阳走走，讨些账目，相时度势，这方是腰间有货不愁穷，东天不养西天养。"周迪听了，还犹豫未决；那宗二娘听了婆婆这番说话，便对丈夫说："婆婆所见极是。但这五十两银子，是婆婆送终的老本钱，今做了我三口养命的根本，你须是做家的，量不花费一两二两，却要仔细着眼力买货，务求利钱八分九分，也须要记得。只为今日这般穷苦，没奈何将七十岁的老娘撇下，虽不要你早去早回，实指望紧关紧闭，留下婆婆在家，且自放心。万一家道艰难，我情愿粉骨碎身奉养他，决不使你老娘饥饿。"周迪手里接了银子，眼儿里汪汪的掉下泪来，说道："我自有道理，不须吩咐。只是我此番一去，生意不知如何，道路不知如何，但好定出去的日子，定不得归来日子。只是母亲年纪高大，我又不在家里，你又不曾生育得一男半女，且要在你身上，替我做儿子，照管他寒寒冷冷，又要在你身上，代做孙孙儿女，早晚与老人家打伙作乐。"

那知这两句话，又打动老娘心上事来，便开口道："阿哟！正是。你年近四十，还没有儿女，此番出去，定不得几时归家，那里得接代香火的种子。我如今有个算计，莫若你夫妻二人，同去经商，却当伙伴一般。一来好看管行李货物，二来天可见怜，生下个儿子，接续后嗣，也未可知。"周迪听了，答道："母亲，这却使不得。我今出去，留下媳妇奉侍，也还可放心；倘若我夫妻同去，撇下你老人家孤单独自，却靠傍着那一个。"老婆婆道："你若愁我单身在家，你的舅母冯氏妈妈，他也是孀居，年将六十，并无男女，你可接他来，同我作伴。"又道："我也原舍不得你夫妻同去，只愁你做生意的日子长，养儿子的日子短，千算万算，方算到此。"宗二娘却格格的笑道："婆婆，你好没见识！你若愁家计日渐凋零，少不得营生过活，还有道理。若愁你儿子年纪长大，没有孙子，却教我同伴出去，我想你儿子媳妇，都是四十边年纪的人，尚不曾奉承你吃一碗安乐茶饭，我们连夜生育，今日三朝，明朝满月，巴到他十岁五岁，好一口气哩！总然巴到成房立户，怕如你儿子媳妇一般样子，依旧养不着父母，却不是空账。若如今依了婆婆说话，同了丈夫出去，他乡外府，音信不通，老人家看不见儿子媳妇，儿子媳妇看不见老人家，可不是橄榄核子落地，两头不着实！不如叫丈夫独自出去，倘或生意活动，就在别处地方，寻一偏房家小，就是生得成儿子，生不成儿子，听之天命，这方是两头着实的计较。"老婆婆听罢，说道："不要愁我，我死也死得着了。你夫妻两口，从来有恩有爱。况自成婚到今，只因年时荒乱，生意淡薄，累你挨了多少风霜，受了多少磨折。假若留下媳妇在家，儿子反在他州外府，娶下偏房家小，却不是后边的受用，结发的到丢过一边，这断然使不得。常言道：恭敬不如从命。你若再三不听我老人家说话，我便寻个死路，也免得儿子牵挂娘，媳妇牵挂婆婆。"说也还说不了，急赶到厨房下，拿把菜刀在手。若不是宗二娘眼快手快，急赶去抱住，周迪夺下菜刀，险些把一个老人家，荡了三魂，走了六魄。

当时周迪夫妻劝住了老婆婆，便说道："儿子便同媳妇出去。"闹吵吵的嚷了两个时辰，那知道因这老人家舍不得儿子媳妇分离，却教端端正正，巴家做活，撇得下老公，放不开婆婆的一个周大娘子，走到江都绝命之处，卖身杀身，受屠受割。正是：

只因一着不到处，致使满盘都是空。

这还是后话不提。却说宗二娘虽则爱婆婆这般好意，却也不忍，又见婆婆这般执性,只得收拾行李,与丈夫行路。口里呜呜咽咽,暗暗啼哭,又自言自语道:"我的婆婆,你为着儿子,割舍了媳妇,恐怕你媳妇为着婆婆,又割舍了丈夫。"拓了眼泪,又欢欢喜喜对婆婆道:"我媳妇如今只得同丈夫前去。"周迪即到冯妈妈家,搬他一家来同住。等得冯妈妈来到,二人作别。宗二娘又对周母拜了两拜,说道:"只愿你百年长寿,子媳同归。"又转身拜冯妈妈两拜,说道:"可怜老人家年老无依,全仗舅母照管,从此一去,或者时运不通,道路有变,丈夫带不及妻子,妻子赶不上丈夫,双双出去,单单一个回来,也是天命。"周迪听到此地,泪如雨下。老母也自觉惨伤。宗二娘不忍看着婆婆,反抽身先走,背地流泪。正是:

  世上万般哀苦事,无非死别与生离。

  周迪夫妇,离了洪州,取路望襄阳而去,免不得饥餐渴饮,夜宿晓行。非止一日,来至襄阳,周迪将了行李,夫妻双双径到旧日主人家里。不道主人已是死了,主人妻子,却认得是旧主顾,招留歇住。周迪取些土仪相送,两下叙了几句久阔的说话。周迪问主人死几时了,答道:"死有五年了。"周迪又问:"有位令郎,如何不见?"那老妪便告诉儿子终日赌钱,不学好,把门头都弄坏了的话。周迪问旧日放下的账目,却说一毫不晓得。及至他儿子归来问时,也只推不知。周迪心里烦恼,瞒着主人家,独自到各处走一遍,那知死的死了,穷的穷了,走的走了,有好些说主人收去用了,可不又是死无对证。
  转了两日,并讨不得分文,对着妻子,只叫得苦。夫妻正当闷纳,只见那老妪一盘儿托着几色嗄饭、一大壶酒送来,说道:"老客到了,因手中干燥,还不曾洗尘,胡乱沽一壶水酒在此当茶,老身不敢相陪了。"宗二娘道:"我们在此搅扰,已是不当,怎又劳妈妈费钞。"那老妪道:"不成礼数,休要笑话。"道罢自去。夫妻二人把这酒肴吃了，周迪向妻子道："如今账目又没处讨，不如作速买了货去罢，还是买甚货便好？"正说间，那老妪又走过来，夫妻作谢了。老妪开言道："周客人，连日出去，想必是讨账，可曾讨得些？"周迪道："说起也羞杀人，并没处讨得一文。"老妪道："如今的世界，不比当初了。现在该还的，尚有许多推托，那远年的冷账，只好休罢。如今买回头货去，多趁些罢。"周迪道："妈妈说得是。方在此商议，还是买甚货好。"宗二娘听了，便剪上一句道："妈妈休听他说浑话，我们特来讨账，那里有本钱收货。"那老妪道："若说讨账，只管早回。如今盘缠又贵，莫要两相担搁。"宗二娘道："多谢妈妈指教。"讲了一回，老妪收了酒壶碗碟出去。

　　宗二娘埋怨丈夫，低低道："如何恁不谨慎，可见他说儿子是个不长进的，只管直说要买货，倘被他听见，暗地算计，那时却怎处！"周迪道："娘子见的是，我却想不到此。"何期他们说话时，主人儿子，果然在外悄地窃听，晓得身边有物。到夜半时候，乘他夫妻熟睡，掘个壁洞，钻进去，把这五十两命根，并着两件衣服，一包儿捞去。他夫妻次早起身，方才晓得。那老妪明知是儿子所为，也假意说失了若干东西，背地却捏着两把汗，只愁弄出事来。气得他夫妻面面相觑，跌足叫屈，虽猜摸主人家儿子有些蹊跷，他无赃证，不好说他是贼，只得忍气吞声，自家怨命。

　　周迪对妻子道："我两人若还苦守在家，也可将就过活。如今弄到此地，账目已都落空，本儿又被偷去，眼见得夫妻饿死他乡，这分明是我老娘造下的冤债。"宗二娘听了，便变着脸说道："这是自不小心，怎埋怨得母亲。此就是忤逆不孝的心地了。常言道：天无绝人之路。且得一日度一日，再寻出一个甚么道理，收拾回去，这便万幸了。万一时势穷蹙，你死了还存得我，我死了还存得你，好歹留一人归去，奉养婆婆，这才不枉叫做亲生儿子亲媳妇。今日却愁他怎的！"这一班话，说得个周迪无言可答，沉吟了一晌，眼中流下泪道："罢罢，事已至此，只可听之天命。我且出去走走看，或者寻得个生路也好。"宗二娘道："这才是正经道理。"

周迪在襄阳府中闯了几日，并不曾遇见一个熟人。正当气闷，那老妪因儿子做了这事，诚恐败露，只管催逼他夫妻起身。两个斗口起来，在门首争嚷，宗二娘在旁劝解。不想绝处逢生，有个徽州富商汪朝奉，也在襄阳收讨账目，这日正从门首经过，见周迪与这老婆子争论，立住了观看。听得是江右声音，问其缘故。周迪心中苦楚，正没处出豁，一把扯汪朝奉坐下，将母亲逼迫出门，及被偷去银子，前后事情，细细告诉一遍。说道："如今又没盘缠归去，又遇不得一个好人搭救，却只管催逼起身，教我进退无门，可不是个死路！"说到伤心之处，泪珠儿乱落，痛哭起来。那汪朝奉一般做客，看了这个光景，正是兔死狐悲，物伤其类，也不觉惨然。说道："莫要哭，且问你，可晓得写算么？"周迪道："我从幼读书，曾摹过法帖，书札之类，尽可写得，那算法一掌金，九九数，无不精熟，凭你整万整千，也不差一丝一忽。"汪朝奉道："既晓写算就易处了。小弟原是徽州姓汪，在扬州开店做盐，四方多有行账，也因取讨账目到此。如今将次完了，两三日间，便要起身，正要寻一个能写能算的管账。老哥若不嫌淡泊，同到扬州，权与我照管数目，胡乱住一二年，然后送归洪州何如？"周迪听了，连忙作揖道："多谢朝奉提携，便是恩星相照了！请坐着，待我与山妻商议则个。"随向妻子说道："承这朝奉一片好心，可该去么？"宗二娘道："我看这人，是个忠厚长者，且将机就机，随到扬州，再作区处。"周迪道："我意正欲如此。"

夫妻算计定了，宗二娘即走出来相见，说道："蒙朝奉矜怜贫难，愚夫妇感戴不尽。但不知贵寓何处，何日起程，好来相候。"汪朝奉道："起程只在目前。尊处在此，既不相安，不如就移到小寓住下，早晚动身，更觉便易。"周迪依言，即收拾行李，夫妻同到他寓所，住了三四日，方才起身，取路径到扬州。汪朝奉留住在店，好生管待，他本是见周迪异乡落难，起这点矜怜之念，那写算原不过是个名色，这也不在话下。

且说那扬州，枕江臂淮，滨海跨徐，乃南北要区，东南都会，真好景致。但见：

> 蜀岗绵亘，昆仑插云。九曲池，渊渊春水，养成就耸壑蛟龙。凿邗沟，滴滴清波，容不得栖尘蝼蚁。芍药栏前四美女，琼花台下八仙人。凋残隋花，知他是那一朝那一代遗下的碎瓦颓垣；选胜迷楼，都不许千年调万年存没用的朱甍画栋。盘古冢，炀帝坟，圣主昏君，总在土馒头一堆包裹。玉钩斜，孔融墓，佳人才子，无非草铺盖十里蒙茸。说不到木兰寺里钟声，何人乞食；但只看二十四桥月影，那个销魂。

正是：

> 何逊梅花知在否，仲舒礼药竟安归。

是时镇守扬州的节度使，姓高名骈，先为四川节度，颇有威名，为此移镇广陵。御笔亲除为诸道行营都统，征剿黄巢。这高骈因位高权重，志气骄盈，功业渐不如前。却又酷好神仙，信用吕用之、诸葛殷一班小人，逢迎蛊惑，伪刻青石为奇字，曰："玉皇授白云先生高骈"，暗置道院香案。高骈得之大喜。吕用之说："上帝即日当降鸾鹤迎接，证位仙班。"弄得个高骈如醉如梦，深居道院，不出理事，军府一应兵马钱粮，尽听吕用之处分。用之广树牙爪，招权纳贿，颠倒是非。若不附他的，便寻事故，置于死地。高骈又累假军功，奏荐吕用之，也加到岭南东道节度使职衔。这贼子心犹未足，欲图谋高骈职位，因畏忌一个将官，未敢动手。

这将官是谁？姓毕名师铎，原是黄巢手下一员猛将，后来归附高骈，收在部下，十分倚任，委他统兵驻扎高邮，以为犄角之势。吕用之欲杀高骈，恐怕毕师铎兴师问罪，乃假令旨，遣心腹赍兵符召毕师铎亲身到扬州议事。先除后患，然后举事。那知毕师铎平昔也恨吕用之假妖术蛊惑，谗害忠良，几遍要起兵剪除奸党，因碍着高骈，却又中止。今番见传令旨，召去议事，明知是吕用之使计谋害，齐集谋士将校商议："去则定遭毒手，不去必发兵问抗违之罪。兵法云：先发制人。不如起兵直抵扬州，索取妖党，明正其罪。"计议已定，将使人斩了，榜列吕用之罪恶，布告四方，又传檄各部，请兵共讨其罪。毕师铎亲自统兵十万，望扬州杀来。早有吕用之所差使者的仆从，连夜逃回报知，吕用之惊得手足无措，只得告知高骈，假说毕师铎贼性不改，仍复背叛。高骈久已昏瞆，全无主张，但教传令，齐集将士应敌。一面发帑藏，备办军需。出入指麾，一听吕用之便宜行事。

城中百姓，一闻高邮兵来，料道吕用之决敌他不过，恐怕打破城池，玉石俱焚，各想出城躲避。那汪朝奉也连忙收拾回家，向周迪说道："本意留贤夫妇相住几时，从容送归。谁料变生不测，满城百姓，都各逃生，我也只得回乡，势不能相顾了，白金二十两，聊作路费。即今一同出城，速还洪州，后日太平，再图相会。"可怜周迪夫妇，才住得两月有余，又遭此变，接了银两，一齐拜谢道："深蒙恩人救济，真同天地，今生若不能补报，来世定当结草衔环，以报大德。"汪朝奉双手扯起道："莫要谢，速走为止。若稍迟延，恐不能出城了。"宗二娘依言，即去收拾行李。汪朝奉止将细软打叠，粗重的便弃下了，家里原有两头生口，牵来驮上，余下的家人伴当们，分开背负，把大门锁上。周迪夫妻，随着他主仆，一齐行走。

他们都惯走长路的，脚步快，便飞也似向前出城去了。宗二娘是个女流，如何赶得上！更兼街坊上携男挈女，推车骑马的，挨挨挤挤，都要抢前，把他夫妻直挤在后。行了多时，方得到城门口。只听得銮铃震响，一骑飞马跑来，行人都闪过半边，让他过去。马上人中军官打扮，手执令箭，高叫："把门官，军门有令。"把门官即迎前接了旨。中军官传了令旨，仍回马跑去了。原来吕用之闻得百姓俱迁移出城，恐城中空虚，为此传下将令，把门官不许放百姓出城，进城的须要严加盘诘，如或私放轻纳，定行枭斩，先出城的，不必追究，遗下房屋家私，尽行入官。把门官得了令旨，吩咐门卒，闭上城门，后来的一个也不容走动。当时周迪夫妻，若快行了一刻，可不出去了？恰恰里刚至门边，这令箭也到，不肯放行。

正是：

总饶走尽天边路，运不通时到底难。

当下无可奈何，只得随着众人，依旧回转。一路上但见搬去的空房，吕用之发下封皮，着里甲封锁。及走到汪朝奉居处，门上早已两条封皮，十字花封好了。周迪见了，叫苦不迭，向妻子说道："我两人来此扬州，并没一个亲识，单靠得汪朝奉是个重生父母，何期遭此大变，不能相顾。如今回又回不成，转来又无住处，可不是该死的了。"不觉两眼掉下泪来。

宗二娘正色说道："凡事有经有权，须要随机生变，死中求活，这才是个男子汉大丈夫。假如目前事起仓卒，若得奔归故里，脱离虎口，这边万幸了。今既不得去，须生出主意，不拘院客店，只拣稳便处，借来住下，身边已有汪朝奉所赠之物，胡乱省俭度去。若守得个太平无事，那时即作归计，或兵来城破，难道满城人都是死数，少不得也存下些。焉知你我不在生数之中？万一有甚不测，这也是命中所招，你就哭上几年也没用。"周迪听了答道："娘子说得是。僧道庵院终不稳便，况也未必肯留，还是客店中罢。"当下夫妻去寻旅店，闹市上又不敢住，恐防兵马到来，必然不免，却向冷落处赁了半间房屋住下。诗云：

遭时不幸厄干戈，遥望家乡泪眼枯。
回首那禁肠断处，残霞落日共啼乌。

且说吕用之差人打听毕师铎兵马已离高邮，传令将城门紧闭，分遣将士守城，又驱百姓搬运砖石，上城协守。料想敌兵势大，急切难退，行文所部，征兵救援。各路将官，都恨吕用之平日索求贿赂，一个个拥兵观望。吕用之无计可施，想起庐州刺史杨行密，兵强将勇，若得这枝兵来，便可退得毕师铎。即假着高骈牒文，召他星夜前来救援。那杨行密，原是高骈部将，久知高骈昏悖信谗，不亲政事，因此亦怀着异心，日夜整治兵甲，不想凑巧有此机会。即起兵赴援，遣来使先赍文还报。那知毕师铎的兵马，已抵扬州城下，使人正遇着游兵，生擒活捉，绑入中军，问了底细，即时斩首。毕师铎恐怕杨行密兵来，内外夹攻，反受其困，亲冒矢石，指麾三军，并力攻破罗城。吕用之越城奔杨行密去了。毕师铎纵兵大掠。高骈开门出见，与师铎交拜如宾主。师铎搜捕吕用之党羽，剐于市曹。有宣州观察使秦彦，率兵来助毕师铎，亦入扬州。师铎尊为主帅，将高骈软监在道院。不过数日，杨行密亲领军马已到，两军大战一场。秦彦、毕师铎大败，损兵折将，收拾残兵，退入城中守御。杨行密中军屯于甘泉山七斗峰下，分遣诸军，把扬州城围得如铁桶一般，游兵四散掳掠，百姓各自逃生，几十里没有人烟。

城中粮草又少，围困既久，渐至缺乏，民间斗米千钱。高邮发兵来救援，被杨兵扼住要道，不能前进，纵有粮草，也飞不进城。困了八个月余，军中杀马来食，死下的人，也就吃了。到后马吃尽了，便杀伤残没用的士卒来吃。城外围急，秦彦等恐怕高骈为内应，合门杀死。杨行密闻得，令三军挂孝，向城大哭三日。秦彦、毕师铎料守不住，领着残兵出城，负命血战，杀出重围，自回宣州城中。百姓开门迎接杨行密入城，下令抚谕远近，开通行旅，士农工商，照旧生业。

一时兵戈虽则宁戢,把那田土抛荒,粒米不登,人民依然乏食,莫说罗雀掘鼠的方法做尽,便是草根树皮,也剥个干净。那些穷人,饿得荒了,没奈何收拾那道路上弃下的儿女,煮熟了救命。有的便盗人子女来食。富人晓得了,悄地转又买来充饥。初时犹以为怪,不过几日,就公然杀食,也论不得父子弟兄夫妻,互相鬻卖,更无人说个不行。就是杨行密军中,粮饷不继,也都把人来当饭,为此禁止不得。那时就有人开起行市,凡要卖的,都去上行。又开店的,贩去杀了,零星发卖,分明与猪羊无异,老少肥瘦,价钱不等,各有名色,老人家叫做烧把火,孩儿家叫做和骨烂,男女白瘦的,道是味苦,名为淡菜,黑壮的以为味甜,号曰羔羊,上好的可值三贯四贯,下等的不过千文。满城人十分中足去了五分,那被杀的止忍得一刀,任你煮蒸煎炒,总是无知无觉;这未卖的,只恐早晚轮到身上,那种忧愁凄惨,反觉难过难熬。把一个花锦般的扬州城,弄得个愁云凝结,惨雾迷空。

  生长此地的,或者这一方合该有此灾难。只可怜周迪夫妻,是洪州人,平白地走来,凑在数中。还亏宗二娘有些见识,毕师铎初围城时,料得兵连祸结,必非半月十日可定,米粮必至缺乏,把汪朝奉所赠银两,预备五六个月口粮藏着,所以后来城中米粮尽绝,他夫妻还可有一餐没一餐的度过。等到平静时,藏下的粮食也吃完了,存下的银两也用完了,单单剩得两个光身子,腹中饥馁,手内空虚了,欲待回家,怎能走动!周迪说道:"母亲只指望我夫妻在外经营一年两载,挣得些利息,生一个儿子。那知今日到死在这个地方,可不是老娘陷害了我两口儿的性命!"说罢大哭。宗二娘却冷笑道:"随你今日哭到明日,明日哭到后日,也不能够夫妇双还了。我想古人左伯桃、羊角哀,到冻饿极处,毕竟死了一个,救了一个。如今市上杀人卖肉,好歹也值两串钱。或是你卖了我,将钱作路费,归养母亲;或是我卖了你,将钱作路费,归养婆婆。只此便从长计较,但凭你自家主张。"

周迪见说要杀身卖钱，满身肉都跳起来，摇手道："这个使不得。"宗二娘笑道："你若不情愿，只怕双双饿死，白白送与人饱了肚皮。不如卖了一个，得了两串钱，还留了一个归去。"周迪吟沉不答。宗二娘见他贪生怕死，催促道："或长或短，快定出个主意来。"周迪道："教我也没奈何。"宗二娘道："既如此，留我在此，你自归去，如何？"周迪吃一惊道："你怎生便住得！"宗二娘道："你怎生便去得！"周迪会了此意，叹一声道："我便死，我便死！"说罢，身子要走不走，终是舍不得性命。宗二娘看了这个模样，将手一把扯住他袖子道："你自在这里收拾行李，待我到市上讲价。"说罢，往外就走。看官，你看周迪说到死地，便有许多恐怖；宗二娘说道杀身，恬不介意。可见烈性女子，反胜似柔弱男子。

当下宗二娘走出店门首，向店主人说道："我夫妻家本洪州，今欲归乡，手中没有分文，我情愿卖身市上，换钱与丈夫盘缠回去，二来把你房钱清理，相烦主人同去讲一讲价钱。"此时卖人杀食，习为常套，全不为异。店主人就应道："这个当得效劳。"随引宗二娘到江都市上，走到一个相熟屠家。这店中此日刚卖完了，正当缺货，看宗二娘虽不甚肥，却也不瘦，一口就许三贯钱。宗二娘嫌少，争了四贯。屠户将出钱来，交与主人家，便叫宗二娘到里边去。宗二娘道："实不相瞒，我丈夫不忍同我到此，住在下处，我把这钱去交付与他就来。你若不信，可教人押我同去。"屠户心里不愿，那主人家一力担当，方才允许。

宗二娘将这四贯钱回到下处，放在桌上，指着说道："这是你老娘卖儿子的钱，好歹你到市上走一遭，你便将此做了盘缠归去，探望婆婆。"周迪此时魂不附体，脸色就如纸灰一般，欲待应答一句，怎奈喉间气结住了，把颈伸了三四伸，却吐不得一个字，黄豆大的泪珠流水淌出来。宗二娘看一看，又笑一笑，说："这桩买卖做不成，待我去回覆了他罢。"转身急走到屠家，对屠户道："我杀身只在须臾，但要借些水来，净一净身子，拜谢父母养育、公姑婚配之恩，然后死于刀下未迟。"屠户见他说得迂阔，好笑起来道："到好个爱洁净的行货子。"随引入里面，打起一缸清水，净了浴，穿起衣服，走出店中，讨了一幅白纸，取过柜中写账的秃笔，写下一篇自祭的祝文。写罢，走出当街，望着洪州，拜了四拜，跪在地上，展开这幅纸，读那祭文。屠户左右邻家，及过往行人，都丛住了观看。宗二娘不慌不忙，高声朗诵道：

惟天不吊，生我孤辰，早事夫婿，归于周门。翁既先逝，惟姑是承。妇道孔愧，勉尔晨昏。不期世乱，干戈日寻，外苦国坏，内苦家倾。姑命商贩，利乏蜗蝇。侨寓维扬，寇兵围城，兵火相继，禾黍勿登。罗雀掘鼠，玉粒桂薪，残命顷刻，何惜捐生。得资路费，千里寻亲，子既见母，媳死可瞑！惟祈天佑，赫赫照临，姑寿无算，夫禄永臻。重谐伉俪，克生宁馨。呜呼哀哉！吾命如斯，何恐何憎。天惟鉴此，干戈戬宁。凡遭乱死，同超回轮。

读罢，又拜了四拜，方才走起。他念的是江右土音，人都听他不出，不知为甚缘故。宗二娘步入店中，把这幅纸递与屠户道："我丈夫必然到此来问，相烦交与，教他作速归家，莫把我为念。"屠户道："这个当得。"接来放过一边。众人听了，方道："原来是丈夫卖来杀的。"遂各自散去。宗二娘即脱衣就戮，面不改色。屠户心中虽然不忍，只是出了这四贯钱，那里顾得甚么，忍住念头，硬着手将来杀到，划开胸膛，剖出脏腑，拖出来如斫猪羊一般。须臾间，将一个孝烈的宗二娘，剁碎在肉台上。后人有诗云：

夫妇行商只为姑，时逢阳九待何如。
可怜玉碎江都市，魂到洪州去也无。

原来杨行密兵马未到扬州，先有神仙题诗于利津门上道：

劫火飞灰本姓杨，屠人作脍亦堪伤。
杯羹若染洪州妇，赤县神州草尽荒。

及至宗二娘鬻身宰杀之后，天地震雷掣电，狂风怒号，江海啸沸，凡买宗二娘肉吃者，七窍流血而死。扬州城内城外，草木尽都枯死，到此地位，只见：

长江水涸水清，昆仑山掩无色。
芍药栏前红叶坠，琼花观里草痕欹。
芳华隋苑，一霎离披；选胜迷楼，须臾灰烬。
古墓都教山鬼啸，画桥空有月华明。

这也不在话下。

且说周迪在下处不见妻子回来，将房门锁了，走出店门首张望，口里自言自语道："如何只管不来了。"店主人看见问道："你望那个？"周迪道："是我娘子。"店主人道："啊呀！你娘子方才说，情愿卖身市上，换钱与你盘缠归家，央我同到屠户家，讲了价钱，将钱回来，交付与你，便去受杀了。难道你不曾收这四贯钱么？"周迪听了话，吓得面如土色，身子不动自摇，说道："不，不，不，不信有这事！"店主人说："难道哄你不成？若不信时，你走到市上第几家屠户，去问就是了。"周迪真个一步一跌的赶去，挨门数到这个屠家，睁眼仔细一望，果然宗二娘已剁断在肉台盘上，目睁口张，面色不改。

周迪叫声："好苦也！"一交跌翻在地，口儿里是老鹳弹牙，身儿上是寒鸦抖雪，放声恸哭道："我那妻吓！你怎生不与我说个明白，却葫芦提做出这个事来。"屠户听了，便取出这幅祭文付与道："这是令正留付与你的，教道作速归去，莫把他为念。"周迪接来看了，一发痛哭不止。行路的人，见哭得惨切，都立停住了脚问其缘故。周迪带着哭，将前情告诉。又讨这幅祭文来看，内中有通文理的赞叹道："好个孝烈女娘,真个是杀身成仁。"有的对屠户道:"既然是这样一个烈妇,你就不该下手了。"众人又劝周迪道:"你娘子杀身成就你母子,自然升天去了,你也不消哭得,可依他遗言,急急归去,休辜负他这片好念。"周迪依言谢了众人,把这纸祭文藏好,走转下处,见了店主人,一句话也说不出,只管哭。主人劝住了,走入房中,和衣卧到。这一夜眼也不合,寻思归计,只是怎的好把实情告诉母亲。

次日将房钱算还主人。主人说道:"你娘子杀身东西,是苦恼钱,我若要你的,也不是个人了。"周迪谢了他美意,胡乱买了些点心吃了,打个包裹,别主人,离了扬州城,取路前去。怎奈腹中又饥,脚步又懒,行了一日,只行得五六十里。看看天色已晚,路上行人,渐渐稀少,前不着村,后不着店,心里好生慌张,那时只得挣扎精神,不顾高低,向前急走。远远望见一簇房屋,只道是个村落,及至走近,却是一所败落古庙,门窗墙壁俱无,心里踌躇道:"前去不知还有多少路方有人家,倘或遇着歹人,这性命定然断送,不如且躲在庙中,过了这宵,再作区处。"走进山门,直到大殿,放下包裹,跪在地上,磕头道:"尊神不知是何神道,我周迪逃难归家,错过宿处,权借庙中安歇,望神道阴空庇佑则个。"祝罢,又磕个头,走起来,四面打一望,只见一张破供桌在神柜傍边,暗道:"这上面到好睡卧。"走出殿外,扯些乱草,将来抹个干净,爬上去,把包裹枕着头儿,因昨晚不曾睡得,又忍着饿走了这一日,神思困倦,放到头就熟睡了。

一觉醒来,却有二更天气,那时翻来覆去,想着妻子杀身的苦楚,眼中流泪,暗道:"我夫妻当日双双的出门,那知弄出这场把戏,撇下我孤身回去,盘缠又少,道路又难行,不知几时才到,又不知母亲在家安否何如。生死存亡,还未可必。万一有甚山高水低,单单留我一身,有何着落,终须也是死数。"愈想愈惨,不觉放声大哭。正哭之间,忽听得殿后有人叫将出来。周迪吃了一惊,暗道:"半夜三更,荒村古庙,那得人来?此必是劫财谋命的,我这番决然是个死了。"心里便想,坐起身来。暗中张看,只见一个人,身长面瘦,角巾野服,隐士打扮,从殿后走出,他说:"半夜三更,这荒村破庙,甚么人在此哭哭啼啼。"周迪不敢答应。那人道:"想必是个歹人了,叫小厮们快来绑去送官。"周迪着了急,说道:"我是过往客人,因贪走路,错了宿处,权在此歇息,并非歹人,方便则个!"那人道:"既是行客,为甚号哭?"周迪道:"实不相瞒,有极不堪的惨事在心,因此悲伤。不想惊动阁下,望乞恕罪!"那人道:"你有甚伤心之事,可实实说来,或者可以效得力的,当助一臂。"周迪听了这些话,料意不是歹人,把前后事细诉一遍。说罢,又痛哭起来。那人道:"原来有这些缘故,难得你妻子这般孝义,肯杀身周全你母子。只是目今盗贼遍地,道途梗阻,甚是难行。你孤身独行,性命难保,我看孝妇分上,家中有一头生口,遇水可涉,遇险可登,日行数百里,借你乘坐,送到洪州,使你母子早早相见何如?"周迪听了,连忙跳下供桌,拜谢道:"若得如此,你就是我的恩人了。但不知恩人高姓大名,住于何处,为甚深夜到此?"那人道:"这个庙乃三闾大夫屈原之祠,我就是他的后裔,世居于此,奉侍香火。适来闻得哭声,所以到此看觑。你住着,待我去带马来。"道罢,自殿外去了。一时,只听见那人在外边叫道:"生口已在此,快来上路。"随闻得马嘶之声,周迪拿起包裹,奔至山门,见一匹高头白马,横立门口。

周迪不胜欢喜道:"多承厚情,自不消说起。只是没有人随去,这马如何得回?"那人道:"这马自能回转,不劳挂怀。"周迪跳上马,将包袱挂在鞍鞒,接过丝缰,那人把马一拍,喝声"走",那马纵身就跑,四只蹄,分明撒钹相似。周迪回头看时,离庙已远,那人也不见了,耳根前如狂风骤雨之声。心中害怕,伏在鞍上,合眼假寐。也不知行了多少路,只闻得晓钟声响,鸡犬吠鸣,抬头看时,约莫五更天气,远望见一座城池,如在马足之下。

暗想道:"前面不知是何州县。"霎眼间已至城下,举目观看,仿佛是洪州风景，心中奇怪。此时城门未启，把马带住，等候开门。须臾间，要入城做买卖的，渐渐来至，人声嘈杂，仔细听时，正是家乡声口，惊讶道："原来已到家了，这马真乃龙驹也。"一回儿城门开了，那马望内便走，转弯抹角，这路径分明是走熟的一般。行到一个所在，忽已立住了。此时天色将明，周迪仔细一觑，却便是自家门首，心中甚喜。跳下马来敲门，只见母亲乐氏，同着舅母冯氏，一齐开门出来。看见说道："呀！儿子你回来了。"再举眼看了一看，问道："媳妇在那里，如何不见？"周迪听说媳妇二字，心中苦楚，勉强忍住，拿着包裹，说道："且到里面去细说。"走到中堂，放下行李，先拜了冯氏，然后来拜母亲。周母又问："媳妇怎不同归？"周迪一头拜，一头应道："你媳妇已去世了。"这句话还未完，已忍不住放声恸哭。

周母道："且莫哭，且说媳妇为甚死了？"周迪把从前事诉与母亲，又取出钱来道："这就是媳妇卖命之物。"周母哭到在地，冯氏也不觉涕泪交流。周迪扶起母亲，周母跌足哭道："我那孝顺的媳妇儿，原来你为着我送了性命，却来报我知道。"周迪惊讶道："他怎地来报母亲？"周母停了哭，说道："昨日午间，因身子疲倦，靠在桌上，恍恍惚惚，似梦非梦见媳妇走来，对我拜了两拜，说：婆婆，媳妇归来了。你儿子娶了一个不长不短，不粗不细，粉骨碎身的偏房，只是原来的子舍。你儿子生了一个孩子，又大又小，又真又假，蓬头垢面，更不异去日的周郎。说罢，霎时间清风一阵，有影无形。要认道是梦，我却不曾睡着；要不认是梦，难道白日里见了鬼。心中疑惑，一夜不曾合眼。不想却是他阴灵来报我！"周迪道："原来娘子这般显灵。"冯氏道："常言生前正直，死后为神。现在虽受苦恼，死后自然往好处去了。"周母又懊悔昔日逼他出去，弄做一场没结果，将头在壁上乱撞，把拳在胸前乱捶，哭道："媳妇的儿，通是我害了你也。"周迪抱住道："母亲，你就死也报不得媳妇，可怜媳妇死又救不得母亲，却不辜负了媳妇屠身报姑一片苦心。"冯氏也再三苦劝。

　　此时天已大明，里边只顾啼啼哭哭，竟忘了门外骑来马匹。只听门前人声鼎沸，嚷道："这是何处庙堂中的泥马，却在这里，还是人去抬来的，还是年久成精走来的！"惊动周迪出来观看，吓得伸出了舌头缩不入去，说道："原来昨夜乘的是个神马。可知道三个时辰，扬州就到了洪州。那说话的，正是那三闾大夫显圣了。"即向空拜道："多谢神明怜悯我妻孝烈，现身而谕，送我还家养母。后日干戈宁静，世道昌明，当赴殿庭叩谢呵护之恩。"拜罢起来。众人问其缘故，周迪先说宗二娘杀身，后说三闾大夫显圣，将神马送归的事，细述一遍。众人齐称奇异，有的道："只是这个泥马，如何得去？"周迪道："不打紧，待我抬入家中供养，等后日道路太平时，亲送到庙便了。"即央了几个有力后生来扛抬，这马恰像似生下根的，却摇不得。又添了若干的人，依然不动。内中一人说道：此必神明要把孝妇的奇绩昭报世人，所以不肯把这马到家里去。如今只该先寻席篷，暂蔽日色，然后建个小停供养，可不好么？"从人齐声称是。有好善的，连忙将席篷送来遮盖。这件事顷刻就传遍了洪州城。不想过了一夜，到次早周迪起来看时，这匹泥马已不见了，那席篷旁边，遗下一幅黄纸，急取来看，上面写了两行字道：

　　　　孝妇精诚贯日明，靡躯碎首羽鸿轻。
　　　　神驹送子承甘旨，千古应留不朽名。

　　看罢，又向空拜了两拜，即忙装塑起三闾大夫神像，并着神马，供养在家，朝夕祀拜，尽心侍奉母亲，亦不复娶后妻。

　　常言道："至诚可以感格天地。"这宗二娘立心行孝，感动天庭，上帝以为为姑杀身，古今特见，敕封为上善金仙，专察人间男妇孝顺忤逆之事。那孝顺的幢幡宝盖迎来，生于中华善地；忤的罚他沉埋在黑暗刀山，无间地狱。这一派公案，都是上善金仙掌管。上善金仙追念婆婆恩深义大，护佑他年到一百三十岁。周迪亦活至一百十岁。母子两人，无疾而逝。临终之时，五星灿烂，祥云满室，异香遍城，合洪州的人，无不称道这是宗二娘至孝格天之报。诗云：

孝道曾闻百行先，孝姑千古更名传。
若还看得周家妇，泻到黄河泪未干。

第十二回
侯官县烈女歼仇

梁山感杞妻，痛哭为之倾。
金石忽堑开，都繇激深情。
东海有勇妇，何惭苏子卿。
学剑越处子，超然若流星。
捐躯报夫仇，万死不顾生。
白刃耀素雪，苍天感精诚。
十步两躞跃，三呼一交兵。
斩首掉国门，蹴踏五藏行。
豁此伉俪愤，灿然大义明。
北海李使君，飞章奏天庭。
舍罪警风俗，流芳播沧瀛。
名在列女籍，竹帛已光荣。
淳于免诏狱，汉王为缇萦。
津妾一棹歌，脱父于严刑。
十子若不肖，不如一女英。
豫让斩空衣，有心竟无成。
要离杀庆忌，壮夫所素轻。
妻子亦何辜，焚之买虚声。
岂如东海妇，事立独扬名。

这首诗，乃李太白学士，因当时东海有妇人，为夫报仇，白昼杀人都市，羡其勇烈而作。其间引着缇萦豫让等几个古人的事迹，分明说男子不如妇女的意思。此言虽非定论，然形容此妇，十步两躩跃，三呼一交兵之句，无异楚霸王喑哑叱咤，千人自废的景状，令人毛骨竦然。比着斩空衣的豫让，真不可同日而语。但称东海有勇妇，又说学剑越处子，可见此妇素有勇力，又会武艺，故敢与男子格斗。大凡人有了勇力武艺，胆气精壮，若又逢着忿怒，这杀人的事，常要做出来，所以还未足为奇。如今在下说一个娇娇怯怯，香闺弱质，平日只会读书写字，刺绣描花，手无缚鸡之力，一般也与丈夫报仇，连杀十数余人。比东海勇妇，岂不更胜一筹？这桩故事说出来时，直教：

　　贞娘添正气，淫汉退邪心。

　　说话宋朝靖康年间，威武州侯官县，有个士人，姓董名昌，表字文枢，生得风姿美好，才学超群。早年丧母，其父董梁秀才，复娶继母徐氏。董昌到十四岁上，父亲又一病去世。本来没甚大家私，薄薄有几亩田产，止堪供饘粥膏火。又奈徐氏贪食性懒，不肯勤苦作家，因此董昌外貌虽以继母看待，心中却不和睦。徐氏只倚着晚娘名分，做出许多恶状。董昌无可奈何，远而敬之，一味苦功读书。却好服满，遇着岁考，去应童子试，便得领案入泮。那时豪家富室，争来要他为婿。董昌自想是个穷儒，继母又不贤慧，富家女子，习成骄傲，倘或两不相下，争论是非，反为不美，为此都不肯就。只情愿觅诗礼人家为婚，方是门当户对。这也不在话下。
　　大凡初进学的秀才，广文先生每月要月考，课其文艺，申报宗师，这也是个旧例。其时侯官教谕姓彭名祖寿，号古朋，乃是仙游人，虽则贡士出身，为人却是大雅。新生贽仪，听其厚薄，不肯分别超超上上等户，如钱粮一般征索，因此人人敬爱。其年彭教谕六十八岁，众新生道，已近古稀，各凑小分奉贺。彭教谕乘着月考之期，治具一酌，答其雅情。到晚文完，方要入席，恰好有个故人来相访。

此人是谁？覆姓申屠，名虔，别号退翁，长乐人氏。原是个有意思的秀才，指望上进，因累试不第，又见六贼乱政，百姓受苦，四方盗贼丛生，干戈侵扰，无有虚日。知得时事不可为，遂绝意取进，寄性山水，做个散人。与彭教谕通家相好，物来访问。相见已毕，就请登筵。申屠虔年纪又长，且是远客，遂坐了首席。佳宾贤主，杯觥酬酢，十分欢洽。饮酒中间，申屠虔偏将少年秀才来看，看到董昌一貌非凡，便向彭教谕取他月考文字来看。

你道他为何要看董昌文字？原来申屠虔当年结发生下一儿一女，儿名希尹，女名希光。中年妻丧，也不续娶，自己抚育这两个子女。此时女儿年已一十六岁，天生得柳叶眉，樱桃口，粉捏就两颊桃花，云结成半湾新月；缕金裙下，步步生莲，红罗袖中，丝线带藕。且自幼聪明伶俐，真正学富五车，才通二酉。若是应试文场，对策便殿，稳稳的一举登科，状元及第。只可惜戴不得巾帻，穿不得道袍，埋没在粉黛丛中，胭脂队里。希尹一般也有才学，只是颖悟反不及妹子。这希光名字，本取希孟光之意。然孟光虽有德行，却生得又黑又肥，怎比得此女才色兼全，世上无双，人间绝少。申屠虔酷爱女儿才学，所以亲朋中来求婚的，一概不许，直要亲眼选个好对头，方许议婚。不道来访彭教谕，凑巧遇着款待众秀才，从中看中了董昌，为此讨他文字来看。

他本来原是高才，眼中识宝，看见董昌才称其貌，欲将希光许嫁与他。当晚剪烛再酌，忽然明伦堂上一声鹊噪，又一声鸦鸣，彭教谕道："黄昏时候，那有鸦鸣鹊噪之事，甚是可怪！"申屠虔笑道："从来鹊噪非喜，鸦鸣不凶，凶吉事情，这禽鸟声音，何足计较。不揣口吟一对联，若这新秀才中，接口对出者，决定他年连中三元。"彭教谕点头应道："如此极妙。"申屠虔即出一联道：

> 鹊噪鸦鸣，凶非凶，吉非吉。
> 总不若岐山威凤，凤舞鸾翔。

众秀才一个也对不出，独有董昌对道：

> 牛神蛇鬼，瑞不瑞，妖不妖。
> 却何如洛水灵龟，龟登龙扰。

众秀才一齐称快，彭教谕也道他才调高捷，他人莫及。申屠虔虽则称赏，细味其中意思，言神言鬼，其实不祥。龟至于登，龙至于扰，俱不是佳兆。但喜此子有才有貌，与希光果是一对，不信阴阳，不取谶语，便也不妨。若错过此姻缘，总然门当户对，龟鹤夫妻，决非双璧。便于席上请教谕作伐，成就两家之好。董昌听见教谕称其女才貌兼全，又是诗礼之家，满口应允。申屠虔性子古怪，但要得个好婿，并不要纳聘下礼，只教选定吉日良时，竟来迎娶便了。董秀才一钱不费，白白里就定了一房亲事，这场喜事，岂非从天降下。正是：

> 只凭一对作良媒，不用千金为厚聘。

当夜宴席散了，明早申屠虔即归长乐，整备嫁女妆奁。那知儿子希伊，年纪才得二十来岁，志念比乃翁更是古怪恬淡。他料天下必要大乱，不思读书求进，情愿出居海上，捕鱼活计，做个烟波主人。申屠虔正要了却向平之愿，自去效司马遨游，为此一凭儿子做主，毫不阻当。希尹置办了渔家器具船只，择日迁移。希光乃作一诗与哥哥送行，诗云：

> 生计持竿二十年，茫茫此去水连天。
> 往来潇洒临江庙，昼夜灯明过海船。

雾里鸣螺分港钓，浪中抛缆枕霜眠。
　　莫辞一棹风波险，平地风波更可怜。

　　希尹看了赞道："好诗，好诗！但我已弃去笔砚，不敢奉和了。"他也不管妹子嫁与不嫁，竟携妻子迁居海上去了。看看希光佳期已近，申屠虔有个侄女，年纪止长希光两岁，嫁与古田医士刘成为继室。平日与希光两相亲爱，胜如同胞，闻知出嫁，特来相送。至期董秀才准备花花轿子，高灯鼓吹，唤起江船，至长乐迎娶。

　　他家原临江而居，舟船直至河下。那申屠虔家传有口宝剑，挂在床头，希光平日时时把玩拂拭。及至娶亲人已到，尚是取来观看，恋恋不舍。申屠虔见女儿心爱，即解来与他佩在腰间，说道："你从来未出闺门，此去有百里之遥，可佩此压邪。"希光喜之不胜，即拜别登轿下舟，申屠虔亲自送女上门。希光下了船，作留别诗一首云：

　　女伴门前望，风帆不可留。
　　岸鸣楸叶雨，江醉蓼花秋。
　　百岁身为累，孤云世共浮。
　　泪随流水去，一夜到闽州。

　　虽吟了此诗，舟中却无纸笔，不曾写出。到了郡中，离舟登轿，一路鼓乐喧天，迎至董家。教谕彭先生是大媒，纱帽圆领，来赴喜筵。新人进门，迎龙接宝，交拜天地祖宗，三党诸亲，一一见礼。独有继母徐氏，是个孤身，不好出来受礼。董秀才理合先行道达一声，因怀了个次日少不得拜见的见识，竟不去致意，自成礼数。徐氏心中大是不悦，也不管外边事体，闭着房门，先自睡了。堂中大吹大擂，直饮至夜阑方散。申屠虔又入内房，与女儿说道："今晚我借宿彭广文斋中，明日即归，收拾行装，去游天台雁岩，有兴时，直到泰山而返。或遇可止之处，便留在彼，也未可知。为妇之道，你自晓得，谅不消我吩咐，但须劝官人读书为上。"希光见父亲说要弃家远去，不觉愀然说道："他乡虽好，终不如故里，爹爹还宜早回。"申屠虔笑道："此非你儿女子所知。"道罢相别。董昌送客之后，进入洞房，一个女貌兼了才郎，一个才郎又兼女貌。董官人弱冠之年，初晓得撩云拨雨，申屠姐及笄之后，还未蝶浪蜂狂，这起头一宵之乐，真正：

　　占尽天下风流，抹到人间夫妇。

　　到次早请徐氏拜见，便托身子有病，不肯出来。大抵嫡亲父母，白无嫌鄙。徐氏既系晚娘，心性多刻，虽则托病，也该再三去请。那董昌是个落拓人，说了有病，便就罢了，却像全然不作准他一般。徐氏心中一发痛恨，自此日逐寻事聒噪，捉鸡骂狗。

　　申屠娘子，一来是新媳妇，二来是知书达礼的人，随他乱闹，只是和颜悦色，好言劝解，不与他一般见识。这徐氏初年，原不甚老成，结拜几个十姊妹，花朝月夕，女伴们一般也开筵设席。遇着三月上巳，四月初八浴佛，七夕穿针，重九登高，妆饰打扮，到处去摇摆。当日董梁在日，诸事凭他，手中活动，所以行人情，赶分子，及时景的寻快活。轮到董昌当了家，件件自己主张，银钱不经他手，便没得使费，只得省缩。十姊妹中，请了几遍不去，他又做不起主人，日远日疏，渐渐冷淡。过了几年，却不相往来，间或有个把极相厚的，隔几时走来望望。及至董昌毕婚之后，看见他夫妻有商有量，他却单单独自没瞅没睬，想着昔年热闹光景，便号天号地的大哭一场，董昌颇是厌恶，只不好说得。

　　时光迅速，董昌成亲早又年余，申屠娘子，已是身怀六甲，到得十月满足，产下一儿。少年夫妇，头胎便生个孩子，爱如珍宝，惟徐氏转加不喜。一日清早，便寻事与董昌嚷闹，董昌避了出去。没对头相骂，气忿忿坐在房中。只见一个女人走将入来，举眼看时，不是别个，乃是结拜姐姐姚二妈。尝言恩人相见，分外眼青。徐氏一见知心人，回嗔作喜，起身迎迓道："姐姐，亏你撇得下，足足里两个年头不来看我了，今日甚么好风吹得到此。"姚二妈道："你还不知道，我好苦哩。害脚痛了年余，才医得好。因勉强走动了，还常常发作。近时方始痊愈，为此不能够来看你，莫怪，莫怪！"徐氏道："原来如此，这却错怪你了。"取过椅儿请他坐下。

姚二妈袖中摸出两个饼饵递与道："昨日我孙儿周岁，特地送拿鸡团与你尝尝。"徐氏接来放过，说道："好造化，又有孙儿周岁了。"又叹口气道："你与我差不多年纪，却是儿孙满堂，夫妻安乐。像我这鳏寡孤独，冰清水冷，真是天悬地隔。"说还未了，两泪双垂。姚二妈道："阿呀！我闻得昌官人已娶了娘子，你现成做婆，正好自在受用。巴得昌官人一朝发达，怕继母不封赠做老夫人，老奶奶，还有甚不足意，自讨烦恼。"徐氏道："不说不知，当初我进董家门来，昌官还只得三四岁，也亏我抚养成人。如今成人长大，不看我在眼里。就是做亲大礼，也不请我拜见。每日间夫妻打伙作乐，丢我在半边，全然不睬。不要说别样，就是饮食小事，他夫妻两口，大鱼大肉，我做娘的，只是一碗苋菜汤，勉强下饭。间或事忙，连这粗茶淡饭，常至缺少。真个是前人田地，后生世界，孤孀寡妇，好不苦恼！"言罢拍台拍凳，放声大哭。惊得申屠娘子，走将出来劝解，却也不知缘故。见姚二妈在坐，又偷忙叙话，问姓张姓李，与昌官人家何亲何眷。

姚二妈一头答应，两眼私瞧，骨碌碌看上看下。私忖道："世间乍有这般女子，若非天仙织女转世，定是月里嫦娥降生。不知董秀才前世里怎生样修得到，今世受用如此绝色，只怕他没福消受，到要折了寿算。"这婆子方在惊讶，那知冤家凑巧，适当董昌从外直走进来。见姚二妈与徐氏及申屠娘子三人搅作一堆，哭的哭，笑的笑，因早间这场闷气在肚，正没处消豁，又见如此模样，不觉大怒，骂道："好人好家,三婆不入门。你是何人,在我家说长道短,若得不和睦。可知有你这歪老货搬弄,致使我家娘一向使心别气,如今一发啼啼哭哭的,成甚么规矩。"姚二妈也变色说道:"你做秀才的好不达道理,凡事也须要问个来历,却如何便破口骂人。我好意来此望望他,因平日受苦不过,故此啼哭,与我甚么相干。你不说自己轻慢晚娘,反说别人搬弄不睦。"

董秀才听了,激得怒从心上起,骂道:"老贱人,这个话难道不是挑斗我家不和?"劈脸两个漏风巴掌。徐氏连忙来劝,董昌失手一推,跌到在地。申屠娘子急向前扶起徐氏,劝解姚二妈出门,又劝解丈夫在徐氏面前,陪个不是,方得息了一场闹吵。这一番口舌,不打紧,正是:

饱学书生垂命日,红颜侠女断头时。

这姚二妈原是走千门踏万户,惯做宝山的喜虫儿。乘便卖些花朵,兑些金珠首饰,忙里偷闲,又挨身与人做马百六,是个极不端正的老泼贼。被董秀才打了两个巴掌,一来疼痛,二来没趣,心中恼道:"无端受这酸丁一场打骂,须寻个花头摆布他,方销得此恨。"一头走,一头想,正行之间,远远望见一个熟人走来。这婆子心里忽然拨动一个恶念,说:"若把那人奉承了这人,定然与我出这一口气。"打定主意,走上一步,去迎这人。

你道此人是何等样人物?原来此人唤做方六一,家私巨万,谋干如神,专一交结上下衙门人役,线索相通。又纠连闽浙两广亡命,及海洋大盗,出没彭湖,杀人劫财,不知坏了多少人的性命。却又贩卖违禁货物,泛海通番,凡犯法事体,无一不为。更兼还有一桩可恨之处,若见了一个美貌妇女,不论高门富室,千方百计,去谋来奸宿。至于小家小户,略施微计,便占夺来家。奸淫得厌烦了,又卖与他人，也不知破坏了多少良人妻女的行止。因是爪牙四布，一呼百应，远近闻名，人人畏惧，是一个公行大盗，通天神棍。姚二妈平日常在他家走动，也曾做过几遍牵头，赚了好些钱财，把他奉做家堂香火。这时受了董秀才的气，正想要寻事害他，不期遭遇了方六一这个杀星，可不是董昌的晦气到了。

当下方六一见了姚二妈，满面撮起笑来，问道："二妈，何故两日不到我家来走走？今日为何红了半边面皮，气忿忿，骨笃了嘴，不言不语，莫非与那个合口嘴么？"这婆子正要与他计较，却好被他道着经脉，便扯到一个僻静处，把适来董秀才殴辱缘故，细细告诉一遍。

方六一带着笑道："如此说来，你却吃了亏哩。"姚二妈道："便是无端受了这酸丁一场呕气，又还幸得他娘子极力解劝，不曾十分吃亏。"方六一道："这样不通道理的秀才，却有恁般贤慧老婆。"姚二妈道："贤慧还是小事，只这标致人物，却是天下少的。"方六一惊道："你且说他是如何模样？"姚二妈道："那颜色美丽，令人一见销魂，自不消说。只这一种娉婷风韵，教我也形容他不出。六一官，你虽在风月场中走动，只怕眼睛里从不曾见这样绝色的少年妇人。"方六一道："不道我侯官县有恁般绝色，可惜埋没在酸丁手里。二妈，可有甚法儿，教我见他一面，也叫作眼见希奇物，寿年一千岁。"姚二妈笑道："见他也没用，空自动了虚火。你若有本事弄到了这酸丁，收拾这娘子，供养在家，亲亲热热的受用，这便才是好汉。"方六一听罢，合掌念一声阿弥陀佛："谋人性命，夺人妻子，岂是我良善人做的。你也消气得，且到我家吃杯红酒，散一散怀抱罢。"姚二妈道："原来六一官如今吃斋念佛了，老身却失言也。"六一笑道："你这婆子，也忒性急。大凡作事，自有次序，又要秘密，怎便恁般乱叫。况他又是个秀才，须寻个大题目，方能扳得他到。"遂附耳低言道："这桩事，除非先如此如此，种下根基，等待他落了我套中，再与你商量后事。做得成时，不要说出了你的气，少不得我还要重重相酬。"这婆子听了，连声喝采道："如此妙计，管教一箭上垛。"方六一道："我今要去完一小事，归时即便布置起来，明日你早到我家来，再细细商议。"姚二妈应诺，各自分手。正是：

> 继母生猜恨礼疏，虔婆怀怨构风波。
> 阴谋欲攘红颜妇，断送书生入网罗。

且说董秀才，一日方要出门到学中会文，只见一人捧着拜匣走入来，取出两个柬帖递上。董昌看时，却是一个拜帖，一个礼帖，中写着："通家眷弟方春顿首拜。"礼帖开具四羹四果，绉纱二端，白金五两，金扇四柄，玉章二方，松萝茶二瓶，金华酒四坛。董昌不认得这个名字，只道是送错了，方以为讶，外面三四个人，担礼捧盒，一齐送入，随后一人头顶万字头巾，身穿宽袖道袍，干鞋净袜，扩而充之，踱将进来。董昌不免降阶相迎，施礼看坐。这人不是别人，便是方六一这厮。可知六一原是排行，他平生欣羡睦州豪杰方腊以妖术诱众，反于帮源洞，僭号建元。既与同姓，妄意认为一宗，取名方春，见腊后逢春之意，欲待相时行事，大有不轨之念。当下坐定，董昌开言道："小弟从不曾与台丈有交亲，为甚将此厚礼见赐，莫非有误？"方六一道："春虽不才，同与先生土著三山城中，何谓不是交亲。弟此来一为敬仰高才绝学，庠序闻名，定然高攀仙桂，联捷龙门。自今相拜以后，即为故交，日后便好提拔。二则前日姚二妈闹宅，唐突先生，实为有罪。姚二妈乃不肖姨娘，瓜葛相联，方春代为负荆，敢具此薄礼请罪，万祈海涵。"说未了跪将下去。董昌慌忙扶起道："一时小言，何足介意，这厚礼断不敢受。"方六一道："先生不受，是见弃小弟了。"董昌推让再四，方六一坚意不肯收回，叫小厮连盒放下，起身作辞竟去。

董昌年少智浅，见他这般勤殷，只道是好意。更兼寒儒家，绝少盘盒进门，见此羹果银纱等物，件件适用，想来受之亦无害于理。即唤转使人，也写个通家眷弟的谢帖，打发去了。申屠娘子问道："适来何人，是何相知，却送如此厚礼？"董昌将名帖送与观看，说道："此人从无一面，据他说，姚二妈是其姨娘，因前日费口一番，特来代他请罪，二则慕我文才，要结识做个相知，为此送这些儿礼物。"申屠娘子听了，摇首道："此事来得蹊跷，不可不察。"董昌道："娘子何以见知？"申屠娘子道："当今世情，何人不趋炎附势，见兔放鹰，谁肯结交穷秀才。且又素不识面，骤致厚礼，可疑者一；前日姚二妈不过小言，又无深怨，此人即系两姨之子，也何消他来代为请罪，可疑者二。况君子不饮盗泉之水，岂可轻易受人之物？"董昌笑道："娘子忒过虑了，自来有意思的人，尝物色英雄于尘埃中，岂可以世情起见，一概抹杀好人。我看此人情辞诚笃，料无他意，不必疑心。"申屠娘子道："我虽过虑，官人也休过信。"董昌道："这个我自理会得。"到次日，也备几件礼物去答拜，秀才人情，少不得是书文手卷诗扇之类。方六一尽都收了，留住便饭，董昌力辞，那里肯放，只得领情。名虽便饭，实则酒筵，方六一殷勤相劝，尽醉方散。至明日，姚二妈又到董家陪小心，称不是，一笑释然。自来读书人最好奉承，董昌见方六一恁般小心克己，认定是个好人，并无猜虑，日亲日近，竟为莫逆之交。

方六一不时馈礼请酒，自己也常来寻问董昌。他的念头，希冀撞见申屠娘子一面，看其姿色果是如何。那知这娘子无事不出中堂，再无由遇见。那姚二妈既挨身入门，也不常来攀谈闲话，卖些花朵，趋奉申屠娘子，博他欢喜。及至背后向着徐氏，却又冷言冷语的挑唆，徐氏一发痛恨儿子，巴不得即刻死了，方才快活。

方六一与董秀才往还数月，却没个机会下手害他。一日闻得泉州获了大伙海盗，那为头的浑名扳到天，与方六一原是一党。六一知得这个消息，带了若干银子，星夜赶到泉州，寻相知衙役，到监门上用了些钱钞，进去探问。那班强盗见方六一来看觑，喜出望外，求他挽回搭救。六一道："我专为此而来，但不知招稿，可曾定否？"众盗道："初解到时，太爷因事忙，即下了狱，随后又为有病，至今不出堂，所以尚未审问。"六一道："如此就有生路了。"向扳到天附耳低言道："侯官学中，有个董秀才，久有异志，也结交四方豪杰，乘时欲图大事，官府渐渐也多晓得了。到审问时，众口一辞，竟招称董昌是谋主，纠结闽浙两广亡命，阴谋不轨。我等皆其庄佃，因威逼为非。拚些银两，买上告下，求当案孔目，将董昌装了头，众兄弟只做胁从。招中字眼放活了，待我再到京师，营谋个恤刑御史前来，开招释放，可不好么？"扳到天道："若得如此，便是再生父母了。"方六一又留银两与他们使费，急回威武来布置。扳到天把这话通知众盗，及至审问，一口咬定董昌主谋，阴图叛逆。

泉州府尹，大是明察，思想做秀才的，决无此事，定是仇口陷害。但既系众盗招扳，须拿来面质，才见真伪。又恐差捕役前去，必先破家，乃行文至威武州关提，州中转行侯官县拘解。这知县相公，是蔡京门下人，又贪又酷又昏，耳又是棉花做的。方六一自泉州归时，先使人吹风到大尹耳内，说道董秀才素行不端，结纳匪人。又假捏地方邻里人，具个公呈，说董昌日与异言异服外方人往来，行踪诡秘，举动叵测。大尹见此呈与前言暗合，大是惊骇。方待拘问，恰好州中帖文又下，三处相符，更无疑惑，即差人密拿董昌。

不道这差役正是方六一的心腹，飞来报知，六一吩咐："连妇女都要到官，待我来解劝，方才释放。"差人受了嘱托，竟奔董昌家来，分一半人将前后把住，其余尽赶入去，将夫妻子母，并两个童仆，俱是一条索子扣住。这场大祸，分明青天打下一个霹雳，不知从何而起。问着差人所犯何事，却又不肯说，只言到县便知。扯扯拽拽，拥出门去。申屠娘子虽有智识，一时迅雷不及掩耳，也生不出甚计较。

无可奈何，抱着儿子，只得随行。徐氏大哭大骂道："这个逆贼，平日不把做娘的看在眼里，如今不知做下甚么犯法事体，连累我出乖露丑，引动邻里间都来观看。"

差人方待带着董昌等要行，只见远远一个人走来，董昌望去，认得是方六一。即高叫道："六一兄，快来救我！"方六一赶近前看了，假意失惊道："为甚事体，怎般模样？"董昌道："连我也不知是什么缘故，叩问公差又不肯说。"方六一道："是甚事如此秘密，真奇怪。"董昌道："六一兄，你怎地救得我，决不忘恩。"六一道："莫忙，待我作了揖，从容商议。"遂向徐氏、申屠娘子深深施礼，偷眼觑看，果然天姿国色。暗想便拼用几万两银子，与他同睡一宿，就死也甘心。礼罢，对差人道："列位差公，且入家里来，在下有一言相恳。"差人嚷道："去罢了，有甚话说。"方六一道："列位何消性急。我若说得有理，你便听了，说得没理，去也未迟。"众人依言，复带入家中。方六一道："董相公是读书人，纵有词讼，不过是户婚田土，料必不是甚么谋叛大逆，连家属都要到官。待我送个薄东，与列位买杯酒吃，求做个方便，且慢带家属同去，全了斯文体面。"遂向袖中摸出一锭银子，约有三四两重，差人俱乱嚷道："这使不得，知县相公吩咐来的，我们难道到担个得钱卖放的罪名。况且事体重大，你若从中打干，恐怕也不得干净。"方六一又道："谁无患难，谁无朋友，便累及我，也说不得了。"又向袖中将出二两多银子，并作一包，送与说："我晓得东道少，所以列位不肯。但我身边只有这些，胡乱收了，后日再补。"差人还假意不肯，方六一道："我有个道理在此，如今先带董相公去见，若不提起要家属，大家混过。如或必要，再来带去，也未为迟。"众人方才做好做歹，将他姑媳家人放了，只牵着董昌到县里去。看官，你道方六一为甚教差人又做出这番局面？他因不曾看见申屠娘子，果是怎样姿色，乘着这个机会，逼迫来相见一面。二则假意于中出力周全，显见他好处，使人不疑，以为后日图妻地步。此乃最深最险的奸计。在方六一自道神机妙算，鬼神莫测，正不知上面这空空洞洞不言不语的却瞒不过。所以俗语说：

> 湛湛青天不可欺，未曾举意早先知。
> 善恶到头终有报，只争来早与来迟。

当下差人解至当堂，县尹说道："好秀才，不去读书，却想做恁般大事。"董昌道："生员从来自爱，并不曾做甚为非之事。"县尹道："你的所行所为，谁不知道，还要抵赖。我也不与你计较，且暂到狱中坐坐，备文申解。"董昌闻说下监，不服道："生员得何罪，却要下狱。老父母莫误信风闻之言，妄害无辜。"秀才家不会说话，只这一言，触恼了县尹性子，大怒道："自己做下大逆之事，反说我妄害无辜，这样可恶，拿下去打。"董昌乱嚷道："秀才无罪，如何打得。"县尹愈怒道："你道是秀才打不得，我偏要打。"喝教还不拿下。众皂隶如狼虎般，赶近前拖翻在地，三十个大毛板，打得皮开肉绽，鲜血迸流。县尹尚兀是气忿忿的，教发下去监禁。许多差役簇拥做一堆，推入牢中。

董昌家人那里能够近身，急忙归报。把申屠娘子惊呆半晌，自想这桩事没头没脑，若不得个真实缘由，也无处寻觅对头，出词辨雪。一面教家人央亲族中人去查问，一面又教到狱中看觑丈夫。惟有徐氏合掌向天道："阿弥陀佛，这逆贼今日天报了。"心中大是欢喜。这也不在话下。

且说董昌本是个文弱书生，如何经得这般捶扑，入到牢中，晕去几遍。睁眼见方六一在旁，两泪交垂，一句话也说不出。方六一将好言安慰，监中使费饮食之类，都一力担承。暗地却叮咛禁子，莫放董昌家人出入，通递消息。又使差人执假票，扬言访缉董昌党羽，吓得亲族中个个潜踪匿影，两个仆人也惊走了一个。方六一托着董昌名头，传言送语，假效殷勤。姚二妈又不时来偎伴，说话中便称方六一家资巨富，做人仁厚，又有义气，欲待打动申屠娘子。怎知申屠娘子一心只想要救丈夫，这样话分明似飘风过耳，那在他心上，但也不猜料六一下这个毒计。

申屠娘子想起董门宗族，已没个着力人，肯出来打听谋干；自己父亲，又远游他处，哥哥避居海上，急切不能通他知道。且自来不历世故，总然知得，也没相干，自己却又不好出头露面。左思右想，猛然想着古田刘家姐夫，素闻他任侠好义，胸中极为谋略。我今写书一封寄与，教刘姐夫打探谁人陷害，何人主谋，也好寻个机会辨头，或者再生有路，也不可知。又想向年留别诗尚未写出，一并也录示姐姐，遂取过纸笔写书云：

忆出阁判袂，忽焉两易风霜。老父阿兄，远游渔海，鳞鸿杳绝。吾姊复限此襟带，不得一叙首以申间阔，积怀徒劳梦寐耳。良人佳士，韫椟未售，满图奋翮秋风，问月中仙索桂子。何期恶海风波，陡从天降。陷身坑阱，肢体摧伤，死生未保，九阁远隔，天日无光。岂曾参果杀人耶？董门宗族寥落，更鲜血气人，无敢向圜扉通问者。想风鹤魂惊，皆鼠潜龟伏矣。熟知姊婿热肠侠骨，有古烈士风，敢气奋被发缨冠之谊，飞舸入郡，密察谁氏张罗，所坐何辜。倘神力可挽，使覆盆回昭，死灰更燃，从此再生之年，皆贤夫妇所赐也。颙望旌悬，好音祈慰。外有出阁别言，久未请政，并录呈览。

书罢，又录了留别诗，后书难妇女弟希光裣衽拜寄。封缄固密，差了仆人星夜前往古田。不道那仆人途中遇了个亲戚，问起董家事体，说道："一个秀才，官府就用刑监禁，又要访拿党羽，必然做下没天理的事情，你是他家人，恐怕也不能脱白。"那仆人害怕，也不往古田，复身转来，一溜烟竟是逃了。申屠娘子，眼巴巴望着回音，那里见个踪影。正是：

时来风送滕王阁，运退雷轰荐福碑。

　　话分两头。却说彭教谕因有公事他出，归来闻得董昌被责下狱，吃了一惊，却不知为甚事故。即来见县尹，询问详细，力言董生少年新进，文弱书生，必无此事。这县尹那里肯听，反将他奚落了几句，气得彭教谕拂衣而出，遂挂冠归去。同袍中出来具公呈，与他辨白，县尹说："上司已知董生党众为逆，尚要连治。诸兄若有此呈，倘究诘起来，恐也要涉在其中。"众秀才被这话一吓，唯唯而退，谁个再敢出头。

　　方六一见学官秀才，都出来分辨，怕有变故，又向当案处，用了钱钞，急急申解本州，转送泉州。文中备言邻里先行举首，把造谋之事证实。方六一布置停当，然后来通知申屠娘子，安慰道："董官人之事，已探访的实，是被泉州一伙强盗，招扳在案，行文在本县缉获，即今解往彼处审问。闻得泉州太爷极是廉明，定然审豁。我亲自陪他同去，一应盘费使用，俱已准备，不必挂念。"申屠娘子一时被惑，也甚感其情意。

　　不想董昌命数合休，解到泉州时，府尹已丁母忧。署印判官看来文，与众盗所扳暗合，也信以为实，乃吊出扳到天一干人犯，当堂面质。董昌极口称冤说："生平读书知礼，与众人从不曾识面，不知何人仇恨，指使劈空扳害。"再三苦苦析辨，怎当得众盗一口咬定，不肯放松。判官听了一面之词，喝教夹起来。这一个瘦怯书生，柔嫩的皮肉，如何经得这般刑罚，只得屈招。又是一顿板子，送下死囚牢里。

　　方六一随入看视，假意呼天叫屈，董昌奄奄一息，向六一呜呜的哭道："我家世代习儒，从不曾作一恶事。就是我少年落拓，也未尝交一匪人，不知得罪那个，下此毒手，陷我于死地。这是前生冤孽，自不消说起。但承吾兄患难相扶，始终周旋。此恩此德，何时能报。"方六一道："怎说这话，你我虽非同气，实则异姓骨肉，恨不能以身相代，区区微劳，何足言德。"董昌又哭道："我的性命，断然不保。但我死后，妻少子幼，家私贫薄，恐不能存活，望乞吾兄照拂一二。"六一道："吉人自有天相，谅不至于丧身。万一有甚不测，后事俱在我身上，决不有负所托。"董昌道："若得如此，来世定当作犬马答报。"道罢，又借过纸笔，挣起来写书，与申屠娘子诀别。怎奈头晕手颤，一笔也画不动，只得把笔撇下，叮嘱方六一寄语，说："今生夫妻，料不能聚首了，须是好好抚育儿子，若得长大成立，也接绍了董氏宗祀。"一头说，一头哭，好生凄惨。方六一又假意宽慰一番，相别出狱，又回威武。临行又至当案孔目处，嘱付早申行文定案。当案孔目，已受了六一大注钱财，一一如其所嘱，以董昌为首谋，众盗胁从，叠成文卷，申报上司，转详刑部。这判官道是谋逆大事，又教行文到侯官县，拘禁其妻孥亲属，候旨定夺。这件事，岂非乌天黑地的冤狱！正是：

鬼蜮涨天障网罗，书生薄命足风波。
可怜负屈无门控，千古令人恨不磨。

再说方六一归家后，即来回覆申屠娘子，单言被强盗咬实，已问成罪名的话。其余董昌叮咛之言，一字不题。申屠娘子初时还想有昭雪之日，闻知此信，已是绝望。思量也顾不得甚体面，须亲自见丈夫一面，讨个真实缘由。但从未出门，不识道路，怎生是好。方在踌躇，那知泉州拘禁家属的文书已到，侯官县差人拘拿。方六一晓得风声，恐怕难为了申屠娘子，央人与知县相公说方便，免其到官，止责令地邻，具结看守。那时前后门都有人守定，分明似软监一般，如何肯容申屠娘子出外。方六一叫姚二妈不时来走动，自不消说。六一一面向各上司衙门打点，勿行驳勘；一面又差人到京师重贿刑部司房，求速速转详，约于秋决期中结案。果然钱可通神，无不效验。刑部据了招文，遂上札子，奏闻朝廷，其略云：

> 董昌以少年文学，妄结匪人，潜有异图。虽反形未显，而盗证可征。况今海内多事，圣帝蒙尘，乱世法应从重，爰服上刑，用警反侧。妻孥族属，从坐为苛，相应矜宥。群盗劫杀拒捕，历有确据，岂得借口胁从，宽其文法，流配曷尽所辜，骈斩庶当其罪。未敢擅便，伏候圣裁。

奏上，奉圣旨，定董昌等秋后处决，族属免坐。刑部详转，泉州府移文侯官县，释放董昌妻孥归家，地邻方才脱了干系。这一宗招详才下，恰已时迫冬至，决囚御史案临威武各郡县，应决罪犯，一齐解至。方六一又广用钱财，将董昌一案也列在应决数内。申屠娘子知得这个消息，将衣饰变卖，要买归尸首埋葬。正无人可托，凑巧古田刘家姐姐，闻知董郎吃了屈官司，夫妇同来探问。申屠娘子就留住在家，央刘姐夫备办衣棺，预先买嘱刽子人等。徐氏听说儿子受刑，也不觉惨然。到冬至前二日，处决众囚，将一个无辜的董秀才，也断送于刀下。其时乃靖康二年十一月初三日也。正是：

> 可怜廊庙经纶手，化作飞磷草木冤。

董昌被刑之后，申屠娘子买得尸首，亲自设祭盛殓，却没有一滴眼泪。但祝道："董郎，董郎，如此黑冤，不知何时何日，方能报雪！"正当祭殓之际，只见方六一使人赍纸钱来吊慰，刘成暗自惊讶道："方六一是此中神棍大盗，如何却与他交往？"欲待问其来历，又想或者也是亲戚，遂撇过不题。殓毕，将灵柩送到乌泽山祖茔坟堂中停置，择日筑圹埋葬。安厝之后，刘成夫妇辞归。申屠娘子留下姐姐，暂住为伴。此时姚二妈妈往来愈勤。一日，姊妹正在房说起父兄远游僻处，音信不通的话，只见姚二妈走将入来。申屠娘子请他坐下,那婆子笑嘻嘻的道:"老身有一句不知进退的话相劝,大娘子休要见怪。"申屠娘子道:"妈妈有甚话,但说无妨,怎好怪你。"姚二妈道:"董官人无端遭此横祸,撇下你孤儿寡妇,上边还有婆婆,家事又淡薄,如何过活?"申屠娘子道:"多谢你老人家记念,只是教我也无可奈何。"姚二妈道:"我到与大娘子踌躇个道理在此。"申屠娘子道:"妈妈若有甚道理教我,可知好么。"那婆子道:"目今有个财主,要娶继室,娘子若肯依着老身,趁此青春年少,不如转嫁此人,管教丰衣足食,受用一世。"申屠娘子闻言,心中大怒,暗道:"这老乞婆,不知把我当做甚样人,敢来胡言乱语。"便要抢白几声,又想这婆子日常颇是小心,今忽发此议论,莫非婆婆有甚异念,故意教他奚落我么,且莫与他计较,看还有甚话。遂按住忿气,说道:"妈妈所见甚好,但官人方才去世,即便嫁人,心里觉得不安,须过一二年才好。"那婆子道:"阿呀!一年二年,日子好不长远哩。这冰清水冷的苦楚,如何挨得过?况且错过这好头脑,后日那能勾如此凑巧。"申屠娘子道:"你且说那个财主,要娶继室?"婆子笑道:"不瞒娘子说,这财主不是别个,便是我外甥方六一官。他的结发身故,要觅个才貌兼全的娘子掌家,托老身寻觅,急切里没个像得他意的,因此蹉跎过两年了。我想娘子这个美貌,又值寡居,可不是天假良缘。今日是结姻上吉日,所以特来说合。"

申屠娘子听了,猛然打上心来道:"原来就是方六一!他一向与我家殷勤效力,今官人死后,便来说亲,此事大有可疑,莫非到是他设计谋害我官人么?且探他口气,便知端的。"乃道:"方六一官,是大财主,怕没有名门闺女为配,却要娶我这二婚人。"也是天理合该发现,这婆子说出两句真话道:"热油苦菜,各随心爱。我外甥想慕花容月貌多时了,若得娘子共枕同衾,心满意足,怎说二婚的话。"

申屠娘子细味其言,多分是其奸谋。暗道:"方六一,我一向只道你是好人,原来是兽心人面。我只叫你阖门受戮,方伸得我官人这口怨气。"心中定了主意，笑道："我是穷秀才妻子，有甚好处，却劳他恁般错爱。虽然，我不好自家主张，须请问我婆婆才是。"婆子道："你婆婆已先说知了。"言还未毕，布帘起处，徐氏早步入房，说道："娘子，二妈与我说过几遍了，一来不知你心里若何，二则我是个晚婆，怕得多嘴取厌，为此教二妈与你面讲。论起来，你年纪又小，又没甚大家事，其实难守。这方六一官，做人又好，一向在我家面上，大有恩惠。莫说别的，只当日差人要你我到官，若不是他将出银两，买求解脱，还不知怎地出乖露丑。这一件上，我至今时刻感念。你嫁了他，连我日后也有些靠傍。"姚二妈道："我外甥已曾说来，成了这亲，便有晚儿子之分，定来看顾。"徐氏又道："还有一件，我的孙儿，须要带去抚养的。"姚二妈道："这个何消说得。况他至亲止有一子，今方八岁，娘子过去，天大家资，都是他掌管。家中偏房婢仆，那个不听使唤。哥儿带去，怕没有人伏侍。"申屠娘子又道："果然我家道穷乏，难过日子，便重新嫁人，也说不得了，只是要依我三件事。"姚二妈道："莫说三件，就是三十件，也当得奉命。"申屠娘子道："第一件，要与我官人筑砌坟圹，待安葬后，方才过门；第二件，房户要铺设整齐洁净，止用使女二人，守管房门；三来家人老小房户，各要远隔，不许逼近上房。依得这三件，也不消行财下聘，我便嫁他。"姚二妈笑道："这三件都是小事，待老身去说，定然遵依，不消虑得。"即便起身别去，徐氏随后相送出房。诗云：

  狂且渔色谋何毒，孤嫠怀仇志不移。
  奋勇捐躯伸大义，刚肠端的胜男儿。

  不题姚二妈去覆方六一。且说刘家姐姐，当下见妹子慨然愿嫁方六一，暗自惊讶道："妹子自来读书知礼，素负志节，不道一旦改变至此。"心下大是不乐。姚婆去后，即就作辞，要归古田。申屠娘子已解其意，笑道："为何这般忙迫，向日妹子出嫁董门，姐姐特来送我出阁，如今妹子再嫁方家，也该在此送我上轿。"刘氏姐听了，忍耐不住，说道："妹子，你说的是甚么话？尝言一夜夫妻百夜恩，董郎与你相处二年，谅来恩情也不薄。今不幸受此惨祸，只宜苦守这点嫡血成人，与董郎争气，才是正理。今骨肉未寒，一旦为邪言所惑，顿欲改适，莫说被外人谈议，只自己肉心上也过不去哩。"申屠娘子听了，也不答言，揭起房帘，向外一望，见徐氏不在，方低低说道："姐姐，你道妹子果然为此狗彘之行么？我为董郎受冤，日夜痛心，无处寻觅冤家债主。今日天教这老虔婆，一口供出，为此将计就机，前去报仇雪怨，岂是真心改嫁耶？"刘氏姐姐骇异道："他讲的是甚么话，我却不省得。"申屠娘子道："姐姐你不听见说，慕娘子花容月貌，若得同衾共枕，便心满意足，这话便是供状。"刘氏姐道："不可造次，尝言媒婆口，没量斗，他只要说合亲事，随口胡言，何足为据。"申屠娘子见此话说得有理，心中复又踌躇。只听耳根边豁刺刺一声响，分明似裂帛之声，姐妹急回头观看，并无别物，其声却从床头所挂宝剑鞘中而出。刘氏姐大惊，连称奇怪。

申屠娘子道："宝剑长啸，欲报不平耳。此事更无疑惑矣。"即向前将剑拔出，敲作两段，下半截连靶，只好一尺五寸。刘氏姐道："可惜好宝剑，如何将来坏了。"申屠娘子道："姐姐有所不知，大凡刀长便于远砍，刀短便于近刺，且有力，又便于收藏。我今去杀方六一，只消此下半截足矣。"刘氏姐道："杀人非女子家事，贤妹还宜三思，勿可逞一时之忿。"申屠娘子道："吾志已决，姐姐不须相劝。"随取水石，磨得这剑锋利如雪，光芒射人，紧藏在身畔。又写下一书，和这上半截断剑，交付姐姐说："待父亲归时，为我致与他。"又道："妹子已拼此躯，下报董郎，遗下孤儿，望乞姐夫姐姐替我抚育。倘得长大，可名嗣兴，以延董门一脉，我夫妇来世定当衔结相报。"正言之际，刘成自古田来到，妻子把这些缘故，道与他知。刘成道："方六一是当今大盗，奸诡百出，造恶万端，董姨丈被他谋害，确然无疑。但小姨要去报仇，恐力气怯弱，不能了事，反成话柄。"申屠娘子笑道："我视杀此贼子，有如几上肉耳，不消虑得。"

不题申屠姐妹筹画。且说姚二妈回覆了方六一，次日即来传话，说娘子所言之事，一一如命。明日就教工匠到坟上，开金井砌圹，听凭娘子选日安葬。葬后，即来迎娶。申屠娘子道："入土为安，但圹完即葬，不必选日。"方六一做亲性急，多唤匠人，并力趱工。那消数日，俱已完备。申屠娘子姑媳姊妹并刘成，俱到坟头，送董昌入土。方六一又备下祭筵，到坟前展拜。葬毕回家，申屠娘子往还路径，一一牢记在心。又博访了方六一住居前后巷陌街道之路，将所有衣饰，尽付刘成，抚养儿子。其余田产房业，都留与徐氏供膳。诸事料理停当，待候方六一来娶。方六一机谋成就，欢喜不胜，果然将家中收拾得内外各不相关，银屏锦帐，别成洞天。择定十二月廿四，灶神归天之日，娶个灶王娘子。免不得花花轿子，乐人鼓手，高灯火把，流星爆杖，到董家娶亲。姚二妈本是大媒，又做伴娘，一刻不离。

当夜迎亲，乐人在门吹打几通，掌礼邀请三遍。申屠娘子抱着孩子，请刘家姐夫姐姐，及徐氏晚婆告别，对姐姐道："我指望同你原归长乐，只是终身不了。今到方家，是重婚再嫁的人了，此后也无颜再与姐姐相见，只索从今相别。"随将孩子递与道："可怜这无爹娘的孩子，烦姐姐好好看管，待三朝后，即便来取。"又对徐氏道："不道婆婆命犯孤辰寡宿，一个晚儿子也招不起，媳妇总之外人，今又别嫁，一发没帐了，你须要自家保重。"徐氏听了这话，想起日后无倚靠的苦楚，不觉放声大哭。刘氏姐已知此番是永别了，也不由不伤心痛哭。更兼这个孩子，要娘怀抱，死命的啼号，这凄惨光景，便是铁石心肠，也要下泪。惟有申屠娘子，并无一点眼泪，毅然上轿，略不回顾。一路笙箫鼓乐，迎到方家，依样拜堂行礼。方六一张眼再看，魂飞天外。只道是到口馒头，谁知是冲天霹雳。

　　拜堂已毕，方六一唤过八岁的儿子，拜见晚娘。又唤家中上下，俱来磕头。申屠娘子说："且待明日见罢。"方六一得了此话，分明是奉着圣旨，即便止住，鼓乐前导，引入洞房。花烛已毕，摆筵席款待新人。原来方六一生性贪淫，不论宗族亲眷妇女，略有几分颜色，便要图谋奸宿。因此人人切齿，俱不相往来，所以今日喜筵，并无一个女亲，单单只有姚二妈相陪。堂中自有一班狐朋狗党，叫喜称贺。方六一吩咐姚婆好生陪侍，自己向外边饮酒去了。申屠娘子且不入席，携着姚二妈，将房中前后左右，细细一看。笑道："果然铺设得齐整，比读书人家，大是不同。"又叫丫环执烛，向房外四面观看。见傍边有一小房，开门入看，中间箱笼什物甚多，侧边一张床榻，帐帏被褥，色色完备。问说："此是何人卧所？"丫环答言："是小官人睡处。"姚二妈便道："六一官教我今晚就相伴小官人，睡在这里。"申屠娘子道："这也甚好。"遂走出门，仍复闭上。回至房中，与姚婆饮酒。

　　三杯已过，申屠娘子道："多谢妈妈作成这头好亲事，日后定当厚报，如今先奉一杯，权表微意。"将过一只大茶瓯，斟得满满的，亲自送到面前。婆子道："承娘子美意，只是量窄，饮不得这一大瓯。"申屠娘子道："天气寒冷，吃一杯也无妨。"婆子不好推托，只得接来饮了。申屠娘子又斟过一瓯道："妈妈再请一杯。"婆子道："这却来不得。"申屠娘子笑道："妈妈你做媒的，岂不晓得喜筵是不饮单杯的，须要成双才好。"婆子又只得饮了。申屠娘子又笑道："妈妈，常言三杯和万事，再奉一瓯。"婆子道："奶奶饶了我罢。"申屠娘子道："你若不吃，我就恼杀你。"婆子没奈何，攒眉皱脸，一口气吸下。他的酒量原不济，三瓯落肚，渐觉头重脚轻，天旋地转，存坐不住。申屠娘子又道："妈妈还吃个四方平稳。"那婆子听说，起身要躲，两脚写字，只管望后要到。申屠娘子笑道："不像做大媒的，三四杯酒，就是

第十二回　侯官县烈女奸仇　257

这个模样。"教丫环扶到小房睡卧。吩咐收过酒席，只留两个丫环伺候，其余女使都教出去，然后自己上床先睡。

时及三鼓，堂中客散。方六一打发了各色人等，诸事停当，将儿子送入小房中，同姚婆睡。一走进房来，先叫两个丫环先睡，须要小心火烛。口中便说，走至床前，揭开红绫账子，低低调戏两声。将手一摸，见申屠娘子衣掌未脱，笑道："不是头缸汤，只要添把火，待我热烘烘的，打个筋斗儿。"申屠娘子道："便是二缸汤，难道你不赤膊，好打筋斗么？"方六一忙解衣裳，挺身扑上来。申屠娘子右手把紧剑靶，正对小腹上直搠，六一创痛难忍，只叫得一声不好了，身子一闪，向着外床跌翻。申屠娘子随势用力，向上一透，直至心窝，须臾五脏崩流，血污枕席。两个丫环，初听见主人忽地大叫，不知何故，侧耳再听，分明气喘一般。心中疑惑，急忙近前看去。申屠娘子已抽身坐起，在帐中望见丫头走来，怕走漏了消息，便叫道："这样酒徒，呕得脏巴巴的，还不快来收拾。"丫头不知是计，一个趱上一步，方才揭开帐子，申屠娘子道："没用的东西，火也不将些来照看。"口内便说，探在手一把揪住，挺剑向咽喉就搠，即时了帐。那一个丫头，只道真个要火，方转身去携灯，申屠娘子跳出帐来，从背后劈头揪翻，按到在地。那丫头口中才叫阿呀，刃已到喉下，眼见也不能够活了。申屠娘子即点灯去杀姚婆，那房门紧紧拴住，急切推摇不动。方六一儿子，还未睡着，听见门上声响，问道："那个？"申屠娘子应道："你爹要一件东西，可起来开门。"这小厮那知就里，披衣而起。门开处，申屠娘子劈面便搠，这小厮应手而到，再复一下，送归泉下。跨过尸首，挺身竟奔床前，那婆子烂醉如泥，打鼾如雷，一发不知甚么好歹，一连搠下数十个透明血孔，末后向咽下一勒，直挺挺的浸在血泊里了。申屠娘子本意欲屠戮他一门，一来连杀了五人，气力用尽，气喘吁吁；二来忽转一念，想此事大半衅由姚婆，毒谋出于方贼，今已父子并诛，斩草除根，大仇已报，余人无罪，不可妄及。遂复身回房，将门闭上，枭了方六一首级，盛在囊中。收了短剑，秉烛而坐，等候人静方行。这一场报仇，分明是：

　　狭巷短兵相接处，杀人如草不闻声。

　　看官，你想世上三绺梳头，两截穿衣，叫阃君称娘子的，也不计其数，谁似申屠娘子，与夫报仇，立杀五命，如同摧枯拉朽，便是须眉男子，也没如此刚勇，真乃世间罕有。当下静听谯楼鼓打四更，料得合家奴婢，皆睡熟，乘着天色未明，背了方六一的首级，点灯寻着后门出去。这路径久已访问在心，更兼杀神正旺，勇往直前，若有神助。挨出城门，径奔到乌泽山祖坟下，将方六一首级，摆在董昌墓前，叫声："董郎，董郎，亏你阴灵扶助，报你深仇，保我节操。从来不曾下泪，今日万事俱完，正好为君一哭！"于是放声一号，泪如泉涌，万木铮铮，众山环响。哭罢，解下红罗，即悬挂于坟前大荣木之上，待得三魂既去，七魄无依，腰间短剑，一声吼响，如虎啸龙吟，飞入空中，不知其所向。方家婢仆，次日起身，只见后门洞开，满地血污，都是女人脚迹，合家惊骇，声张起来。寻看血迹，直到上房。方知家主父子，并姚婆等俱被新人杀死，砍下首级，不知去向。唤起地方邻里，呈报到官。县尹亲自相验，差人捕申屠氏。

　　其时刘成放心不下，清早便在方六一门首打听，得了这个消息，飞忙报知妻子。徐氏听见媳妇杀了许多人，只怕祸事连及，吓得一交跌去，即便气绝。刘成夫妇正当忙乱，乌泽山坟丁来报，申屠娘子，缢死在荣木之上，墓前有人头一颗。刘成叫坟丁呈报县中，大尹以地方人命重情，一面申报上司，一面拘申屠氏家属，审问情由。那衙门人役，并方六一党羽，晓得从前谋害董昌这些缘由的，互相传说开去。郡中衿绅耆老，邻里公书公呈，一齐并进，公道大明。各上司以申屠氏杀仇报夫，文武全才，智勇盖世，命侯官县备衣棺葬于董昌墓下，具奏朝廷，封为侠烈夫人，立庙祭享。方六一姚婆等，责令家属收殓。刘成夫妻殡葬了徐氏，将房产托付董氏族人，等待遗孤长大交还。料理停妥，引着此子，自回古田。

又过半年，申屠虔方从天台山采药归来，闻知女婿家遭许多变故，到古田来问侄女。申屠氏将董方两家生死，希光杀人报仇始末，朝廷封赠，从头至尾说了一遍。又将希光封固书笺，及半截宝剑递与。申屠虔将剑在手，展书细看，其书云：

> 不孝女希光，袷衽百拜父亲大人尊前：儿嫁董郎，忽遭飞祸。夫禁图圄，女锢私室。九阍谁控，五辟奚宽。冤哉董郎，奋浙刀锯。东海三年之旱，应当后威武矣。未亡人蜉蝣余息，去鬼无几，所以不即死者，仇人未获，大冤未白耳。何意图耦奸谋，一朝显露。始悟此日乞婚之方六一，即当时造计之凶贼。彼以委禽相诱，女以完璧自坚。再嫁之时，即是断头之夕。幸昆吾剑气有灵，谅么魔残魄，无能潜匿。于此下报董郎，庶亦无愧。董郎龟登龙扰，雅称鹊噪鸦鸣，兆见于前，事亦非偶。所余残剑半截，留报父恩。父守其头，儿守其尾。申屠家之古玩，头尾有光；延平津之卧龙，雌雄绝望。生平不解愁眉，今始为之泣血。

申屠虔看罢，大笑道："非申屠虔不能生此女，非申屠虔不能生此女！"说犹未罢，只听豁刺一声，手中半截断剑，飞入云霄。那申屠娘子下半截剑，从南飞来，合而为一。蜿蜒成龙，渐渐而去，见者皆以为奇。

刘成夫妇，抚养董嗣兴到十八岁上，登了进士，官至侍郎，封赠父母，接了一脉书香。后人有诗云：

> 从来间气有奇人，洛浦珠还更陆沉。
> 片玉董昌埋碧草，阖门方六断残魂。

第十三回

唐玄宗恩赐纩衣缘

> 长安回望绣城堆，山顶千门次第开。
> 一骑红尘妃子笑，无人知是荔枝来。

这首绝句，是唐朝紫薇舍人杜牧所作。单说着大唐第七帝玄宗，谓之明皇，在位四十四年，又做了太上皇四年。前二十年用着两个贤相，姚崇、宋璟，治得天下五谷丰登，斗米三钱，夜不闭户，路不拾遗。后来到开元末年，二相俱亡，换上两个奸臣，一个是李林甫，一个是杨国忠，便弄坏了天下，搬调得天子不理朝纲，每日听音玩乐，赏花饮酒。宠幸的是贵妃杨太真，信用的是胡人安禄山，身边又宠着几个小人。那小人是谁？乃是：高力士，李龟年，朱念奴，黄番绰。这朝官家最是聪明伶俐，知音晓律。每日教这几个奏乐，天子自家按节，把祖宗辛苦创来的基业，一旦翻成升平之祸。后来禄山与杨妃乱政，直教：

> 哥舒翰失守潼关，唐天子翠华西幸。

却说玄宗天宝年间，时遇三月下旬，春光明媚，宿雨初晴，玄宗同杨妃于兴庆池赏玩牡丹。果然开得好，有几般颜色，是那几般？乃是：大红，浅红，魏紫，姚黄，一捻红。缘何叫做一捻红？原来昔年也是玄宗赏玩牡丹时，杨妃偶在花瓣上掐了一个指甲痕，后来每年花瓣上都有指甲痕，因此就唤做杨妃一捻红。诗云：

御爱雕栏宝槛春，粉香一捻暗销魂；
东君也爱吾皇意，每岁花容应指纹。

是日天气暴暄，玄宗觉得热渴。近侍进上金盆水浸樱桃劝酒，玄宗视之，连称妙哉，问筵前李白学士，何不作诗。李白口占道：

灵山会上涅槃空，费尽如来九转功。
八万四千红舍利，龙王收入水晶宫。

玄宗看前二句，不见得好处，看后二句，大喜道："真天才也！"不想一个宫娥，把这盘樱桃，尽打翻在金阶之上，众宫娥都向前拾取。杨妃看了，带笑说道："学士何不也作一诗？"李白随口应道：

玉仙慌献红玛瑙，金阶乱撒紫珊瑚。
昆仑顶上猿猴戏，攀到神仙炼药炉。

玄宗龙情大喜，尽醉方休。

是年时入深冬，雨雪不降，玄宗偶思先年武后于腊月游玩御苑，恰遇明日立春，传旨道：

明朝游上苑，火急报春知；
花须连夜发，莫待晓风吹。

到次日，果然百花尽开，惟有槿树花不开。武后大怒，将槿树杖了二十，罚编管为篱。

玄宗想武后是个女主，能使百花借春而开，今朕欲求些瑞雪，未知天意肯从否？遂命近侍，取过一幅龙文笺来，磨得墨浓，蘸得笔饱，写下四句道：

> 雪兆丰年瑞，三冬信尚遥；
> 天公如有意，顷刻降琼瑶。

写罢，教焚起一炉好香，向天祝祷，拜了四拜，将诗化于金炉之内。可煞作怪，初时旭日曈曈，晴光潋潋，须臾间朔风陡发，冻云围合，变作一天寒气。这才是：

> 圣天子百灵相助，大将军八面威风。

近侍宫娥来报，天将下雪了。玄宗大喜，即传旨百司，各赋瑞雪诗词以献。又命近侍去宣八姨虢国夫人来，与贵妃三人，于御园便殿筵宴候雪。当时杜甫曾有诗云：

> 虢国夫人承主恩，平明骑马入金门；
> 恐将脂粉污颜色，淡扫蛾眉见至尊。

筵前有黄番绰祗应，会汝阳王花奴打羯鼓一曲才终，戏向八姨道："今日乐籍有幸，供应夫人，何不当头赏赐？"八姨笑道："岂有唐天子富贵，阿姨无钱赏赐乎？"命赏三千贯，教官库内支领。黄番绰见说，遂作口号道：

> 君王动羯鼓，国姨喝赏赐；

天子库内支，恰是自苦自。

　满殿之人听了无不大笑。那时朔风甚急，彤云密布，只是不见六花飘动，黄番绰又作一首雪词呈上，词云：

　　凛冽严风起四幄，彤云密布江天，空中待下又留连。有心通客路，无意湿茶烟。　不敢旗亭增酒价，尽教梅发春前，偏好凝望眼儿穿，慢擎宫女袖，空缆子猷船。

　酒至半酣，还不见雪下。玄宗乃行一令，各做催雪诗一首，做得好饮酒，做得不好，罚水一瓯。玄宗先吟道：

　　宝殿花常在，金杯酒不干；
　　六花飞也未，时卷珠帘看。

　玄宗题罢，八姨吟道：

　　宫娥齐卷袖，金铃彩索宜；
　　等他祥瑞下，争塑雪狮猊。

　八姨题毕，杨妃吟道：

　　羯鼓频频击，银筝款款调；
　　御前齐整备，只待雪花飘。

　杨妃题毕，黄番绰奏道："臣作一诗，必然雪下。"口中吟道：

　　催雪诗题趱，六花飞太晚；
　　传语六丁神，今年忒煞懒。

黄番绰吟罢，三宫皆大笑。只见内侍宫女，争先来报道："这满天瑞雪滚滚飞下也！"玄宗喜之不胜，命卷起珠帘观看，但见空中：

　　一片蜂儿，二片蛾儿，三是攒三，四是聚四，五是梅花，六是六出；团团以滚珠，粒粒似撒盐；纷纷似坠锦，簇簇似飞絮；似琼花片，似梅花莹，似梨花白，似玉花润，似杨花舞。

　　当下龙心大喜，命宫娥斟酒，畅饮一回。黄番绰奏道："臣有庆雪口号，伏望吾主听闻。"其诗云：

　　瑶天雪下满长安，兽炭金炉不觉寒；
　　凤阁龙楼催雪下，沙场战士怯衣单。

　　玄宗听了，龙颜怆然道："军士卧雪眠霜，熬寒忍冻，为朕戍守御贼。朕每日宫中饮宴，那知边塞之苦，今若非卿言，何繇知之。"遂问高力士，即今何处紧要。力士回奏潼关最为紧要。玄宗问："是那个把守，有多少军士？"力士奏道："是哥舒翰把守，共有三千军士。"玄宗就令高力士于官库中，关取丝绵绢线，造三千领战袍。休要科扰民间，宫中有宫女三千，食厌珍羞，衣嫌罗绮，端坐深宫，岂知边塞之苦；每人着他做战袄一领，限十日内完备，须要针线精工，不许苟且塞责；每领各标姓名于上，做得好有赏，做得不好当罚。

　　力士领旨，关支衣料，于宫中分散，着令星夜做造，不可迟延。分到第三十六阁，乃是会乐器宫女，专吹象管的桃夫人。接了绵绢，取过剪刀尺来裁剪，因旨意严急，到晚来，未免在灯下勤趱，一边缝纫，一边思想道："官家好没来由，边关军士，自有妻子，置办衣服，如何却教宫中制造，这军汉怎生消受得起？"又想起诗人所作军妇寄征衣诗来，诗云：

> 夫戍萧关妾在吴，西风吹妾妾忧夫；
> 一封书寄千行泪，寒到君边衣到无。

我想那军妇，因夫妻之情，故寄此征衣，有许多愁情远思。我又无丈夫在边，也去做这征衣，可不扯淡？却又想道，我自幼入宫，指望遭际。怎知正当杨妃专宠，冷落宫门，不沾雨露，曾闻有长门怨云：

> 学扫蛾眉独出群，宫中指望便承恩；
> 一生不识君王面，花落黄昏空掩门。

就我今日看来，此言信非虚也。假如我在民间，若嫁着个文人才子，巴得一朝发迹，博个夫妻荣耀。或者无此福分，只嫁个村郎田汉，也得夫耕妻耨，白头相守。纵使如寄征衣的军妇，少不得相别几年，还有团圆之日。像我今日埋没深宫，永无出头日子，如花容貌，恰与衰草同腐，岂不痛哉，思想至此，不觉扑簌簌两泪交流，欷歔而泣。正是：

> 几多怀恨含情泪，尽在停针不语中。

在灯前转思转怨，愈想愈恨，无心去做这征衣，对灯脉脉自语。

忽然高力士奔入宫来说道："天子贺幸翠微阁，召夫人承御。"桃夫人即便起身随去，须臾已到阁前，众嫔娥迎着，齐声道："官人回家特宣夫人，好且喜也。"桃夫人微笑不答。又有个内侍出来催道："官家专等夫人同宴，快些去承恩。"桃夫人暗道："不想今日却有恁般侥幸也。"急到阁中朝见，玄宗用手扶起道："朕知卿深宫寂寞，故瞒着贵妃娘娘，特来此地与卿一会，明日当册卿为才人。"桃夫人谢恩道："贱妾蒲柳陋姿，列在下陈，今蒙陛下垂怜，实出三生之幸。"玄宗命近侍取锦墩，赐坐于傍。桃夫人又谢了恩，方欲就坐，忽报贵妃娘娘驾到。桃夫人听见贵妃到来，惊得没做理会，连玄宗天子也顿然变色道："卿且往阁后暂避，待朕哄他去了，然后与卿开怀宴叙。"桃夫人依言，踉踉跄跄，奔向阁后躲避。侧耳听着外面，只听得贵妃乱嚷道："陛下如何瞒着我，私与宫人宴乐？"玄宗说道："朕独自闲游到此，并无宫人随侍，卿家莫要疑心。"贵妃道："陛下还要瞒我，待我还你个证据。"吩咐宫女道："这贱人料必躲在阁后，快与我去搜寻。"桃夫人听了这话，暗地叫苦道："如今躲到何处去好？"心忙意急的，欲待走动，两双脚恰像被钉钉住一般，那里移得半步。只见一群宫娥，赶将进来喊道："原来你躲在此。"扯扯拽拽，拥至前边。贵妃喝道："你这贱人，如何违我法度，私自在此引诱官家？"教宫娥取过白练，推去勒死了。吓得桃夫人魂不附体，叫道："陛下救命！"玄宗答道："娘娘发怒，教我也没奈何，是朕害了你也。"众宫娥道："适来好快活，如今且吃些苦去。"推至阁外，将白练向项下便扣。桃夫人叫声"我好苦也"，将身一闪，一个脚错，跌翻在地，霎后惊觉，却是一梦。满身冷汗，心头还跳一个不止。原来思怨之极，隐几而卧，遂做了这个痴梦。

及至醒来，但见灯烛辉煌，泪痕满袖，却又恨道："杨妃你好狠心也，便是梦中这点恩爱，尚不容人沾染，怎不教人恨着你。"此时愁情万种，无聊无赖，只得收拾安息。及就枕衾，反不成眠。正合着古人官怨诗云：

　　日暮裁缝歇，深嫌气力微。
　　才能收箧笥，懒起下帘帷。
　　怨坐空燃烛，愁眠不解衣。
　　昨来频梦见，天子莫应知。

到次日，尚兀自痴痴呆坐，有心寻梦，无意拈针，连茶饭也都荒废了。过了几日，高力士传旨催索，勉强趱完。却又思量，我便千针万线做这征衣,知道付与谁人,又道:"我今深居宫内,这军士远戍边庭,相去悬绝,有甚相干,我却做这衣服与他穿着,岂不也是缘分?"又想道:"不知穿我这衣服的那人,还是何处人氏,又不知是个后生,是个中年,怎生见得他一面也好!"又转过一念道:"我好痴也!见今官家,日逐相随,也无缘亲傍,却想要见千里外不知姓名的军士,可不是个春梦?"又想道:"我今闲思闲闷,总是徒然。不若题诗一首,藏于衣内,使那人见之,与他结个后世姻缘,有何不可。"遂取过一幅彩鸾笺,拈起笔来写道:

> 沙场征戍客,寒苦若为眠。
> 战袍经手制,知落阿谁边。
> 留意多添线,含情更着绵。
> 今生已过也,愿结后生缘。

题罢,把来折做一个方胜,又向头上拔下一股金钗,取出一方小蜀锦,包做一处,对天祷告道:"天天,可怜我桃氏今世孤单,老死掖庭,但愿后世得嫁这受衣军士,也便趁心足意了。"祝罢,向空插烛也似拜了几拜,将来缝在衣领之内。整顿停当,恰好高力士来取,把笔标下第三十六阁象管桃夫人造,教小内官捧着去了。自此桃夫人在宫,朝思暮怨,短叹长吁,日渐恹恹瘦损,害下个不明不白、没影相思症候。各宫女伴都来相问,夫人心事,怎好说得,惟默默吁气而已。诗云:

> 冷落长门思悄然,羊车无望意如燃。
> 心头有恨难相诉,搔首长吁但恨天。

不题桃夫人在宫害病。且说高力士催趱完了这三千纩衣,奏呈玄宗。玄宗遣金吾左卫上将军陈玄礼,起夫监送,迤逦直至潼关。镇守节度使哥舒翰，远远来迎，至帅府开读诏书，各军俱望阙谢恩。哥舒翰令军政司，给散战袍，就请天使在后堂筵宴。

且说有个军人，名唤王好勇，领了战袄，回到营中把来穿起，只觉脖项上有些刺搠。连忙脱下看时，并不见些甚的。重复穿起，那颈项上又连搠几下。王好勇叫道："好作怪，这衣服上有鬼，我没福受用他。"脱下来撇在半边，惊动行伍中，走来相问。王好勇说出这个缘故，有的不信，把来穿着一过，一般如此。有的疑是遗下针线在内，将手去揿，却揿不着甚的，也不刺搠着手掌。内中有一人说："待我试穿着，看道何如？"

这人姓甚名谁？这人姓李名光普，闻喜人氏，年纪二十四五，向投在哥舒翰账下，戍守潼关。生得人材出众，相貌魁伟，弓马熟娴，武艺精通，是一个未侵女色的儿郎，能征善战壮士。当下取过这件衣服，且不就穿，仔细把来一觑，见上面写着第三十六阁象管桃夫人造，那针线做得十分精细，绵也分外加厚，心里先有三分欢喜。遂卸下身上袄子，将来穿起，恰像量着他身子做的，也不长，也不短，颈项又不刺搠。众人多称奇异道："这件衣服，莫非合该是你穿的么？"王好勇便道："李家哥，我和你兑换了罢。"李光普因爱这件袄子趁身，已是情愿，故意说道："须贴我些东西才与你兑换。"王好勇道："一般的衣服，怎要我吃亏？"李光普道："你的因穿得不稳，已是弃下了，如今换我这件不刺搠的，就贴了我，也还是你便宜。"众人道："果然王家哥贴东西换了，还有便宜。"王好勇只是不肯。李光普又戏言道："也罢，我也不要入己，就沽一壶，请众位哥吃个合事酒如何？"众人道："作成我众弟兄吃三杯，一发妙，王家哥快取出钞来。"王好勇被众人打诨，料脱白不得，摸出钱把银子道："我只出得这些，但凭入己也得，买酒吃也得。"众人嫌少，还要他增些。李光普道："我不过取笑，难道真个独教王家哥坏钞，待我出些，打个平壶罢。"也遂取出钱把银子，众人都来吃他公道，随把袄子换了，沽了两角酒，并些案酒之物，大家吃了一回，各归本营。

原来李光普酒量不济，吃了几杯，觉得面红耳热，回到营中存坐不住，倒头去睡。不想势头猛了些，那脖项上着实的锥了一下，惊着光普直跳起来，心里奇怪，静坐思想。一则是他性灵机巧，二则是缘分到来，料道领中必然有物，即卸下来，细细简看。只见衣领上丝缕中露出针头大一点金脚，光普取过一把小刀。拆开看时，原来绵中裹着一个蜀锦包儿，里面包着一股凤穿牡丹的金钗，一个方胜。看那钗子，造得好生精巧，暗暗喝采道："我李光普生长贫贱，何曾看见这样好东西？"想了一回，才把方胜展开，乃是一幅彩鸾笺，上面有一首诗句，光普原粗通文理，看了诗中之意，笑道："这女人好痴心也，你虽有心题这诗句，如何便能结得后世姻缘？"仍将袄子穿好，又把笺钗来细细展玩。看那字迹端楷可爱，却又叹口气道："可惜这女子有此妙才，却幽闭深宫。我李光普有一身武艺，埋没风尘。若朝廷肯布旷荡之恩，将这女子赐与我为妻，成就了怨女旷夫，也是圣朝一桩仁政。我光普在边塞，也情愿赤心报效。"又想道："这事关宫闱，后日倘或露出来，须连累我，不如先去禀知主帅。"又想道："这女子自家心事，量无他人知得，我若把来发觉，不但负他这点美情，却又害了他性命。不如藏好了，倒也泯然无迹。"

方欲藏过，忽地背后有人将肢膊一攀，叫道："李大哥看甚么？"李光普急切收藏不迭，回头看时，却是同伍的军人。那人道："不要着忙，我已见之久矣，可借我看个仔细。"光普被他说破，只得递与。那人把钗子看了又看，不忍释手，只叫："好东西，好造化！"光普恐怕被人撞见，讨过来仍旧包好，藏在身边，叮嘱那人道："此事关系不小，只可你知我知，莫要泄漏。"那人满口应承，说："不消嘱咐，我自理会得。"谁知是个乌鸦嘴，忍不住口，随地去报新闻，顷刻就嚷遍了满营。有那痴心的，悄地也拆开衣领来看，可不是癞虾蟆想天鹅肉吃。王好勇听见有一股金钗，动了火，懊悔道："好晦气，口内食到让与别人受用。如今与他歪厮缠，仍要换回，就凭众人酌中处，好道也各分一半。"算计停当，走过对李光普道："李家哥，我想这袄子，是军政司分给的，必定摘着字号，倘后日查点，号数不对，只道有甚情弊，你我都不干净，不如依旧换转罢。"光普知其来意，笑一笑，答道："这也使得。"王好勇道："不要笑，那衣领内东西，也要还我的。"李光普道："可是你藏在里边的吗？"王好勇道："虽非我所藏，原是这袄子内之物，如今转换，自然一并归还。"李光普指着道："你这歪人，好不欺心。你既晓得有东西在内，就不该与我换了。"两下你一言，我一句，争论不止。

众人齐说王好勇不是道："王家哥一言既出，驷马难追。起初是你要与他换，纵有东西，也是李家哥造化，怎好要得他的？"把李光普推过一边道："你莫与他一般见识。"王好勇钗子又要不得到，受了一场没趣，发起喉急道："砖儿能厚，瓦儿能薄。一般都是弟兄，怎的先前兑换时，帮着他强要我吃亏，如今又假公道抢白我。我拼做个大家羞，只去报知主帅，追来入官，看道可帮得他不将出来。"一头说，一头走，竟奔辕门，李光普同众人随后跟上。此时天色将晓，哥舒翰与天使筵宴未完，不敢惊动，仍各回营。

至次日，哥舒翰升帐。将士参谒已毕，李光普不等王好勇出首，先向前禀明就里，双手将战袄笺钗献上。王好勇见他已先自首，便不敢搅越多事。哥舒翰见了笺上这诗，暗暗称奇，又道："事干宫禁，摇惑军心，非同小可。必须奏闻，请旨定夺。"遂吩咐光普在营听候发落，一面来与天使陈玄礼说知，欲待连光普解进。陈玄礼道："事出内宫，与本军无与，且又先行出首，自可无责。令公可将纩衣给还本人，修一首表文，连这笺钗，待下官带回进上，听凭朝廷主张便了。"哥舒翰依其所议，即便修起表文。次日长亭送别，玄礼登程，不到一日，来到长安。入朝复命，后将纩衣诗句之事奏知，把哥舒翰表文，并笺钗一齐献上。玄宗看了大怒道："朕官中焉有此事？"遂问这征衣是谁人所制。陈玄礼回奏,上有第三十六阁象管桃夫人姓名。玄宗将笺钗付与高力士,教唤桃氏来,亲自审问,力士领旨自去了。朝事已毕,圣驾回宫,与杨妃同临翠微阁游玩不题。

且说桃夫人在宫,正害着不尴不尬、或痒或疼的痛症。方倚阑长叹,忽见高力士步入宫门,说道:"夫人,你做得好事也!"桃夫人道:"奴家不曾做甚事来。"高力士笑道:"你把心上事来想一想,便有了。"桃夫人道:"奴家也没有心上事,也不消想得。"高力士道:"夫人虽没有心上事,只不知结后世缘的诗句,可是夫人题的?"遂向袖中取出鸾笺钗子,把与他看。桃夫人一见,惊得哑口无言,脸上一回红,一回白,没做理会。暗想道:"这战袄闻已解向边塞去矣,如何这笺钗却落在他手?"高力士见他沉吟不语,乃道:"夫人不消思索,此事边帅已奏知官家,特命我来唤你去亲问,请即便走动。"桃夫人听了此言,方明就里,又想道:"受衣那人,好无情也!奴家赠你一股钗子,有甚不美,却教边帅奏闻天子,害我受苦。红颜薄命,一至于此!"心中苦楚,眼中泪珠乱下。正是:

> 自是桃花贪结子,错教人恨五更风。

桃夫人无可奈何,只得随着高力士前去,出了阁门,行过几重宫巷,遇见穿宫内使。力士问:"天子驾在何处?"答言:"万岁爷同贵妃娘娘,已临翠微阁游玩宴饮。"桃夫人听了这话,一发惊得魂魄俱飞,想道:"今日性命,定然休矣。"

你道为何?他想起昨日梦中,高力士召往翠微阁见驾,杨妃赐死,今番力士来唤,驾已在翠微阁,正与梦兆相符,必然凶多吉少。须臾已到阁中,玄宗方共杨妃宴乐,桃夫人俯伏阶前,不敢仰视。高力士近前奏道:"桃氏唤到。"玄宗闻言,勃然色变。杨妃问道:"陛下适来正当喜悦,因何闻到唤至桃氏,圣情顿尔不悦?"玄宗遂将纩衣诗句之事说出。杨妃道："原来如此缘故，如今这诗句何在？"高力士即忙献上，杨妃看了这诗句，忽生个可怜之念，又见这字体写得妩媚，便有心周全他。乃问道："陛下今将如何？"玄宗道："这贱人无心向主，有意寻私，朕欲审问明白，赐之自尽。"杨妃道："陛下息怒！待梓童问其详细，然后明正其罪。"遂唤桃夫人上前问道："你这婢子，身居宫禁，承受天家衣禄，如何不遵法度，做出恁般勾当？"桃夫人泣诉道："贱妾一念痴迷，有犯王章，乞赐纸笔，少申一言，万死无辞。"杨妃令宫娥将文房四宝与之，桃夫人在阶前举笔，写下一张供状，呈上贵妃。贵妃看那供状写道：

　　孤念臣妾，幼处深宫，身居密禁。长门夜月，独照愁人；幽阁春花，每萦离梦。怨怀无托，闺思难禁。敕令裁制征衣，致妾顿生狂念。岂期上渎天主，实乃自干朝典。哀哉旷女，甘膺斧钺之诛；敢冀明君，少息雷霆之怒。事今已矣，死亦何辞。

　　贵妃看了，愈觉可怜，令高力士送上玄宗。玄宗本是风流天子，看见情辞凄婉，不觉亦有矜怜之意，向贵妃问道："此事卿家还是如何处之？"杨妃道："妾闻先朝曾有宫人韩氏，题诗红叶，流出御沟，为文人于祐为所得。后来事闻朝廷，即以韩氏赐祐为妻，陛下何不仿此故事，成就怨女旷夫，以作千秋佳话。使边庭将士，知陛下轻色好贤，必为效力。"玄宗闻言大喜道："爱卿既肯曲成其美，朕自当广大其恩。"即传旨将鸾笺钗子，还了桃氏，仍赐香车一辆，遣内官赍诏，领羽林军五十名，护送潼关，赐军士李光普，配为夫妇。宫中所有，赐作妆奁之资，后人不得援例。杨妃又赐花粉钱三千贯，桃夫人再拜谢恩，回宫收拾，择日就道。这事传遍了长安，无不称颂天子仁德。诗云：

　　　痴情欲结未来缘，几度临风泪不干。
　　　幸赖圣明怜槛凤，天风遥送配青鸾。

桃夫人登程去后，不想哥舒翰飞章奏捷，言："吐蕃侵犯潼关，得健卒李光普，冲锋破敌，馘斩酋首，番兵大败远遁，夺获牛畜器械无算。"玄宗大喜，即加哥舒翰司空职衔，超擢李光普为兵马司使，遣使臣赍官诰驰驿赐之成婚。

那时潼关已传闻，天子送题诗纩衣的官女，与军士为妻。哥舒翰初时不信，此为讹传。那李光普认做军中戏谑，他一发道是乱话。看看诏使已至，哥舒翰出郭迎接，果然见簇拥着一辆车轮，连称奇异，迎入城中，请问内使，始知就里。李光普做梦也不想有这段奇缘，恰好赍官诰的使臣也到，一齐开读。李光普一时冠带加身，桃夫人凤冠霞帔，双双望阙谢恩，三军尽呼万岁。只有王好勇馋眼空热，气得个头昏眼暗，自恨到手姻缘，白白送与他人。这才是：

有缘千里来相会，无缘对面不相逢。

当下哥舒翰将一公署，与李光普做个私宅，旌旗鼓乐送入，夫妻交拜成亲。

一个是天上神仙，远离宫阙降瑶阶；一个是下界凡夫，平步青云登碧汉。鸳鸯牒注就意外姻缘，氤氲使撮合无心夫妇。蓝桥驿不用乞浆，天台路何须采药。只疑误入武陵溪，不道亲临巫峡梦。

花烛之后，桃夫人向李光普说道："妾幼处深宫，自分永老长门，无望于飞，故因制征衣，感怀题句，欲冀后缘。何君独无情，致闻天子，使妾几有性命之忧，若非贵妃娘娘曲为斡旋，安得与君为配？"光普遂将王好勇先领战袄，后来交换出首始末，细细陈说一遍，又道："卑人少历戎行，荷戈边塞，本欲少立功名，然后徐图家室。不道朝廷恩赍纩衣，得获贵人佳什，情虽怀感，忧悃奚通。初意后缘尚属虚渺，不图今世即谐连理。虽或姻缘有在，亦由天子仁德。光普何能，值此异数，虽竭尽犬马，未足以报圣恩。"桃夫人听了这些言语，方释了一段疑惑,乃取出鸾笺钗子,递与光普道:"赖此为媒,得有今日,君善藏之。"光普用手接过看时,钗子已成一对,愈加欢喜,将来供在案上,与夫人同拜了四拜,珍藏箧中。次日拜谢主帅,哥舒翰又安排筵席,款待天使,与哥舒翰各修表文谢恩。桃夫人也修笺申谢杨妃。

　　自此光普感激朝廷,每有边警,奋身杀贼,屡立功勋。后来安禄山作乱,玄宗幸蜀,杨妃缢死马嵬,桃夫人念其恩义,招魂遥祭。又延高僧,建水陆道场荐度。光普夫妻谐好,偕老百年,生有二子,俱建节封侯。后人有诗云:

　　　　九重轸念征夫苦,敕造征衣送军伍。
　　　　长门怨女摛情惊,绝塞愁人怀莫吐。
　　　　君心怜悯赐成婚,凤阙遥辞下西土。
　　　　恰同连理共称奇,史册垂传耀千古。

第十四回

潘文子契合鸳鸯冢

<blockquote>
红叶红丝说有缘，朱颜绿鬓好相怜。
情痴似亦三生债，色种从教两地牵。
入内不疑真冶葛，联交先为小潘安。
留将浪荡风流话，输与旁人作笑端。
</blockquote>

话说自有天地，便有阴阳配合，夫妇五伦之始，此乃正经道理，自不必说。就是纳妾置婢，也还古礼所有，亦是常事。至若爱风月的，秦楼楚馆，买笑追欢，坏行止的，桑间濮上，暗约私期。虽然是个邪淫，毕竟还是男女情欲，也未足为怪。独好笑有一等人，偏好后庭花的滋味，将男作女，一般样交欢淫乐，意乱心迷，岂非一件异事。说便是这般说，那男色一道，从来原有这事。读书人的总题，叫做翰林风月；若各处乡语，又是不同，北方人叫炒茹茹，南方人叫打篷篷，徽州人叫塌豆腐，江西人叫铸火盆，宁波人叫善善，龙游人叫弄苦葱，慈溪人叫戏虾蟆，苏州人叫竭先生。话虽不同，光景则一。至若福建有几处民家孩子，若生得清秀，十二三岁，便有人下聘。漳州词讼，十件事到有九件是为鸡奸一事，可不是个大笑话。

如今且说两个好男色的头儿，做个入话。当年有个楚共王，酷好男色，有安陵君第一专宠。安陵君颜色虽美，年纪却已大了，恐怕共王爱衰，请教于江乙。江乙对安陵道："你可晓得嬖色不敝席，宠臣不敝轩么？"这两句文话，安陵怎么晓得？江乙解说道："嬖色就是宫女一般，睡卧的席也未破，皇帝就不喜欢了。宠臣就是你一般人，皇帝赐你的车子不曾坏，也就疏失了。甚言光景不多时也。"安陵君从此愈做出百般丑媚之态。楚共王越加宠爱，至老不衰。

还有一个龙阳君，也有美色。魏王也专好男色，三宫六院，不比得龙阳君的下乘。一日，魏王与龙阳共坐了一只小舟，名曰青翼，在宫中海子里游戏，见水中金鱼，红的红似火，白的白如玉。龙阳讨过一根钓竿，粘上香喷喷的鱼饵，漾下水去。一钓一个，一连钓了十来个，最后来得了一个大鱼，龙阳汪汪的哭将起来。魏王大骇，问其缘故。龙阳道："小臣得了大鱼，便要弃却前边小鱼。大王明日得一个胜似小臣的，自然把小臣遗落。触物比类，不繇人不哭。"魏王笑道："只要你颜色常存，不愁后来人夺你门户。"这正是：

重远岂能惭治鹄，弃前方见泣船鱼。

如此说来，方见安陵、龙阳，是男色行中魁首；楚王、魏王，乃男风队里都头。虽然如此，毕竟楚、魏二臣，把安陵、龙阳做个弄臣，并不是有老婆的不要老婆，反去讨一房不剃眉、不扎脚、不穿耳的家小。在当时叫做风流，到后来总成笑话。

这人毕竟是谁？原来姓潘名章，字文子，晋陵人氏。其父潘度，结发身丧，娶妾蕙娘。蕙娘生得容貌端秀，嫁潘度时，年方十九岁。潘度晚年娶他，本为生男育女，不一年间，有了身孕，生了潘章，九分像母，一分像父，所以他的美貌，是在娘胎上带得来的。邻里乡党见潘章这样标致，都说道："潘老儿若生得这样一个女儿，不要说选妃子点宫女，他日便是正宫皇后，一定司天台上也照着他。"潘章到五六岁，就上学读书。到了十二三岁，通晓书义，便会作文。十七岁上，在晋陵也算做是有名的童生。更兼庞儿越发长得白里放出红来，真正吹弹得破。蕙娘且喜儿子读书，又把他打扮得娇模娇样，梳的头如光似漆，便是苍蝇停上去，也打脚错。身上常穿青莲色直身，里边银红袄子，白绫背心，大红裤子，脚上大红绉纱时样履鞋，白绫袜子，走到街上，风风流流。分明是善财转世，金童降生。那些读书人，都是老渴子，看见潘文子这个标致人物，个个眼出火，闻香嗅气，年纪大些的，要招他拜从门下，中年的，拉去入社会考，富贵的又要请来相资。还有一等中年妇人，有女儿的，巴不得招他做个女婿。有一等少年女子未嫁人的，巴不得招他做个老公。还有和尚道士，巴不得他做个徒弟。还有一等老白赏要勾搭去奉承好男风的大老官。所以人人都道他生得好，便是潘安出世一般，就起一绰号，叫他是小潘安。当时有人做一支挂枝儿，夸奖他道：

  少年郎，真个千金难换。这等样生得好，不枉他姓了潘，小潘安委实的堪钦羡。褪下了红裤子，露出他白漫漫。虽不是当面的丢番，也好叫他背心儿上去照管。

  那知潘文子虽则生得标致风流，却是不走邪路，也不轻易与人交往。因此朋友们纵然爱慕，急切不能纳交。及至听见这只曲儿，心中大恨，立志上进，以雪此耻。为这上父母要与他完亲，执意不肯。原来潘度从幼聘定甥女，与他为配。这时因妹子身故，不曾生得儿子，单单止有此女，妹子又没人照管，要倚傍到哥子身边，反来催促择日成亲，两得其便。怎奈潘文子只是不要。其母蕙娘，又再三劝道："男大当婚，女大须嫁，古之常礼。看你父亲，当年无子，不知求了多少神，拜了许多佛，许了多少香愿，积了多少阴德，方才生得你这冤家。如今十六七岁，正好及早婚配，生育男女，接绍香烟。你若执性不聚，且莫说绝了潘门后代，万一你父亲三长两短，枉积下数万家私，不曾讨下一房媳妇，可不被人谈笑。"

潘文子听母亲说了这话，便对道："古人三十而娶。我今年方十七，一娶了妻子，便分乱读书功夫。况今学问未成，不是成房立户的日子。近日闻得龙丘先生设教杭州湖南净寺，教下生待有二三百人，儿子也欲去拜从。母亲可对父亲说知，发些盘费，往杭州读书一二年，等才学充足，遇着大比之年，侥幸得中，那时归来娶妻未迟。今日断不要提这话。"

蕙娘见潘老是晚年爱子，自小娇养，诸事随其心性，并不曾违拗，只得把婚事搁起，反将儿子要游学的话说与老儿。那潘度本不舍得儿子出门，怎当他啼啼哭哭，要死要活，老儿没奈何，将出五十两银子，与他做盘费。文子嫌少，争了一百二十两，又有许多礼物。蕙娘又打叠四季衣服铺程，并着书箱，教家僮勤学跟随。买舟往杭州游学，下了船，那消五日，已到杭州，泊船松毛场下。打发船家，唤乘小轿，着两个脚夫挑了行李，一径到西湖上寻访湖南净寺。那龙丘先生设帐在大雄殿西首一个净室里，屋宇宽绰，竹木交映，墙门上有个匾额，翠书粉地，写着"巢云馆"三字。潘文子已备下门生拜帖，传将进去。龙丘先生令人请进。文子请先生居中坐下，拜了四拜，送上贽见礼物。龙丘先生就留小饭。当晚权宿一宵，明日另觅僧房寓下。写起帖子，去拜同门朋友，年长的写个晚弟，年齿相同，称个小弟，长不多年的称侍教弟。那丘龙先生学徒众多，四散各僧房作寓，约有几十处。文子教勤学捧了帖子，处处拜到。次日众朋友都来答拜，先后俱到，把文子书房中挤得气不通风，好像关王粮的，一进一出。

这些朋友都是少年，又在外游学，久旷女色。其中还有挂名读书，专意拐小伙子不三不四的，一见了小潘安这般美貌，个个摇唇吐舌，你张我看，暗暗里道："莫非善财童子出现么？"又有说："莫非梓童帝君降临凡世。"又有说："多分是观世音菩萨化身。"又有说："当年祝英台女扮男妆，也曾到杭州讲学。莫非就是此人？"也有说："我们在此，若得这样朋友同床合被，就是一世不讨老婆，也自甘心。"这班朋友答拜，虽则正经道理，其实个个都怀了一个契兄契弟念头。也有问："潘兄所治何经？"也有问："潘兄仙乡何处？"也有问："曾娶令正夫人？"也有问："尊翁尊堂俱在否？"也有问："贤昆仲几人？"也有问："排行是第一第二？"也有问："见教尊表尊号，下次却好称呼。"也有没得开口的，把手来一拱，说道："久仰，久仰！"也有张鬼熟桠相知的道："我辈幸与老兄同学，有缘，有缘！"你一声，我一句，把潘文子接待得一个不耐烦，就是勤学在旁边送茶，却似酒店上卖货，担送不来。还好笑这班朋友两只眼谷碌碌的看着他面庞，并不转睛。谈了半日，方才别去。文子依了先生学规，三六九作文，二五八讲书，每夜读到三更方睡。果然是：

  朝耕二典，夜耨三谟。尧舜禹汤文共武，总不出一卷尚书。冠婚丧祭与威仪，尽载在百篇礼记。乱臣贼子，从天王记月以下，只定春秋。才子佳人，自关雎好逑以来，莫非郑卫。先天开一画，分了元亨利贞。随乐定音声，不乱宫商角徵。方知有益须开卷，不信消闲是读书。

  按下潘文子从龙丘先生门下读书不题。却说长沙府湘潭县有一秀士，姓王名仲先，其父王善闻，原是乡里人家，有田有地。生有二子，长子名唤伯远，完婚之后，即替父亲掌管田事。仲先却生得清秀聪明，自小会读书。王善闻对妈妈宋氏道："两个儿子，大的教他管家，第二个体貌生得好，抑且又资质聪明，可以读书。我家世代虽是种田，却世代是个善门积阴德的。若仲先儿子读书得成，改换门庭，荣亲耀祖，不枉了我祖宗的行善，教湘潭人晓得田户庄家也出个儿子做官，可不是教学好人的做个榜样？"宋氏道："大的种田，小的读书。这方是耕读之家。"从此王善闻决意教仲先读书，虽聘下前村张三老的女儿为配，却不肯与他做亲，要儿子登了科甲，纱帽圆领亲迎。为此仲先年已一十九岁，尚未曾洞房花烛。这老儿又道："家中冗杂，向山中寻幽静处，做个书室。"仲先果然闭户苦读，手不释卷。从来读书人干了正经功课，余下功夫，或是摹临法帖，或学画些枯木竹石，或学做些诗词，极不聪明的，也要看闲书杂剧。一日，仲先看到丽情集上，有四句说话云：

　　淇水上宫，不知有几；分桃断袖，亦复云多。

　　那淇水上宫，乃男女野合故事，与桑间濮上，文义相同。这分桃断袖，却是好男色的故事。当初有个国君偏好男风。一日，幸臣正吃桃子，国君却向他手内夺过这个咬残桃子来吃，觉得王母瑶池会上蟠桃，也没这样的滋味，故叫作分桃。又有一日，白昼里淫乐了一番，双双同睡。国君先醒欲起，衣袖被幸臣压住，恐怕惊醒了，低低唤内侍取过剪刀，剪断衣袖而起。少顷幸臣醒来知得，感国君宠爱，就留这袖做个表记，故叫做断袖。

　　仲先看到此处，不觉春兴勃然，心里想道："淇水上宫，乃是男女会合之诗。这偷妇人极损阴德。分桃断袖，却不伤天理。况我今年方十九，未知人道，父亲要我成名之后，方许做亲。从来前程如暗漆，巴到几时，成名上进，方有做亲的日子。偷妇人既怕损了阴骘，阚小娘又乡城远隔，就阚一两夜，也未得其趣。不若寻他一个亲亲热热的小朋友，做个契兄契弟，可以常久相处，也免得今日的寂寞。说便是这等说，却怎得这般凑巧，就有个知音标致小官到手？"心上想了又想，这书也不用心读了。其年湘潭县考试，仲先空受一日辛苦，不曾考得个名字，叹口气道：

　　不愿文章高天下，只愿文章中试官。

　　方在家中纳闷，不想张三老却来拜望他父亲。仲先劈面撞见，躲避不及，只得迎住施礼，一来是新丈人，二来因考试无名，心上惶恐。三老再三寒温。仲先涨得一个面皮通红，口里或吞或吐，不曾答应一句。话犹未了，王善闻出来相见，陪着笑说道："张亲家，今日来还是看我，还是问小儿考试的事？"张三老道："学生正有一句话，要对亲家说。我湘潭县虽则是上映星宿，却古来熊绎之国，文教不通。亲家苦苦要令郎读书，又限他功名成就，方许成婚。功名固是大事，婚姻却也不小。今小女年方二九，既已长成，若为了功名，迟误了婚姻，为了婚姻，又怕延误了功名。亲家高见，有何指教？"王善闻想了一想，对张三老道："我本庄户人家，并无读书传授。今看起来，儿子的文学，一定是不济。不如废了书卷，完了婚姻，省得亲家把儿女事牵挂在心。"张三老道："读书是上等道路，怎好废得，也不可辜负了亲家盛心。我学生到有两便之策：闻得龙丘先生设教在杭州湖南净寺，西方学者，多去相从，他的门人，遇了试期，必有高中的，想真是有些来历启发。为今之计，莫若备办盘川，着令郎到杭州去，相从读书，待他学问成就，好歹去考试一番。成得名不消说起，连小女也有光辉。若依旧没效验，亲家也有了这念头，完就儿女之事，却不致两下耽误。"

　　王善闻听了此言，不胜之喜。当日送别了张三老，即打点盘费，收拾行装，令家童牛儿，跟随仲先到杭州从学。只因张三老这一着算计，有分教：

　　　　少年郎在巢云馆结了一对雄鸳，青春女到罗浮山配着一双雌凤。

　　王仲先带了牛儿，从长沙搭了下水船只，直到润州换船，来到杭州湖南净云寺。一般修贽礼，写名帖，参拜了龙丘先生。遍拜同窗诸友，寻觅书房作寓。原来龙丘先生名望高远，四方来的生徒众多，僧房甚少，房价增贵。因些一间房，都有三四个朋友合住，惟有潘文子独住一房，不肯与人作伴。王仲先到此，再没有别个空处。众朋友俱以潘文子一人一室，且平日清奇古怪，遂故意送仲先到他房里来，说道："王兄到此，诸友房中都满，没有空处，惟潘兄独自一房，尽可相容，这却推托不得。"说便如此说，只道他不肯。那知一缘一会，文子见了王仲先，一见如故，欢然相接，便道："四海之内，皆兄弟也，同住何妨？日用器皿，一应俱全，吾兄不消买得，但只置一榻便了。"仲先初见文子这个人物，已经魂飞，怀下欺心念头，惟恐不肯应承。及见慨然允诺，喜之不胜，拱手道："承兄高雅，只是吵扰不当。"即教牛儿去发行李来此。众友不道文子一诺无辞，一发不忿。毕竟按牛头吃不得草，无可奈何。这才是：

　　有缘千里来相会，无缘对面不相逢。

且说王、潘两人，日则同坐，夜则各寝，情孚意契，如同兄弟。然毕竟读书君子，还有些体面，虽则王仲先有心要勾搭潘文子，见他文质彬彬，言笑不苟，无门可入。这段私情，口里又说不出，只好心上空思空想，外边依旧假道学，谈些古今，相处了半年，彼此恭恭敬敬，无处起个话头。一日，同在馆中会讲，讲到哀公问政一章。讲完了，龙丘先生对众学徒道："中庸一部，惟这章书中，有三达德，五达道乃是教化根本，须要细心体会。"当下众人散去，仲先、文子独后，又向先生问了些疑义。返寓时，天色已暮，点起灯，又观了一回书，方才就寝。

睡不多时，仲先叫道："潘兄睡着了么？"文子道："还在此寻想中庸道理。"仲先说："小弟也在这里寻想。"其实王仲先并不想甚么书义，只因文子应了这句，便接口问他道："夫妇也，朋友之交也，这两句是一个意思，是两个意思？"文子道："夫妇是夫唱妇随，朋友是切磋琢磨，还是两个意思。"仲先笑道："这书旨兄长还未看得透，毕竟是一个意思。"文子道："夫妇朋友，迥然两截，如何合得一个意思？"仲先道："若夫妇箴规相劝，就是好朋好友；朋友如胶如漆，就是好夫好妻，岂非一个意思么？"文子听了，明知王仲先有意试探，因回言道："读书当体会圣贤旨趣，如何发此邪说？"仲先道："小弟一时狂言，兄勿见罪。"口里便说，心里却热痒不过，准准痴想了两个更次，方才睡去。

一日，正遇深秋天气，夜间衾枕生凉，王仲先睡不着，叹了一口气。潘文子道："兄长有何心事？"王仲先道："实不相瞒，小弟聘室多年了，因家父决要成名之后，方得完娶。又道湘潭地方，从来没有文学的师父，所以令小弟到杭州游学。到了此处，虽得先生这般教训，又蒙老兄这样抬举，那知心里散乱，学问反觉荒疏，料难有出头日子，成不得功名，可不枉耽误了妻子，所以愁叹。"

文子道："一向未曾问得，却不知老兄也还未娶，正与小弟一般。"仲先道："原来兄长也未曾毕婚，还是未有佳偶，还是聘过未婚？"文子道："已有所聘，到是小弟自家不肯婚配。恐怕有了妻子，不能专心读书。若老兄令尊主意，怪不得有此愁叹。"仲先道："老兄有此志向，非小弟所能及也。然据小弟看起来，人生贵适意耳，何必功名方以为快！古人云：情之所钟。正在吾辈。当此少年行乐之秋，反为黑暗功名所扼。倘终身蹭蹬，岂不两相耽误？纵使成名，或当迟暮之年，然已错过前半世这段乐境，也是可惜。假如当此深秋永夜，幸得与兄作伴闲谈，还可消遣。若使孤馆独眠，寒衾寂寞，这样凄凉情况，好不难过！"文子笑道："我只道兄是悲秋，却原来到是伤春。既恁地，何不星夜回府成亲，今冬尽好受用。"仲先道："远水救不得近火。须是目前得这样一个可意种，来慰我饥渴方好。"文子道："若论目前，除非到妓家去暂时释兴。"仲先道："小弟平生极重情之一字，那花柳中最是薄情，又小弟所不喜。"文子道："青楼薄幸，自不必说，即夫妇但有恩义，而不可言情。若论情之一字，一发是难题目了。"仲先又叹口气道："兄之此言，真可谓深于情也者。"遂嘿然而睡。

到了次日，仲先心生一计，向文子道："夜来被兄一言，拨动归思，只得要还家矣。但与兄相处数月，情如骨肉，不忍恝然相别。且兄锐志功名，必当大发，恐异日云泥相隔，便不能像今日情谊，意欲仰攀，盟结兄弟，患难相扶，贵贱不忘，未知吾兄肯俯从否？"文子欣然道："此弟之至愿，敢不如命！但弟至此处，同门虽众，惟与兄情投意合，正欲相资教益。不道一旦言别，情何以堪！"仲先道："弟暂归两三月，便当复来。"当下两人八拜为交，仲先年长为兄，文子年小为弟。仲先将出银两，买办酒肴，两人对酌，直至夜深方止，彼此各已半酣。仲先原多买下酒，赏这两个家僮，都吃个烂醉，先自去睡了。

仲先对文子道："向来止与贤弟联床，从未抵足。今晚同榻何如？"文子酒醉忘怀，便道："这也使得。"解衣就寝。文子欲要各被。仲先道："既同榻，何又要各被耶？"文子也就听了，遂合被而卧。文子靠着床里，侧身向外，放下头就合眼打鼾。仲先留心，未便睡去，伸手到他腿上抚摩。文子惊醒，说道："二哥如何不睡，反来搅人。"仲先道："与贤弟说句要紧话。"文子道："有话明日讲。"仲先道："此话不是明日讲的。"文子问："甚话如此要紧？"仲先道："实不相瞒，自会贤弟以来，日夕爱慕丰标，欲求缔结肺腑之谊，诚恐唐突，未敢启齿。前日胶漆朋友，即是夫妻之语，实是有为而发。望贤弟矜怜愚兄一点爱慕至情，曲赐容纳。"一头说，一头便坐起来搂抱文子。文子推住，也坐起道："二哥，我与你道义之交，如何怀此邪念？莫说众朋友知得，在背后谈议，就是两家家僮，并和尚们知觉，也做了话靶。这个决使不得。"仲先此时神魂狂荡，那里肯听，说道："你我日常亲密，人都知道，那里便疑惑在此？纵或谈议，也做不听见便了。"双手乱来扯拽。文子将身一闪，跳下地来，将衣服穿起来，说道："我虽不才，尚要图个出身。若今日与你做此无耻之事，后日倘有寸进，回想到此，可不羞死！"仲先也下床来，笑道："读书人果然一团腐气。昔日弥子瑕见爱于卫灵公，董贤专宠于汉哀帝，这两个通是戴纱帽的，全然不以为耻，何况你我未成名，年纪才得十五六七，只算做儿戏，有什么羞？你若再不从时，只得磕头哀求了。"说罢，扑的双膝跪下，如捣蒜一般，磕一个不止。文子又好笑，又好恼，说道："二哥怎地恁般没正经，想是真个醉了，还不起来！"仲先道："若不许我，就磕到来年，也不起身。"文子道："二哥你即日回去娶妻，自有于飞之乐，何苦要丧我的廉耻？"仲先道："贤弟如肯俯就，终身不娶，亦所甘心。"文子道："这样话只好哄三岁孩子，如何哄得我过？"仲先道："你若不信，我就设个誓吧！"推开窗子，对天跪下，磕了两个头，祝道："皇天在上，如王仲先与潘文子定交之后，若又婚配妻子，山行当为虎食，舟行定喂鱼鳖。或遭天殇，身不能归土；或遇兵戈，碎尸万段。如王仲先立誓之后，潘文子仍复推阻，亦遭此恶报。"文子道："呸！你自发誓，与我何干，也牵扯在内。"仲先跳起来，便去勾住文子道："我设了这个誓愿，难道你还要推托不成？"

　　大凡事最当不过歪厮缠，一个极正气的潘文子，却被王仲先苦苦哀求，又做出许多丑态，把铁一般硬的心肠，化作绵一般软，说道："人非铁石，兄既为我情愿不娶，我若坚执不从，亦非人情也。慎厥终，惟其始，须择个好日子，治些酒席，权当合欢筵宴，那时方谐缱绻。"仲先笑道："不消贤弟费心，阿兄预先选定今日，是会亲友结婚姻的天喜上吉期。日间与贤弟八拜为交，如今成就良缘，会亲结婚，都已应验，更没有好是今日。适来小酌，原是合卺怀的筵席，但到后日做三朝便了。"文子笑道："原来你使这般欺心远计，我却愚昧，落在套中。"仲先道："我居楚，你居吴，会合于越，此皆天意，岂出人谋？"说罢，二人就同床而卧。自此之后，把读书上进之念尽灰，日则同坐，夜则同眠，比向日光景，大不相同。他两个全不觉得，被人看出了破绽，这班同窗朋友，俱怀妒意，编出一支挂枝儿来，唱道：

王仲先，你真是天生的造化。这一个小朋友似玉如花，没来由被你牵缠下。他夜里陪伴着你，你日里还饶不过他，好一对不生产的夫妻也，辨什么真和假。

　　王仲先、潘文子初时听见，虽觉没趣，还老着脸只做不知。到后来众友当面讥诮，做鬼脸，连两个家僮也看不过许多肉麻，在背后议论没体面。只落得本房和尚，眼红心热，干咽涎唾。两人看看存身不住。那知这只挂枝儿，吹入了龙丘先生耳中，访问众学徒，此事是真是假，众学生把这些影响光景，一五一十说知。先生大怒，唤过二人，大骂了一顿没廉耻，逐他回去，不许潜住于此，玷辱门墙。王仲先还有是可，独羞得潘文子没处藏身，面上分明削脱了几层皮肉，此时地上若有一个孔儿，便钻了下去。正是：

　　饶君掬尽钱塘水，难洗今朝满面羞。

　　王仲先、潘文子既为先生所逐，只得同回寓中。这些朋友，晓得先生逐退，故意来探问。文子叮咛了和尚，只回说不在。文子跌足恨道："通是这班嚼舌根的，弄嘴弄舌，挑斗先生，将我们羞辱这场。如今还是怎地处？"仲先道："此处断然住不得了。我想贤弟家中，离此不远，不若同到府上，寻个幽僻所在，相资读书，到也是一策。"文子道："使不得，两个家僮尽晓得这些光景，回去定然报与父母知道。或者再传说于外，教小弟何颜见人！我想那功名富贵，总是浮云，况且渺茫难求。今兄既为我不娶，我又羞归故乡，不若寻个深山穷谷，隐避尘嚣，逍遥物外，以毕此生。设或饮食不继，一同寻个自尽，做个生死之交，何如？"仲先大喜道："若是如此，生平志愿足矣。只是往何处去好？"

　　文子道："向日有个罗浮山老僧至此，说永嘉山水绝妙，罗浮山隔绝东瓯江外，是个神仙世界，海外丹台。我曾与老僧说，异日我至永嘉,当来相访。老僧欣然领诺,说来时但问般若庵无碍和尚,人都晓得。当时原是戏言,如今想起,这所在尽好避世,且有此熟人,可以倚傍。"计议已定,将平日所穿华丽衣服、铺程之类,尽都变卖,制办了两套布衣,并着粗布铺盖,整备停当。仲先、文子先打发勤学、牛儿,各赍书回家,辞绝父母,教妻子自去转嫁。然后打叠行装,别了主僧,渡过钱塘江,从富阳永康一路,先到处州,后至永嘉,出了双门,籨江心寺口渡船,径往罗浮山,访问般若庵无碍和尚。

原来这老和尚,两月前已回首去了。师弟无障,见说是老和尚相知,便留在庵中。文子就央他寻觅个住处,凑巧山下有三间房屋,连着十数亩田,许多山地,一齐要卖。文子与仲先商议,田亩可以赡生,山地可以做坟墓,余下砍柴供用,一举两得。遂将五十金买了这三间房屋,正中是个客座,左一间为卧室,右一间是厨灶,不用仆人,两个自家炊爨,终日吟风弄月,遣兴调情。随又造起坟墓,打下两个生圹,就教佃户兼做坟丁。不过月间,事事完备。可惜一对少年子弟,为着后庭花的恩爱,弃了父母,退了妻子,却到空山中,做这收成结果的勾当。岂非天地间大罪人,人类中大异事,古今来大笑话!诗云:

> 从来儿女说深情,几见双雄订死盟。
> 忍绝天伦同草腐,倚闾入尚望归旌。

话分两头。且说勤学、牛儿两个仆人,奉了主人之命,各赍书回家。牛儿本是村庄蠢人,连夜搭船去了。勤学却是乖巧精细,晓得被龙丘先生斥逐这段情由,却又不想回家,倾到将衣服变卖,制办布衣,像要远去的模样。正不知要往何处,心里踌躇道:"须暗随他去,看个着落,方好归家。"因此悄地叮咛了和尚,别了牛儿,潜住在寺里。又想起身上虽平日刻剥了些银钱,往来盘川不够,就把几件衣服，卖与香公凑用。等到文子、仲先起身过江，勤学远远随在后面，下在别只渡船，一路不问水陆，紧紧跟定，直至罗浮山下。打听两人买下住处，方才转身，连夜赶到家中。不想半月前，潘度与文子丈母，都是疫病身亡。其母蕙娘，因媳妇年纪已长，又无弟兄亲族，孤身独自，急急收拾来家，使人到杭州唤儿子回来支持丧事，要乘凶做亲。

仆人往回十来日，回报："一月以前，和着同读书襄阳姓王的，不知去向。"急得个蕙娘分外悲伤，终日在啼啼哭哭。正没做理会，恰好勤学到家，只道喜从天降，及至拆书一看，却是辞绝父母，弃家学道，教妻子转嫁的话语。蕙娘又气又苦，叫地呼天的号哭了一回，方才细问勤学的缘故。勤学在主母面上，不好说得小官人许多丑态，只说起初几个月着实用功读书，后来都被襄阳姓王这个天杀的引诱坏了，被先生一场发作，然后起了这个念头，径到罗浮山居住。并说自己暗地随去，看了下落，方才回转许多话，一一尽言。蕙娘听罢，咬牙切齿，把王仲先千刀万剐的咒骂一场。心里没个主意，请过几位亲戚商议，要去寻他归家。又说："这样不成器的东西，便依他教媳妇转嫁人去，我也削发为尼，到也干净。"内中有老成的说道："不消性急，学生子家，吃饭还不知饥饱，修什么道，再过几时，手内东西用完了，口内没有饭吃，少不得望着家里一溜烟跑来。如今在正高兴之时，便去接他，也未必肯来，白白折了盘川。"蕙娘见说得有理，安心等他自归不题。

且说牛儿一路水宿风餐，不辞苦辛，非止一日，到了湘潭家里，取出书来，递与家主。王善闻未及开看，先问牛儿："二哥这一向好吗？"牛儿道："不但二哥好，连别人也着实快活。"善闻道："这怎地说？"牛儿将勾搭文子的事，絮絮叨叨，学一个不止。善闻叹口气道："都是张三老送了这个儿子也。"拆开书来看时，上写道：

男仲先百拜：自别父母大人，来至杭州，无奈天性庸愚，学业终无成就。今已结拜窗友潘文子，遍访名山胜景，学道修仙。父母年老，自有长兄奉侍，男不肖是可放心，父母亦不必以男为念。所聘张氏，听凭早早改嫁，勿得错过青春。外书一封，奉达张三老，乞即致之。

学道男仲先顿首百拜

善闻看罢，顿足叫苦。惊动妈妈，问了这个消息，哭到在地，说道："好端端住在家里，通是张三老说什么龙丘先生，弄出这个话靶。如今不知在那个天涯海角，好歹这几根嫩骨头，断送他州外府了。"善闻即叫牛儿，去请张三老来，把书与他看了，你怨我，我怨你，哭哭啼啼，没个主意。长子伯达走过来劝道："自是兄弟不长进，勿得归怨张三老。倘张亲家令爱肯转嫁，不消说道，若还立志不从，父亲只得同着张亲家，载了媳妇，寻到潘家，要在他们身上寻还这不肖子，那时把媳妇交付与他，看走到那里去。"

张三老连声称是。作别归家，与女儿说知，讨个肯嫁不肯嫁的口语。女儿害羞，背转身来不答应。张三老道："这事关系你终身，肯与不肯，明白说出，莫要爱口识羞，两相耽误。"女儿被逼不过，方才开口，低低说道："我女子家也不晓得甚么大道理，尝闻说忠臣不事二君，烈女不嫁二夫，女儿只守着这个话，此外都不愿闻。"张三老道："怎样不消说起，明日即去与王亲家商量，同往寻王二哥便了。"女儿道："王郎不归，孩儿情愿苦守。若说远去跟寻，万无此理，恐传说出去了，被人耻笑。"张三老道："守不守由得你，去不去却要由我。倘若王郎不归，你的终身，父母养不了，公姑养不了，将如之何！纵然有人耻笑，也说不得了。"女儿便不敢言，垂泪而已。

到次日，张三老来与王善闻说知，即日准备盘缠行李，央埠头择便船写了一个稳便舱口，张三老叫女儿收拾下船。这女子无可奈何，只得从着父命。王善闻原带着牛儿同去，翁媳反在舟中见礼，到是一件新闻。从襄阳开船，一路下水，那消二十日，已至京口换船，一日便到晋陵。王善闻同牛儿先上岸访问了潘文子家里,然后同张三老引着媳妇,并行李一齐到他家里。

蕙娘蓦地见三个别处人领个女子进来,正不知甚么缘故,吃这一惊大小。及至问时,襄阳乡里人声口,一句也听不出。恰好勤学从外边入来,认得牛儿,方才明白是王仲先父亲、丈人、妻子,与他家要儿子。闹攘攘乱做一屋。文子媳妇在里边听得,奔出来观看,见了张三老女儿,两个各道个万福。问道:"你们是那里,为甚事到此喧闹?"张三老上前作个揖,打起官话,说出许多缘故。蕙娘问王善闻道:"你我总是陌路相逢,水米无交。你儿子与我不肖子流落在外,说起来,你儿子年长,明明是引诱我不肖子为非,我不埋怨你就罢了,你反来问我要人,可有这理么?如今现住在甚么永嘉罗浮山,你们何不到彼处去寻觅?若并我这不肖子领得归来,情愿拜你两拜。"张三老只管点头道:"说得是。既有着落所在,便易处了。"又问道:"潘大嫂,此位小娘子是甚人?"蕙娘道:"这便是不肖子的妻子,尚未成婚。"张三老道:"原来令郎也还不曾完姻。据老夫愚见,令郎既同小婿皆在罗浮山中。潘大嫂又无第二位令郎,何不领着令媳妇,同我们一齐到那里,好歹交还他两个媳妇,完了我们父母之情。他两个存住不得,自然只得回家了。此计可好么?"蕙娘听了,说道:"这也有理。"遂留住在家,王善闻、张三老于外厢管待,三老女儿,款留于内室。一是可待婚的媳妇,一个是未嫁的女儿,年纪仿佛,情境又同,因此两下甚是相得。

当晚同房各榻,说了一夜的话。只是乡音各别,彼此不能尽懂。次日,蕙娘收拾上路,自己有个嫡亲哥嫂,央来看管家里,姑媳两人,又带一个伏侍的婆娘,连勤学也是四人。唤了两个船只,男女分开,各坐一船,直至杭州过江。水陆劳苦,自不消说起。非止一日,来到罗浮山。

不道王仲先与潘文子,乐极悲生,自从打了生圹之后,一齐随得异症,或歌或唱,或笑或啼,有时登山狂啸,有时入般若庵与无碍和尚讲说佛法,论摩登迦的因果,似痴非痴,似颠非颠,给了十数日饮食。一日,忽地请过无碍和尚,将田房都送与庵中,所有衣资,亦尽交与,央他照管身后墓坟之事。老和尚只道他痴颠乱话,暂时应允。那知是晚双双同逝。正是:

不愿同年同月同日同时生,
但愿同年同月同日同时死。

明日无碍和尚来看时,果然并故,却是面目如生,即叫道人买办香烛纸马蔬菜之类,各静室请了几众僧人,择于次日诵经盛殓。

这里正做送终功果,恰好勤学引着蕙娘、王善闻一干人来到,见满室僧众,灯烛辉煌,问说是二子前夜已死。那时哭到了王善闻,号杀了蕙娘,张三老从旁也哭着女婿,只有两个未婚的媳妇,背着脸暗暗流泪。盛殓已毕,即便埋葬。

且说张氏女子,暗自思想:"迫于父命,来此寻夫,已非正理。若是同归,也还罢了,但如今一场虚话,岂不笑破人口。况且去后日长,父母所言,父亲养不了,公姑养不了,到后没有终局。不如今日一死,到得干净,也省得人谈议。"定了主意,等至夜深,人尽熟睡,悄地起来,悬梁高挂。直至天明,方才晓得,把个张三老哭得个天暗地昏,道是自己起这议头,害了女儿,懊悔不尽。王善闻、蕙娘俱觉惨然,勉强劝住了,收拾买棺殡殓。谁知文子的媳妇,也动了个念头,想道:"一样至此寻夫,他却有志气,情愿相从于地下。我若腼颜苟活,一生一死,岂不被人议论!红颜薄命,自古皆然。与其碌碌偷生,何若烈烈一死。"到夜半时候,寻条绳子,也自缢而死。蕙娘知觉了,急起救时,已是气绝。这番哭泣,更自惨切,引动张三老、王善闻,一齐悲恸,哭儿哭媳哭婿,振天动地,也辨别不清。惊动罗浮山下几处村落人家，并着山中各静室的和尚，都来探问，无不称叹是件异事。又买具棺木，一齐盛殓。又请无碍和尚为主，做个水陆道场超度，附葬于王仲先、潘文子墓下。又送数十金与无碍，托他挑土增泥，栽松种树。诸事停当，收拾起身，又向墓前大哭一场，辞别还乡。

后人见二女墓上，各挺孤松，亭亭峙立，那仲先、文子墓中，生出连理大木，势若合抱，常有比翼鸟栖在树上。那比翼鸟同声相应而歌，歌道：

比翼鸟，各有妻，有妻不相识，墓傍青草徒离离。
比翼鸟，有父母，父母不能顾，墓傍青草如行路。
比翼鸟，各有家，有家不复返，墓傍青草空年华。

至此罗浮山中，相传有个鸳鸯冢、比翼鸟，乃王仲先、潘文子故事也。诗云：

比翼何堪一对雄，朝朝暮暮泣西风。
可知烈女无他伎，输却双雄合墓中。